U0022725

人鼠之戰

曾紀鑫中篇小說選

曾紀鑫・著

自序　中篇小說的魅力

一九九二年八月，我出了一部中短篇小說集《青霧繚繞的歲月》，是以書中唯一的一部中篇小說命名的。其時，我已從湖北公安縣教育部門調入湖北黃石市文化藝術創作中心工作，回老家探親時，便帶了數十冊書，一是送給親朋好友，二是放在當時縣城唯一的一家個體報亭銷售。以前在縣城從事專業創作時，我是報亭的常客，雜誌、報紙一買就是一摞。我的書放在那兒代銷，賣了按百分之三十提成，賣不出去可退還給我，加之與店主關係一直不錯，他自然是極力幫忙推銷。

約莫一年之後，我再次回鄉探親，自然要去一直牽掛著的報亭，看看小說集賣得怎樣了。店主說賣了二十多本，本來還可以多賣一點的，但好多人都說看不懂。說到這裡，店主盯著我正色道：「你難道就不能寫得好看一點嗎？為什麼要弄得大家看不懂呢？」聞聽此言，我當即愣在原地。店主是一位六十多歲的老人，勤勉、質樸、誠懇，他不會說假話，不會轉彎抹角，不會含蓄婉轉地講究什麼藝術與策略，心中有什麼就會說什麼。

他的話在我心中掀起了一場不亞於颱風的巨大風暴。小說集薄薄的，十萬字，一百七十來頁，收入我一個中篇、十四個短篇，其中約有一半屬探索之作，唯一的中篇小說〈青霧繚繞的歲月〉也是。探索小說為小說這一藝術門類的豐富性、複雜性和可能性提供了廣闊的審美空間，可對於早已習慣了傳統寫實風格的普通讀者而言，無疑於有待破解的「天書」。

於是，我不得不反思近十年來的創作，不僅僅是小說，還有散文、詩歌等其他體裁的文學作品。

文章是寫給人看的（不準備示人的日記、札記等自然不在此列），是需要讀者喝彩與鼓勵的，而絕大多數讀者反應看不懂，那麼看得懂的讀者又在哪裡呢？從理論上說，只能是文學愛好者或寫作圈內之人，可這批人的眼界高之又高，一般作品是難以進入他們的「法眼」的，只有如「作家中的作家」博爾赫斯之類，才會受到他們的歡迎。這麼一分析，我幾乎感到了一股「絕望」：我寫出的那些探索小說，只能是兩頭不討好，也就是說，基本上是不會有什麼讀者的。本來，我的小說創作，功利色彩並不濃。可是，如果一篇作品沒有任何讀者閱讀欣賞，孤寂冷落地縮在一個被人遺忘的角落，不是太可憐了嗎？既如此，寫作的目的與作用、價值與意義何在？

純粹的作者與優秀的作家，自然是不會去迎合讀者的，但是，他（或她）卻不能將自己與讀者完全隔絕開來「孤芳自賞」。最佳的方式，我想應該是在接受與普及的前提下，提升讀者的鑑賞水平與內在素質。創作時心中應該清楚，作品是寫給誰看的，讀者面多大，他們屬於哪一層次。在構思時，這些看似與作品無關的因素，也應該了然於胸。

於是，我的創作，特別是小說創作，不得不有所轉向，由短篇小說轉向以中篇小說創作為主。短篇小說往往截取生活中的一個橫斷面，可以刻畫人物的某一側面，敘寫某一事件，也可以渲染氛圍，狀寫某種情緒……手法靈活，約束較少，在藝術領域有著廣闊的探索空間。而短篇也有其與身俱來的「不足」，畢竟篇幅短小，於有限的篇幅內，難以鋪排、描寫完整的人與事，難以自由、盡情地揮灑筆墨。而中篇小說則有著相對獨立的單元，可以承載較多的容量，複雜的人物、曲折的故事、完整的情節、深刻的內涵等等，都可遊刃有餘地予以體現，寫起來比短篇小說來勁多了。與長篇小說相比，中篇也有其獨特的優勢，不必像長篇那樣耗費時日、煞費苦心，一般而言，一個中篇，三五萬字，一周左右便可一氣呵成地完篇，這樣的時間，正好將自己醞釀、積蓄起來的激情噴發殆盡。寫起來乾淨利索，寫完後回頭一看，往往覺得十分順暢，內裡貫注著一股天然生成的氣韻。

我的中篇小說，差不多都是現實主義的，素材源於現實，從個人生活及視野中搜集、發掘，如果覺得具有一定的象徵性、代表性與典型意義，並能觸動我心，引起讀者共鳴的，就開始正兒八經地構思，然後娓娓敘來，情節相對完整，人物盡可能豐滿一些，特別著意於人物之間複雜而微妙的關係……比如中篇小說〈年關〉，本是一篇寫於一九九六年的作品，以我故鄉牛浪湖發生的一個真實事件為「引子」，然後生發開來。當時的中國農村問題，遠沒有今天這麼突出而尖銳，完稿後投了兩處沒能發表，就擱下了。直到前年開始整理過去創作的中短篇小說，對〈年關〉基本沒做什麼改動，只是將紙稿轉換成電子檔，然後以電子郵件的形式發了出去。很快刊載於《廣西文學》二〇〇九年第四期頭條，產生了一定的影響，《文藝報》、《廈門晚報》等媒體也有過評論。小說中描寫的村莊，是我故鄉的真實寫照；年關的景象，也屬「原湯原汁」的描摹；劉老黑、麻老五等人身上，便有我童年夥伴的影子，他們至今仍在故鄉底層艱難謀生；其寫法，用的是傳統、樸素的寫實筆調，將人物放於複雜微妙、無法調和的尖銳衝突之中，步步推進，以暴力、悲劇而告終。小說人物的悲劇性、農民的生存處境，都是我的親身感受，如果當年我沒有考學離開故鄉，其命運與小說筆下的人物——我的這些夥伴、鄉親們也好不到哪兒去。當然，我手中的筆不是照相機，哪怕照相機在取景時也會有所選擇，在盡可能冷靜而客觀的敘寫中，對全球化、現代化背景下的農村轉型，自然融入了我的情感與思考。再比如〈發展〉，便取材於某京劇團一位女臨時工的生活閱歷；〈恍惚人生〉中的乾爹，在生活中也實有其人，他真的就是我的乾爹，好多事情，包括他的上吊自殺，在現實生活中都曾發生過；〈婚姻單行道〉寫的是我鄰居——一對年輕夫妻，女人真的跟人私奔了，過不下去又回來了，被男人接納了，與小說不同的是，生活中的這對原型後來又復了婚；〈無言的結局〉所發生的一切，就源於某大學曾經上演過的一幕真實事件……小說無論怎麼虛構、推理、演繹，遠沒有現實生活那麼精彩動人，那麼絲絲入扣，那麼令人震撼。我筆下的人物、故事大都源於生活，有時簡直就是生活的複寫。

自創作以來，我斷斷續續地寫了近二十個中篇小說，都在雜誌上發表過，有的還在《長江日報》、《武漢晚報》、《遵義晚報》等報紙上連載過。限於篇幅，本書收錄十篇。除人物外，我也寫了智商極高且長期與人相爭的兩種動物——鼠與狼。〈人鼠之戰〉（原名〈老鼠漫話〉）中「我」與鼠的較量，大多屬實。只有〈生存與毀滅〉這篇相當另類，純屬虛構。

囿於個人的藝術素質與創作方式，我在感謝生活的同時，不禁產生了一種無法超越的困惑與無奈。〈生存與毀滅〉，便是我試圖超越的一種努力與姿態。我的生活中既沒有老厚這位獵人，也沒有出現過阿蘭這樣的母狼，但這篇關於人與狼的故事，在盡量寫得曲折好看的同時，對人與動物、人與自然，也注入了我的一些理性思考。人與狼由造物主將他們共同「投放」大地，原有著各自的地盤、習性與特徵。然而，在生存與繁衍的推動下，人與狼「相遇」了。這是一種征服的相遇，似乎沒有半點和解的跡象與可能。人憑藉智慧與力量，總是佔著絕對的上風。於是，狼的地盤在縮小，一點點地被逼進大山深處。獵人老厚在對狼的追捕中，發現了虛偽與背叛，是狼使得他更加深刻地認識了人性，也是狼使得他的生活失去了另外的一半。

在人與狼相互較量的膠著中，雙方各有傷亡，唯一倖存的母狼阿蘭最終成了獵人老厚的「俘虜」。狼與人的爭鬥，結果是狼的徹底慘敗。然而事情並非如此簡單，也沒有就此終結。人無法忍受孤獨，人不願正視自己的至高無上，一句話，人的世界不能沒有狼，人與狼在相互敵視中又相互依存。於是，老厚在對狼的肆虐中獲得了一種難得的快感與依賴。求生的本能促使母狼阿蘭不得不委屈和求全，暫時改變習性，有意無意地露出一副溫馴可愛的模樣。表面看來，人與狼似乎達成了某種和解，但雙方都是以扭曲自己的本性而形成的暫時「共識」。一旦回復過去，回到適宜的生存環境，狼的野性便復活了。放棄與萎縮意味著生命的消失，狼性啟動了人的血性，毀滅並非虛無，而是一種涅槃與新生。

自報亭老者那猶如醍醐灌頂般的質問之後，我的創作起了很大變化，但這並不等於我對藝術形式的探索就此止步。青春的激情與幻想總是推動著我追求刺激、尋求新異，只是這種探索，我大多用於短篇小說創作而已。短篇因其篇幅短小，很快就可讀完，一些新奇的花樣，哪怕讀者不太適應，轉瞬也會成為過去。而中篇則不同，幾萬字的容量，如果沒有故事情節，人物沒有個性與發展，讀者不忍卒讀，就會棄之如敝屣。因此，我所有的中篇小說中，唯有〈青霧繚繞的歲月〉全篇都在進行藝術探尋與創新。當然，其他各篇，也並非那麼循規蹈矩，總會尋找機會做一些嘗試，比如〈恍惚人生〉中的結構，用的就是意識流，將一個完整的故事拆零打散，然後進行適當的穿插調整。當某一題材變成小說之時，會有無數種表現手法，角度不同，人稱有別，切入點相異，都會形成不同的藝術形式。但我以為，其表達的最佳完美方式僅只一種，一位真正而優秀的小說家，要盡可能地探尋，努力逼近這唯一的創作表現手法，樂此而不疲，甚至不惜以畢生精力為代價。

小說於當代讀者而言，生活節奏加快，一部長篇看下來，差不多就是一場「馬拉松」；而短篇讀起來又覺得不過癮，剛入「戲」呢，就結束了，有一種遺憾與悵惘彌漫於心；唯有中篇，人物、情節、內容相對完整，有著適度的空間與容量，在作者的牽引下，讀者不知不覺地進入其中，可以讀得有滋有味如沐春風如飲甘霖，一部好的中篇，還可在思想上給讀者以啟迪，獲得閱讀的享受與快感……這，也許是中篇小說一直大行其道的原因吧！

自二〇〇〇年之後，我沒有創作一個短篇，也沒有寫下一部中篇。也就是說，我已完全停止了中、短篇小說的創作。十多年來，自然積累了不少素材，有許多新的認識與想法，還有不少新的藝術形式想去探索，去實踐，可不知怎麼回事，每當動筆之時，就躊躇不前了，覺得要寫好一個中篇或短篇，將它們弄成真正的藝術品，是多麼地艱難！另外，似乎也少了過去那種內在的衝動與生命的激情，而創作沒有衝動與激情，無論構思多麼周密多麼機巧多麼精緻，也是寫不出好作品來的。

其實，我的內心一直渴望著，能有「朝花夕拾」的那一天！

二〇一一年七月於廈門

目次

年關

一

天煞黑時，麻老五回到了楊樹村。

急煎煎地扒過幾口飯，將碗一丟，跟新婚妻子何香香說了聲出去有事，就走出屋門，徑直來到楊二家。

楊二正在家裡悶著發呆，見了麻老五，不禁喜出望外，大聲嚷嚷道：「麻哥，在外頭發了洋財啵？」

麻老五遞過去一根「白沙」香煙，拖一把椅子坐了，歎一口氣道：「外頭的錢越來越不好賺。」

楊二將煙點燃，貪婪地吸了一口道：「麻哥發了財，還要在俺面前哭窮呀！咱一不偷你的，二不搶你的，實打實地說，又有何妨？」

「楊二，這趟苦力，真他媽的划不來。」麻老五皺著眉頭半天展不開，「咱出門三個多月，除去吃喝，手頭只落下兩百多塊錢，說假話了的不是人。早知如此，還不如待在家裡好。」

「待在家裡？今年家裡的光景更糟。」楊二說著，將煙屁股使勁往地上一摔，「往年，咱們靠著牛浪湖，還能撈幾個錢過年，可今年硬是不行噠！」

「到底是怎麼一回事？」麻老五將椅子往前挪了挪，又伸手往兜裡摸出兩支煙，一支扔給楊二，另一支銜在自家嘴裡。

楊二道：「狗日的魏生雲太不是東西了，咱們今年下湖殺腳魚，每天都要交五十元的管理費了。運氣好，一天殺到黑，倒可以賺幾個。可大多時候，運氣都不怎麼佳，只得空手而歸。這種時候，心裡真是想不得，忙活了一天，累得腰酸背疼不說，還要倒貼進去幾十塊，那個氣呀，真是不打一處來呢！」

麻老五聽著，臉上不禁現出了幾絲慍色：「魏生雲這小子，從前還不是跟老子們一樣，窮得叮噹響，不就承包了一個牛浪湖嗎，就不知天高地厚了！牛浪湖裡的腳魚，自生自滅，他又沒投資，憑什麼要收管理費？每天交個十元、八元就不錯了，可他一收就是五十元，他媽的也太不像話了！」

楊二繼續道：「前幾天，魏生雲放出話來，說是歡迎大家到牛浪湖去捕魚，每斤可以提成五毛錢。也就是說，你把打的魚全部交給他，然後由他給你每斤五毛錢的回扣。」

「每斤五毛錢？這是他媽的什麼回扣？這是剝削，地地道道的剝削，比過去的地主階級還要厲害！」麻老五憤憤地說著，又問道，「楊二，這幾天，你也去捕魚了？」

楊二道：「沒有別的掙錢路子，不去又有麼辦法呢？」

「運氣還好啵？」

「好個屁，把老子的魚網都收走了！」

麻老五詫異地問：「幹嘛要收你的魚網？」

「交了魚划船回來時，魏生雲還在野貓口設了個卡子，專門派人檢查。只要發現誰家的船上還有剩魚，就要罰款，沒收漁網。」

「照這麼說，你藏了魚沒有交完？」

「哪裡的話，收網時，我一時大意，有兩條小鯽魚掛在網上忘了摘，被他們發現了，說我偷魚，怎麼解釋、求情都不行，硬是把我的漁網給搶走了！」

「楊二，你平時也很威風的，這時怎就蔫了？」

「麻哥，你有所不知，魏生雲雇了一群打手，都是些土流子、無賴貨，動不動就講狠打人。好漢不吃眼前虧，再大的怨氣，俺也只得憋在肚裡。」

「狗日的，實在是太不像話了！」麻老五猛地站起來，將椅子摔得嘩嘩響，臉上的麻子變成了粒粒紅瘢閃閃爍爍，「老子麻老五也是個不信邪的人！楊二，邀幾個人，找幾條船，咱們明天一起到牛浪湖打漁去！」

二

婉轉的鳥叫與清脆的牛哞打破了夜的深沉與寂靜。

東方的天空，露出了一絲一絲的魚肚白。不一會，又噴出了幾道波浪般的紅霞。紅霞捲了幾捲，卻被一股厚厚的雲層給吞沒了。

楊樹村醒了，雜亂的人影匯向村頭小橋。一陣喧鬧過後，一隻隻漁船在小河中浮現，箭一般地向西邊的牛浪湖駛去。牛浪湖地盤很大，位於湘鄂兩省交界之處，水域也屬兩省共有。因涉及不同省份，管理條例不一，扯皮拉筋的事經常發生，附近的漁民也就有了空子可鑽，常常撈到不少好處。常言道：「靠山吃山，靠水吃水。」附近的村民們也把撈得的好處視為理所當然的事情。

自打魏生雲承包牛浪湖後，管理加強了，要像過去那樣自由出入隨意捕魚，已成陳年舊事。於是，承包主與附近村民之間的矛盾日深一日。

麻老五、楊二等人的漁船進了牛浪湖，大家約了一個會合的時間，很快就東一條、西一隻地散了開來。

打漁的船隻越來越多。附近村子的農民為了弄得幾個錢，過一個像樣的年，又沒有別的路子，大都划了小船來到湖中捕魚，然後提取回扣。

麻老五與楊二合夥共了一隻船，他們一個划船，一個撒網，配合得相當默契，運氣相當不錯，一條條的鯿魚、草魚、鯉魚、鯽魚、鮭魚給網出水面，在船艙蹦蹦跳跳，泛著耀眼的白光。

天空陰陰的，團團凝重的鉛雲懸在頭頂，無端地將日子的弦索繃緊，壓得人心頭發悶發慌喘不過氣來。

下午四五點鐘光景，楊樹村的十來條小船又聚在了一起。也許是天氣的緣故，今天的漁汛比往日任何一天都要好，於是，大家都說是沾了麻老五的光。

麻老五笑笑道：「大家跟著我，到底是沾光，還是倒楣，要等過了野貓口，才見出分曉來呢。」

聽他這麼一說，眾人全都噤聲，對即將發生的事情惶恐不安。

楊二輕聲道：「麻哥，關鍵時刻，這些人恐怕都有點靠不住呢！」

麻老五道：「也怪不得他們，一輩子老實巴交的，沒經歷什麼事情，遇到大的場合，膽子恐怕都要嚇破呢。」

楊二說：「怎麼辦，幹，還是不幹？」

麻老五道：「容我再想一想。」

楊二急切地盯著麻老五，彷彿等了一個世紀，才等來他那兩片嘴唇的嚅動。

「就是幹，也不要牽連大夥，讓他們先走一步吧。」

楊二點點頭：「也成。」

於是，麻老五亮了嗓子道：「快要過年了，大家都想圖個吉利，這樣吧，各位先走一步，我跟楊二留下，再待一會兒就回村。」

聽他這麼一說，其餘的人立時歡聲笑語，搖動槳片，到指定的地點交魚領款去了。

茫茫水面，只孤零零地剩了麻老五與楊二的這條小船。

抽過一陣煙，麻老五終於下了決心，咬咬牙道：「楊二，人活世上，爭的就是一口氣。咱們被逼到今天這個份上，幹也得幹，不幹也得幹！」

楊二道：「我隨你。」

這時，麻老五揭開船艙底板，將兩條鯉魚放了進去說：「咱們倆見機行事吧！野貓口如果他們人多，咱們就不討要你那收去的魚網，你將藏在底板的鯉魚賣掉，再買一張魚網的錢便有了，也算是出了一口氣吧！」

楊二問：「要是這兩條鯉魚讓他們搜出來了呢？」

麻老五道：「那咱們就只有豁出去的份兒了！」

商量已定，楊二將船划到岸邊，將底板外的魚過了秤，有一百零三斤。五毛錢一斤，他們領了五十一點五元錢的「勞務費」。

楊二道：「麻哥，今天咱們真是走火呢，前些日子，我最多一次只捕了三十多斤，像今天這樣多，真是想都不敢想呢。要是每天都能賺個上二三十元，俺也就心滿意足了。」

麻老五撇撇嘴道：「你這人也太容易滿足了。」

楊二嘿嘿嘿地笑。

到了野貓口，岸上立著魏生雲請來的「八大金剛」。

麻老五道：「船艙都是空的，一片魚鱗都沒得，你們還要檢查麼子？」

為首的一個長著一副馬臉，他冷冷地盯著楊二道：「前天才收了你的魚網，我想這次你該不敢做手腳了吧？」

「那自然是。」楊二說著，搖動船槳就要往前劃。

「慢！」馬臉大叫一聲，雙腳一併跳上船來，「我看你是口服心不服，對你這樣的人，就是要防著點！」他在船頭看了看，翻開漁網看了看，又在船尾看了看，沒發現什麼異樣。正想揮手放行，眼睛突然盯在船艙的一條裂縫上。只見他彎下腰，用指頭摳開艙板，頓時，兩條活蹦亂跳的鯉魚映入眼簾。

「哈哈哈……竟敢在老子面前耍起花樣來了！」馬臉發出一陣得意的狂笑，手一揮，打手們一擁而上。

「楊二，快！」麻老五說著，揮起一拳，打中馬臉鼻子。

馬臉猝不及防，身一仰，一個倒栽蔥，「撲通」一聲落入水中。

楊二趕緊撐動竹篙，小船向水中央駛去。

這時，一高一矮兩個打手跳進船艙。

麻老五飛起一腳，踢中高個子胸脯，一聲慘叫中，高個子當即疼得蹲在艙內。麻老五正待轉身，矮矬個揮著一根木棒兇狠地撲了過來。他無法躲閃，舉起右手迎過去，只聽「哢嚓」一聲響，麻老五

「哎喲」一聲大叫。楊二立時慌了神，不管三七二十一地舉起竹篙呀呀叫著亂揮亂舞。矮矬個腦袋中了一篙，身子一歪，栽入水中。就在這時，又聽得「撲嗵」一聲水響，緩過氣來的高個子趁著混亂，跳入岸邊的淺水之中。

這時，岸上其餘五人解開繫在岸邊楊樹上一條新造的大木船，划動著追了過來。

楊二不敢怠慢，使出渾身解數，飛也似的搖動槳片，趕緊逃命。

麻老五靠在船舷邊，左手捂住傷處，咬牙忍住疼痛，細密的汗珠從額角滲出。

楊二的小船輕快靈便，不一會就將追來的大木船遠遠地甩在了後面。

三

傍黑時分，刮起了北風。

天空越來越陰沉，北風一陣緊似一陣，樹梢、屋頂、稻草垛、棉梗垛皆呼呼呼地響個不休。

麻老五將打斷了的右胳膊平放在桌子上，鑽心的疼痛陣陣湧過，他不時地吸溜著冷氣。

何香香眼裡蓄了一汪淚水，亮晶晶地閃。「這楊二，怎麼還不來？」她一邊說著，一邊焦急地朝門外探頭張望。

終於響起了一陣雜遝的腳步聲。

香香欣喜地叫道：「來了，他們來了。」

果真進來了兩個人，打頭的是村裡的土郎中池三喜，緊隨其後的自然就是楊二了。

麻老五說：「池醫生，我這根胳膊，就交給你了。」

池三喜鼻子哼了一聲，對著麻老五的斷胳膊端詳一番，又拎起來好一陣搖晃。

麻老五頓時疼得齜牙咧嘴，「哎喲哎喲」直叫喚，臉上的麻子變得紅紅的，在昏暗的燈光下十分顯眼。

搖過一陣，池三喜終於開口說話了：「問題不大。」

聽他這麼一說，大家皆鬆了一口氣，麻老五立時覺得胳膊不疼了。

池三喜繼續道：「骨頭脫了臼，接上去就行了。若是骨折，麻煩可就大多了。」

麻老五說：「池醫生，把你的絕活使出來，俺麻老五是曉得好歹的，治好了一定要重重地謝你。」

「都鄉裡鄉親的，什麼謝不謝的。」池三喜說著，雙手捧起麻老五的斷肢，眼睛瞪得像雞蛋。

大家摒聲靜氣，也將眼睛瞪得像雞蛋般地盯著池三喜。

池三喜運一口氣，呀地叫了一聲，雙手猛然用勁。

胳膊「嘣」的一聲脆響，麻老五一聲慘叫。

「好了。」池三喜說，臉上露出幾分喜色，「還蠻順當的，已經上位了。俺再給你扯幾帖草藥，敷個十天半月，也就沒事了。」然後，又在麻老五的胳膊上打了石膏粉，上了兩塊夾板，用繃帶纏住。做完這些，池三喜就要走路，他說還有一處等著他去出診。

何香香趕緊從身上摸出兩張十元票子，塞在池三喜手裡。

「大叔，」她說，「這二十元你先拿著，等治好了俺跟你一起結賬。」

「就給一點成本錢吧，麻老五也算是為咱村裡人打抱不平呢，我不能多收你們的錢。」池三喜將一張票子塞進褲袋，另一張放在桌上，拎過藥箱，走了出去。

麻老五道：「他媽的，這口氣，老子怎麼也憋不下！」

楊二道：「都怪我，惹得你過年也要吊膀子。」

麻老五說：「我不怪你！這筆賬，要算在魏生雲和他那八個走狗身上才是！」

楊二道：「乾脆，咱們全村出動，把牛浪湖攪個天翻地覆，搶他個娘的痛快！」

麻老五趕緊攔阻道：「這怎使得，不是明擺著犯了王法嗎？只圖一時快活，弄不好要坐監獄的。再說，村裡人也不齊心，成不了事的。」

「是啊，大都膽小怕事呢。」楊二想起了其他村民的開溜，不禁附和道。

「咱們要出氣，不能明來，只能暗地裡跟他們鬥，我倒想出了一個計謀……」

「什麼計謀？」楊二迫不及待地問道。

麻老五就附在他耳邊，小聲地說了。

楊二聽完，馬上點頭道：「你這法子好，準成！這樣吧，我去找幾個跟咱們既貼心，又不怕事的角色來，來他個出其不意，攻其不備。」

這時，麻老五對香香道：「香香，我外出打工賺的那點錢，都拿出來貼進去用了算啦，人活到這個份上，還什麼年不年的。」

香香沒有作聲，只是進到裡屋，拿出一個布包放在麻老五面前道：「都在這裡。」

楊二道：「麻哥，事不宜遲，要幹，我看就在今晚動手吧！」

麻老五說：「我也是這樣想。」又道：「咱們划算一下，看看該請哪些人在一起幹合適些。」

兩人撥來劃去，最後敲定了竹山、梅生與燈兒。

麻老五說：「這三個人靠得住，加上你，共是四人。我看四個人夠了，多了反而不濟事。」

楊二道：「成，我這就去把他們叫來！」

麻老五說：「香香，還要辛苦你，準備一桌酒席吧。酒是人的膽，喝點酒，事情會幹得更順當些！」

四

風越刮大，夜越來越沉，天越來越冷。

在這寒冷的冬夜，楊樹村的人無事可做，大多熄了燈，早早上床，擁著被子，將自己裹得緊緊的。

大地一片黑暗，似乎回到了原始的蠻荒時代。

在呼叫的北風中，一個拎著大包小裹的身影艱難地走上了村頭的小橋。

他不是別人，就是三年前楊樹村神秘失蹤了的劉老黑。

走過小橋，劉老黑走上了楊樹村的村間小道。

一隻狗吠了兩聲，應者寥寥。

一如三年前的神秘失蹤，劉老黑又神秘地回到了楊樹村。

他慢慢地挪動腳步，仔細辨認著每家每戶的房舍。

最後，他的腳步停在了劉坤老爹寄身的兩間低矮歪斜的草棚前。

他放下包裹，吁出一口積鬱已久的長氣，正準備敲門，屋內突然傳出「汪汪汪」幾聲狗叫。「是黑狗，牠還在！」劉老黑的臉上不禁露出了幾分欣喜。

「咚咚咚」，敲門聲響起，破爛的木門震顫著。

「汪汪汪」，又是三聲有規律的吠叫。

「誰呀？」屋內飄出來一句顫悠悠的問話。

「爹——是我！」

「都深更半夜了，有麼事，等明日不行啵？」顯然，老人什麼也沒有聽清。

「爹，是我，我是黑子呀！」劉老黑叫著，身子靠在門上，一用勁，「呼」地一聲響，門就開了。頓時，北風直往屋裡灌，一陣嘩啦嘩啦亂響。老黑猝不及防，身子猛然前傾，被門檻一絆，「砰」地摔了一跤，直跌得兩眼金星直冒。

這時，黑狗撲了上來，牠張開大口，露出銳牙，向著劉老黑那黑乎乎的腦袋伸去。突然，牠的動作凝在空中。稍一遲疑，黑狗驚喜萬分，搖著尾巴，胸腔發出一陣「嗚嗚嗚」的共鳴，將柔軟而暖和的身子蹭向老黑冷冰冰的臉蛋。

劉老黑呻吟著，扶著門框往上爬。

劉坤老爹伸手摸火柴，哆嗦著從被窩裡鑽出。

「這冷的天，瞌睡都睡不安生，真遭孽喲，也不知出了什麼亂子……」

老黑站穩身，回頭將門關了。裡屋透出紅色的光亮，他知道爹爹已經起床了，馬上扔下包裹，奔了進去。黑狗「嗚嗚嗚」地哼著，跟在身後一顛一顛，用牠那乾癟的身子在老黑的大腿上一撞一撞的。

「爹！」老黑撲過去，一把抱住衰如朽木的父親。

劉坤顫著身，仔細地辨認著。「老黑，是你……是你，你沒有死哇……」老人說著，眼裡滾出一串濁淚，「這幾年，你跑哪去啦？」

「爹，我命大著呢，不僅沒死，還發了一筆洋財呢。」

黑狗圍在擁抱著的父子倆周圍兜來轉去，牠一會兒望望劉坤，一會兒扯扯老黑的褲管，「嗚嗚嗚」地叫個不休。

五

北風掃過漆黑的夜空，不時傳來幾聲夜鳥清淒的長鳴，無端地給這寒冷的冬夜增添了幾分神秘與恐怖。

野貓口，那艘停泊的木船被翻捲的浪濤推湧著，一會兒撞擊土堤，一會兒奔向河心，又被那根粗大的纜繩緊緊地拴回岸邊，作著徒然而無奈的掙扎。

岸邊不遠處，是一間臨時搭就的草棚。草棚外，碼著幾堆紅磚，顯然是備作建築新房用的材料。棚裡橫七豎八地躺了八條漢子，發出一片高低不齊、長短不一的鼾聲。

四條輕捷的黑影一閃而過。

草棚的木門兩邊，各貼了一條黑影，手裡拎著結實的木棒，緊張地守候著。另兩條黑影則拎著瓶子，一左一右地向草棚兩邊跑去。他們揮動著手中的瓶子，將裡面的液體灑向草棚，不一會，空中充滿了一股濃濃的汽油味兒。

突然，漆黑的夜空亮起了一團火苗。北風呼呼，火苗頓時彌漫開來，一片耀眼的紅光照亮了夜空，股股青煙騰來竄去。

棚內傳來「吭吭」的咳嗽聲，不知是誰驚叫了一聲，很快地，猶如炸了鍋般，棚中響起一片呼叫、咒罵與怒吼。

火苗呼哨，響起陣陣爆裂聲，整個草棚籠罩在一片耀眼的火光之中。

點火的兩條黑影也提棒在手，望著火光騰竄的草棚，做出擊打的姿式。

突然間，木門開了，兩人奔竄而出。「刷刷」兩聲響，左右兩旁各自飛出一條木棒，掃在他們的大腿上，響起了骨頭的斷裂聲與倒地的「撲嗵」聲。

又有四條漢子同時竄出。「刷刷」，兩根棒子齊上，兩條漢子直楞楞地撲倒在地。另兩人跑出不遠，也被守候已久的另兩根木棒擊中。

棚內剩下的最後兩人嗷嗷叫著奔了出來，剛剛出門，就被前頭打翻在地的同伴絆倒。立時，便有四條黑影同時撲了上來，對著他們的胳膊、大腿好一陣擊打……

魏生雲請來的「八大金剛」全被打翻在地，混亂的哭叫聲、痛罵聲與詛咒聲響徹夜空，被呼叫的北風吹送著，傳出好遠好遠。

一聲尖厲的呼哨響過，四條黑影晃幾晃，就消失不見了。

六

雞叫頭遍的時候，天空飄起了點點白雪。

雪花越來越稠密，猶如深邃夜空中亮晶晶閃爍不已的星星。

北風捲著雪花，雪花狂舞著在江南的天地間攪動著一鍋稀粥，有聲有色。

天亮時分，風息雪止。

楊樹村一片寂然，滿眼都是眩目的白色，抹去了萬物的棱角，僅留幾條粗而黑的線條，為世界賦予高度的抽象。

不時有壓彎的樹枝、翠竹掙脫大雪的重負，繃直了身，在「沙沙沙」的響聲中，便有一團一團的雪花撒落在地。

劉老黑起床後，拎了拎暖水瓶，裡面空空如也。便舀了一瓢冷水浸濕毛巾，匆匆搓了一把臉，抓過放在床頭的黑色小包，就要出門。

劉坤還沒起床，他躺在床上問：「黑子，這麼早上哪？」

「找何仁金。」

「我昨晚就跟你說了，香香已經嫁給麻老五了，你去找他，半點益處也沒有了。」

「總得給我一個說法是不是？」老黑說著，顧不得爹的勸阻，拉開破門，閃身而出。

老黑一路走去，沒有碰上一個鄉親。難得有這麼一個雪天偷閒，大家都還在享受被窩的溫暖呢。早起的倒是那些孩子們，他們歡快地追逐著，擲著雪球，撲著雪人，銀鈴般的叫聲與笑聲使得劉老黑感到了一股濃濃的親切與甜蜜。

雪地上一串深深的腳印一直延伸到何仁金家門前。

門是關著的，老黑伸出右手，一陣猛敲。

「來了，來了——」屋內有人應道。「吱呀」一聲響，大門撕開一道縫，一張男人粗糙的面孔頓時出現在門與框的夾縫之中。

「何伯，你好啊！」老黑大聲叫道。

「好，好，」何仁金一邊應著，一邊眨著迷惑的雙眼，「你……你是……」

「何伯，你連我都認不出來了？我是劉老黑呀！」

「啊！老黑？你真的是老黑？」兩人面對面站著，貼得很近，嘴裡噴出的團團白氣融在了一起。不錯，是老黑，劉坤家的老黑！何仁金瞪大眼睛將劉老黑上上下下一番打量，心頭滾過一陣難以抑制的驚懼。

這時，裡屋傳來婆娘張秀秀的聲音：「老倌子，這麼早，是哪一個呀？」接著又道：「翠翠，你也該起床了。」

何仁金呆愣片刻，趕緊回過神來，將老黑迎進屋內，搬過一把椅子說：「坐，坐，老黑，坐呀你。」一邊說著，一邊用衣袖揩了揩椅面。

「來了是要坐的。」劉老黑慢吞吞地坐下。

「老黑，這幾年你都上哪兒去啦？說不見就不見了，都把你爹急出了一場大病呢。」何仁金應酬著，又向裡屋喊，「老媽子，來稀客噠，快點出來吧。」

「來了——」張秀秀應著，穿戴齊整地走了出來。見是劉老黑，愣了片刻，立時就回過神來，「哎喲喲，是俺老黑呀，真的成了大稀客啦！當初，你怎麼說走就走了，也不跟俺打聲招呼呀？」

老黑冷冷地說：「跟你打招呼？三年前我是怎麼出走的，難道你心裡不清楚嗎？張媽，我是讓你給逼走的啊！」

張秀秀也不是一盞省油的燈，她立即反駁道：「哪個逼你了？是你自己要走嘛，你走了哪個都不曉得，害得咱們也跟著急。花錢才能娶媳婦，自打盤古開天闢地起，就是這個理兒，也不是俺生著法子來要你，你今天怎麼能這樣說話呢？好像要來跟咱算賬似的……」

老黑打斷道：「俺不是來算賬，是來結賬的。」說著，從帶在身邊的小包中抽出兩紮齊嶄嶄的新票子，「當初，你們不就要五千塊錢的聘禮嗎？俺劉老黑今天帶來了。」

「這……」兩位老人面面相覷，不知如何是好。

老黑又道：「怎麼，還嫌少？」又從包裡拿出一遝道：「還加兩千元，算是三年的利息吧！」

何仁金道：「可是……」

正說著，打扮得花枝招展的翠翠從裡屋走了出來：「我當是誰呢，原來是老黑哥回來了呀！」

劉老黑趕緊回頭：「喲，是翠翠呀，三年不見，長得好快，都成一個大姑娘了。」說著，就將幾紮票子拍在桌上，「翠妹，俺老黑今天給你姐送聘禮來了。」

「遲了黑哥，俺姐今年國慶日就出嫁了。如今，她已是麻老五的人了。黑哥，你要是早點回來還不就好噠。」

「是啊，俺家香香等了你兩年多。這兩年多，你半點音訊都沒有，還以為你不會回來了呢，俺香香這才跟了麻老五呢。」張秀秀也在一旁附和道。

老黑說：「我一回來就曉得她跟了麻老五。」

何仁金道：「既然曉得了，那你還想咋的？」

老黑說：「咋也不咋的，我劉老黑說話從來就是算數的，我說要給你們聘禮，就給你們聘禮。今天，我是專門來送這筆錢的！至於你們講不講信用，那是你們的事。」

何仁金說：「老黑你在外面闖了這幾年，也算是見過大世面的人，咱家香香跟麻老五是領了結婚證，辦了婚禮的，這些，都成了鐵板釘釘的事實，改是改不過來的了！你硬是想鬧事，俺就拚著一把老骨頭，也不怕你的！」

老黑說：「何伯，你弄錯噠，我今天來，不是來講狠，也不是來鬧事的。說過的話，就是潑出去的水，我說過要給聘禮的，我就要給，我老黑是來兌現這句話的。這樣吧，你們先把這幾千塊錢收起來了再說吧。」

翠翠道：「錢我們肯定是不會收的，你想想，俺姐已經出嫁了，怎麼還收你這聘金呢？」

老黑道：「你們收了聘禮，我也沒什麼別的要求，只想跟香香見上一面。」

翠翠說：「要見我姐，好說得很，我馬上去麻哥家把她叫回來不就得啦？可這錢是無論如何也不會要的。」

老黑想了想說：「好吧，聘金我就先拿著，等會兒見了香香再說吧。」

這時，翠翠就衝老黑一笑道：「黑哥，你稍等一會兒，俺這就去把姐叫來。」

翠翠正要出門，張秀秀把她叫住小聲道：「別讓你麻哥知道就是了，把事情搞複雜了不好辦。」

翠翠道：「媽，我清楚著呢。」說著，一溜煙跑了出去。

七

翠翠剛踏上香香家臺階，就喘呼呼地大叫：「姐，姐！」

麻老五右胳膊吊著一根繃帶坐在火盆邊，聽見叫聲，探出個腦袋道：「噢，是翠翠妹，好早呀！這冷的天，快進屋來烤火吧！」

「坐就不坐了，俺找姐有急事呢。」翠翠說著，又大叫，「姐，你出來一下，事情急著呢！」

香香正準備生火做飯，聽外面叫得慌，忙將一次性打火機丟在灶臺上。

香香剛走出，翠翠就將她拉到一邊，望了望屋內小聲道：「姐，麻煩事來噠。」

「什麼麻煩事？」

「劉老黑回來了。」

香香聞言，全身一震：「他到底回來了！」

翠翠道：「俺還以為他死在外頭回不來了呢，哪曉得他命大，還在外面發了洋財，一清早就堵在俺家，板出一遝錢，說是給你的聘金。俺說你已經嫁了麻老五，他說一定要見你一面。姐，來者不善呢，你看到底該咋辦？」

香香有氣無力地說：「我都已經嫁人了，還能咋辦？」

翠翠說：「不管咋樣，你還是跟他見一面吧，老黑在俺家等著呢。再說，你們畢竟有過那麼一段情緣，事已至此，也該了結了結才是。」

「那咱們走吧。」香香說著，想了想又道，「我得跟麻老五說聲才是。」

翠翠趕緊攔道：「別讓他知道，免得把事情弄夾生。」

香香勉強擠出一個笑容道：「你放心，不會的。」這時，香香就走回門邊，對麻老五說：「老五，翠翠找俺有點急事，我回去一陣了就來。」

麻老五問：「什麼事？」

翠翠笑了笑：「麻哥，現在還不能告訴你，到時候你自然就曉得了。」

麻老五說：「什麼大不了的事，搞得神秘兮兮的。香香，事情一辦完，就快點回來呀！」

香香應了一聲，姐妹倆手拉手匆匆而去。

麻老五望了望她們遠去的身影，將大門虛掩了一下，走回火盆邊。

不一會，屋外響起一陣雜遝的腳步聲。

麻老五伸手烤著火，沒有半點在意。

隨著「吱呀」一聲門響，屋內一下子擁進四條漢子。

麻老五定睛一看，卻是一個也不認識，他趕緊問道：「你們找誰？」

「請問，這是麻老五的家嗎？」

「是的，我就是麻老五，你們……找我有事？」

「不錯，找你有事。我們是鎮派出所的，麻煩你跟我們走一趟吧。」原來是員警，可四個人都穿著便衣。

直到這時，麻老五才知道昨天發生的一件事情已將自己捲了進去。他心裡十分清楚，這事肯定會找到自己頭上來的，他已做好了充分的思想準備，只是沒有想到派出所的員警會來得這樣快。

「好的，我這就跟你們走。不過，我得跟妻子留個紙條，免得她不知俺的去向。」麻老五鎮靜地說著，尋出一支鉛筆，撕開一個香煙盒，用左手慢吞吞地寫下幾個歪歪扭扭的大字留在桌上：「我跟派出所的走了。」

與麻老五一起帶走的，還有楊二。因為白天的偷魚鬧事，他們倆理所當然地成了夜晚縱火報復、行兇打人的重大嫌疑犯。

八

香香一進屋，家人全都主動地避開了，何仁金與張秀秀進到廚房，翠翠則一頭扎進了自己的閨房。

香香和老黑相互對望著，千言萬語湧塞喉頭，不知從何說起。

還是香香開口打破了沉默，她盡力保持鎮靜，不讓心中的迷亂寫在臉上：「黑哥，這兩年在外面過得還好啵？」

老黑道：「好，好個屁，受盡了的罪！要不是為了你，我恐怕早就熬不到今天了。」

香香盡量笑了笑：「總算回來了，回來了就好！聽說還在外頭發了洋財，你還是蠻有出息的呢老黑哥。」

劉老黑板著臉道：「香香，我可是半點也笑不起來，我的心頭在滴血呢！你不是說要等我的麼，怎麼就等到麻老五家去了？」

「俺爹，還有俺媽，他們……」說到這裡，香香話頭突然一轉，「老黑，你也不想想，你出去了半點音信也沒有，誰知你是不是在外頭娶了個洋氣的城市姑娘，難道要我活活地等上你一輩子不成?!」

「香香，你應該知道，我這一輩子，心裡頭就只有你一人，我……我……」老黑喃喃說著，猛然站起身，撲向香香。

香香不知所措。

劉老黑順勢一把將香香抱在懷裡，大步跨向內屋。

他將香香往床上一丟，突然返身，砰地一下將門栓了。

香香猝不及防，她根本沒有想到劉老黑會來上這麼一手，驚懼地翻過身，奔過去拉門栓。

劉老黑靠著門背伸出雙臂，一把將她攬在懷裡，嘴唇往她臉上湊。

香香反抗著，她伸出雙手，使勁推開老黑的腦袋，同時將頭扭向一旁。「老黑，放開我！你聽見沒有？放開我！再不放，我可就要喊人了！」香香小聲而堅決地說道。

劉老黑不作聲，洶湧的感情潮水氾濫著，扭歪了他的面孔，嘴裡發出一陣激動而粗重的喘息。

「老黑，你聽我說，」見硬的不行，香香就軟了口氣，「你還是把我忘了吧，我是結了婚的人，這身子，已經給麻老五了。」

「我不管，我要的就是你！香香，俺跟你說實話吧，今年上半年，俺在外頭發了筆大財，這次回來，一是娶你，二是做棟小洋樓，跟你在一起待著好好過日子。可是，沒想到你這麼快就嫁人了，但我還是要娶你，我要帶上你，還有俺爹，離開楊樹村，走得遠遠的，到外面尋一處好地方去享清福。」

「俺沒有這個命！」

「你有，你有，你就有！」

「嫁出去的姑娘，就是潑出去的水，俺嫁雞跟雞飛，嫁狗跟狗行。咱今生對不住你，來世變牛變馬報答吧。老黑哥，咱妹翠翠，比俺要強，你若看得上，我可以跟你們倆牽線。」

「不，香香，俺要的是你，是你呀！」老黑狂怒了，什麼也顧不得了，他使出渾身力氣，一把扳過香香的腦袋，將嘴唇貼了上去。

香香一接觸到老黑滾燙的熱唇，脆弱的薄冰突然穿了一個窟窿，積聚已久的情感如開閘的洪水奔瀉而出。香香頓時軟了，化了，全身不由自主地癱在劉老黑的懷中，眼角滾出一串晶瑩的淚水……

九

中午時分，梅生、竹山、燈兒三人驚恐不安地聚在了一起。

「鎮派出所的穿著便衣，將麻老五與楊二帶走了。」燈兒說。

梅生問：「你怎麼知道的？」

「聽香香說的，麻哥走前給她留了張紙條，香香要我們有點準備。」

竹山問：「什麼準備？」

燈兒道：「是不是出門避避風頭？」

梅生道：「不能走，咱們不能走，一走人家就更認為是咱們幹的了。躲得過初一，躲不過十五。再說，馬上就要過年了，外出的人都往家裡奔，咱怎能朝外逃呢？」

燈兒道：「那不等著讓人來抓嗎？」

梅生說：「要是抓，派出所的不早就把我們跟麻哥和楊二一起抓走了嗎？」

竹山道：「對，現在的關鍵，就看麻老五跟楊二挺不挺得住。要是他們死不承認，派出所的沒有當場抓住，又沒有什麼證據，是拿我們沒有辦法的。」

梅生說：「麻哥肯定是不會招供的，楊二也算得上一條漢子，看來咱們也不必太驚慌，還是跟過去一樣，裝得什麼事也沒有。」

竹山與燈兒同時道：「看來也只有這樣了。」

這樣商量著時，三人的心裡才安定了一些。

過了一會，燈兒又說：「劉老黑回來了呢，你們曉得不？」

「老黑？他幾時回來的？」

「也是昨天晚上。」

「你見著他沒有，還是過去那副老樣子吧？」

燈兒道：「見著了，一副很闊氣的樣子，看來是在外邊發了大財呢。」

竹山說：「老黑一回來，跟麻哥就有好戲看了。」

梅生說：「是的，香香是他心上人，他不會就此善罷干休的。」

燈兒道：「屋漏偏遭頂頭雨，這些事，都讓麻哥一人給擔上了。」

竹山道：「我看老黑回來得正好！」

梅生、燈兒不解地望著他。

竹山繼續道：「咱們這個年好像硬是翻不過去似的，手頭乾癟癟，正好共他的產。」

燈兒、梅生聞言，馬上附和道：「對，共他娘的產，這不也叫有福共用、有難同當麼！」

十

首先要做父親的思想工作。

可不論老黑怎樣勸說，劉坤就是不肯離開楊樹村。

他說他在村裡過了一輩子，再窮再苦都挺過來了，已經過慣了，哪兒也不願去了！都土埋半截的人了，人家都興落葉歸根，他還往外邊跑幹嘛呀？就是天堂，他也不願去！

勸不通，硬是勸不通！又不能強逼著父親離開，老黑只得另想法子。想來想去，就讓父親一人繼續待在村裡吧，他每年抽空回來看看，盡盡孝心就是了。不過，這個爛草棚子是無論如何得換一換了。他想給父親重新做一間新瓦房，一來時間緊，二來又是年關，請不到幫工，十分猶豫。後來，聽說村東頭的吳天亮全家搬到鎮上做生意去了，三間空瓦房正想賣給別人，一直沒有找到合適的買主。

老黑聽說後，不禁喜出望外，趕緊過去談價錢。一個想買，一個想賣，這筆生意很快就成交了。

劉老黑拿到房屋鑰匙，準備下午就搬家。破破爛爛的家什倒不多，但總歸是一個家，也還要搬一陣子才行。他決定在村裡請幾個年輕的幫工來，幾下子幹完了事。

正在這時，梅生、竹山、燈兒三人踏著積雪，拎著一塊肉、一兜魚、一個小布包咋咋唬唬、笑笑鬧鬧地走了進來。他們一進門就高聲大叫：「劉爹，黑哥，給你們送恭喜來了！」

劉坤迎道：「快，快請坐。」

老黑掏出帶回的「紅塔山」香煙耍條，又從包裡掏出一些糖果、糕點招待他們。

竹山站在屋當中，拎著魚兜左右晃了晃，道：「咱們明不打假說，弄了這些東西，是來找老黑哥喝酒的。弟兄們兩三年不見，大家湊在一起不容易，今天聚聚，在一起好好樂樂，痛痛快快地喝一回吧！」

老黑道：「你們來得太好了，我把村東頭老吳的房子給買下了，正準備請人搬家呢。大家跟我幫幫忙，最多兩三個小時的功夫就夠了。」

梅生道：「趕上喬遷之喜，也是咱們的福氣呢，來，趕快動手吧。」

燈兒道：「對，早動手早完工。」

老黑說：「幹完了咱們就喝他個一醉方休！」

大夥兒說著笑著，將破棚子裡的東西搬的搬，抬的抬，直往村東頭運。

棚子裡的東西很快就搬了個精光，老黑說：「這個爛糟糟的破棚子，還留著它幹嘛？乾脆，點把火燒了算啦。」

竹山趕緊勸道：「不能點！」

「為啥不能點？越燒越發呢！」

燈兒道：「留下它吧，這稻草、板壁、木門都能當柴燒，也可以薰肥呢，白白燒掉，不是太可惜了嗎？」

「也罷，咱就不燒了。」老黑說畢，一行人就往剛剛搬了的新家走去。

這是一棟三間的紅磚紫瓦屋，寬敞明亮，與過去那個破草棚子相比，真是不可同日而語。

稍事休息，大家一齊動手，有的切肉，有的剖魚，有的燒火，有的洗鍋，大家有說有笑的，忙得熱之鬧之。

劉老黑感到了一股從未有過的溫暖，他從提包裡掏出兩瓶「五糧液」道：「這是俺帶回的兩瓶好酒，今天就全都乾了吧！」

冬天黑得早，不一會，天色就暗了下來。

菜很快做好，全都擺上桌來。五個男人圍桌坐了，昏暗的燈光下，大家一齊舉杯。

「乾！」隨著一陣大呼小叫，眾人就喝開了。

老黑將這幾年心中厚厚的壁障拆了去，敞開心扉，無遮無攔地高談闊論，屋內不時爆發出陣陣爽朗的笑聲。

兩瓶「五糧液」的瓶子空了，劉坤老爹又拿出槽房打來的一大罈穀酒。

也不知喝了多長時間，看看已經盡興，竹山問道：「黑哥，這幾年，你在外面打麻將不？」

老黑道：「打，不過很少。」

「今晚來幾盤怎麼樣？」

老黑想了想道：「來就來吧，只要大家痛快，俺老黑奉陪呢。」

燈兒問：「帶不帶彩？」

梅生道：「當然帶彩，不帶彩打得有什麼意思！」

竹山說：「那就開始吧。」

老黑道：「可是，我家沒有麻將呢。」

燈兒早有準備，他將帶來的那個小布包拿出來一陣抖：「這不是麻將嗎？我隨身帶著呢。」於是，將桌上狼藉的杯盞拆了去，拿一條抹布將桌子揩得油光泛亮，鋪上一張包袱，打開小布包倒出麻將，一陣清脆的碰擊聲格外響亮。

四人摸了「風」，按東南西北的方位坐下，便玩開了。

喧鬧聲逐漸稀落，大家都盯著面前或桌上打出的麻將牌，一張一張地出著，打得很認真。偶有一兩句說話聲，也是「出啊」，「這是一張什麼牌呀，太臭了」，或是「和了」之類，聲音都不大。每盤打完，總要響起一陣「嘩啦嘩啦」清脆的洗牌聲。

劉坤老爹站在一旁看了一會，感到腰酸背疼的，就說：「你們玩吧，俺就不陪了，要上床暖和暖和了。」

竹山等人道：「劉爹，您去睡吧，不要管咱們，弄不好，會打一個通宵的。」

劉坤將大門掩了，又用一把靠背椅子抵著，就到裡屋睡覺去了。他偎在床上躺著，抬頭望著紫瓦屋頂，一切彷彿都在夢中，硬是半點睡意也沒有。

夜越來越深了，家家戶戶閃爍的燈光漸次隱去，只剩了劉老黑家窗上朦朧的光亮。

這時，屋外的雪地上閃過兩條瘦長的身影，眨眼間便竄到了高大的屋簷下。很快又貼到大門旁，弓了腰身從門縫往裡瞧。

一切都跟預先設想的一模一樣。

突然間，一陣猛烈而清脆的敲門聲打破了夜的寂靜。緊接著，「砰」地一聲響，木門被有力的一腳踢開了，靠背椅「嘩」地一聲摔在地上。

村裡響起了狗的狂吠，聲聲淒厲的叫聲驚醒了人們的美夢，一雙雙驚懼的眼睛茫然地瞪視著黑暗的夜空。

屋內平地捲起一陣急風，兩條黑影倏地竄了進來。黑狗一聲狂叫，沒命地撲了上來。來人似乎早有準備，飛起一腳，正中牠的脖頸。只聽「嗵」地一聲響，黑狗呻吟著倒在地上。立時，牠又拚出殘剩的餘力與敏捷，趕緊翻一個身，後退兩步，眼裡射出憤怒的綠光，叫著跳著，躍然不已，但終是沒有再往前撲的勇氣了。

一切都在一瞬間之內發生，屋內的老黑、竹山、梅生、燈兒皆傻了眼，直直如木樁般僵坐著，半天回不過神來。

「我們是來抓賭的！」破門而入者低沉而嚴厲地說道。

劉老黑抬頭一看，眼前站著兩個威風凜凜、哆哆逼人的戴著大沿帽的民警。

其中一個徑直走到劉老黑面前，厲聲說道：「進號子，還是罰款，你們挑吧。」

面前桌上，是一堆凌亂的紙幣與麻將，老黑無以抵賴，正要答話，只見劉坤全身哆嗦著從裡屋走了出來。

劉坤老爹揉揉雙眼，瞪大眼睛仔細瞧著，不禁被眼前的一幕嚇得不知所措，突然「啊」地發出一聲大叫，聲音拖得很長很長，淒厲哀婉，令人毛骨悚然……

十一

第二天清早，劉老黑來到麻老五家找香香。

香香與老黑分手回到家裡，見到紙條，知道麻老五被帶到了派出所。她將此事告訴燈兒後，馬上就去了鎮裡。她在派出所與麻老五匆匆見了一面，旁邊有人監視，什麼知情話也不能說。麻老五叫她不要急，他被人打斷了一隻胳膊，晚上還怎能再去放火打人呢？過不了幾天，肯定就要放他回家的。最後，麻老五道：「只要能回家過個團圓年，也就心滿意足了。」香香回到家裡，一整夜都沒睡好覺。

老黑一見香香，就提出要她趕緊收拾準備一下，盡快離開楊樹村。他說：「昨天晚上有人算計了我，打點麻將玩，桌上的一二百元錢沒收了不說，還硬是罰了老子兩千塊。有人已經盯上我了，再待下去，不知還要想些什麼法子再來捉弄我。」

香香說：「可是，老五昨天給鎮上派出所抓走了。」

老黑說：「老五不在家，機會正好。要是他在家的話，咱們的行動哪有這麼方便？」

香香卻一個勁地搖頭道：「不，我不能幹偷偷摸摸的事情！就是走，我也得跟老五說個清楚，講個明白。他待我不錯，我不能做沒有良心的事情。」

老黑說：「讓麻老五知道了，他還能讓你跟我一起走嗎？」

香香道：「他要是不讓，我就走不成。為了娶我，他花了七八千塊錢，還借了人家四千多，直到今天沒有還。他外出打工，也就是想賺幾個錢回來還債的，哪想到外面的錢一樣地不好賺，除開吃喝，只賺了兩百多元。一回來，就遇上了一些麻煩事，賺的一點錢也花光了。」

老黑道：「他借的錢，我跟他還怎麼樣？我不僅跟他還債，還要把他娶你的錢都還給他！」

香香道：「這些，得等老五回來了，你們兩個男人在一起商量吧。」

「咳，那能商量出個啥結果？」

「老五又不橫扯筋，他是一個通情達理的人，只要你們好好談，總歸有一個好結果的。」

「不，香香，不能等他回來，現在是個好機會，咱們快點離開楊樹村吧！」

香香堅決地搖頭道：「那不成，老五現在還在牢裡關著，我卻偷偷摸摸地跑開，像個什麼話？我一定得等他出來了再走！」

老黑勸不轉，只得焦急地等著派出所放人。

等了兩天半點結果也沒有，劉老黑急得像隻熱鍋上的螞蟻。

他終於等不及了，帶上幾千塊錢，決定先把麻老五保釋出來再說。

來到鎮上派出所，值班的問他找誰，他說找所長。值班員說所長工作忙，有什麼事直接找他得了。老黑只是一個勁地說他什麼人也不找，單單只找所長一人，並說他要辦的事只有所長解決得了。值班員見他似乎頗有來頭的樣子，也就不敢怠慢。「好吧，你等著，我這就去把所長找來。」值班員說著，匆匆走了出去。

不一會兒，所長就進來了。劉老黑定睛一看，不禁驚喜地叫道：「不是江楓嗎？原來你當了所長呀，這幾年，你倒混得挺不錯的呀！」

江楓跟老黑，讀高中時在同一個班，那時老黑還是副班長呢。

江楓一見老黑，兩雙手握得緊緊地：「這幾年你不是失蹤了的嗎？什麼時候回來的？在外頭混得怎樣？」

一陣寒喧過後，老黑就問起了麻老五跟楊二的事情。

江楓說：「關也關了，審也審了，他們倆死都不承認在野貓口放火打人的事。咱們抓人，也是憑那天黃昏時鬧的一場糾紛，當天晚上的事沒有抓到半點把柄，他們又死死地不承認，也拿他們沒有辦法，看來只得從緩、從長計議才是。」說到這裡，江楓問道：「你是來幫他們求情的吧？」

老黑點點頭：「也算是吧。」

江楓笑了笑說：「既然如此，我就送你一個順水人情吧。都快過年了，老關在號子裡也不是個法子，那就先放他們回去吧。不過，要是查出放火打人的事真是他們幹的，那我還要把他們抓回來的喲。」

「那自然是，犯了法就得伏法呢。」說到這裡，老黑又禁不住問道，「大前天晚上，你們派出所在楊樹村抓了一場賭對不？」

「大前天晚上？」江楓想了想道，「大前天晚上……沒有，絕對沒有的事！大前天晚上我們派出所的聚在一起學習一份剛剛下達的重要文件呢，沒有外出行動。」

老黑說：「這就怪了，那天晚上，我跟村裡的幾個夥伴在一起打麻將玩，帶了一點彩，半夜時分，突然闖進兩個員警，不僅將桌面上的一兩百元錢收走了，還硬是罰了我兩千元的現款才算完事。」

「沒有的事，絕對沒有的事！」江楓氣憤地說著，一拳頭砸在桌子上，「真是膽大包天，竟敢冒充公安人員抓賭！這還了得，一定把他們查出來，好好整治整治，讓他們曉得咱姓江的厲害！」

十二

劉老黑前腳離開派出所，麻老五和楊二後腳就給放了出來。

江楓嚴厲地說道：「今天，放你們出去，並不是事情已經了結，而是我的同學劉老黑來求情，讓你們回家過個團圓年。只要野貓口的案子還沒查清，年前年後這段日子，你們哪裡也不能去，隨時等候傳訊！」

麻老五與楊二滿口諾諾。

一出派出所大門，楊二就道：「麻哥，劉老黑回來了，該不會跟你兩人來爭搶香香吧？」

麻老五悶著頭不作聲。

楊二又說：「他一回來就跑派出所為咱們求情，恐怕沒安好心吧？」

麻老五說：「照你看他是安的什麼心？不管咋說，總算是為咱求了情。要不是他，咱們不是還待在那間又濕又暗的號子裡頭嗎？」

「是的，不管怎麼說，這事得謝他才是。」

兩人匆匆低頭往回趕，悶悶地走了一程，麻老五突然歎一口氣道：「怎麼一些事都湊到一塊來了？」

楊二道：「這就叫禍不單行呢。」

麻老五道：「管他是禍是福，是禍躲不過，是福跑不掉。唉，要想翻過今年年關，怎就這樣地難呀？」

回到村裡，臨分手時，楊二道：「麻哥，你胳膊斷了辦什麼事都不方便，只要有用得著我的地方，就是搭上這條命，我楊二也不會皺眉頭的。」

他這話說得再明顯不過了，麻老五盡量擠出一個笑容道：「楊二，你的心意我領了！」

剛回到家中，還沒容麻老五開口，香香就說開了：「老五，自打咱們的事情確定後，你待我實在是太好了。要是老黑不回來，我也就忘了他。可是，他突然間就回來了。一見到他，我發現還是愛著他，這真是沒有法子的事兒，我不想欺騙你，也不想欺騙自己的感情。可是，我又不能做沒有良心的事情，我畢竟是你明媒正娶的女人，不能瞞著你偷偷摸摸地跟他走。我要等你回來，徵求你的意見。你若同意，老黑答應給你兩萬塊錢讓你還債，也好再娶一門媳婦；你若不同意，我……就留下來，繼續跟你在一起過日子……」

麻老五想了想，道：「這件事，我還是隨你，畢竟，你跟老黑有過那麼多年的交往，感情這東西，是來不得半點勉強的。」

「那……我……」望著痛苦萬分的麻老五，香香不知說什麼才好。

麻老五道：「這樣吧，我單獨跟老黑談一談吧。」

香香道：「我也是這個意思呢，你們談出個什麼結果，我就按那結果辦。唉，我這人，真像分成了兩半似的，腦裡也亂糟糟的，像在煮一鍋稀粥……」

麻老五在香香的幫助下，抹了一個澡，將這幾天的一身臭衣服換了，就去村東頭找老黑。

兩人見了面，一時都不願切入正題，皆一聲不吭，只是大口大口吞雲吐霧地吸著煙。煙霧彌漫開來，將他們兩人罩得朦朦朧朧、模模糊糊的。

還是麻老五打破沉默道：「老黑，過去的事，不能怨我，也怨不得香香。」

「是的，我都不怨。要怨，也只能怨自己，怪自己以前太沒出息太沒本事了。」

「生米已經煮成熟飯，這次回來，你打算咋辦？」

「我跟香香這多年的感情，你也曉得的。俺心裡裝不下別的女人，這輩子，就只能是她了。」

沉默。

老黑繼續道：「只要你讓了香香，我什麼都可以依你。我可以送你兩萬元，讓你去還債，讓你再娶一個更年輕更漂亮的媳婦……要是你嫌少……那……我就再加五千吧。」

麻老五說：「再給我一支煙。」

老黑又遞過去一支「紅塔山」。

麻老五吊著個右膀，點火不方便，老黑趕緊為他點燃。

麻老五一口一口地吸著，半天不肯表態。

老黑急了，又道：「老五，我再加五千，一共是三萬，只要你讓了香香，我給你三萬！為了香香，我什麼都可以豁出。但是，俺也只拿得出三萬，再多，我也沒有了。」

這時，麻老五終於開口了：「老黑，既然你們兩人愛得……怎麼說呢？愛得這麼深，我也受了感動。這樣吧，何香香，我就讓給你了！」

「真的？」

「君子一言，駟馬難追！」

「啊，這可是真的?!哎呀呀，這真是太好啦！老五，俺一輩子也忘不了你的大恩大德！」老黑激動地站了起來，跑過去緊緊地抓住麻老五的左胳膊，一個勁地搖晃不已。

左臂的大幅度搖擺扯得吊著的右臂疼痛不已，麻老五咬牙忍著。待老黑平靜了些，他才說道：

「不過，俺也有個條件。」

「什麼條件？你儘管說，只要我劉老黑辦得到的，就是赴湯蹈火，俺也上了！」

麻老五說：「你的錢，再多我也不要。你曉得的，我麻老五從來都是講義氣的，並不是那種見錢眼開的人。」

「這我自然曉得。」老黑馬上附和道，生怕又有什麼變卦。

「老黑，俺這根胳膊是怎麼斷的，俺為啥平生第一次給關進派出所，並遭到審訊和毒打，我想你應該曉得了。這都是狗娘養的魏生雲給害的，我恨他，恨死了他，咱們全村人都恨他。」麻老五激動地說著，做了一個下劈的動作，「你要是將這事辦了，就大搖大擺地帶上香香，遠走高飛吧！到時候，俺麻老五放一掛萬字鞭炮為你們送行！」

老黑一時拿不定主意，眼珠在眼眶內不停地轉動著。

不過一刻，他就咬咬牙，點了點頭。

「那麼，就這樣說定了！」

「一言為定！」

劉老黑的右掌與麻老五的左掌碰在一起，擊出了「啪」地一聲脆響。

十三

就在麻老五與楊二放出來的當天晚上，楊樹村的梅生、竹山、燈兒，還有竹山從外村請來冒充公安人員前來「抓賭」的兩個親戚，一同給抓進了鎮派出所——原來他們幾人做「籠子」讓劉老黑鑽，沒想到結果作繭自縛。

江楓命人將他們關在號子裡狠狠地吊打了一夜，每人罰款五百元。那收去的一二百元所謂賭款充公，罰去的兩千元款子追回來退給了老黑。

第二天，派出所通知他們三人的家屬帶錢取人。有現錢的馬上去取，沒有款子的為了讓自己的親人在號子裡少關些日子，少受些痛苦，也想盡千方百計湊上五百元。於是，三人在同一天給放了出來。

晚上，竹山、燈兒、梅生三人又聚在了一起。他們身上，皆留下了青一道、紫一道的印痕，特別是竹山的額上，更是斜著一條長長的結了血痂的傷疤，煞是刺目。

燈兒後悔地說：「早知如此，也就沒必要冒充員警共老黑的產了。」

「是啊，」梅生附和道，「這真是屙屎打噴嚏——兩頭背時，挨一頓打不說，又倒貼進去五百元。」

「還害得咱們臉面無光，要是讓鄉親們曉得是我們在做『籠子』，以後可就抬不起頭來了。」燈兒又道。

這時，一直沉默著的竹山開口道：「要我說啊，都怪他娘的老黑！」

「想想也是，要不他去派出所報案，咱們怎會吃這大的虧呢？」燈兒說。

竹山道：「我聽楊二說，那個江所長是老黑的同學。」

梅生趕緊「哦」了一聲：「怪不得案子破得這麼快的。」

燈兒說：「這筆賬，看來都得算在老黑身上。」

竹山輕輕撫著額上結了血痂的疤痕，不禁憤憤然：「是的，這口怨氣一定得出，不然的話，這個年也就過得太窩囊太悶氣了！」

燈兒咬咬牙道：「依我說呀，咱們這回得狠狠心才是，弄不好，又得給抓進號子活受罪。」

竹山說：「是的，咱們這回一不做二不休，乾脆來它個『一鍋端』，將他的產全都共了，也好過一個痛快年！」

於是，三人的意見很快得到統一，就一些具體的方法、細節等問題開始商量討論。

臨分手時，竹山又再三再四地交待道：「這是咱們三個人的事兒，絕對不能讓麻老五跟楊二曉得，知道不？」

梅生與燈兒點頭不已。

十四

劉老黑開始了緊張的行動。

他足蹬黑皮鞋，貼身穿一件耐寒的「宇航棉」襯衫，一身西裝，打著領帶，風度翩翩地來到牛浪湖邊打探魏生雲的消息。

緊靠湖邊的渡口旁有幾幢紅磚紅瓦房，牛浪湖管理委員會就設在這裡。

老黑在這排平房前一路走去，停在門框邊掛著木牌的那間，大搖大擺地走了進去。

「請問魏老闆在哪兒？我想見他一面。」老黑向一個坐在桌前的中年婦女問道。

女人一見老黑這副打扮，冬天了還西裝革履的，也不敢怠慢，趕緊要他坐了，又是遞煙又是倒茶的，然後將魏生雲的去向告訴了他。

於是，劉老黑便知魏生雲到外面請捕撈隊去了，晚上才能回來。

其實，魏生雲的日子也不好過。

他先到鎮上，找到了蕭鎮長。

蕭鎮長一見魏生雲，不禁喜出望外：「哎喲喲，原來是老魏呀，你來得正好，我正要派人去找你呢。」

魏生雲問：「有事嗎？」

「也沒別的事，還不是一個字——錢！大家都等著你的提留款、承包費好過年呢。」

魏生雲一聽，不禁訴起苦來：「我的鎮長大人喲，俺這幾天過得好煩人喲，簡直要把我給活活地悶死了呢！湖裡放了那麼多的魚苗，可就是打不到什麼魚；鑽空子偷魚的層出不窮，怎麼也止不了；這請來的八條漢子給打癱在野貓口，硬是破不了案，看來幾千塊錢的醫藥費得歸我自個兒掏腰包了；這兩年，我加強牛浪湖的管理，把周圍的鄉親們都給得罪了，不少人罵我恨我，還有人揚言要我的人頭，要剝我的皮，抽我的筋呢！可不，這幾天大家都聯合起來跟我作對了，怎麼也招不到打漁的，提成費由原來的五毛漲到七毛，也不見有人來捕撈。可今天都臘月二十四，過小年了，這日子是一天緊似一天。沒有魚，我跟人家訂的那些合同咋辦？沒有魚，我也生不出錢來交提留款承包費呀！照這個樣子下去，明年我可是不想承包了呢……」

蕭鎮長道：「明年承不承包那是明年的事，可今年你是無論如何也抽不出腿了。我都實話對你說了吧，放寒假前民辦教師的工資要兌現，我哪來錢給他們？可是他們也實在是不容易呀，一年忙到頭，就等著這筆錢來過年，要是我不發放，他們就會鬧事，還威脅說要到鎮上來遊行，到縣城去示威，我真擔心這些臭知識份子拆我的臺呢。沒有辦法，只得把鎮裡幹部的工資先墊出去發給他們，才平息了這場風波。可是，我總不能把全鎮幹部的工資拖到年後去發呀，要是這樣，那他們可真要把我的肉切碎了做丸子吃呢。」

魏生雲道：「鎮長，我也知道你的難處，這幾天，我盡量想辦法弄錢交你先發工資吧。不過呢，我也希望你能給我一些實質性的支持。」

蕭鎮長說：「只要辦得到的，我當然是義不容辭了。」

「我想請你幫我找幾支漁業隊，你想想，只要有了漁業隊，把湖裡的魚撈上來，不是什麼問題都解決了嗎？即使賣不出去，也可以給大家分魚呀，要過年了，魚很走俏呢。」

蕭鎮長聽了，爽快地答道：「行，我這就跟你上幾個地方去跑跑，看能不能拉上兩支漁業隊，讓他們下牛浪湖去捕魚。」

十五

牛浪湖渡口旁有一家漁味餐館，店主複姓歐陽。

歐陽師傅炒得一手好菜，尤其精通魚道。同一種魚，一經他手，就能做出三十幾種味道不一、形狀各異、色彩紛呈、香氣撲鼻的魚餐來。歐陽師傅其名，傳遍遐邇。政策於他有利，取材又方便，兼有天時、地利，也就賺了不少的錢。當然，人和更是一個不可缺少的因素，特別是像魏生雲這樣的人，更是半點也得罪不起。

已是掌燈時分了，魏生雲笑模笑樣地獨自一人走了進來。

歐陽師傅馬上湊過去恭維地說：「魏老闆，瞧你這樣子，定是碰上了什麼大喜事喲。」

魏生雲道：「也沒麼大不了的喜事，只不過今天的事情比前幾天要順一些。」說著，就要了一個單間。

歐陽師傅問：「魏老闆，點些什麼菜呀？」

魏生雲揮揮手說：「隨便，把你的拿手菜上幾道就是了，全都記在賬上。今天是臘月二十四，過小年了，你就放心吧，俺包管在大年三十前跟你把賬結清，短不了你一分一文的。」

歐陽師傅趕緊道：「對魏老闆，俺最放心了。」

「拿一瓶『黃山大麯』吧，這酒味道醇正，有勁。」

「是。」歐陽師傅應著，拿到酒，趕緊下到廚房炒菜去了。

不一會，頭道菜——一盤紅燒烏魚端了上來。

魏生雲打開瓶蓋，也不要杯，對著瓶口仰脖喝了起來。

今天虧得動了點腦筋，搬動了鎮長大人，不然的話，自己一人出馬，哪個把你當人待？事情準得又黃。就是蕭鎮長出面，也費了一番周折，才調動了兩支漁業隊，一支答應下湖捕兩天，另一支是三天，輪流著捕，可以撈到臘月二十九了。咱再想點辦法，去找找親戚朋友，把周圍的農民都動員起來，讓他們全來捕魚，把回扣費漲到每斤八角，就是一塊也行。多給他們一點好處，正好也可以緩和一下關係，免得他們一提起我就罵娘。幹承包這事，實在是太難了，明年不想幹了，反正錢也賺了，夠得上老子花銷一輩子了。今天二十四，離大年三十還有六天，老子一定要抓住這六天的機會，把湖裡的魚多捕一些上來，那就可以多賺一點錢呢……

魏生雲獨自一人吃著喝著，魚餐一盤接一盤地端上桌來，不一會，一瓶「黃山大麯」也乾得差不多，只剩下淺淺的一點了，再要不了兩口，就可以乾完了。酒勁上來，想到得意之處，將這幾天的煩惱苦悶不禁忘得一乾二淨，有點飄飄然起來。

反正明年不幹了，他娘的老子不承包了，讓你們去恨去罵去眼紅吧，哈哈哈哈……

笑聲顫抖著，煙霧繚繞著，在搖曳的燈光中，突然就浮出一個身穿西服的年輕人。都冬天了怎麼還穿西服？該不是眼花看錯了吧？俺現在在哪裡，是不是在做夢？

「魏老闆，俺找你好幾天啦，原來你躲在這裡一個人喝悶酒呀。」來者道。

不，不是夢，是真的，是一個真實的人，一個陌生的真實人在跟他說話。

魏生雲放下酒瓶，扔了煙蒂，揉揉眼睛，強打精神緊盯來人。

「你……你是誰？我……怎麼不認識你……」他抬起右手，指頭一顫一顫地抖動著。

「魏老闆，俺是來搭救你的，」來人有板有眼地說道，「我有一支漁業隊，一支實力雄厚的漁業隊，可以幫你在牛浪湖捕魚的。」

「什麼，你說什麼？漁業隊？你可以為我捕魚？你能把牛浪湖的魚都跟老子打上來麼？」

「能啊，魏老闆，年前這幾天，我都可以幫你在牛浪湖打漁呢。我這支漁業隊的設備先進，在全縣都算得上一流，湖裡的大魚小魚，我都能跟你打上來。」

「你說的都是真的，該不是在騙我吧？」

「我一個外地人，騙你幹什麼？明天，我把隊伍拉過來下湖好啦。」

「哈哈哈，真是天助我也，他媽的，老子這幾天恨不得把牛浪湖的魚全都打上來！」

「你就放心好啦，我會盡力跟你把牛浪湖裡的魚全都打上來的。魏老闆，天不早了，你也喝夠了，該上床休息了，來，俺扶你回家，好好睡個安穩覺去吧。」

來人說著，架著軟綿綿的魏生雲走出酒館。

歐陽師傅趕緊過來送客：「好走啊，二位，歡迎下次再來，下次再來吧……」

「好的好的，老師傅，你的酒太厲害了，把俺表哥給灌醉了呢，俺真擔心他酒精中毒要出事呢。」

「不會，不會的，魏老闆好酒量呢，一斤酒打不倒他的。」

不一會，魏生雲與架著他的來人就慢慢地走出了燈光的暈圈。

十六

一進入黑暗，來人——也就是劉老黑身子一蹲，將魏生雲掮在肩上，飛也似的朝湖邊跑去。與此同時，他的身後，閃過一條輕飄飄如幽靈般的身影。

魏生雲伏在劉老黑身上，哼哼唧唧的，嘴裡仍不住地咕嚕著一些什麼。老黑一邊跑，一邊氣喘吁吁、斷斷續續地安慰道：「魏老闆，不急，明天就好嗟，我的漁業隊開進牛浪湖，白花花的大魚就會變成新嶄嶄的票子呢……」

幾顛幾簸，魏生雲只覺得肚裡在翻江倒海，一陣一陣往上湧，喉頭發癢發澀。突然聽得「咯咯」兩聲前奏，接著是「嘩嘩嘩」一陣響。老黑感到背後有什麼東西射了一下，頓時就有一股難聞的酸臭撲進鼻中，幾星黏稠的東西灑在臉上，怪怪地不舒服。他想去揩，可騰不出手，魏生雲壓在他身上實在是太沉太重了。劉老黑全身發燥發熱，汗水濕透了他的內衣，緊緊地貼在身上。

下了湖堤，是一片茂密的楊樹林。從前，不過就插了些短短的楊樹樁，不幾年，就長成了一片高大的林子。樹葉已然落盡，根根光禿禿的枝條伸展開來，將天空分割得雞零狗碎。夏日，湖水漲滿，根根楊樹站在水中，柔軟的枝條在風中婆娑起舞，也算得上牛浪湖獨特的景致了。如今湖水退落，楊樹林裸露在湖灘上，仍然風韻猶存。腳底是乾枯的水草，絲絲縷縷糾纏不休，不時將劉老黑弄得磕磕絆絆。

穿過楊樹林，滿眼一片亮色。劉老黑身一斜，手一甩，將魏生雲摺倒在地。他不敢怠慢，趕緊彎下腰，又將魏生雲攔腰抱了往前緊走幾步。很快地，湖水淹沒了他的皮鞋，淹沒了他的膝蓋。

這時，劉老黑手一鬆，魏生雲就落入了亮閃閃的湖水拚命地掙扎著，發出一陣「嘩啦嘩啦」的聲響。老黑旋住他的頭髮，使出吃奶的力氣往下按。魏生雲的腦袋被湖水吞沒了，可身子仍在踢蹬掙扎。咕嚕咕嚕一陣響，湖水冒出一串一串的水泡來，又一個一個地裂了。裂了又冒，冒了又裂……漸漸地，水泡就少了，小了，變成了一縷縷的細線。後來，細線也斷了。但是，劉老黑半點也不敢大意，仍拚了全身力氣往下按。他感到魏生雲的腦袋已經陷入淤泥，越陷越深。再使勁，卻是怎麼也按不動了，就覺得那腦袋已經穿過淤泥觸到了堅硬的湖底。於是，他放心落意了。

劉老黑丟下魏生雲的腦袋，直起身，突然就感到身後有一股氣浪撲了過來。

他回過頭來，黑暗中唰地飛過來一雙鐵鉗般的大手，緊緊地扼住了他的脖頸。

頓時，劉老黑轉過來的頭顱僵在了空中，喉管發出一陣「咯咯咯」怪異的聲響。他的雙手抓撓著，全身掙扎著，左右腳變換了踢蹬著，怎麼也掙脫不了那雙大手的束縛。

慢慢地，喉管不響了，兩粒大大的眼珠暴凸在眼眶之外。他將全身精氣聚於一點，凝成一股綠色的光芒射向前方。

於是，他終於認出了這雙鐵鉗般大手的主人。

他拚著體內殘剩的最後一點力量，將一口唾沫「噗」地一聲吐了出去，射在呼哧呼哧直喘粗氣的謀殺者臉上。

掐住老黑喉管的謀殺者擺了擺腦袋，那雙鐵鉗般的大手卻是半點也沒有放鬆。

隨著最後一陣「咯咯咯」響聲的消失，劉老黑的靈魂輕悠悠地飄離身子，盤旋遠去。

「撲嗵」一聲響，亮閃的湖面濺起一片白白的水花。

不到半個時辰，牛浪湖就接納了兩具黑乎乎的屍體。

水花在一瞬間變成了水波。

不一會，水波變成漣漪。

漸漸地，一切歸於平靜。

發展

王團長率隊到江北的巴河縣金牛村演出時，碰上了一位清純可愛的農村姑娘。

姑娘叫吳靜，是村長巴禮同派來跟京劇團當幫手的。汽車在路上誤了點，下午三點多鐘才趕到金牛村，晚上就要演出，戲臺雖是現成的，但要裝臺、走臺，還有很多事情要做。演員們稍稍歇息，緩了一口氣，就忙乎開了。吳靜就是這時候由巴村長帶到王團長面前的。

巴村長說：「這是小吳，挺能幹的，俺派她跟你們當當下手，幹點雜活，有什麼事情要找村裡的話，也有個聯絡。」

王團長連連說：「好的好的，還是巴村長想得周到。」

兩人又閒扯了幾句，巴村長就走了。

吳靜便留了下來。

裝臺的事情專業性很強，吳靜似乎根本插不上手，她圍著場子轉了一圈，二話沒說，便默默地離開了。不一會，就挑著兩隻水桶出現在大家眼前。一隻水桶盛了冒著熱氣的香茶，另一隻則裝著滿桶清水。她帶了兩個茶杯，舀了香茶，左右手端著，逐一送到正在忙碌著的演員手中。大家正忙得汗爬水流的，見了香茶，不覺兩眼放光，猶如久旱的禾苗盼到了一場及時降雨。皆仰著脖子，喝得咕嚕咕嚕響。這不是一般的茶水，裡面不僅放了茶葉，還有磨碎的芝麻、胡椒等物，香氣襲人，味道極佳，喝了一杯還想喝第二杯。這時，吳靜又不失時機地遞上另一隻手上端著的茶杯，讓你喝個滿意。在為下一個演員舀茶時，她還要將剛剛喝過的杯子在清水桶裡洗上一番。一巡茶下來，演員們一個個直喝得嘖嘖有聲、讚不絕口。

送茶的同時，吳靜還免不了要對每個演員說上這麼兩句話：「我叫吳靜，是村裡專門派來跟你們打雜的，有用得著的地方，儘管叫我得啦。」

茶一送完，場子裡就到處響起了一片嚷叫「吳靜」的聲音。

「哎，哎——來了，來了——」她一邊響亮地應著，一邊幫著搬這搬那，拿東拿西，既伶俐活潑，又精明能幹。

裝完臺，王團長不知不覺地喜歡上了這個姑娘，就把她叫到一邊說：「小吳，到咱們劇團來上班，怎麼樣？」

吳靜一愣，還以為是自己聽錯了，一時半刻反應不過來，就那麼呆呆地站在原地，直直地望著王團長。

王團長見狀，笑了笑，說：「咱們劇團正缺一個打雜的女工，我看你挺合適的。只是劇團這幾年經濟不景氣，每個月我只能開你三百元的工資。三百元，要在城裡生活，少是少了點，不知你願不願意幹？」

到江城京劇團去上班？天底下真有這樣的好事？她常常感歎自己命苦投錯了胎，生在一個貧困的家庭，長在偏遠閉塞的鄉村，做夢都嚮往著那五光十色的都市，只是一直沒有這樣的機緣。如今，命運之神就在眼前，王團長說的是真的，她也沒有聽錯半句話，得趕緊抓住這稍縱即逝的機會才是。

「願意，王團長，我願意，真的！」吳靜非常誠懇地說道。

「光自己願意還不行，還得你父母表態同意才是。」

「我沒有父親，」吳靜說，「父親早就過世了，是母親一人把咱們三個姐妹撫養大的。我只要回去跟母親說一聲就行了，這樣的大好事，我媽歡喜都來不及，她怎麼會不同意呢？」

晚上演出前，吳靜領著一個五十多歲的女人找到了王團長。這個女人就是吳靜那守寡將她們幾個姐妹拉扯成人的母親。她見了王團長，千恩萬謝不已，說王團長是吳靜的大恩人，是她的再生父親。「王團長，俺把靜靜交給您了，您就只當多生了一個丫頭，把她當您的親生女兒一樣看待吧。」

母女二人的真情感動了王團長，他說：「吳靜挺不錯的，大嫂，你就放心好啦，我會好好照顧她的。」

第二天吃過早飯，吳靜把一套鋪蓋行李和一個裝得鼓鼓囊囊的蛇皮袋子往卡車上一扔，就跟著京劇團一道離開了金牛村。

巴村長一次偶然的安排，王團長一句試探的問話就這樣改變了吳靜的命運。

京劇名為國劇，但它那凝固的形式、舒緩的節奏、單調的資訊已無法跟上時代的節拍，加之受到電影電視錄影等現代多媒體的猛烈衝擊，觀眾越來越少，演出市場日漸萎縮。到巴河縣鄉村的巡迴演出，也不是滿足市場的需求，而是為了完成一項政治任務，響應省委開展「百團上山下鄉」演出活動的指示。

半月後，演出活動結束，劇團回到江城。

吳靜也隨著劇團一起來到了渴慕已久的地方，過上了城市生活。

她在劇團打雜，掃地、抹桌、倒水、夾報、接待、看門、賣票……一天到晚手腳不住，見什麼就做什麼，成了一個名符其實的勤雜工。她工作積極主動，從不要別人支派，深得劇團職工喜愛。

日子過得很快，一晃悠，兩個月的時光就從身邊溜走了。這兩個月來，吳靜變化很快。過去那些土裡土氣的服裝不知不覺一件一件地從她身上褪下放在床頭，越積越多。到後來，待從村裡帶出的衣服全部褪完，就將它們打一個包，用那蛇皮袋裝了，塞到床底，準備回家時送給自己的姐妹。從此，吳靜的穿著，已全是江城購得的新衣，就連腳下從家鄉穿出的一雙布鞋和一雙球鞋，也被一雙「橐橐」作響的黑色高跟皮鞋所取代；兩條辮子，已不再紮在頭上，而是變成了時髦的披肩長髮，比過去洋氣多了；兩片嘴唇和兩個圓圓的臉蛋，也有口紅和胭脂塗過的痕跡，不過她抹得很淡，恰到好處，不仔細看，根本覺察不出。

吳靜的這一切，是在一點點、一天天慢慢地變化著，每天一點細小的變化，一般人發現不出，即使發現了，也能愉快地接受。並且，她的這種變化，也不是自己想變，而是環境薰陶的結果。對她影響最大的，當數住在同一寢室的幾個姐們——劇團的年輕演員，職業特點決定了化妝打扮是她們生活中不可缺少的一項重要內容。每天的耳聞目濡與言傳身教，時時在吳靜內心深處激起一陣陣的顫慄乃至震撼。這種心靈的變化不斷促使她下決心適應環境，改變過去的一切。第一次工資剛剛領到手，她就揣著上了商店；第二次仍是如此，但還不夠用，為了加速轉變的進程，她只得開口向同寢室的姐妹舉債。她們都很信任吳靜，二話沒說，紛紛掏出錢包。這使得吳靜很感動，覺得城裡人並不是鄉下人所認為的那麼吝嗇與尖刻。

經過一番艱苦努力，吳靜終於完成了對自己外在形象的徹底改造。

於是，兩個月後，當劇團的人們認真地打量這位勤雜工時，不由得驚奇地發現，她已不再是一個土裡土氣的村姑，而是一位漂漂亮亮的城市姑娘了。頎長窈窕的身材，瀑布般的披肩長髮，黑裡透紅的皮膚，柔和勻稱的五官，配上時髦得體的服裝，嘖嘖嘖，比劇團不少演員還要略勝一籌呢。就像一顆塵封的珍珠，一經揩拭，便現出了奪目的光澤。

吳靜的外表變了，但對劇團的工作仍是過去那樣勤勉，她十分珍惜這難得的機遇，不怕髒不怕累地幹著，不敢有半點懈怠。她知道，儘管一個稍有路子的城裡人會對勤雜工這個職位不屑一顧，但對她這樣貧窮的農村姑娘來說，該是多麼地來之不易呀！就在她離開金牛村的那天上午，便有不少同伴站在村口，用了一種羨慕與嫉妒的眼光，目送這位幸運者漸漸遠去。她完全可以想見得到，直到卡車消失不見，那些同伴們仍然站在原地發呆，久久地不肯收回自己的目光……

劇團無法演出，劇場可不能白白空著，於是就放電影。電影也受日漸興起的舞會、卡拉OK、電子遊樂等新型娛樂專案的衝擊，觀眾越來越少，生意十分蕭條，但一時又想不出別的生路，只得勉強支撐、維持現狀。每天晚上，吳靜都要坐在劇院門口查票。觀眾零零落落，這查票的活路也不需操太多的心思。到了放映時間，吳靜也隨最後一批觀眾走進劇場。那不多的觀眾大都坐在前面壓縮成了黑黑的一團，整個劇院就顯得更空更曠。吳靜總是揀最後面的一排坐下，兩眼目不轉睛地盯著銀幕看。在農村的日子，家裡窮，沒錢買電視，要看的話，只得到鄰居巴會計家去瞄上一會；而看一次電影，對她來說，則更是一種奢侈的享受了，只有放映隊來到村子時，才能看上一次，而這樣的機會實在是太少太少了。如今，每天都可以看上一兩場電影，她要盡量彌補過去的損失與遺憾，因此，每場電影她都看得很認真，哪怕這部片子放了多次，她也看得津津有味，不一會就進入其中，與影片人物同喜同樂、同悲同憂。

影片放完，待觀眾們一一離去，她就將那些弄歪的椅子扶正，將劇場打掃乾淨，然後關燈鎖門，一天的工作才算真正結束了。

這天，吳靜查完票，就匆匆地進了劇場。今晚放映的是一部香港新片《唐伯虎點秋香》，關於這個古老而浪漫的愛情故事她早有所聞，對表現這一故事的影片更想一睹為快。後排正中的一把椅子，已成了她每天的固定座位。可當她走近時，卻有一個青年男子捷足先登。她朝那人望了一眼，黑暗中看不真切。此時，電影已經開映，吳靜來不及多想，況且後排的空位也多，就隨便選一張椅子坐了。屁股還沒挨到椅面，那急切的目光早已黏上銀幕。

吳靜看得很投入，沒想到唐伯虎點秋香這個家喻戶曉的故事給拍成了這麼一部喜鬧片，她感到挺滑稽挺開心挺好笑的，於是就獨自一人不時發出陣陣壓抑的笑聲。

也不知是什麼時候，搶先坐了她那固定椅子的青年男子湊近她的身邊，在旁邊的一把椅上坐了。吳靜發覺後，朝他瞟了一眼，沒有理會，目光又投向了銀幕，看得如癡如醉。

「吳小姐，你看得好有意思呀！」青年男子主動與她搭腔道。

「嗯，部片子真逗人，可笑死我了。」吳靜答著，並未扭頭。

「吳小姐，你到底認不認得我呀？」

聽了這話，吳靜才朝他認真地看了看，然後不以為然地說道：「當然認得，你不咱劇團的羅勇嗎？」

「我還當你裝大不理人呢。」

「哪裡哪裡，」吳靜連連道，「我被這片子迷住了，沒朝旁邊認真看呢。」

「現在該認真看了吧？」

吳靜「噗哧」一聲笑了：「那當然，不然的話，我怎會認出是你呢。」說完，又要回頭去看電影。

羅勇道：「吳小姐，你的時間就抓得這麼緊，不能陪我說說話聊聊天？」

「我想看電影，這部片子拍得挺有味。」

「電影你天天都可以看的。」

「可這部片子我還從來都沒看過。」

「反正要放好幾天，你明天再看不就得啦？」

羅勇是劇團的主要青年演員，吳靜不便就此得罪他，再則，陪他聊聊天說幾句話，又算得了什麼呢？這樣一想，就又望了一眼銀幕，將目光依依不捨地收回，側了身，開始東一句、西一句地聊開了。

他們談話的聲音低，又坐在了後面一排，跟前面的觀眾隔得很開，半點都沒有影響當晚的放映。

羅勇是唱小生的，常在戲裡扮演主要人物，因此，在京劇團裡也算得上是一個挑大樑的角色。羅勇是北方人，前陣子京劇走紅時，劇團以優厚的待遇到處招羅藝術人才，他就是那時候劇團下力氣從北方一個演出團體「挖」過來的。一到江城，京劇團就履行諾言，在住房條件十分困難的情況下，馬上給他分了一個單間房子。而一般單身演員，至少是五六個人共住一間寢室。戲曲熱過那麼一陣子，很快就「熄火」了，有人說這不過是暫時的滑坡現象，只要努力，振興之日就在眼前。可是，幾年過去了，戲曲不僅沒振興，反而更加地不景氣了。羅勇便也隨了京劇的浮沉起落而備嚐艱辛。六七歲就跟了師傅練功，真可謂吃盡苦頭；剛剛博得一點掌聲和幾束鮮花，還沒品出它們到底是什麼滋味，戲曲就跌入低谷，彷彿走到了生命的盡頭。可是，他還年輕，只有二十多歲，藝術生命才真正起步呢。他怎麼也接受不了眼前的現實，卻又不得不接受。於是，他很灰心，情緒不振，精神不佳，練功乏力，看不到什麼前途與希望，常常獨自一人關了房門借酒澆愁，顯得十分落寞孤單。

金牛村的演出，羅勇也去了的，就是在那天下午，他才知道金牛村還有這麼一個活潑清純的農村姑娘。當時，他就對她產生了一種好感，但也沒有什麼特別的意思。後來，吳靜跟著到了劇團，他們免不了要時常見面，羅勇覺得吳靜看上去挺舒服的，總是主動與她打招呼。

時間一長，不知怎麼回事，羅勇只覺得吳靜看上去是越來越舒服了。一次，他又與她碰在了一起，兩人面對面地交談了幾句，羅勇仔細地瞧了瞧，覺得吳靜的長相，遠非舒服二字所能形容，簡直可以稱得上豔麗無比了。頓時，羅勇看得怦然心動，目光直勾勾地盯著她那塗了淡淡胭脂的臉蛋，彷彿見到了群仙會上的兩顆蟠桃，恨不得雙手捧著湊近嘴邊貪婪地大啃大嚼一番。

於是，一連幾天，羅勇便一門心思地凝於吳靜身上。他轉得最多的也只有一個念頭，那就是怎樣把她搞到手。

經過一番觀察與設計，羅勇像一個獵手，漸漸向獵物靠攏。

他覷準了一個能夠與她單獨而長時間接觸的機會，那就是晚上的放映。他很快就掌握了吳靜每晚都要坐在後排一個固定座位的規律，就於這天早早地吃過晚飯，提前走進劇場，搶先坐了她的椅子，靜靜地等候著。然後想方設法迫使吳靜轉移興趣，開始了與他的交談。

他們先談電影，談了電影又談劇團的有關人事及其微妙的複雜關係，誰與誰因了什麼事情而結仇呀，哪個與哪個是鐵稈關係呀，某某與某某過去是一對戀人呀……就此，吳靜從他口中得知了許多鮮為人知的秘密。談著談著，吳靜就進入了羅勇的氛圍，覺得他這人挺親切挺隨和的，把這麼多的事情都告訴她，一點也沒拿她當外人待。不一會兒，她就對他產生了好感。這種在特殊環境裡產生的好感非同一般。過去，他們見面後羅勇主動地跟她打招呼，吳靜就覺得他為人挺不錯的，但只不過把他當成了一個與京劇團其他職工並無二致的演員，並沒有什麼別的紐帶與聯繫。現在可不同了，他們在同一話題裡，擁有了共同的秘密。並且，又是在黑暗中，坐在一起，挨得那麼近，談著講著，身體的某些部位常常就不知不覺地碰在了一起，但只那麼一瞬間，像觸電似的很快又閃開了。她能感覺得到羅勇嘴裡噴出的鼻息，聞得到青春男子一股獨有的體味。她從未在黑暗中與一個男子挨得這麼近地交談過，也從未嗅過這麼好聞的氣味。她輕輕地吸溜著鼻子，盡量不發出聲音地貪婪地呼吸著，恨不得把那獨特的氣味全部吸入胸中。漸漸地，吳靜感到全身躁動不安了，有一股力量積聚著越來越強大，彷彿要衝破胸腔的束縛似的。這時，他們的談話仍在繼續，且變得比開始更為親切自然了。羅勇說的是一口標準的普通話，而吳靜說的則是滿口的家鄉方言。這兩個月來，她的外表變了，而語言卻沒有多大變化，她想說江城話，可怎麼也學不到家，只會幾句簡單的對話。她擔心羅勇聽不懂她的家鄉方言，就盡量地憋著學說普通話。那些發音什麼的，老師以前教過，她也記在了心上，可一說起來，就又不是那麼回事了。於是，她不禁為自己的語音感到自卑起來。同時，就更覺得羅勇的標準普通話抑揚頓挫，極富樂感和韻味，越聽越好聽。她就試探著問他的一口普通話是怎麼學會的。由此，吳靜才知道羅勇原來並不是本地人，老家乃在遙遠的北方，頓時，一股陌生與新奇油然而生。於是，在她的要求下，羅勇便向她說起了自己的故鄉、家庭、成長，還有他南下江城的曲折，吳靜目不轉睛地望著他，聽得津津有味。

不知不覺地，全場的燈突然就亮了，一時間照得整個劇場如同白晝。影片結束，觀眾站立，開始向外走去，響起了一片「劈哩啪啦」的椅子聲。

他們感到時間過得太快了，一晃悠，片子就放完了，《唐伯虎點秋香》這部電影怎麼拍得這樣短？然而，長也罷，短也好，總之今晚的交談是隨著電影的結束而結束了。他們不得不分手告別。好在還有明天，羅勇想，就瀟灑地揮了揮手，跟吳靜道了一聲「晚安」。吳靜還不適應這種告別形式，只是紅著臉點了點頭，算是回答，然後就開始了緊張的清理、打掃工作。

回到寢室，她匆匆地抹了一個澡，早早地就上了床。可是，翻來覆去地烙著燒餅，怎麼也睡不著。吳靜第一次失眠了。一個二十歲的姑娘，也曾有過異性的衝動與吸引，但以前都是朦朧的，今晚，才第一次有了一個明確的對象——北方人羅勇。模糊的念頭漸漸明晰，她覺得她是愛上了他。然而，這似乎是不可能的事情。羅勇個頭高大，雖然五官長得並不怎麼樣，可在臺上的扮相卻是棒極了；再說，人家是劇團的主要演員，有城市戶口，是國家正式職工，而她呢？不過是一個只有農村戶口的臨時工而已。羅勇看得上她這個農村姑娘嗎？他會娶一個打雜的女工做他的老婆嗎？別自作多情了，還是快點入睡吧，明天又要起早床，誤了瞌睡爬不起來，影響工作可不是好玩的。吳靜一個勁地告誡自己，強迫自己盡快入睡，可就是進不了睡眠狀態……

而另一邊的羅勇，卻早已發出了陣陣輕微的鼾聲。一切都按著他的想像與設計在發展在進行，他感到很滿意。剛剛上床時，他也是激動得不能入睡，就掏出了那個硬綁綁的東西自我撫慰。一道黏稠的白色液體流過，躁動的情緒得以平復，於是，在一片美麗的遐想中，羅勇很快就進入了沉沉的夢鄉……

此後的進展十分自然而順利。

第二天晚上，羅勇又進了劇場，他買了一些瓜子、話梅之類的東西遞給吳靜。吳靜客氣地推讓著，而羅勇堅持著要給她。推著讓著，兩人的手不知不覺地又碰在了一起。這回，吳靜沒有立時閃開，羅勇便乘機一把攥緊。吳靜沒有反抗，只是通過手的傳導，她的內心湧過一股洶湧的暖流。先是羅勇攥她，不一會，她也開始慢慢地使勁攥他了。

兩人就那麼互相地攥著，默默地，半點聲音也沒有。他們也沒有聽到影片中的音響。周圍的世界已然遠去，於黑暗中凝視著對方的眼睛，傾聽那蹦跳的心靈天籟。

手心開始變得潮津津、濕漉漉的。

也不知過了多長時間，兩雙握著的手終於鬆開了。但是仍然沒有交談。他們嗑瓜子、嚼話梅，這嗑動與咀嚼之聲代替了要說的一切……

第三天晚上，仍是在劇場，仍是後排的靠椅，他們已相擁在一起，兩張饑渴的嘴唇湊在一塊，開始了別具一格的甜蜜「撕扯」與「較量」。

要發生的一切，仍在悄悄地向著縱深掘進。就在他們接吻後兩天，內容便有了實質性的突破，達到了愛情的巔峰。

他們吻著，撫摸著，都覺得有一個無法控制的野獸在胸膛衝撞奔突。電影散場，羅勇仍捨不得離去，就說：「我幫你一起打掃吧。」

吳靜沒有吭聲。

無聲就是默許，羅勇瞥了她一眼，趕緊操起掃帚，動作麻利地清掃起來。吳靜將椅子全都扶正後，就坐在一旁，望著不怕灰塵與勞累的羅勇，不由得十分感動。

羅勇掃完，拍拍身上的灰塵，又望一眼空空蕩蕩的劇場，兩人肩並肩地一道向外走去。

來到門邊，吳靜「啪」地一聲按了開關，身後頓時漆黑一團。就在這時，羅勇猛地關嚴大門，然後返身一把抱住吳靜。

兩張嘴唇又膠合在了一起。

但是，羅勇並未到此為止，他一邊吻著，一邊用力將她抱在空中。

他將她放在劇場的水泥地上，壓了上去，開始動手剝她的褲子。

吳靜掙扎了兩下，就感到頭暈目眩，全身發軟……

不一會，一陣鑽心的疼痛與從未有過的快感充斥了她的整個身心……

就在劇團的這塊地盤上，吳靜不僅告別了昔日的農民生活，也告別了她那珍貴的處女生涯。

俗話說，有一便有二。

這對羅勇與吳靜來說更是如此。自從第一次的偷食禁果之後，兩人的感情就像開閘的洪水，嘩啦嘩啦地流個不休。與第一次不同的是，此後的地點再也不是劇場的水泥地面，而是換在了羅勇的宿舍。他單人單間，將門一關，無論他們怎樣搞，就是把床壓跨，外人也難以知曉。心靈的孤獨與寂寞、生理的渴求與慾望將他們緊密地融為一體。

自從第一次以後，羅勇再也不去劇場看電影了，他要求吳靜下班後來他寢室。吳靜打掃完畢，總是迫不及待地偷偷溜到他的門前，身一閃，就鑽了進去。羅勇不想讓人知道他跟吳靜兩人搞上了，吳靜更不想讓人知道他們之間的隱私。白天裡，兩人免不了要碰在一起，他們還是像過去那樣打招呼，裝得半點事情也沒有發生似的。

日子就這樣不知不覺地從身邊溜走，一晃悠，又是兩個月的時間過去了。這兩個月裡，他們都過得很精神、很舒適、很愉快，覺得生活中真像過去一首歌裡唱的那樣，充滿了甜蜜與陽光。

然而，兩個月後，吳靜覺得自己的身體發生了異樣。月經遲遲不來，腰圍似乎在變粗，心裡老有一個什麼在往上湧動，還想吃點酸酸的東西。而這些，都是有了身孕的徵兆。這麼快就懷了孕，這怎麼可能呢？然而，這些生理變化可是毋庸置疑的事實呀！

羅勇還不知道呢，得盡快地告訴他才是，對日後的生活也好有個商量與安排。

這天晚上，吳靜又偷偷地溜進了他的寢室。還沒等她開口，羅勇就迫不及待地撲過來將她抱到床上。

吳靜道：「勇，慢點來，你聽我說……」

「不聽不聽！」羅勇孩子般地將腦袋搖得像個撥浪鼓，「我什麼也不聽，只要你！」說著，就堵上了她的嘴唇。

吳靜只得等他幹完了再說。

羅勇睡的是一張繃子床，他在她身上一壓一壓的挺有彈性；床下的棕繩，發出一陣「嘎吱嘎吱」的音響，挺有節奏的。吳靜聽著，感受著，很快就陶醉了，沉迷了。

完事後，待羅勇的氣喘得平穩了，吳靜就將自己的生理變化告訴了他。

羅勇聽完，頓時蔫了，好半天沒有作聲。

「咱們該怎麼辦啦？你倒是說話呀！」吳靜催問道。

「我能怎麼辦呢？只有打下來才是。」

「你說打胎？這怎麼成？不，不，我不願打胎，我捨不得，既然懷了，就要生下來！」

羅勇堅決地搖了搖頭道：「這是不可能的事情！」

「懷孕生子，很自然的事情，怎麼不可能呢？」

「我說不可能就是不可能，」羅勇突然火了，他提高了嗓門，「我還年輕，我不想結婚，更不想要孩子！」

「你是說不願跟我結婚？」吳靜緊張而試探地問道。

沒想到羅勇回答得很乾脆：「是的，我就是不想跟你結婚。」

「你瞧不起我？」

沉默。

這時的沉默就是回答。

一時間，吳靜什麼都明白了，可又什麼都不明白。一個佔有過她肉體的男人，怎能不考慮跟她結婚呢？在巴河縣家鄉，男女青年雖然不像過去那樣封建，非得等到新婚之夜才一起同床不可，但是，只要發生過這樣的關係，哪怕只有一次，也就是實際上的夫妻，怎麼也將他們拉扯不開了。可是，羅勇不知多少次地享用過她的身體，竟能無恥地說出不願與她結婚的話來，還有什麼比這更加氣人的事情呢？當初，如果知道羅勇只是空虛無聊想跟她玩玩，她吳靜是怎麼也不會答應的。能與羅勇好上，她心裡的那個高興勁呀，真是沒法提。但是，她又暗暗地擔心羅勇對她不真誠，會突然離她而去。那幾天，吳靜總是小心翼翼地與他相處，生怕出了什麼岔子。自打兩人在劇場的水泥地上發生關係後，她心裡懸著的一塊石頭這才落了地。羅勇是真心愛她的，不然的話，也就不會跟她來真格的了。兩人的夫妻關係都有了，也就不再擔心他的虛情假意了。她也是真心地愛著羅勇，已將一個姑娘最寶貴的東西都交給了他，這輩子鐵定是他的人了……

吳靜回想著過去的一切，怎麼也想像不出羅勇會說出這樣的話來。她睜大兩眼，直直地瞪著他，全身氣得顫抖不已。

羅勇說：「吳靜，你老望著我幹嘛？聽我的話，去把他打了，咱們還是好朋友，不然的話，就莫怪我今後不理你了。」

「你不理我，我更不理你，你……你這個忘恩負義的東西！」吳靜罵著，猛地拉開門，一口氣衝了出去。

當晚躺在床上，吳靜偷偷地流了一夜眼淚，淚水濡濕了枕巾與床單。第二天起床後的第一件事，就是照鏡子，她發現自己的眼圈青了，腫了，只得塗了一層眼膏，裝出一副若無其事的樣子去上班。

一連三天，吳靜與羅勇見了面，兩人都像不認識似的，趕緊扭過頭去，招呼都不打一個。但是，第四天晚上，羅勇就忍不住了，又來到劇場找吳靜。吳靜坐在原位，眼睛盯著銀幕，只當旁邊沒人似的。羅勇露出笑臉，陪著小心，耐心地跟她訴說。他說他半點也沒有瞧不起她，說吳靜長得漂亮，吃苦耐勞，心地又好，這樣的姑娘現在就是打著燈籠都難找，他願意娶她做夫人。只是，這肚裡的孩子暫時還不能要，他們還不具備生養孩子的能力。等以後條件成熟了，就是吳靜不願生，他也要催她逼她生一個的。

「結婚生子，這是天經地義的事情，還有什麼成熟不成熟的？」吳靜聽著，突然地就冒出了這麼一句送給羅勇，不待他有所反應，就又往下道，「羅勇，我不想聽你說了，你肚裡的花花腸子我知道，只想勸我打了胎，就好把我一腳蹬得遠遠的。告訴你吧，我吳靜不是那麼好欺好惹的，我不會讓你的陰謀詭計得逞的！」

吳靜一說完，就站起身大步往前走，在壓縮成黑壓壓一團的觀眾中尋了一個空位，一屁股坐了下去。

吳靜擔心羅勇還來纏她，就每天晚上都插坐在了觀眾中間。

一晃又是十多天過去了，懷有身孕，已成一件不可更改的事實。與羅勇老這樣拗著較著拖下是不行的，得想個辦法盡快解決才是。

吳靜絞盡腦汁地想著出路與法子。

思來想去，就想到了王團長身上。

她對王團長的大恩大德一直感念不已，真的把他當成了自己的再生父親。在人前，她叫他王團長；而他們單獨相處時，吳靜就叫他「乾爸」。一口一聲「乾爸」，她叫得很是親熱，王團長聽著心裡也舒坦。

這天，趁著晚飯後上班前的空隙，吳靜去找王團長。一見面，她叫了一聲「乾爸」，就淚流滿面地哭了起來。

「別哭，小吳，你別哭，」王團長見狀慌了神，一個勁地勸慰她，「什麼事情好好說嘛，我會想辦法跟你解決的。」

吳靜止了淚，開始一五一十地訴說起來。

王團長聽完，想了想，道：「原來是這麼一回事情……唔，小吳，你別急，也別想不開，你只管好好地上你的班去吧，這件事……唔，我會跟你好好解決的……」

聽了這話，吳靜彷彿吃了一粒定心丸，一個勁地謝過乾爸王團長，就回到劇場門口，認真地查起票來了。

第二天上班時，王團長派人把羅勇叫進他的辦公室。

屋裡就只他們兩個人。

羅勇忐忑不安站著，等候王團長發話。

「小羅，你知道我為什麼找你嗎？」

羅勇誠惶誠恐地答道：「不知道。」

「你應該知道，」王團長的柔柔語調中分明透著一股威嚴，「你跟吳靜的事，我都知道了。」

羅勇的心提到了嗓子眼，急切地等待著王團長的下文。

可是，王團長卻不急，他點燃一支煙，悠悠地抽了兩口，又啜了幾口茶，才慢條斯理地往下說：「年輕人在一起談戀愛，免不了會有衝動，這也能夠理解。我年紀雖然大了，但並不那麼封建。事情已經發生，我也不想批評你們。但是，我希望你能做到善始善終，作為一個男人來說，既然做了，就要敢於承擔責任。我不希望別人議論我們京劇團出了一個專門玩弄女性的流氓，更不願意看到你因這方面的錯誤而影響你的工作與前途。」

羅勇一邊聽，一邊回味思考，慢慢地就覺出了問題的嚴重性。

「小羅，要說的我都說了，至於這件事情到底應該怎樣處理，我相信你一定能夠給我一個滿意的答覆的。」

王團長說完這幾句，談話就此結束。既簡明扼要，又意味深長，直聽得羅勇頭皮發炸，全身冒汗。待出門後伸手往背心一摸，一件襯衫已被汗水給濕透了。

整整一天，羅勇都在神情恍惚地思索著愛情、婚姻、生活、事業等人生的重大問題，想得頭暈腦脹、寢食不寧。

第二天，他瞅了一個空子，將吳靜叫到一邊，一字一句地說道：「我要跟你結婚！」

他說得莊嚴而肅穆，還有一點悲壯的味道。

說完這句話，也不待吳靜回答，轉身就踏踏踏地走遠了。

吳靜聽了，高興得眼裡當時就有了淚花。

她清楚地知道，與羅勇結合，就意味著她這輩子再也不會回到金牛村跟過去的姐妹們一道摸泥巴坨子了。儘管她現在的工作是臨時的，不過一個打雜工而已，但是，從此以後，她在城裡就有了一個屬於自己的家，她要以這個家為基點，一步步地向前發展。

吳靜的肚子開始一天天地往外凸現，每天睡覺時，都要在那細膩潤滑的肚皮上輕輕地撫摸一陣子，總是感覺著比前一天又鼓脹了幾分。吳靜只希望他慢慢地、慢慢地長大，可是，一旦肚裡有了內容，竟像吹汽球般地，一鼓就起來了。她感覺著一切是來得太快了，在半點準備也沒有的情況下，一些東西說來就來了，這既讓人欣喜，又讓人擔憂。

自打羅勇決定結婚後，吳靜請假回了一趟老家。乍一聽到女兒就要結婚的消息，母親不禁吃了一驚：「靜靜，咋就這樣地快呢？」吳靜說：「不快也不行了，生米都煮成熟飯了。」母親一愣，也就不再多說什麼，只是為她感到高興。不管怎麼說，靜兒是徹底地跳出農村，脫了苦海。她找了一個城裡女婿，自己往後也有了一個依靠，看來這輩子的活寡也算沒有白守，想到這裡，母親也為自己養了這麼一個有出息的女兒感到欣慰。

很快地，金牛村的鄉親們都知道吳靜談了京劇團的一個國家職工，馬上就要結婚了。一時間，吳靜竟成了他們茶餘飯後的話題，都說她命好，一下就掉進了蜜糖罐子裡；她母親守寡也熬到頭，有了出頭之日。

吳靜結婚，家裡拿不出什麼嫁妝，好在房前屋後長了不少大樹，遮天蔽日的，就請人將能作材料的都伐了，賣個囫圇價，落得二千八百多塊錢。母親要她將這些錢都帶上，吳靜說：「媽，你操持日子不容易，我還是留一點在家裡吧。」就留了八百多元，帶了一個整數揣著。

羅勇也給家裡寫了信，說他正準備結婚。他家條件也不怎麼好，下面還有一溜三個弟妹，父母給不了多大幫助，但還是寄來了三千元人民幣。

兩人的錢湊在一起，共是五千元。羅勇這幾年沒攢錢，一些雜七雜八的開銷，把幾個工資全都花得一乾二淨；吳靜更是沒有私房錢。這五千元，就是他們的所有資產了。

俗話說，看菜吃飯，量體裁衣。他們就拿這五千元置辦了一些家庭必需物品。鍋碗瓢盆，煤氣爐灶，床上用品，一套傢俱，幾件新衣，再就是將羅勇的單間房子粉刷一番，吊了一個頂棚，這些事情一辦完，五千元錢竟花得一個不剩。

「唉，他媽的，現在的錢太不經用了。」羅勇坐在一把屬於這次添置的新椅上，又在長吁短歎。

自打決定要結婚後，吳靜就很少看到他的笑臉了，兩人待在一起，他似乎總想歎氣，總在歎氣。吳靜勸他，盡量討得他的歡心，常以一個未來妻子的溫柔撫慰他，關心他，體貼他，但他的顏面怎麼也開朗不起來。

與他相反，吳靜對眼前和即將發生的一切感到十分地滿足與愉悅。望著粉刷一新的房子，置身新傢俱新物品之中，感受著腹中胎兒的蠕動，吳靜浸潤著一種家庭的溫馨，感到了一股從未有過的幸福。

但是，羅勇不開心，她也無法喜形於色，只得默默地陪著，尋些有趣的話題，忍受他的煩躁、憂鬱與歎息。

當初，羅勇跟她獻殷勤，與她發生關係，完全是一種慾望與本能的驅使，當然，也不排除這是一種心靈的需求。他實在是太孤獨太寂寞了，需要向人傾吐，而吳靜，確實是一個理想的聽眾。一段時間，他感到了生活的真正樂趣，盡情地享受著，卻從來沒有考慮要跟她馬上結婚生子，挑起一個家庭的艱難重負。這並非因為瞧不起吳靜這個農村姑娘，只想玩弄而已。他壓根兒就沒有想過這些。一些不該發生的事情突然之間就發生了，他半點準備也沒有，被生活的冷酷與現實的無情擊得東倒西歪。不願接受，可又不得不接受，自己種下的果子，不管是苦是甜還是澀，總得自己吞下才是。無情的現實壓在他的頭上，壓得他喘不過氣來，只有發出一聲聲的歎息來釋放、緩解心中的壓抑與苦悶。時間一長，也就適應了，或者說麻木了。既然煩悶痛苦憂鬱無法阻止一切應該發生的事情，何苦要如此折磨自己，跟自己過不去呢？天塌下來，除了頂住一途，別無他策。

一晃就到了結婚的日子。

這一天，羅勇顯得很開心，忙忙碌碌，說說笑笑，彷彿換了一個人似的。看著這些，吳靜也高興，她真擔心羅勇這天會出什麼岔子呢。一切都好，真是皆大歡喜。

手頭拮据，他們原不準備請客的，但劇團的同事都湊了份子，少的二十元，多的五十，也有一百元的，王團長給她這個乾姑娘則送了五百元。這樣地，他們不請幾桌客是怎麼也說不過去的了。於是就請了，檔次還挺高的，在市裡有名的金花大酒店舉辦。市文化局的有關領導，還有一名非常喜歡羅勇演出的市委主要領導出席了他們的婚禮，顯得挺熱鬧，還有幾分隆重的味道。這令羅勇很高興，更讓他感到風光的是，婚禮上的吳靜顯得漂亮極了，她穿了一套租來的婚紗，典雅大方，豔麗無比，真像一個超塵脫俗的天仙。在婚禮的進行過程中，有一項是新娘即興表演一個節目。對此，羅勇不禁為她捏了一把汗，生怕弄不好出醜賣乖。吳靜稍作推辭，就說給大家獻上一首歌，歌名叫〈山情〉。她對著麥克風，調整了一下，就唱開了：

高高的山，長長的水，
我不知哪天起心中總想和你在一起；
昨天的風，明天的雨，
我不知哪年起童年往事總是連著你。
風在吹，雨在飛，

帶給你帶給我一片遙遠的回憶；
山像你，水像我，
留給天留給地多少人間真情意……

大家從未聽過吳靜歌唱，沒想到她音質純美，節奏感強，旋律流暢，情感動人，比劇團有些演員唱得還要好。一曲剛完，大廳裡頓時爆發出了一陣雷鳴般的掌聲。羅勇更是高興得不行，恨不得當時就把她抱在懷裡啃上幾口……

深夜，眾人散去，新房裡就剩了他們倆，羅勇將吳靜擁在懷裡，動情地說道：「靜靜，我的親親靜靜，我今天實在是太高興太幸福了……」

吳靜喃喃地說：「我也是，我也是。」

說著說著，兩人就開始拚命地親吻起來……

日子平淡如水，並無多少詩意可言，也沒有什麼值得一書的大事。

一晃二悠，就到了吳靜生產的日子。

羅勇忙得不亦樂乎，感到肩上的擔子是越發地重了。對現實的一切和即將發生的一切，他都能平靜待之，再也不會像以前那樣一天到晚地長吁短歎了。但是，一想到吳靜馬上生孩子自己就要做父親，還是覺得挺新鮮挺興奮的，在心底，他還一直覺得自己是個孩子，一個做孩子的人馬上就要有自己的孩子了，想想都覺得怪有趣的。這不像結婚，他與吳靜是先有了結婚的實際內容，然後才舉辦一個儀式，所以對結婚懷了一種索然甚至是拒絕的態度；而這生孩子卻不同，吳靜是生兒子還是生姑娘呢？生下的嬰兒會是一個什麼樣子呢？他想像著，一種期待與希望在心頭強烈地湧動著，恨不得立時就要見個分曉似的。

終於生了，還是個兒子！

吳靜高興得合不攏嘴，可羅勇看了一眼，卻感到十分失望。「怎麼就只這麼大一點點？」他頗不以為然。

吳靜道：「剛生下的小孩，都只這麼大一點點呢，咱們的兒子六斤八兩，在嬰兒中還算大的了。」

「不管怎樣，就只這麼一點點大，像只老鼠，可比我想像中的要小多了。」

於是，就給兒子取了個名字叫點點。

吳靜說：「這像什麼名字？這個名字不好，重新取一個吧。」

「羅點點，」羅勇叫了一聲，懷中的兒子竟露出一個笑容，他不禁樂了，得意地說，「瞧，怎麼樣，兒子喜歡這個名字呢。」

吳靜也笑：「既然你們父子倆都喜歡這個名字，我就只有少數服從多數了。」

直到有了兒子，羅勇才不再覺得自己是個孩子了。他長大了，成了一個真正的男人，一個丈夫，一位父親啦！他開始認真地履行彷彿是一夜之間加在他頭上的這些職責來，忙裡又忙外，整天樂呵呵的，活得精神極了。

然而，一個嚴峻的現實問題很快就擺在了他們面前——經濟拮据，手頭十分緊張。吳靜沒上班，那極少的三百元工資自然就沒了；維持一家三口人生活的，唯有羅勇的工資而已。京劇團的狀況越來越不景氣，不僅拿不到獎金什麼的，就是正式工資，也只能發個百分之七十，也就是說，羅勇每月只能領到三四百元錢。僅憑這點錢，要買米買菜，要灌煤氣交房租水費電費，還要給點點買奶粉。現在的奶粉又貴，不說進口的，也不說高檔的，就是很一般的，一袋也要一二十元呢。就這點工資過日子，實在是太緊巴太艱難了，常常是上月不接下月，只有舉債度日。可劇團的情況都是一樣，並不見得哪個的經濟情況要比別人強很多，再說，老靠借錢過日子也不是個辦法呀。

怎麼辦？怎麼辦？一個男人、丈夫、父親，連自己的妻兒都養不活，哪裡還有什麼臉面生存於世呢？可是，又到哪裡去找很好的賺錢路子呢？

羅勇覺得一籌莫展，常常獨自一人坐著發呆發愣。

然而，他不甘心，他要養家，要糊口，要很好地活下去！

好在天無絕人之路，不久，羅勇終於找到了一條掙錢的路子。

他的一個朋友的朋友是家個體公司的老闆，最近一筆生意做下來發了大財，就想買一部「桑塔納」，將原先的摩托車處理掉。羅勇在與朋友有意無意的談話中得知這一消息，當時就來了精神，拉著朋友要將那輛摩托車買過來。

在朋友的撮合下，他以一千五百元錢的優惠價格，買下了這部摩托。當然，羅勇一口氣拿不出這麼多錢來，只得先欠著。朋友從中擔保，他打了張借條，保證半年之內全部還清。

就這樣，羅勇成了這部摩托的新主人。他要用它在車站、碼頭、路口接客送客，賺幾個零花錢，以解燃眉之急。

以前，羅勇或多或少地懂得一點摩托的駕駛技術。為了達到純熟的水平，他又騎到郊區的馬路上來來回回反覆訓練。其實，學騎摩托並不難，特別是會騎自行車的人，三兩下就可以學會。只是有一點最難過關，那就是得有良好的心理素質才行。羅勇心裡一直憋著一口氣，恨不得馬上接客賺錢，因此，在心理素質、駕駛技術方面很快就過了關。

這天晚上，羅勇戴了頭盔，跨上摩托，第一次出去拉客做生意。

吳靜抱著點點，站在門口為他送行。

「你這副樣子真威風，就像過去的武士。」吳靜說。

「是嗎？」羅勇回望她一眼，盡量擠出一個笑。

「英勇的武士，祝你旗開得勝！」吳靜為他鼓氣。

「你就在家等著我的好消息吧！」羅勇瀟灑地揮了揮手，腳一踩，啟動油門。摩托屁股頭冒出一股青煙，一眨眼，就飆出好遠。

吳靜做完家務，放點點睡了，也脫衣上床。但她並未睡下，而是半躺著，拿了一本《知音》雜誌，一邊翻看，一邊等著羅勇的歸來。

雜誌翻完，外面還是靜悄悄的，沒有羅勇回家的半點跡象。吳靜看看錶，快十二點了。到底怎麼搞的，這晚了，怎麼還沒回來？難道今晚一開張生意就格外地好？抑或遇到了什麼麻煩？……吳靜越想越擔心，卻又無計可施，只得提心吊膽、望眼欲穿地等待……

時間過得很慢，吳靜彷彿能夠清晰地聽見手錶「滴答」、「滴答」走動的鋼音。她希望時間快點流逝，這樣，羅勇就能馬上歸來；但是，她又想把時間留住，讓它凝固，時間的匆匆流逝帶給她的只是更大的失望與恐懼。

深夜一點了，羅勇仍是沒有回來。吳靜怎麼也躺不住了，她穿衣起床，拉開房門，探頭望向巷道盡頭。昏暗的燈光下，路上靜極了，一個人影也沒有。她只得收回腦袋，在屋內煩躁不安地走來走去。不到二十米的空間，像驢推磨似的，她走了又走。然後，開門翹首眺望，又失望地回到屋內……她覺得自己的腦袋在一點一點地發脹，越來越支撐不住，簡直要發瘋了……

突然，傳來一陣摩托的轟鳴。吳靜猛然轉身撲向門邊，正要拉門，羅勇就闖了進來。她身子一軟，不由自主地癱在了他的懷裡。

「怎麼啦？你怎麼啦？」羅勇關切地問。

「你……怎麼才回來？」吳靜說著，眼淚就流了下來，「真把我給急死啦，哎呀，天啦，你胳膊怎麼啦？」

羅勇左臂劃開了一條長長的口子，血液浸透了衣袖，早已凝成硬硬的一塊，暗紅暗紅的。

「沒什麼，」羅勇故意裝出一副無所謂的樣子，「被人用刀子劃了一下。」

「天啦，太可怕了！」吳靜說著，不禁打了一個寒顫，「羅勇，算啦，明天再也不要去了，這太危險了……」

羅勇打斷道：「剛開始，出點事情是免不了的，日子一長，跑熟了，就不會出問題了。」

「我真擔心……」

「唉，」羅勇歎了一口氣，「常言道，蝦有蝦路，魚有魚路，咱又沒別的路子，總得賺點錢活命呀你說是不？擔心起不到半點作用，只有拚著往前闖了！」

緩過一口氣，羅勇才將事情的經過原原本本地告訴了吳靜……

車站、碼頭拉客的人很多，有摩托，有人力三輪，有電麻木，還有計程車巴士，競爭十分激烈，生意難做得很。每有來客出現，大家全都一擁而上，你爭我搶，相互壓價。羅勇也湊熱鬧地夾在其中，但他沒有開口，只是像個旁觀者似的看著這些人的表演。因此，直到深夜十二點，路靜人稀，羅勇還一個客人都沒拉到。這時，拉客的大多回家休息去了，只剩了極少的幾人還在等著。羅勇不想就此回家，開張第一天，他不願讓吳靜失望，「祝你旗開得勝」，臨走前吳靜這句話一直在他腦海回蕩不已。

終於，他等到了兩個客人。這是兩個二十多歲的青年，要求羅勇將他們拉到團城山。先是談價，互相砍來砍去，最後以三十元價錢談妥。

羅勇上車，兩個青年坐在他的身後，前面的一個緊緊箍著他的腰身。他發動油門，徑直向團城山奔去。

團城山離市區較遠，約十五公里的樣子。為了開發江城，吸引外資，市委市政府將團城山劃為一塊新的開發區。那裡雖然偏遠，開發時間也不長，但修了一條寬敞的公路，摩托在平坦的路面上箭一般地飛駛向前。

不一會，就到了目的地。兩位乘客下車，對他揮揮手，道了聲「謝謝師傅再見」，就向右邊的一條小路拐去。

羅勇叫道：「喂，二位師傅，你們還沒給錢啦！」

可他們像沒聽見似的只顧朝前走。

羅勇憋不住了，「嗚」地一聲超上前去，將車一橫，攔住他們道：「二位師傅，咱們談好了的價錢呢？」

一個說道：「哥們要你送，是瞧得起你，還討麼價錢？剛才不是謝過你麼？」

「謝歸謝，可錢還是要付的！」

另一個道：「哥們是誰你曉不曉得？說出來可別嚇著了！」

「我不管你們是誰，坐車交錢，這是規矩。」

「那是別人的規矩，老子坐車從來就不興掏錢的。今日發善心，沒要你這輛摩托就算開了一次大恩啦！」

「讓開，再不讓開可就莫怪老子們不客氣了！」

羅勇見狀，心一橫，就跟他們較上了：「給錢了就讓開。」

「你要錢，還是要命？」

「都要！」

「小子，」一個長了滿臉青春痘的哈哈大笑道，「今晚你恐怕就只能要一樣囉！」

說話間，兩把明晃晃的匕首亮在羅勇眼前。

羅勇七歲就在劇團練功，學的雖不是擒拿格鬥，但也屬同一路子，對這兩個傢伙並不怎麼畏懼。但是，他們手中有刀，羅勇赤手空拳，不得不格外認真對付才是。

他定了定神，一翻身跨下摩托，突然飛起一腳，踢中了一個傢伙的右腕，那把刀子「嗖」地一聲就在夜空中消失不見了。然後，他猛地轉身，一拳向旁邊的另一個傢伙打去。沒想到對方也是一個敏捷的身手，握著刀子斜裡刺了過來。羅勇一拳打中他的左肩，他的刀子則在羅勇的左臂劃了一條口子。頓時，一股鑽心的疼痛湧過羅勇全身。這時，那兩個傢伙嚷著，相互配合著一前一後將他夾在中間。前面的有刀，後面的一個則揮舞著雙拳。他們越逼越近，刀子在他的眼前劃來劃去，他無法施展身手，只得被動地左躲右閃。情況相當危險，羅勇急了，身子往旁邊一歪，使出全身本事，翻了一個八叉。頓時，他的身子高高地騰在空中，眨眼間就躍出了他們的包圍。待腳剛一落地，他趕緊穩住身子，急中生智，取下腦袋上的頭盔當武器，鼓一把勁，呀呀叫著向那兩個傢伙打去。羅勇一個跟頭騰在空中，早將他們嚇愣，他們根本沒想到羅勇有著這麼一副高超的本領；又見他揮著頭盔撲來，自知不是對手，不待反擊，兩人分開了轉身就逃。羅勇盯住一個，趕將上去，一腳將他踹了個撲地啃土。然後，他又去追另一個，不到兩分鐘，那個傢伙也被打倒在地。

羅勇將他們趕到一塊，兩個傢伙跪在地上「砰砰砰」地磕頭，一個勁地求饒。

羅勇道：「他媽的，膽敢欺負到老子頭上來了！」

「大爺，小的是有眼不識泰山。」

「怎麼辦，你們自己說吧。」

「交，咱們交……交車費……」

羅勇將傷了的左臂一伸：「難道這醫藥費就算了不成？」

「付……咱們付……」

兩個傢伙在身上好一陣翻摸，掏出一把亂乎乎的票子遞給羅勇。「就這些，咱們就只這些，沒有了，真的沒有了，不信可以搜身。」

羅勇將錢接過，自然不會去搜身，他故意裝出一副惡狠狠的樣子道：「老子想要你們的命，比放屁還要容易，只一溜就出來了，你們信不信？」

「信，信，咱們服了，真的服了，只求大爺高抬貴手，放一條小命。」

「好吧，看你們表現還可以，今晚算便宜你們了，以後再莫撞在老子手上就是了。」

兩個傢伙聽了，趕緊站起身，一溜煙地逃竄遠去。

羅勇跨上摩托時，突然感到一陣頭暈，他摸摸受傷的左臂，因流血過多，硬硬的一大塊。他閉眼靜息調整，感到虛脫的全身又有了力氣時，才啟動摩托，一陣風似的開了回來……

在吳靜的幫助下，羅勇將傷口洗淨。家裡沒有消毒藥品，翻來找去，只尋得了一瓶風油精，就用風油精消毒。頓時，又有一股鑽心的疼痛像颶風般掠過羅勇全身，他的上下牙齒磨動著咬得格格直響。

待包紮完畢，羅勇就掏出了一堆毛乎乎的票子來。一清點，竟有五百八十多元，他不禁咧開嘴笑了起來：「划算，今晚真划算，嘿嘿嘿，一出門，就撈了五百多元，要抵我一個多月的工資呢，嘿嘿嘿……」

吳靜說：「這可是用生命和鮮血換來的呀……」說著，眼淚又湧了上來。

羅勇白天在劇團上班，晚上就騎了摩托掙外快，風雨無阻。有時生意格外地好，有時就顯蕭條，沒有一定之規，總之要碰運氣。不管怎樣，平均扯下來，每天賺個二三十多元還是沒有什麼問題的。晚上拉客的大多是偷著幹，自然不會去辦營業執照什麼的，也就不需交管理費稅費衛生費城市增容費等雜七雜八的費用，每月賺下的錢全歸自己。這樣地，兩個月後，羅勇就將買摩托的欠款全部還完了。

摩托完成屬於自己了，還完錢後的羅勇感到了一股前所未有的輕鬆。往後去，不僅不愁生活，每月還可以存個幾百元了。有過沒錢的日子，才更加知道錢的重要性。只要有了錢，什麼東西不可以買，什麼事情不可以做呢？如今這世道，真是有錢能使鬼推磨啊！

日子漸漸好過，羅勇不僅沒了歎息聲，人前人後，腰桿挺得直直的，說話的嗓門也比過去大多了。摩托車經常在京劇團飆進飆出，屁股頭冒著一股青煙，招來了不少羡慕與嫉妒的目光，大家都說羅勇娶了一個有福之人，是吳靜改變了他的生活，使他活得比過去滋潤多了。

可羅勇並不這麼看。他認為是他養活了吳靜，是他賜給了她如今得到的一切。他認為吳靜得對他感恩戴德才是。事實上，吳靜一直都十分關心體貼他，盡著一個賢慧妻子所應盡的一切職責。但羅勇還嫌不夠，他覺得他是一個大老爺們，吳靜得將他抬著供著才是。

有人說，女人沒錢會墮落，而男人則是有錢後墮落。從羅勇的不斷變化來看，此說還是很有一定的道理的。嚴格地說，羅勇一家在城裡還只能算是一個貧困戶，冰箱沒有，彩電沒有，洗衣機也沒有，就更不用說什麼放像機攝像機音響空調之類的東西了。可是，就因為羅勇能夠賺回一點錢養家糊口，他神氣得不得了，常在吳靜面前頤指氣使，儼然一個救世主似的。吳靜也不跟他計較，默默地做著自己應做的一切。

一天，兩人不知為什麼小事發生了一點小小的磨擦，吳靜在理，回了幾句嘴，將羅勇說得啞口無言。羅勇覺得自己受了侮辱似的，不禁大聲吼道：「姓吳的，你不要不知天高地厚，不是老子掙錢養著，你連飯都沒得一口吃呢！」吳靜聞言，當時戳在原地像根木樁。她感到自己受了極大的委屈，淚水不由自主地湧上眼眶。但是，她忍了，終於沒讓眼淚流出眼眶。她想羅勇白天在團裡上班，晚上又要去拉客，有時一搞就是深夜一二點才回來，也夠辛苦的，脾氣躁點，擺點功勞，倒是可以理解的。於是，就原諒了他。

但是，羅勇的脾氣是越來越暴躁了，他經常動不動就發火吼人，像訓小學生那樣對吳靜說話。吳靜不爭不吵，只是跟他好說好講，但他似乎半點也聽不進去。

對羅勇的這些變化，吳靜都能忍著，但有一點她怎麼也忍受不下去了，那就是羅勇說他養活了她，這話是越說越多了。

這天，吳靜實在是忍不住了，就說：「羅勇你這話說得太沒譜了，我一個大活人，難道還養活不了自己嗎？只能說是你養活了兒子點點，但你說你在養活我，也太不尊重事實了。」

「不尊重事實？」羅勇反駁道，「難道我說了假話？這吃的穿的用的難道是你掙錢買回來的不成？」

「我是沒有買回什麼，可我帶了點點，我做了家務，我一點到晚手腳不住地忙亂，難道不是在為這個家裡掙錢？」

羅勇想了想，說：「可你畢竟沒有賺到錢，一分錢也沒有。家裡的一應開銷，都是用我賺回的錢。」

吳靜火了：「你當我真的不會賺錢是不是？算了，從明天開始，我不帶點點，不在家裡燒火做飯當洗衣婆了！」

「那……你去幹什麼？」

「我明天就去上班！你當我就不會上班呀，上班就不是錢呀！」

「那……點點怎麼辦？」

「別家的孩子，不都請的有保姆麼？」

「請保姆要跟人家付錢呀？」羅勇不禁大叫道，「咱賺幾個錢不容易，怎又能讓別人賺去呢？」

「我去上班，就有了工資，保姆的錢由我出。」

「這……不行！」

「怎麼不行？這些日子，我受你的氣都受夠了。」

「可是……咱們一時間上哪兒去找保姆呢？」

「我明天就回老家請一個保姆來！」

羅勇不同意，說是請保姆不放心；自家屁股大一點地方，保姆來了哪有位置住；屋裡多了一個人，插進來一個「第三者」，說話辦事幹什麼都不方便……理由說了一大堆，總歸是一句話，不同意。

可是，吳靜的強脾氣也上來了，她脖子一硬，瞪眼說道：「不管你同不同意，反正我已打定主意，明天起床就走！」

羅勇吼道：「不行，你明天敢走，看我不打斷你的大腿！」

「羅勇，真沒想到，你一個大男人，還有把自己婆娘大腿打斷的本事呀，要是京劇團的人知道了，你恐怕就成了一個大英雄呢！」說到這裡，吳靜冷冷地一笑，鼻裡發出「嗤」的一聲響，「羅勇，我跟你說吧，只要你敢動我一根指頭，王團長第一個就不會饒你！」

吳靜提到王團長，羅勇就不言聲了。

第二天，吳靜真的搭車回了老家。一到家，她就對母親說是回來請一個保姆給她帶孩子去的。妹妹吳蘭聞聽此言，就要姐姐帶她去。吳靜想了想，不肯答應。吳蘭說：「姐，你為啥要把錢讓別人賺呢？我跟你帶孩子，只吃你幾餐飯，又不要你的工錢，到時候，你再跟我在城裡找一個臨時工做不就得啦？」吳靜還是不答應。妹妹又說：「姐，我就求你了，家裡的事我可真的做怕了，我做夢都想跟你一樣到城裡去幹活。」吳靜道：「妹，不是我不帶你，咱們是親姐妹，你去跟我當保姆，不是顯得低我一等麼？村裡人會笑話的。」妹妹說：「我不怕人家笑，這是咱們家裡的事，任何人也管不了。」吳靜道：「你到了城裡，我肯定會把你當我的親妹妹看待，可是，你姐夫羅勇就不一定拿你當妹待了，他會把你當成一個真正的保姆、下人，使你喚你，你得低三下四地伺候他才是……要是這樣的話，做姐的不是半點臉面都沒有了麼？」不管妹妹怎麼哀求，吳靜就是不答應。求到後來，吳蘭雙手捂著臉龐，不禁哭了起來。吳靜還是不為所動，她說：「妹，等俺混好些了，第一個就接你進城。妹，姐說的是真話，姐說話算數，一定做到。要是不信的話，姐跟你拉勾。」

吳靜說著，真的伸出右手食指，去勾吳蘭左手。妹妹見狀，也就破涕為笑，將姐姐的指頭勾得緊緊的。

吳靜感到了一股難以承受之重。

請回保姆，吳靜又開始在劇團上班了。

每月仍是三百元，仍是做著以前的一應雜事。

保姆叫小玉，不到十六歲，長得瘦瘦長長的。一時找不到別的地方安置她睡覺，就將幾件傢俱在屋中一橫，空間給分隔成前後兩半。吳靜一家睡後面，小玉睡前面。天一亮，便將折疊床拆去，前面又成了客廳兼廚房。

自小玉來後，吳靜與羅勇兩人話也懶得多說。但也沒有發生什麼衝突，各幹各的事，互不干涉。羅勇晚上仍出車，一般都要搞到深更半夜才飆回來睡覺。可那時，吳靜擁著點點，早已睡得香甜香甜了。羅勇也不打擾她，抹一把臉，揩揩腳，有時心情不好，洗也不洗，就往吳靜旁邊一躺，呼嚕呼嚕地打起鼾來。一連兩個月，他們一次愛都不曾做過。

後來，吳靜在劇團清掃時發現堆放鑼鼓樂器、服裝道具的儲藏室有一塊大大的空間，就找到王團長，希望能讓她的保姆暫時借住一段時間。王團長想了想說：「我就擔心什麼東西弄丟了你到時候不好交差。」吳靜說：「不會的，如果遺失了什麼，我負責賠償。」王團長又說：「我還擔心火災。」

吳靜又趕忙訂出保證：「我不在裡面生火做飯，再說，小玉又不抽煙，哪來的火災？」「小心為好。」「那自然是。」幾句對話一結束，租借地盤的事就談妥了。

小玉搬出的當夜，羅勇出車回家一上床，就將吳靜扳在懷裡。吳靜正睡得朦朦朧朧的，被他這麼一弄，不覺睡意全無。但是，她很快聞到了羅勇身上的一股汗臭，就將他使勁地往外推：「去，去，洗乾淨了再上來。」羅勇不願，只是緊緊地箍著吳靜不肯鬆手：「還嫌棄我呀，你身上的泥巴才脫盡了幾天？」吳靜就是不同意，但她怎麼也無法掙脫，只得說道：「羅勇，不是我不願意，你身上的這股味道真是難聞得很，弄得我半點情緒也沒有，我求求你了，暖水瓶裡有水，你去洗一下了再上來吧！」「不，我今天就是不！」「那……你脫了我跟你洗怎麼樣？」「也不行！」吳靜不禁火了：「這也不行那也不行，你要是不洗乾淨，我就不跟你兩人做那事！」「你是我老婆，我不日你去日哪個？跟你說吧，只要我願意，我想什麼時候日就什麼時候日，這是我的權利！」「你有日的權利，我也有不讓你日的權利。」

兩人就這樣僵持著相互扯了一會皮，漸漸地，羅勇的慾火越燒越旺，他怎麼也忍受不了，就在吳靜臉上「啪」地抽了一巴掌。吳靜頓時感到一陣火燒火燎的疼痛，她捂著滾燙的臉面，眼淚不由自主就流了下來。這時，羅勇乘機剝淨吳靜身上的內衣，猴急猴急地壓了上去。

吳靜只覺得四肢發麻發軟，靈魂彷彿脫了軀殼往上升。她感到自己輕飄飄地升到了空中，往下一看，映入眼簾的是一具白白的肉體在羅勇的揉搓與擠壓下一點點地變薄變扁……

京劇團不景氣，王團長時刻尋求行之有效的對策。全國上下，都在搞市場經濟，京劇團當然也不例外，一直在做著將國粹藝術推向演出市場的努力。但回天無術，幾年來的努力簡直付諸東流。事實證明，藝術救團的法子不過是死路一條。於是，王團長集思廣益，拓展新路，決心將主要精力集中在第三產業。京劇團別的沒有，卻佔據著江城中心的一塊黃金地皮，他決心搞點房地產開發，搞點餐廳飲食服務業，先把副業搞活搞好，再來以副養文，走一條曲線救團、曲線挽救藝術的道路。

知難行易，一旦有了這樣的思路，做起來並不是一件很難的事情。於是，一幢八層的樓房破土動工了，建成後，根據樓房套數按比例分成，投資公司六成，劇團四成，屆時，大部分職工的住房問題可以得到解決。與此同時，又將劇場闢出三分之一的部分加以改造，聳起了一座頗有氣勢的酒樓。這樣一來，京劇團就向致富之路邁開了可喜的一步，立時令人刮目相看。

酒樓的承包者是劇團的一位職工，名叫馬雄，有不少親戚眷屬、同學朋友在市要害部門佔據著重要地位，關係多，路子廣，對承包酒樓賺大錢充滿了必勝的信心。他早就看中了吳靜的聰明能幹與勤勞本分，就將她叫到一邊說：「小吳，我跟你說個事呢。」

「您說吧，我聽著呢。」吳靜道。

「我想請你到酒店來上班怎麼樣？」說到這裡，他盯著吳靜的眼睛，「也不要你下廚端盤子，我讓你當領班，領班你懂不懂？……只要你幫我負責管管檯面上的事情，有時陪陪客人就行了。我跟你開六百塊錢一個月的工資，等酒店賺錢盈利了，我不僅給你加薪，還給你提成分紅怎麼樣？」

有這樣好的條件還能怎麼樣呢？吳靜當然是爽快地應承下來了。

可是，羅勇卻不同意她到酒店去上班，他說那裡面烏煙瘴氣得很，會把人學壞的。

吳靜說身正不怕影子斜，她立場堅定態度鮮明，就是有什麼烏煙瘴氣也奈何她不得的。

羅勇說：「在劇團打雜，工資少是少點，可人輕省……」

不待羅勇說完，吳靜就說：「我在酒店幹一個月要當劇團打兩個月的雜呢。」

「你就是不幹活我都養活得了你的。」

「我最聽不慣、最不願聽的就是你這句話了，我早就跟你說過，我哪個都不靠，我養活得了自己。我不僅要養活自己，還要發展，要越活越好，不圖別的，也要給家鄉那些姐妹們爭口氣吧！」

羅勇聽了，知道無法改變吳靜，就是爭吵打罵，也不可能起到什麼作用了。於是，就不再作聲，只是從口袋裡摸出一支香煙，吞雲吐霧地抽了起來。

他單身一人時學會了喝酒，最近則學會了抽煙。接客時無法喝酒，就跨在摩托上，盯著來來往往的行人，將煙叼在嘴裡，一支接一支地抽個不休。

吳靜在酒店上班後，跟羅勇一樣，也常常深更半夜了才摸回家中。

有一天，羅勇接客回來，看看錶，已是深夜兩點鐘。可吳靜還在酒店陪著客人，家裡只有小玉抱著點點，靠在椅子上打盹，等著她的歸來。吳靜不回來，點點無人照看，小玉就得待著等著，她不可能抱了點點一起到劇團的儲藏室裡去睡覺，那裡陰暗潮濕，且有一股刺鼻的黴味腐味令人作嘔。

羅勇開門進來，小玉就醒了，抬頭望了一眼，見是羅勇，不禁十分失望。

羅勇問：「她還沒回來？」

羅勇的問話驚醒了點點，突然「哇」地一聲哭了起來。

「沒有。」小玉一邊回答，一邊拍著哄著點點，「噢，點點乖，點點不哭又不鬧，點點的媽媽馬上就要回來了……」

羅勇見狀，二話沒說，就去酒樓找吳靜。

酒樓給取了一個蠻好聽的名字，叫做「臥龍酒家」。此乃藏龍臥虎之地，誰不想走一遭「鍍鍍金」，沾點脈氣，也來他個龍騰虎躍呢？加之馬老闆的關係多，來來往往，整日裡車水馬龍，生意好得不行。

來到門口，早有禮儀小姐恭候，做了一個優雅的手勢，甜甜地說道：「先生，請進——」已經深夜兩點多了，酒店還在營業，還有小姐守在門口導客，這是羅勇所沒有想到的。

臥龍酒樓，羅勇當然來過多次，對裡面的結構佈局都相當熟悉。他上了樓，徑直朝營業部走去。老闆馬雄正在那裡跟一個女服務員說著什麼，見到羅勇，馬雄隔老遠就跟他打招呼，並拋了一支「阿詩瑪」香煙過來。羅勇接了，正要開口說話，馬雄道：「怎麼，找老婆的來了？」

聽他這麼一說，羅能只得「嘿嘿」一笑道：「這麼晚了，怎麼還在營業？」

馬雄道：「今天來了一個大老闆，開價高，他要求包到三點關門。」見到羅勇拉長的面孔，又趕緊說道：「羅勇你儘管放心得啦，小吳在我這裡絕對出不了什麼問題的，我給你看著管著還跟你打包票，要是有麼三長兩短，你拿我姓馬的興師問罪得啦！」

「放心，當然放心，我出車剛回來，一個人睡不著，就來走走看看。馬老闆你莫想到一邊去了，我沒什麼別的意思，半點都沒有。」羅勇嘴裡這麼說著，眼睛卻在兩旁不住地睃來睃去。「吳靜呢？怎麼沒見她的人？」

馬龍右手朝前面一指道：「她在那個包廂，陪客人唱卡拉OK呢。」

羅勇聞言，心裡癢癢的，就要走過去看個究竟。

馬龍道：「你莫去打擾他們，要是得罪了客人，我這裡的生意可就沒法做了。小羅，你就放心吧，我擔保什麼事情也沒有的。」

羅勇說：「我只站在那裡瞄一瞄，絕對影響不了他們的，我也向你負責。」

說著，就踅到了那個包廂門邊。門是虛掩著的，羅勇用右手食指稍稍一推，就露出了一道縫隙，他歪著個腦袋往裡瞟，只見裡面煙霧騰騰的，坐了三男三女。吳靜正對了麥克風，唱著一首〈愛上一個不回家的人〉：

愛過就不要說抱歉，
畢竟我們走過這一回。
曾經以為我會是你浪漫的愛情故事，
唯一不變的永遠……

吳靜唱得很投入，旁邊是一個三十多歲的男人，與她肩挨肩地坐著，一副癡迷的眼光緊緊盯在吳靜的臉盤上。

愛上一個不回家的人，
等待一扇不開啟的門，
善變的眼神，緊閉的雙唇，
何必再去苦苦強求，苦苦追問……

吳靜唱著，那男子的手竟不知不覺地搭上了她的肩頭。羅勇見狀，一股怒氣猛然衝上心胸，就要衝進去揍人。正在這時，吳靜身子往前一傾，那隻手也就滑落下來。她乘機站了起來，對那坐著的幾個客人道：「感謝各位老闆的光臨，謝謝，謝謝……」

頓時，響起了一陣叫好與掌聲。

媽的，今晚便宜了那小子，羅勇終於忍了下來，一轉身，向外面走去。馬龍又在主動地跟他打招呼，他裝著沒聽見似的，三步並作兩步，蹬蹬蹬地下了樓梯。

回到家裡，羅勇要小玉將點點放在床上，就打發她回到那間儲藏室休息去了。

他搬了把椅子坐在屋子中央，點了一支煙吧吧吧地抽著。他要坐等吳靜回來，跟她好好地談一談。吸一口，吐一口；吐一口，再吸……又是半個時辰過去了，吳靜還是沒有回來。奇怪的是，他的怒氣卻漸漸消了下去，也許是隨著煙霧從胸腔一道飄出來了吧？

待吳靜開門時，羅勇竟變得心平氣和，半點怒氣也沒有了。

一進屋，吳靜就說：「真累，唉，真沒意思。」

羅勇撇撇嘴道：「不會沒有意思吧？你的那首〈愛上一個不回家的人〉唱得挺投入挺動人的嘛。」

「怎麼，你怎麼知道我唱了這首歌？」吳靜的眼睛瞪得圓圓的。

「應該知道的我都知道，不該知道的我什麼都不知道。」

「就是知道了也沒什麼，我早就跟你說過，逢場作戲呢，要想好好地活下去，有時免不了要委屈一下自己的。」

羅勇還想勸勸吳靜什麼的，聽她這麼一說，便不再開口。他一聲不吭地往床上一躺，將一道寬厚的脊背遞給了吳靜。

吳靜穿戴得體，淺妝淡描，往酒樓中心一站，那可真叫出眾，不少男人一看目光就黏在她的身上不肯離去。加之她聰明伶俐，八面玲瓏，卡拉OK又唱得好，深得顧客喜歡。曾有不少客人有意無意地對馬老闆說，他們來這裡消費，就是衝著吳靜。因此，馬雄也就更加看重了，生怕有什麼不周將吳靜給得罪了，表面裝得無所謂，內心卻小心翼翼地待著她。他將吳靜的工資從每月六百加到了八百，還時不時地給她塞點獎金之類什麼的。除此之外，吳靜還可從客人那裡得到不少小費。有一次，吳靜陪的一桌客人十分滿意，那位請客的老闆一時高興，竟給了她一千元小費。這些雜七雜八的收入算在一起，吳靜平均每月可以收入三千多元，這在過去是不敢想像的。吳靜有了錢，反而比過去變得節儉多了。除了一些必要的日常生活開支外，她將所有的錢都存在了銀行。她的心中，已湧動著一個宏偉的計畫，且日漸變得明晰起來——她要攢錢，攢很多很多的錢，然後，也要開一家酒店，嚐嚐老闆的滋味。她想起了跟妹妹的拉勾，想起了過去那些同甘共苦的夥伴，她要把她們從金牛村接出來，讓她們過過城市生活。

她太需要錢了！為了賺到很多很多的錢，吳靜比過去開放多了，只要不是太出格，她一般都能滿足顧客要求，跟他們握握手，讓他們將胳膊搭在肩上，讓他們摸摸那些不是太重要太敏感的部位等。有一次，為了得到五百元錢的小費，吳靜竟讓一個喝得醉醺醺的顧客吻了一口。為此，一連兩天，她的胸腔都彌漫著一股濃濃的發了酵的酒味，腸胃不由自主地陣陣緊縮。儘管如此，她仍死死地堅守著一個女人最後的那道防線。

可是，彷彿考驗吳靜堅貞似的，幾乎每天晚上都有一個男人要求與她上床，只要願意，可以付她很高的報酬。他就是那天晚上吳靜陪唱卡拉OK情不自禁地將手搭在她的肩上而被羅勇瞧見差點闖進去揍打一頓的那個男人。他叫胡同，開有一家私人公司，賺了不少錢，也是本市圈內一個有名的採花大盜，憑了他外表的英俊與富有的財產，使得江城不少美麗女郎乖乖就範。吳靜態度堅決地抵抗著。她越是抵抗，胡同的心情就越是迫切，恨不得立馬將她搞到手中，也就找得更加頻繁，價碼開得越來越高。從一萬的起價漲到了三萬、五萬，又從五萬漲到六萬、七萬、八萬。這增高的價碼像一臺掘土機，正一點一點地挖掘、蠶食著吳靜精心構築的心靈堤壩。吳靜艱難地抵抗著。八萬元的價碼，這強烈的誘惑攪得她心亂神迷，有時真想就此倒在胡同懷中。但是，傳統的道德觀念緊緊地束縛著她，還有丈夫羅勇，也是一道難以逾越的心理障礙。與羅勇這幾年雖然算不得恩恩愛愛，但她畢竟是他明媒正娶的妻子，她不能做出什麼對不起他的背叛行為。

這天晚上，胡同獨自一人來到臥龍酒樓，要了一個包廂，點名要吳靜陪他喝酒唱歌。吳靜只得心事重重地跟他陪笑，盡量讓他開心。唱到動情處，胡同又提出了陪睡的要求，並將價碼開到十萬元。當他說出十萬這個數字時，吳靜覺得熱血沸騰，臉頰立時發燙發燒騰起一片緋紅。胡同一見，眼睛瞪得大大的，圓圓的，覺得吳靜簡直比天仙還要美麗迷人，更加心旌搖盪不已，不待吳靜作答，立即又開口道：「吳靜，只要你陪我睡一個晚上，我願意出十二萬！」

十二萬，這可是一個天文數字呀！哪怕按她現在的收入計算，也得幹上四年才行。而她只要擁有了這個十二萬，馬上就可以實現自己的理想了。但她並沒有馬上應承下來，就那麼呆呆地坐在沙發上。胡同當然看出了她的動搖，心裡雖然猴急猴急的，但他畢竟是一個老手了，也就盡力控制住激動的情緒，欲擒故縱地說道：「吳靜，這樣吧，你先想想，想好了再給我一個答覆，反正日子還長著呢。」

吳靜聽了，仍是一句話也不說，她站起身來，整了整衣衫，默默地出了包廂……

回到家裡，已是深夜兩點，羅勇出車還沒回來。床上睡著點點，還有和衣躺在一旁的保姆小玉。吳靜叫醒小玉，讓她回了儲藏室。小玉真可以算得上一個任勞任怨的好保姆了，吳靜與羅勇熬夜，她也陪著熬夜，白天還得照樣做飯洗衣帶孩子。一個十五六歲的小姑娘，可真是難為她了。吳靜想補償，就將她的工資加到每月兩百元，小玉聽了，不禁喜上眉梢。

打發走小玉，吳靜半點睡意也沒有，她坐在一把靠背椅上，一邊等著羅勇歸來，一邊胡亂地想著心事。

她很矛盾，很猶豫。她不想就此失身，但又抵抗不了十二萬元的誘惑。其實，仔細一想也算不了什麼的，男女之間，不就那麼回事嗎？只要想通了，什麼也算不了。況且，她又不是黃花閨女，早就是一個生了兒子的過來人了，也沒什麼金貴了不得的。她的心裡，兩個不同的聲音在對抗，兩種不同的思想在搏鬥，它們相互較上了勁，打得難解難分。不一會兒，就神思恍惚地迷糊過去了，迷糊了的她仍亂七八糟地想著同樣的心事……

「哇——」突然，點點大聲哭了起來，在被子裡頭亂蹬亂踢。吳靜馬上從迷糊中驚醒，趕緊跑到床邊哄孩子。

這時，天色已經大亮，可羅勇還是沒有回來。整整一夜，他都沒有落屋，到底幹什麼去了呢？是做了一夜生意，還是出了什麼亂子與麻煩，或是被別的女人給迷住了？……吳靜猜測著，想像著，奇怪的是，心情竟然十分平靜，再也沒有羅勇第一夜出車在家等得毛焦火辣的那種情緒與感覺了。近一年來，他們也沒有什麼爭吵，皆相安無事，過得平靜而平淡。

直到早晨七點多鍾，羅勇才騎著摩托從外面回來了。

「做了一整夜的生意呀？」吳靜問。

「一點別的事情扯著了，怎麼也脫不開身。」羅勇答著，也不解釋到底是件什麼事情給扯住了，就往床上一倒。

吳靜見狀，只覺得心裡突然「格登」了一下。頓時，她的臉上浮出一抹怪異的笑容，深深地吁了一口長氣。

吳靜心頭的最後一道防線就這樣在一瞬間垮了。更確切地說，是她自己主動撤了。她不再矛盾猶豫，也沒有什麼自責不安。她跟羅勇，都成了這麼一個樣子，還有什麼必要守身如玉呢？

第二天晚上，胡同又找吳靜來了。他可真是一個不達目的誓不甘休的角色，拿著這樣一副鍥而不捨的精神奮戰商場，當然能夠勇往直前屢戰屢勝了。

他問吳靜想得怎樣了，吳靜說想了一夜，終於想好了。

「那麼，你到底願不願意呢？」胡同問。

「願意，」吳靜回答得很爽快，「不過，我有一個條件。」

「只要你願意，條件可以商量的。」

「我只能陪你一夜，咱們得先把話說透說明，就只一夜，你以後再莫來纏我。」

胡同道：「我也沒說把你包下來是不是？但是，你晚上一定得配合我才是。至於以後，那是以後的事，如果我還想跟你睡覺的話，會再跟你表示的。」

當晚，吳靜就跟著胡同去了一個裝修佈置得富麗堂皇的房間。一進屋，兩人二話沒說，就直奔主題。

胡同真不愧一名採花高手，他控制著進程，一點點將它推向高潮，慢慢地享受著，咀嚼著，回味著……

為了十二萬，吳靜只得盡力又盡情地配合著。

兩人顛鸞倒鳳、酣暢淋漓地搞了幾乎整整一個通宵。

吳靜萬萬沒有想到的是，在與胡同的交媾中，竟感到了一股透入骨髓的快感。她與羅勇結婚這些年，還從來沒有體驗過這種深刻的快意。由此，她似乎才懂得了一個真正的女人到底是怎麼一回事兒。快意過後，是從未有過的疲累，還有空虛。她覺得過去的那個吳靜是徹底徹底地死了……

胡同說話算數，在吳靜離開時給了她十二萬元現款。

加上以前的存款，吳靜一下子擁有了十五萬元的財產。

她在江城中心租了一個門面，經過一番裝修，開了一家酒店。為了紀念她在臥龍酒樓的一段日子，酒店名為天龍酒家。臥龍雖是龍，但它畢竟還在潛心養志；而天龍，則騰躍在空馳騁萬里了，顯然要比臥龍更勝一籌。

吳靜成了一名老闆，馬上履行諾言，第一個就將妹妹吳蘭接了出來，讓她在天龍酒家當起了領班。同時，她還在金牛村招了一批漂亮能幹的姐妹們。出村時，她們個個雄心勃勃，都發誓要幹出一番名堂來，就跟吳靜一樣，當個女老闆。

自打那天深夜不歸，羅勇便經常整夜整夜不回家，吳靜問他，總是東拉西扯、支支唔唔、含糊其辭。

她就多了一個心眼，想摸清他在外面到底幹些什麼名堂。

很快地，吳靜就曉得了，羅勇跟一個名叫王豔的女人好上了。這個女人長得漂亮，大專文化，只因情性孤傲，二十八歲了還沒有男朋友。那天晚上搭乘羅勇摩托，說怎麼有些面熟啊，想了半天，就說原來看過他的演出。王豔是個京劇迷，只要京劇團有演出，她都要買票過上那麼一回癮。

羅勇將她送到目的地，王豔就覺得終於找到了感覺，自己這些年來孤身一人，原來一直在等待著羅勇的出現呢。

於是，一來二往的，就有了內容。正好王豔跟過去的羅勇一樣，也有一間單身宿舍，這為他們的實質性接觸提供了良好的條件與方便。王豔是那種有文化有氣質與吳靜屬於不同類型的女人，羅勇感到新鮮、浪漫極了，又覺得生活充滿了甜蜜與陽光。於是，兩人就愛得如膠似漆、難捨難分了……

吳靜知道這些後，並沒有跟羅勇大吵大鬧，她裝出一副什麼都不知曉的樣子。但在心底，卻在考慮對策了。

自從天龍酒家開業後，吳靜過去在臥龍酒樓建立的那些老關係都跑來捧場，加之她經營有方，生意也就格外地好，真個是財源不盡滾滾來。

吳靜諸事暢達，萬事順遂，只是羅勇的影子總在眼前晃動，怎麼也揮散不去，令她心緒繁亂得很。與他的關係，這樣老拖下去總不是個事，那麼，到底跟不跟他離婚呢？一時間，吳靜怎麼也拿不了這個主意，下不了這個決心，也不知今後的一些事情將會如何發展。

人鼠之戰

一

我對自己的記憶力相當自信，特別是關於往事的回憶，不管過去了多少年，只要偶爾提及，就能很快地進入當時的情境之中。於是，那已然消逝的一切便會剎那間在我腦海復活，即使當時的一個細微動作，一個不經意的眼神，也能生動地再現在我的眼前。可是，三歲以前的生活，卻是半點也記不得了……

我站在潔白無涯的雪野上四處搜尋，希望有所發現和收穫。良久，我終於在一片茫茫雪白的背景中找到了一個如逗號般的黑點，頓時，精神不覺為之一振。可是，當我走過去仔細一瞧時，卻是一隻說不出滋味的黑色長尾老鼠……

這，就是我的記憶之始。

對此，我雖然感到十分掃興，卻無法迴避這一難以改變的事實。

老鼠是在家中的米罈裡發現的。早晨，婆婆一手拿盆，一手揭開米罈蓋子，不覺「啊」地一聲驚叫。「老鼠，又是老鼠，這該死的老鼠！」婆婆一迭連聲地嚷道。她放下盆子，就到灶門口去找火鉗。

在婆婆的嚷叫聲中，我撲到了米罈邊。米罈很高，與我的脖頸齊平。我須得踮著腳尖，才能望得到米罈裡面的「內容」。我扶著罈子，盡量踮著腳，脖子伸得長長的，終於見到了一隻黑色的老鼠。罈子的米已經不多，驚慌失措的老鼠拚命使勁往上爬。可罈沿十分光滑，牠爬不幾下，就又落回罈底。正了正身，又爬，四隻爪子不停地舞動著、抓撓著……

這時，婆婆走了過來。她將夾柴的鐵鉗伸進罈中，伸向老鼠。老鼠更急了，牠既要往上爬，又要躲避婆婆的夾擊，在米罈裡亂竄亂跳。夾了二下沒有成功，婆婆也急了，嘴裡不停地罵著，一根鐵鉗在米罈不大的空間內攪來攪去。

一陣磕碰與脆響，鐵鉗終於夾在了老鼠的脊背上。

牠發出了「吱吱吱」的叫聲，小爪在空中徒然地抓撓不已，一根尾巴拖得又黑又長。

我最感興趣的，莫過這根長尾了，就小心翼翼地伸了手，去捏尾尖。「莫動！」婆婆一聲大喝，嚇我一跳，燙了似的趕緊縮回小手。「不要亂摸，」婆婆說，「老鼠是個害人精，你看牠吃了咱們的口糧，肚子吃得飽飽的。」

婆婆將老鼠慢慢放在地上，當然，那把鐵鉗仍在她的手中夾得緊緊的。

老鼠橫躺著掙扎不已，我低頭一瞧，發現牠的肚子果真又鼓又大。

婆婆又說，咱們家口糧有限，好一陣子，都是吃的蘿蔔飯和野菜粥。可是，這隻老鼠卻來偷吃我們家少有的糧食，實在是太可恨太可惡了。

說著說著，她提起右腳，對準老鼠頭部，猛然一下踩了上去。

婆婆在娘家做姑娘時曾經裹過腳，雖稱不上「三寸金蓮」，但一雙小腳其實比我的大不了多少。可是，沒想到她這一腳踩下去的功夫卻十分了得，老鼠發出一聲絕望而淒厲的尖叫，鼻子、口中頓時冒出了縷縷鮮血，全身縮成一團顫慄不已。「狗日的，看你還害不害人貪嘴偷吃！」婆婆罵著，又是一腳踩在牠的肚子上。

我也學著婆婆的樣子，跑上前去湊熱鬧地踩了兩腳，一腳踩在牠的肚子上，軟綿綿的，還一腳自然就踩上了牠的尾巴，硬硬的。一軟一硬，形成了鮮明的對照。

這時，婆婆猶不解恨，拿著火鉗，在牠身上又是一陣猛砸。

待住了手再看時，老鼠躺在地上，半點也不能動彈了。

然後，婆婆又夾著死鼠的脊背，將牠夾到門外，扔進了屋旁的糞坑。

做完這一切，婆婆又回到屋裡忙早飯去了。

而我，則蹲在糞坑邊，望著裡面的死鼠，久久不肯離開。我伸出小手，想摸摸牠的長尾，又擔心被婆婆發現遭訓斥，往旁邊一望，就發現了一莖枯樹枝，我握在手中，不停地撥動著死鼠的身子與長尾。瘦長的身子，圓而小的眼睛，尖尖的嘴巴，下嘴皮翻著露出了二顆尖細的白牙，突然，我發現了牠長在唇邊的白色鬍鬚。這鬍鬚，比長尾更為有趣，我怎麼也禁不住牠的誘惑，手一鬆，樹枝掉落在地，就去摸那鬍鬚，細硬而光滑，摸了這根又摸那根。摸過鬍鬚，我覺得並沒有什麼可怕的，反而有趣極了，又去摸牠身上柔軟的細毛，從頭部摸到屁股。待觸到那根長尾時，趕緊朝身後看了一眼，沒有發現婆婆的身影，就捏住了尾尖，一點一點往上提。老鼠的身子開始慢慢往上傾，我一使勁，猛然站起身子，死鼠就被我拎著懸在了空中。

就在這時，我的眼前出現了一隻渾身長滿條紋的褐色麻貓，牠兩眼盯著我手中的老鼠，發出了一陣「嗚嗚嗚」的叫聲。

麻貓叫著，猛地往前一躍，我還沒有明白是怎麼一回事情，死鼠就給銜在了牠的口中。然後，麻貓從我身旁往前一竄，向遠處跑去。

我也跟著跑，跑不幾步，麻貓就鑽進了屋後茂密的樹叢，半點影子也尋不見了。我認得，這是隔壁大伯家養的一隻貓子。就趕緊跑進灶屋，將麻貓拖走老鼠的事情告訴婆婆。

「貓子天生就要吃老鼠，這有什麼稀奇古怪的？」婆婆聽著我結結巴巴的訴說，不以為然地回道。

二

貓子為什麼天生就要吃老鼠呢？

三十多年的漫漫時光不知不覺地從我身邊溜走，這一兒時留在心中的疑問直到今天，也沒有尋出一個十分滿意的答案。

我只能歸結為這是動物的一種本能，是生物鏈循環不已的自然規律，是物競天擇、優勝劣汰的結果。

老鼠，是我們人類無法迴避的一個永久性話題。

老鼠與人類共同寄生地球，有大量的事實證明，牠的歷史比我們人類還要久遠。也就是說，在沒有人類之前，地球上就有了老鼠這一動物的活動與存在。老鼠之老，由此可見一斑。

人類自誕生之初，就在不斷地進化，不停地發展，老鼠又何嘗不是如此呢？牠也一直在強化自己的生理機制，完善自身的組織機構及語言資訊等生命系統。適者生存，優勝劣汰，在幾千幾萬年的歷史長河中，該有多少「強虜灰飛煙滅」呀，就連曾經主宰過地球的動物之王恐龍也未能倖免。然而，老鼠這一毫不起眼的小生靈，卻能歷經無數劫難，生生不息地綿延至今，且日益進化日益發展日益龐大，這不能不說是一個驚人的奇蹟！

毫無疑問，今天主宰地球的動物之王，當是我們人類。我們不僅能夠主宰地球，還能登上月球，考察火星、土星，甚至飛出太陽系奔向銀河系。

我們能夠馴化貓狗牛象，可以消滅虎狼熊羆，可以呼風喚雨移山填海，可以幹出一切令前人難以想像的事情……可是，我們卻不能說，我們能夠徹底制服老鼠消滅老鼠。

老鼠的天敵除貓外，還有貓頭鷹、黃鼠狼與蛇等。當然，人類則是牠最可怕最厲害的敵手。過去，對人類生存構成最大威脅的當屬虎、狼、豹、蛇等動物，如今，人類已將牠們一一征服，如果不從保護生態環境的角度出發，人類完全可以將牠們消滅乾淨。隨著社會的發展變化，老鼠對人類的危害愈來愈烈，因此，我們將老鼠列為「四害」之首，誓欲打殺殆盡而後快。可是，令人失望的是，收效甚微。如果說戰爭是人類進步動力的話，那麼，對老鼠而言，也是如此。牠們在與人類的戰爭中，變得更加發展進步了。數量在增多，組織更嚴密，身體的適應與抵抗能力在增加，頭腦更發達更狡猾，膽子更大，動作更輕快更敏捷……可以毫不誇張地說，老鼠正在向一個高難度、超發展的領域進軍。

也許因為我記憶之初就是一隻令人討厭的老鼠的緣故，從此以後，老鼠便不依不饒地跟著我纏著我。從童年到少年、青年、中年，從鄉村到小鎮到縣城到都市，我走到哪裡，鼠們就跟到哪裡，半點也不肯放過。這些年來，我與老鼠一直在進行著一場艱苦卓絕的鬥爭與周旋。

令我深感遺憾的是，直到今天，我還沒有見到過一本關於老鼠系統研究的專著，這不能不說是我們人類科學研究領域裡的一個空白。我不是一個鼠學專家，對老鼠並未進行過深入系統的研究，但是，在我的生命與生活中，老鼠曾佔據了重要的一席之地。對此，我不可能等閒視之，就想記下這些年來對牠的感受認識及零星研究，起點拋磚引玉的作用。

三

老鼠又名耗子，在我故鄉，鄉親們大多稱之為「高嗑子」。一提到高嗑子，大家都咬牙切齒，對牠恨之入骨。

我兒時感受最深的，就是牠偷吃食物。大米、蔬菜、肉、魚、食油……似乎沒有牠不偷吃的東西。即使不吃，牠也要咬齧，咬壞衣物、咬破大櫃箱子，實在是害人至極。老鼠偷吃食物的本領十分高強。逢年過節，家裡再窮，也要想方設法弄點魚肉，放在碗櫃裡怕牠偷吃，就搭了梯子懸在房樑上，可是，老鼠仍有辦法將魚肉偷到嘴裡。後來，父親就在房樑上倒懸一口破鐵鍋，再將魚肉掛在鐵鍋下面，這樣才能避免老鼠的危害。炒菜的食油裝在瓶中，老鼠就將瓶蓋或瓶塞咬破，爬上瓶頂，費盡心機，將長長的鼠尾伸進瓶裡，一陣攪動，再躍下瓶端，找一安全所在，一個勁地舔舐沾滿鼠尾的香油。或者，牠乾脆先將油瓶拱倒，再咬破瓶口，尖嘴伸進吮吸不已。

關於人的定義，一個最能讓大家普遍接受的解釋為，人是一種能夠製造工具並能使用工具的動物。作為高級動物的猩猩、猴子雖會使用工具，但牠們不會製造工具，比人低級。老鼠雖不會製造工具，也不會使用工具，但是，牠是一種最能充分利用自身器官的動物。其頭腦之發達，絕對不會低於猩猩和猴子。

在千百種音響中，我最為敏感的就是老鼠的咬齧聲。老鼠沒有犬齒，門齒相當發達，且終身生長。於是，牠只有借助咬齧物什來磨短牙齒，不然的話，老鼠的牙齒就會瘋長不已，就會戳穿嘴皮無法生存。夜晚，家裡的油燈一熄，一群群的老鼠就從地下鑽了出來，在屋內跑來跑去，將傢俱咬得嚓嚓直響。婆婆說：「狗日的，像在過兵呢。」便將床沿拍得山響。這時，老鼠稍稍有所收斂。可是，過不一會，又開始猖獗了。「聽，又在咬，不知什麼東西又要遭殃了。」婆婆心疼地喃喃說著，對老鼠無可奈何。

一到夜晚，一聽到老鼠咬齧的吱吱聲響，我就感到頭皮發麻。好在兒時的瞌睡大得很，不一會就能進入夢鄉。

老鼠實在是太猖狂了，全家人忍無可忍，就用一隻生蛋母雞與人換回一隻半大花貓養在家中。花貓雖未成熟難以抓到老鼠，可自從牠進屋後，「喵喵喵」地叫上幾聲，老鼠的跑動聲和咬齧聲就少了，可真是一物降一物啊。

一次，婆婆在柴草堆裡捕到了一隻老鼠，她沒有打死，而是將牠捉給了小花貓。「讓花貓學點真本領吧。」婆婆說。

我不知道婆婆是啥用意，就在一旁好奇地觀看。只見婆婆將老鼠往花貓面前一扔，花貓頓時全身來了勁，嗚嗚叫著，一副煞有介事的樣子。老鼠稍一緩過氣來，就開始沒命地往前奔。待牠跑了一程時，花貓縱身一躍，眨眼間就將牠撲在了自己的腳下。花貓並沒有馬上吃掉牠，而是看著聞著，鋒利的爪子在牠身上抓來抓去。玩弄一番，花貓竟將牠放了。「哎，跑了，跑了。」我不禁急得大叫起來，跟在老鼠的後面追逐不已。老鼠倉皇逃命，東奔西跑的。小花貓卻在一旁不動聲色地瞧著。跑到一個角落，老鼠發現了一個洞口，就要往裡鑽。說時遲，那時快，只見花貓騰身一躍，搶先把住洞口，將老鼠逼了回去。老鼠像個沒頭蒼蠅，又開始在屋內四處逃竄。跑了一會，花貓就撲上前去，將牠壓在爪下。又放，再抓。如是幾番，老鼠給牠折騰得精疲力竭、氣息奄奄，花貓這才將牠拖到一個旮旯，一點一點地消受起來。

一隻小小的花貓，竟然具有這樣的耐心與本事，我發自內心地對牠讚歎不已。

隨著花貓的一天天長大，牠幾乎每天都能捕捉到幾隻老鼠充腹，有時，就可整天整天地不需給牠餵食了。這在很大程度上為我家糧食的緊缺起到了一定的緩解作用。

可惜的是，有一過路行者在我家討水喝，他見到可愛的花貓，頓起歹念，乘機抓獲，裝入隨身帶著的提包裡，大搖大擺地給偷走了。

討水的行人走了好久，婆婆才發現花貓不見了。其實，那人在走時還跟婆婆打了一聲招呼的，他說謝謝咱家的茶水。當時，婆婆似乎隱約聽到了花貓的叫聲，但不以為然。原來叫聲就是從那人的提包裡發出來的，他抓住花貓後肯定在牠嘴裡塞了東西，加之提包上了拉鏈，花貓的呼救便聽不真切了。就這樣，這人不僅喝了我家的茶水，還順手牽羊地偷走了花貓。對此，婆婆後悔不迭，說早知如此，不應該給那人茶水喝的，又責備自己粗心大意，還將那個忘恩負義的傢伙罵了個痛痛快快。

不管怎樣，貓子是讓人給偷走了，已無法追尋回來。

真是立竿見影，不過三天，家裡的老鼠又頻繁地活動開了。

家裡想再餵一隻貓子，但總是沒有成功。實在忍無可忍之時，就將隔壁的大麻貓借來用用。可麻貓畢竟是大伯的，對我家不甚負責，常常是晚上抱來，「喵喵喵」地喚上一陣，對鼠們威脅一番，然後，就翻過窗子，跑回了自己家中。

冬天過去，春天降臨。令全家人感到驚奇的是，這年的春末，家裡的老鼠彷彿遭到滅頂之災，常常被什麼東西追著趕著，發出一陣陣悲哀的叫聲，如是一周，老鼠就明顯地減少了。然而，這並不是隔壁的麻貓所為，也沒有發現什麼其他異常的跡象與反應。

這到底是怎麼一回事情呢？

一旦留心，家裡人很快就發現了，原來是屋裡出現了一條大蛇的緣故。這天下午，我就親眼見到了這條青蛇。我與妹妹正在堂屋玩遊戲，忽然聽得一陣嗤嗤的響聲，我尋聲望去，不由得驚呆了，只見一條斑斕光澤、粗壯頎長的青蛇在地上快速地爬行著，呼呼生風。牠的前面，一隻碩大的老鼠在奔逃不已。老鼠爬上粗糙的土牆，一眨眼就上了房樑。只見青蛇頭一昂，箭一般地竄上牆壁，身子一轉，也在房樑上滑行起來。我簡直看呆了，不知道什麼是害怕。看著看著，鼠與蛇就跑到另一間屋子的房樑上去不見了。

事後，我感到害怕極了，就將自己的所見告訴了父親。父親聽後，沉著臉，半天沒出聲。

「爸，好怕，我怕……」望著父親的面孔，我喃喃說道。

「得想法治治，不然的話，要是咬起人來，那可就要壞事，也就後悔不及了。」過了好半天，父親才開口說道。

第二天，直到傍晚，守候了一天的父親才發現了那條青蛇。他抓著一把鏽跡斑斑的鋤頭，身子在一瞬間繃成了一張彎弓。只聽得「叭」地一聲脆響，父親一鋤頭打中了青蛇的脖頸。青蛇稍一停頓，又開始往前爬，但速度是明顯地慢多了。

就在這時，婆婆出現了，她一把抓住父親手中的鋤頭，大聲叫道：「兒啊，不能打你不能打啊，這是一條家蛇，家蛇是神，打不得的呀。咱家不是有鼠害麼，大神就變成家蛇下凡給咱家除害呢……」

父親說：「哪來的神，還不是從屋後林子鑽進來的？過兩天，牠吃完老鼠還要吃人呢，那時候再去神就遲了。」他一邊說一邊掙脫了婆婆的抓握，趕上前去，舉起鋤頭，猛地一下敲在青蛇尖尖的腦袋上。

青蛇停止了滑行，全身痛苦地痙攣著，殷殷鮮血染紅了黃土。

「打死了家蛇要遭災的，菩薩保佑呀……」婆婆說著，腿一彎，虔誠地跪在地下，雙手合十，禱告不已。

「叭」、「叭」、「叭」，父親揮舞鋤頭，又是幾下砸在青蛇身上，牠就半點也不動彈了。

沒有想到的是，不到半月，婆婆的話果真應驗，一直患病在床的爺爺在一個昏暗的日子裡扯著風箱斷了氣；葬了爺爺不久，我家餵養的一隻黃狗的腦袋不知怎麼鑽進了一個醬菜罈子裡，硬是拉不出來，黃狗叫著像隻沒頭蒼蠅亂汪亂撞，父親只得對準醬菜罈子又是一鋤頭，頓時，罈子碎了，黃狗的腦袋也給打了個稀巴爛；此事過了不到十天，我的大妹又染上了急性腦膜炎，因為搶救得快，才保住了一條性命，可是，卻落下了許多後遺症：走路不穩，說話口齒不清，反應比較遲鈍……

而那一群一群的老鼠，比從前更為猖獗更加明目張膽了，用婆婆的話說就是只差要吃人了。

四

由於老鼠的危害，所以，只要一提到牠，人們都抱了一種反感厭惡的心理，有關老鼠的文化描述也大都帶著明顯的貶斥意味。

就拿成語和俗語來說吧，什麼獐頭鼠目、鼠目寸光、膽小如鼠、抱頭鼠竄、雞腸鼠肚、老鼠見貓、過街老鼠、無名鼠輩等等，莫不如此。

民間的歇後語也充滿了對老鼠的貶意與諷刺，比如老鼠出門——東張西望、老鼠爬秤盤——自己稱自己、老鼠掉在書箱裡——咬文嚼字、老鼠鑽風箱——兩頭受氣、老鼠舔貓鼻——找死……諸如此類的可以舉出十多個。

我們再來看看文學經典名著對老鼠的描述，《西遊記》裡，唐僧在西天取經的途中，曾被一隻叫作金鼻白毛的老鼠精纏住，牠竟厚顏無恥到想與唐僧成親的地步。

《聊齋志異》中，有一篇叫做〈大鼠〉的，寫明朝萬曆年間，皇宮裡的老鼠像貓一樣大，結果是老鼠不僅不怕貓，反而將貓追得狼狽逃竄。後來，只有當鼠玩累了趴在地上休息時，那貓才瞄準機會，猛然躍下將大鼠的腦袋咬碎。《聊齋志異》中關於鼠的故事還有不少，大多帶有寓言性質，但其中的老鼠卻總是一個貶斥的對象。

在民間，用鼠來喻人，這人多為反派人物，比如家喻戶曉的崑曲《十五貫》，其中的婁阿鼠便是一個奸詐狡猾之人。

今我印象最深的當屬《詩經》中的〈碩鼠〉一篇：

碩鼠碩鼠，無食我黍。三歲貫女，莫我肯顧。逝將去女，適彼樂土。樂土樂土，得我所……

這是我讀初中時語文課本裡的一篇範文，老師要求我們全文背誦。背完原文又背翻譯：

大老鼠呀大老鼠，別再吃我的黍子啦。三年來我一直伺候養活你，可你卻一點也不肯照顧我。你老像這個樣子我只有發誓離開你，搬到那充滿了快樂的土地上去。樂土呀樂土，那裡會有我的住處……

當我背誦著這篇文章時，不禁為我們人類感到深深的悲哀。咱們拿老鼠一點辦法也沒有，只有去哀求牠發發慈悲，再也不要吃咱們的黍子啦，求求你啦行不行？可是老鼠卻不買帳，怎麼辦？就只好發誓離開牠……一種無可奈何的悽愴與悲涼在流露在字裡行間，又在我的心中迴旋不已，我為人類的軟弱無能感到羞辱！後來老師說，這不是寫真正的老鼠，而是農夫借鼠咒罵農莊莊主，將莊主比喻為碩大的老鼠。這樣一解釋，我的心裡才好受了一些。不管怎樣，莊主尚屬同類。同類相欺，總比老鼠欺負要強一些。

五

家裡的老鼠實在是太猖獗了，有時，只得借借隔壁的麻貓解解急，但起不到什麼大的作用。老鼠吃糧食，咬衣物，將一粒一粒的鼠屎黃尿拉得到處都是。晚上，牠一夜鬧到大天亮才肯稍稍歇息，吵得婆婆父母常常失眠；即使白日，牠們有時也會溜出洞來，明目張膽地覓食。有一天，婆婆發現了一隻老鼠，她趕將過去，沒想到那隻老鼠竟不害怕，仍舊踱著方步。直到婆婆撲近牠的身邊了，才往前一躍，躥出幾步，又回頭望了一眼，才不緊不慢地鑽入一個洞口。這令婆婆氣得大發雷霆，拎起一個凳子，朝那洞口一陣猛砸。

全家人同仇敵愾，決心給這些害人的老鼠一點顏色瞧瞧。想來想去，唯有放毒這一法子了。

母親找生產隊的保管員要了一包農藥「666粉」帶回家中，又心疼地從倉庫裡撮出一小堆金黃飽滿的穀子，一陣攪拌後，就放在了老鼠經常出沒的地方。

燈一熄，老鼠依然如故地出來嬉戲覓食。不一會，就聽到了牠們相互打鬥的吱吱叫聲，雖在黑暗中難以看到什麼，但由此可以想見得到牠們搶奪食物的兇猛情景。

知道放了毒藥，我很興奮，怎麼也睡不著，聽見老鼠的活動聲響，心裡只盼著牠們能將那些拌了藥粉的穀子吃個一乾二淨。

與往日相反，鼠們激烈的打鬥聲與猛烈的咬齧聲在當夜的我聽來竟是十分地悅耳了。全家人都沒睡著，但皆不作聲，包括平時喜歡嘮嘮叨叨的婆婆在內，大家生怕驚跑了老鼠計畫落空。在緊張期待與暗自喜悅中，我不知不覺地沉入了夢鄉。

然而，第二天起來一瞧，卻沒有那種預期的喜人效果。拌過鼠藥的穀子給吃得一粒不剩，但沒有發現一隻死鼠。

「這是啷個搞的？」婆婆拖著個掃把在牆旮旯裡到處搜尋，一無所獲，「藥都吃完了，怎麼一隻死高嗑子都沒見到呢？這就真正地出鬼了……」

沒有，找遍了所有角落，硬是一隻死鼠都沒有發現。

雖未見到死鼠，但第二天的晚上卻是十分地安靜，沒有老鼠活動的半點聲響。

「這些老鼠是不是都給毒死在洞裡了呢？」婆婆躺在床上自言自語。

第三天早晨，父親第一個起床，走不幾步，腳下有個什麼東西絆了一下，低頭一看，不由得驚喜地大叫起來：「老鼠，瞧，死老鼠，死了，終於死了……」他一迭連聲地叫著，把全家人都驚醒了。

大家都起床，就在堂屋、灶屋裡發現了七八隻死鼠。

原來，藥性的發作得有一個過程，就是老鼠也不例外的。

婆婆說：「肯定還有，你們都找，找了好扔出去，不然的話，就會爛掉，爛了就要長蛆，屋裡就會搞得很髒很臭了。」

於是又找，在屋旮旯、倉庫、柴草堆、閣樓等地方一下子又找出了二十多隻，甚至在屋外也找到了兩隻，這令全家人高興得不行，以為這麼一弄，鼠患就會徹底地根除殆盡了。

以後的幾天，大家在屋裡又陸陸續續地搜出了十來隻死鼠。

這次放藥鬧鼠，唯一感到遺憾的是在毒鼠的同時，還將隔壁的麻貓給毒死了。將毒死的老鼠找出後，有的扔在糞坑裡，有的扔在了屋後的小河中，還有的扔在了旁邊的一條水渠裡。婆婆、父母根本沒有想到麻貓會對這些扔掉的死鼠產生興趣，竟狼吞虎嚥般地吃了個痛快，直吃得肚皮鼓鼓囊囊像個快要臨產的孕婦。結果，毒藥毒死了老鼠，死鼠又毒死了麻貓。隔壁大伯得知麻貓的死因後，皺了皺眉，什麼也沒說；可是大媽卻跑到我家又是吵又是鬧，婆婆說盡了好話，鄉親們也勸，她才悻悻然地離去了。

其實，全家人都很後悔，畢竟，麻貓曾給咱家做過貢獻，並且，日子一長，牠已混得跟咱家人都比較熟悉了。

「要是曉得會毒死麻貓，咱挖個坑，將這些死老鼠埋在一起就好了。」父親說。

婆婆道：「老鼠活著時害人，死了還要害人，可真是一個害人精呀！」

六

老鼠，在動物學中屬於哺乳綱、嚙齒目。

我們在前面談到過，牠的牙齒終身生長，必須靠咬齧物體將不斷生長的牙齒磨短才能正常地生存下去。除此之外，牠還有一個最大的特點，就是生育能力強，繁殖相當迅速。牠一年可懷孕三至八胎，每胎可生產小鼠四到八隻，最多的一胎可生到十四隻。照此推算，一隻雌鼠每年至少要生養十二隻小鼠，最多可生到六十四隻。如果一個家庭有十隻雌鼠活動，僅按生產的中間值計算，一年將要繁殖胎兒三百八十隻。設若其成活率為百分之八十（這是一個比較保守的估計），那麼，在一年之內，這個家庭將要增加三百零四隻老鼠。如果牠們不向外發展，僅靠偷食、咬齧為生，可以想見，牠們將給這個庭帶來多大的危害。當然，我們只是從理論上談一下老鼠的繁殖，實際上，牠的繁殖還要受到許多條件的制約，如生理、環境、氣候、天敵、疾病等等，不然的話，那今天的世界，將是老鼠橫行，難得有我們人類的立足之地了。

但是，今日鼠類遍佈全球，卻是一個不爭的事實。牠的適應能力強，生命特別旺盛。一個令我最感吃驚的事實，就是牠在不同的生存環境中，有著不同的體型特徵與不同的生理功能。在與人類共生的鼠類中，其體形一般都較小，如小家鼠的體長一般只有八釐米。這些老鼠，時時刻刻面臨著人類這一強大的天敵，獲食艱難，危機重重，體型越小，所消耗的食物越少，也宜於躲藏逃過人類的捕捉與搜尋，就能更好地生存下去。而最大的則算袋鼠了，大袋鼠體長約兩米，尾巴長一米。牠生活在澳洲廣闊的草原，吃的是青草與野菜。牠遠離人類，與野生動物共生於同一環境，體型越大，對牠越為有利。牠前肢較小，後肢特別發達，善於跳躍，可依靠後肢站立於地。憑藉後肢站立，這是動物進化優越的一個重要特徵，能達此程度的動物種類不多，當然，達到登峰造極地步的只有萬物之靈長人類，我們已從爬行的動物，進化到完全不依賴前肢僅靠雙腿站立行走跑步的程度。從四肢爬行到完全站立這一過渡是我們人類的一大飛躍，也是與其他動物的本質區別之所在。袋鼠雖不能只靠後肢行走，但牠可以在完全脫離前肢的情況下站立、跳躍，這不能不說是鼠類具有突破性質的一次進化。除此之外，還有一種會飛的老鼠，牠叫鼯鼠，又名大飛鼠，分佈在中國的甘肅、青海、西藏、河南、雲南等地。鼯鼠的前後肢之間有一層膜，膜上有毛，較寬。當然，牠的飛並不是像飛鳥那樣搏擊長空，而只是在樹間滑翔。不管怎麼說，能夠做到這一點，就很不簡單了。當然，這也是為了適應環境能很好地生存，不斷進化的結果。有一種原產南美洲的海狸鼠，牠的趾間有蹼，善游泳，可水陸兩棲生活。據說沙漠裡也有鼠類生存，這種鼠有著駱駝一樣的反芻功能，飽飽地吃上一次，可以管個十天半月不成問題。

鼠類不僅形狀多樣，其顏色也可稱得上豐富多彩。一般來說，黑鼠居多，除此之外，還有灰色、黑灰色、灰褐色、黑褐色、赤褐色、棕色、白色及多種顏色交織之鼠。

鼠的種類更是花樣繁多，常見的主要有褐家鼠、黃胸鼠、黑家鼠、小家鼠、倉鼠、黑線姬鼠、巢鼠、田鼠、麝鼠、鼴鼠、沙鼠、跳鼠等。

七

我家第一次投放鼠藥，效果十分顯著，成群的老鼠給毒死，家中著實平靜了一段日子。然而，半年後，又有老鼠破壞的行為出現了。不到一年，牠們的活動開始放肆，又變得明目張膽起來。

對付的方法還是放藥，仍是在稻穀裡拌上「666粉」投在老鼠的活動之地。剛開始，牠們一粒也不吃，晚上投放，第二天起來一看，鼠們繞道走，動也不動那拌了藥粉的穀子。既然不吃，自然就不會死亡。其父輩在臨死前肯定向牠們傳授了有關毒藥的知識和資訊。牠們吃同樣的穀子，可就是不吃拌了藥粉的，這種穀子的表面有一層白粉黏附，同時也有一股刺鼻的氣味。由此，後代吸取教訓，變得謹慎起來，不再亂嚼亂吃了。

怎麼辦？父母、婆婆分析原因，也想到了氣味和白粉的問題。怎樣才能變得既沒氣味又沒白粉呢？婆婆終於想出了一個法子，將拌了藥粉的穀子放在鍋裡炒。於是，找出一口廢鐵鍋安在土灶上，灶底的火燃得紅紅堂堂，一把舊鍋鏟在鐵鍋內拌來攪去。不一會，就冒出了一股香噴噴的氣味。炒到一定的火候，就盛在一個破盆裡。睡覺前，將已然冷卻的穀子投放，全家人就躺在床上屏聲靜氣開始緊張地等待老鼠的出現了。

效果好極了，老鼠的咀嚼聲一夜響到天亮。

第二天起來一看，投放的穀子只剩了些黃殼，幾乎讓老鼠吃了個精光。

婆婆、父母喜笑顏開。只要老鼠肯吃，哪怕損失一些穀子，他們也是高興的。第二天自然沒有發現老鼠，但有了上次的經驗，鼠們吃藥後發作得有一個過程，心裡都很自信，只須等到第三天撿死老鼠就是了。

然而，出人意料之外的是，第三天沒有發現死鼠，搜遍屋子，就連一隻死鼠也沒有發現。這是怎麼回事呀？難道還不到死亡的時間？不可能一隻死鼠都沒有啊！會不會死在了洞中？一般來說，死鼠都不會在窩中死去，牠們不願連累自己的同類，總是在臨死的前刻，跑出洞外尋一個棄世所在。想不通，弄不明白，但除了等待一途外也別無牠法。等了一個星期，結果只尋到了兩隻瘦小的死鼠，家人不得不承認此次投毒的失敗。

父親認為是毒藥的份量不夠，於是，又加大了劑量再一次投放。老鼠吃了，死得並不多，只發現了四、五具鼠屍。

由此看來，老鼠已經對「666粉」這種農藥產生了一定的抵抗能力。

鼠們猖獗，忍無可忍，父母、婆婆又換上另一種毒藥「涕涕畏」。鼠們吃後，殺傷力頗大。可是，第二次、三次再用「涕涕畏」，效果就不怎麼樣了。顯然，死鼠又將這種農藥的抵抗機能傳給了牠的後代；或者，倖存的老鼠為自己提煉出了抵抗這種藥物的特殊功能。

於是，只得又換一種新型毒藥，比如鉀銨磷、「1059」、「1605」農藥、「保棉豐」等等；並且，投放的誘餌也要不斷變化才行，有時是穀子，有時是稻米，有時是高粱，有時是飯粒，有時是麵粉……只要能夠誘使老鼠上鉤的食物，盡量地加以利用。

每每投放一次，或多或少地總會死上一批大大小小的老鼠。由此，家裡便能過上一段安生日子了。我的童年與少年時光，就這樣在家人與老鼠不斷較量的過程中不知不覺地流走了。

八

要說老鼠對人類的危害，最大的恐怕莫過於鼠疫了。

鼠疫，又稱黑死病，牠是由鼠疫耶爾森氏菌所導致的一種發熱性傳染病，傳播的媒介為老鼠和跳蚤。

根據不同的症狀，可將鼠疫分為三種，即腺鼠疫、肺鼠疫、敗血性鼠疫。腺鼠疫發病時先打寒顫，然後嘔吐、頭痛、眩暈、畏光、背痛、肢痛、失眠、情感淡漠或譫妄，體溫會迅速升到攝氏四十度以上；肺鼠疫的臨床表現好似支氣管炎，但很快會出現水腫，大多在三四天之內死亡；敗血性鼠疫是這三種鼠疫中最為兇險的一種，表現為虛脫和腦損害，二十四小時內就會死亡，如果死亡前出現肺炎，其傳染性極強，接觸者每受傳染而患上肺鼠疫。

鼠疫傳染，當屬褐家鼠為甚，牠又叫溝鼠，是鼠疫、免熱病源體的天然攜帶者。牠體長一般為十六到二十五釐米，體色灰褐、赤褐，腹部為灰白色，棲居於房屋或田野的洞穴之中，多在夜間活動，遍佈亞歐非三大洲。此外，黑家鼠、土撥鼠、麝鼠也攜帶疫病病源體。

過去，人們只要一提起鼠疫，那真可謂談鼠色變，將鼠視為死亡的幽靈。十四世紀鼠疫大流行，歐洲死亡二千五百萬人，佔當時人口總數的四分之一。一六六四年到一六六五年，英國倫敦發生鼠疫，全市四十六萬人口，死亡七萬。一八九四年，我國廣州、香港發生鼠疫，死亡人數幾達十萬。

隨著人類的發展，科學的進步，鼠疫不再像從前那樣可怕。首先，消滅蚤類和疫源動物，防止鼠疫發生；即使發生，可在流行地區普遍接種鼠疫菌苗，增加人們的抗體能力；已傳染此病的，也可用鏈黴素、四環素、磺胺等藥物進行治療。

法國著名作家、諾貝爾文學獎獲得者阿爾貝•卡繆曾以鼠疫為素材寫過一部名為《鼠疫》的長篇小說。奧蘭城流行鼠疫，全城的生活與安全受到了極大的危脅，並面臨著毀滅的危險。面對這一罪惡的瘟疫，人們為了生存，緊張、積極、頑強地投入到了這場抗疫鬥爭之中。雖然大家對這一災難有著不同的認識，但他們在不屈的鬥爭中皆表現出了可貴的精神與品德，做出了自己的努力與貢獻。在集體的努力下，鼠疫終於被戰勝了。

此書最初發表於一九四七年，後譯成中文在中國出版，甚為暢銷。我買了一本上海文藝出版社出版的一九八〇年版本。幾次搬家，都因為喜愛此書而留在了身邊。一次，我在清理書籍時，卻發現它遭到了老鼠的咬齧，牠啃咬書脊，留下了一道道尖利的齒痕。我氣極，當即便在家裡開展了一場滅鼠運動。

後來，我發現，其他書都沒遭災，唯獨《鼠疫》受咬。難道說，鼠們知道這是一本描寫牠們罪惡與失敗的小說而恨之入骨，便用咬齧的方式毀壞它，以此來向人類挑戰嗎？過去家裡在投放鼠藥的前後，婆婆總是一而再、再而三地叮囑全家人：「你們莫提放藥的事，一說了，老鼠就會不吃的，這些傢伙可精著呢。」老鼠是否真的具有這種靈氣與本事呢？

也許，這些都是一種巧合吧。如若不然，則老鼠實在是太精明太厲害太可怕了。

九

在農村，與老鼠的鬥爭，除了利用牠的天敵、投放毒藥外，也採取過其他一些法子。

我高中畢業後回村務農，曾參與過一次收穫甚大的滅鼠活動。

那時，「農業學大寨」早已成為全國上下的一種時髦。怎麼個學法？最突出的一點就是開荒造田，其具體行為就是推倒山包、填平湖泊。我所在的生產隊響應這一號召，也準備將隊裡的幾口堰塘填平改為田地。

開工那天，上級領導做了熱情洋溢的重要指示，鼓勵社員們大幹一個冬天，開墾良田，為國家多打糧食、多交公糧。

活動開始，就是將一個小山包的黃土運到堰塘，一點一點地填起來。黃土被鋤頭、鐵鍬挖動、翻鬆，又經畚箕、手推車給運走。社員們受到上級領導的打氣與鼓勵，幹勁十足，進度也快。僅僅一個上午，小山包就給削去一角。待到下午開工後，幹不多會，大家發現了一個鼠洞。徑直挖下去，探到洞底，老鼠自然是早就逃走了，但社員們卻得到了一個意外的收穫：在鼠洞中發現了大量的稻穀、麥子、豌豆，還有棉花，一堆堆的棉花成了牠們睡臥的地方。大家見狀，都說這些老鼠可真會享受啊，有吃的，有喝的，有睡的，比咱們的日子過得還要舒服呢！

看得出，生產隊長挺高興，好像還有點激動。他說：「把趙保管跟老子喊來。」很快就去了一個婦女。「要他帶兩個籮筐，還弄一桿稱。」隊長扯開嗓門，又補充著喊道。

不一會，那個趙保管就挑著一擔籮筐，跟在拎著晃悠悠稱稈的婦女身後，從隊屋那邊一顛一顛地趕了過來。

「你給裝進筐子秤一秤，看到底有幾多乾貨。」隊長指揮著趙保管說。

趙保管舞動兩手，將麥子裝進筐，稱了稱，唱道：「九斤三兩。」又倒了麥子稱豌豆，五斤半；稱棉花，有四斤一兩；趙保管彷彿要將好戲留在最後出臺似的，稱了這幾樣，他才慢慢地裝那堆頭最多的稻穀，幾乎裝了個大半籮筐，一稱，足足四十斤。

剛一稱完，隊長就一拍大腿道：「好，咱們今年冬天的吃用花銷可不必發愁了。」

眾人還不明白此話的涵義，他卻開始發號施令安排起明天的工作來了。他決定從男勞力裡抽出一部分力量，組成一支滅鼠收剿隊，在生產隊的田土上專門尋找鼠洞，將老鼠冬天的儲藏給翻挖出來，以改善社員們的生活狀況。聽完安排，社員們自然歡呼不已，都說隊長他媽的真是英明。有人說，咱們要靠老鼠來飽飽地過一個溫暖的冬天呢。隊長聞聽此言，立即反駁道：「不，是把老鼠從我們手裡奪去的糧食棉花再奪回來！」

我年小體弱，挑土吃力，就主動報名參加了臨時組成的滅鼠隊。

第二天，我們一群人就開始在田頭、地裡、土埂上、堰塘邊、丘陵旁認真地尋找鼠洞。

常言道，龍生龍，鳳生鳳，老鼠的兒子會打洞。此言真不虛也。只要去找，我們就發現了不少的鼠洞。剛開始，我們見洞就挖，但收效甚微，因為有些洞並不全是老鼠打的，蛇、蟹、鱔魚、烏龜等動物也會打洞藏身，有不少是牠們曾經生活過的地方，可現在都成了空空的洞穴。我們總結經驗，漸漸地，就發現了鼠洞獨有的特點。一般來說，鼠洞都打得比較隱蔽，有的在拐彎處，有的在草叢間；老鼠因其非常狡猾，故意將洞口弄得比較粗糙，一眼看上去，像是一個自然生成的孔道，而越往裡，牠們就越弄得光滑寬敞了；另外，老鼠洞口的大小與其他動物的洞口也有一定的區別。摸清了這些特點，找起鼠洞來，就不再那麼盲目，比以前的成功率要高多了，找準後掘下去。鼠洞的出口也多，俗話說，兔狡三窟。可老鼠比兔子還要狡猾，牠不僅是三窟，有時是四窟、五窟，甚至七窟、八窟。牠們的洞口分有入口、出口、前口、後口、邊口等，「大本營」有時也多到三至五個。農村的老鼠多為群居，牠們的集體主義原則很強，運回的東西大多放在「大本營」裡。平時，牠們吃多少，就到外面找多少，但一到冬天，就開始大規模地儲運了。可見牠們能夠未雨綢繆，是一種頗有遠見的動物，其智力比人類中的有些分子還強。掌握了老鼠的這些特點，把守住幾個出口、後洞、邊門，順著一個洞往下挖，就可順藤摸瓜地找到牠們的「大本營」。這樣，不僅可以收回那些偷走的糧食、棉花，還能將老鼠堵在洞中一個個地予以消滅。

有時，雖然找到了鼠洞，但受地理環境的限制不好挖掘，怎麼辦？大家只得捨棄洞中的一切。然而，對老鼠卻不肯放過。只要讓一隻老鼠活過冬天，來年開春，牠不僅自己糟蹋糧食，還要生兒育女，弄出一幫老鼠出來，其危害可就不得了。這樣的，大家趁著可以在生產隊拿工分的機會，必欲將老鼠們趕盡殺絕而後快。遇到這樣的鼠洞，大家就挑水直往洞裡灌。灌得差不多了，就會有渾身濕淋淋的老鼠一個個從洞口奔出。牠們全身發抖，一副顫顫驚驚的模樣，一眼望上去，十分可憐。要是不知曉牠們的惡性，社員們簡直都要放過牠們了。有的洞口離水源較遠，大家就想別的法子，用煙薰。將枯草、稻草、棉餅等物弄了放在洞口燒，讓那濃煙直往洞裡灌。濃煙灌進去，剛開始沒有什麼反應，須得耐心等待。薰到一定的時候，老鼠們就憋不住了，一個個踉踉蹌蹌地跑出洞口，薰紅的眼睛辨不清東南西北，不一會就被我們趕上打死。

生產隊的滅鼠活動大約持續了十天，收穫頗大，共打死老鼠近兩千隻，挖出糧食一千多斤，棉花一百多斤。生產隊共有一百零幾號人，糧食按人頭攤，每人分了十來斤，這在勒緊肚子的當時來說，也算是一筆不小的數字了。

十

我曾讀到過一則研究資料，說的是老鼠對藥物的反應與狡猾。遇到稍有懷疑的食物，鼠頭往往要命令病鼠、弱鼠或老邁之鼠最先品嚐，如果吃過的老鼠有一隻倒下，其餘的就再也不去碰這種食物了；並且，牠們只要聞聞死鼠身上的氣味，就能識別、記住這種鼠藥。

當然，不管怎樣，人類總要比老鼠更勝一籌，總能研製出一些花樣翻新的鼠藥讓牠們吃虧遭殃。過去的鼠藥，須得老鼠吃下肚中才能毒死；前幾年，聽說有一種相當厲害被人稱為「三步倒」的鼠藥，老鼠哪怕不吃，只要從這藥上走過，不出三步遠，就能將牠毒死；後來，又有更為先進的鼠藥上市，據說老鼠不從那上面走也行，只要聞聞，就能將牠們藥死……這些研製出新型鼠藥的人，往往被人稱為「滅鼠專家」、「滅鼠大王」，對這樣的人，我從內心來說是相當佩服的，在我看來，它們不僅僅是為社會做出了貢獻，關鍵在於，還大長了我們人類的威風啊。說實話，每當我看到老鼠怎樣怎樣地猖獗而對牠無可奈何之時，作為人類的一員，我是感到相當悲哀的。當然，對那些吹得神乎其神的介紹與報導我也是持一種懷疑甚至蔑視的態度的。有一次，我見到過一則滅鼠報導，說的是某農民滅鼠專家研製出了一種最新最神最奇最妙的鼠藥，只要往洞外一放，老鼠們就會被種鼠藥的氣味所迷惑，就會神魂顛倒不知所以，就會像個乖乖兒一般地從洞中鑽出束手就範。讀完後，我不覺啞然，如果真有這麼厲害的鼠藥，用我們現代化的技術加以大批量的生產，老鼠的絕種之日不是指日可待了麼？可事實上，直到今日，鼠類卻是越來越龐大、越來越精明、越來越厲害了。

除藥餌外，我還用過器械來消滅老鼠。

那是八十年代中期我在縣城一所學校教書時的事了。我住在一間平房內，屋後是一條下水道，老鼠之猖獗可想而知了。那時我吃食堂，屋裡沒有可供牠們糟蹋的糧食、油類、菜肴等物，雖然牠們經常在我宿舍內明目張膽地跑來跑去，但對我並無多大危害，也就睜一隻眼、閉一隻眼地容忍了牠。

然而，有一次牠們卻激怒了我，使我不得不對其採取了嚴厲的打擊行動。一天晚上，我睡得正酣，卻被牠們「嚓嚓」、「咣咣」、「咚咚」的吵鬧聲驚醒。我學著過去婆婆的法子，將床沿拍得山響。於是，老鼠就紛紛逃散開去。可過不多久，牠們又一個一個地溜將出來，將快要入睡的我吵醒。突然地，一隻老鼠竟躍上我的床頭，隔著蚊帳擦著我腦袋一跑而過。我下意識地伸手一抓，自然是抓了一個空。我氣得不行，一下子蹲坐在床上。過不多會，又一隻老鼠跳到了我的蚊帳頂上。我猛然站立，又是一把抓去。可能是這隻老鼠沒有半點防備的緣故，竟一下子讓我抓在手中。頓時，發出了一陣「吱吱吱」的叫聲。我使勁地捏著，可隔了一層蚊帳，總覺得勁兒沒有施展開來，就想變換一下姿式，哪知手一鬆，老鼠乘機從我手中溜走了。只聽得「砰」地一聲響，牠跳落在地。我趕緊下床拉亮電燈，一道黑影晃動著出了後門。待急急地趕將過去時，牠早已溜進下水道，跑得無影無蹤了。

我氣得不行，就想無論如何得好好地懲治一下，煞煞這些賊鼠們的威風才行。城裡無貓可借，我就在街上逛來逛去的，希望見到鼠藥買幾包回去。一連三天，我幾乎逛遍了縣城的所有角落，卻沒有發現一個賣鼠藥的人。無計可施，就在班上動員我的學生，要他們留個心眼，也為我找一找。兩天後，學生們也沒尋到鼠藥。就有一個女生怯怯地說：「曾老師，您要不要鼠夾？」我問：「鼠夾？只要能打老鼠，當然要呀。」那女生又說：「咱家裡就有一個，是我爸去年買的。」我說：「借我用用，用後還你。」「還什麼呀您，明天我帶來就是了。」

第二天上學，她果真帶了一個鼠夾，同時還告訴我，打死老鼠後，要把它洗淨才行，如果鼠夾上留下了死鼠的血跡和氣味，對後面的老鼠可就不起半點作用了。她說這是她父鼠經驗。

鼠夾的使用很簡單，將鐵夾扳開，掛好，投點誘餌，放在老鼠出沒地帶就行了。老鼠見到可口的食物後，必定貪嘴，就會試探性地爬上鼠夾。只要牠爬上鼠夾，觸動掛著的開關，「啪」地一聲響，眨眼間，就將夾住夾牢難以逃脫。因此，常常是食物尚未到口，就成了夾下亡鬼。

我找來一點鮮肉，掛了開關，將肉放在夾上，放在老鼠每夜活動的必經之地——後門處。熄燈後，當然是一陣興奮與等待，可是待了好半天，卻沒有動靜。不知不覺地，我就睡了過去。睡得正酣，突然，「啪」地一聲脆響將我從夢中驚醒。起床一瞧，就見夾上橫著一隻老鼠。這一下夾得真妙，恰好夾在了老鼠的脖子上，牠還來不及掙扎與叫喚就一命嗚呼了。我取下死鼠，將誘餌弄好，又放回了原處。剛一觸上枕頭，我就想起了女生父親的交待，說是得將夾子洗淨才行。但是，我實在是太睏了，就懶得動，心裡想，管他呢，能打則打，不能打拉倒，反正今夜打死了一隻老鼠，收穫已經不小了呢。想著想著，就又睡了過去。也不知過了多久，我又迷迷糊糊地聽得一聲脆響，一時不願起床，翻一個身，就又睡了過去。早晨起來，跑到後面一看，發現又夾著了一隻。這下是夾在老鼠的腰身，血肉模糊的，鼠夾也給掙出好遠。真沒想到，這個小小的鼠夾竟有如此神奇的功能，我高興得不行，決心乘勝前進，寧可少睡一點覺，也要多打幾隻老鼠，多消滅幾隻害人精。

於是，第二晚一夜到天亮，屋內都是綿綿的「啪」聲響個不休每每一聲脆響，人便自自然然地驚醒，就起床打掃戰場。把死鼠裝在一個紙箱裡，又將鼠夾上好弦。做完這一切後，上床，在迷朦的期待中進入夢鄉。

第三夜，仍是如此，「啪」、「啪」聲一夜響到天明，老鼠們一個個彷彿前仆後繼似的，頗有一股子悲壯的味道。

然而，如是三夜過後，不論我將鼠夾洗得多麼乾淨，也不論誘餌多麼鮮美，卻再也打不著老鼠了。

看來，精明的老鼠又一次識破並粉碎了我的計謀與行動。

雖然如此，這次捕鼠還是稱得上戰果赫赫的，一統計，共打得大小老鼠十八點五隻。有一隻老鼠夾在了牠的後腿上，牠忍痛掙扎不已，最後逃之夭夭，只留下了一截斷腿。於是，我就將這隻打著又逃走卻留下殘肢的老鼠算作半隻。

雖然打死了這多老鼠，但對牠們總體而言，卻是微乎其微。不到半月，鼠們又在屋內猖獗如故。那只鼠夾再也用不上了，只有躺著乾生悶氣的份兒。於是，我履行諾言，「完璧歸趙」。

十一

其實，要說老鼠對人類半點益處也沒有，那也真是冤枉了牠。

某些鼠的皮毛可以製衣、製帽，鼠尾可以製筆，陳年鼠屎還可作為一劑中藥與其他藥材搭配治病。有一種小白鼠，可以用來做實驗；還有一種車鼠，人們把牠當玩物，十分地惹人喜愛；至於大家熟悉的松鼠，則被小孩子們視為寵物。

剝皮後的鼠肉，可以食用充饑。在我國古代戰爭中，城池被圍，糧草吃盡，常常是掘地殺鼠，以其血肉充饑，度過難關，爭取時間，等待援軍的到來。

人們對待老鼠的態度，也不是一味地反感厭惡。將鼠列為十二屬相之首，這說明在人類的潛意識中，對鼠類的本事、能力、智慧還是相當佩服的。咱們不說別的，起碼牠的歷史就比我們人類要長三十多倍。據有關資料記載，人類的歷史為二百萬年，而老鼠的歷史則是六千萬年。就拿我這個對老鼠恨之入骨的人來說，也不得不承認在某些方面牠們的確要超過人類。不說別的，起碼老鼠生存發展至今，從未有過弱肉強食、自相殘殺的大規模戰爭發生。少時，我們捉到一隻碩大的褐鼠，想盡千方百計在牠的屁眼裡塞了一粒黃豆。因為我們曾聽大人說過，要是在老鼠的屁眼裡塞上黃豆，黃豆浸濕澎脹開來，將老鼠的屁眼堵住，只能吃不能拉，出於嫉妒、對同類使壞的懷疑以及難忍難受等多種原因，這隻老鼠就會喪失理智地大鬧鼠洞，追趕、咬齧同伴。其結果是，你咬我，我咬你，糾纏不清，造成混亂，死傷無數，一片狼籍。當然，這只被利用的老鼠須體大健壯才是，不然的話，牠就沒有力量對同類施加攻擊。而當時我們抓到的正是一隻奇大的老鼠，自然是不會放過一次惡作劇的機會的。於是，我和其他兩個夥伴將一粒黃豆塞進那隻大鼠的屁眼後就將牠放了。至於後來這隻老鼠的命運以及牠是否殘殺過同類，殘殺了多少，我們就不得而知了。

我記得我們當時曾期待了好幾天，卻不見老鼠間有什麼異常，更沒見到一隻咬死的鼠屍。由此看來，哪怕人類在鼠類中使了離間計，牠們也沒有喪失理智進行大規模的自相殘殺。僅憑這一點，我們人類就得好好地反思一番才行。如果我們稍稍統計一下，自從地球上有了人類，相互間發生過多少次自相殘殺的戰爭與鎮壓，有多少男女傷亡，那將會是一個十分嚇人的天文數字。如今，核武器更是一把懸在我們頭頂的達摩克利斯利劍，人類隨時都面臨著毀滅的危險。這危險，並不是為了對付人類以外的敵人，而是為了相互競爭、相互剝奪、相互鎮壓而製造出來的一把雙刃劍。這些核武器一旦失控，那麼，看笑話的將是老鼠，牠們將以其比人類悠久的歷史而更為悠久地生存下去……

在鼠文化中，鼠類也不一味地總是反派人物。比如咱們前面提到的松鼠，牠在童話故事裡，總是扮演著一個逗人喜愛的角色。

在民間，有「老鼠嫁女」的故事。人們借了「子鼠」的諧音圖個吉利，都想來個「多子多福」。於是，不少人家在結婚或是過年的喜慶日子裡，還要在自家的牆上貼上《老鼠嫁女》、《老鼠娶親》的年畫。

《水滸傳》裡，有一位以鼠為綽號的「白日鼠」白勝。白勝雖沒多大本事，但他在「智取生辰綱」中，卻起了至關重要的作用。

武俠小說《七俠五義》中，「五義」便皆以鼠為名，什麼鑽天鼠盧芳、錦毛鼠白玉常、穿山鼠徐慶等。

要說當今最行時、最走俏、最著名的，還是「米老鼠」。

米老鼠，一隻名符其實的文化之鼠，牠是美國一位名叫沃特・迪士尼的青年畫師創造出來的。一段時間，迪士尼對自己畫下的作品甚為不滿，那天，他拿著一塊畫板，在一個汽車工廠裡猶豫不決，不知該畫點什麼才好。就在這時，他發現了一隻小小的老鼠。這隻老鼠小心翼翼地在他身邊走來走去。不知怎麼的，迪士尼覺得這隻老鼠怪有意思的。他想牠肯定是餓了，不然的話，是不會大著膽子在他周圍踅來踅去的，就找來一塊麵包，撕了一點一點地拋給牠吃。小老鼠竟大著膽子，走過來吃食。牠吃完一點，望望迪士尼；吃完一點，又望一眼，似乎在向他訴說著什麼。這時，迪士尼覺得小老鼠可愛極了，這一下子就引發了他的創作慾望。他立時拿起畫筆，將牠的形象畫了下來。這一畫，就使得他一發而不可收，竟創作了一部長達一百集左右的動畫片《米老鼠與唐老鴨》。他給那隻老鼠取名為米奇，和一隻叫作米尼的鴨子做搭擋，充滿了智慧、歡樂、機智和滑稽，受到了全世界小朋友們的喜愛。影響所及，以「米老鼠」作商標的產品，也普遍地受到了人們的歡迎……

當然，這些例子都比較獨特，總的來說，人們對老鼠貶斥居多。如果我們換一種方式，放下大人類的架子，站在鼠類或其他物類的角度認識世界，就能變得客觀一些。世上所有生物，包括動物、植物、微生物，它們都有自身的善惡標準，並且，都在為自己的生存、繁衍與發展進行著艱苦卓絕的奮鬥和努力。由此，動物與動物、動物與植物、植物與植物、動物與微生物、植物與微生物，這些生物之間，結成了一條柔韌緊密的生命鏈條，環環相扣，相生相剋，生死相依，永無止息。

十二

我使用過的捕鼠器械，除鼠夾外，還有鼠籠。

這是我調離縣城進入一座現代化都市以後發生的事情。

城市高樓林立，到處都是鋼筋水泥，空間擁擠狹窄，競爭激烈。按理說，這將給老鼠帶來相當大的麻煩，嚴酷的生存環境會使它們舉步維艱，數目格外稀少。但事實並非如此，牠們利用自己的優勢，聚集在陰暗、污穢之地，不斷地發展自己、壯大自己，其數量與城市人口互成正比，彷彿欲與人類一爭高低似的。

我的住處仍是平房。這是一幢待拆的危房，以前是一所幼稚園的教室，位於高樓大廈的包圍之中。平房後牆外是一條陰暗的下水道，上面覆蓋著一塊塊預製水泥板。為爭奪地盤，屋後的居民在下水道上建起了一排廚房。

我住於平房的其中一間，常常受到老鼠的侵擾。牠們在後牆上打出一個個的洞穴，從下水道底偷偷摸摸地鑽進屋子，啃吃咬齧不已。一旦發現，牠們就從原路返回，眨眼間逃入下水道，我無從追尋、搜捕，只有乾生悶氣的份兒。無法打殺牠們，我只有採取「亡羊補牢」的措施，將後牆的洞穴用磚頭、水泥一一加以修補堵嚴。當我做完這一切後，自以為可以高枕無憂了，可是，夜晚仍有老鼠在屋內奔來跑去的，相當活躍。我大惑不解，這些老鼠可是從哪兒鑽出來的呀？我只得起床搜尋，不一會，就找到了一隻躲在床底的老鼠。老鼠一見自己暴露了蹤跡，就趕緊往外奔逃。牠跑進了後牆邊的走廊，徑直向廁所跑去。一進廁所，就再也找尋不見了。原來，牠是鑽進了廁所孔道，而廁所的孔洞與下水道是緊密相通的。一見此狀，我不由得歎了一口長氣，無論如何，我是不可能將廁所孔道封嚴堵死的。看來我得做好充分的思想準備，與老鼠進行一場長期而艱苦的鬥爭。

將屋內的鼠狀說與單位的同事，沒想到一下子打開了大家的話匣，紛紛控訴老鼠卑劣的行徑與不可饒恕的罪行。末了，一位同事主動地對我說他家裡養有一隻大貓，可借我一用。我當即大喜，下班後就隨著去了他家。進到客廳，他「咪」、「咪」、「咪」地喚了幾聲，就從臥室鑽出一隻肥碩健壯的麻貓。見是一隻麻貓，我彷彿一下子回到了童年，不由得對牠產生了一種親切與好感。可是，這只不過是我的一廂情願而已，當同事抱了麻貓交給我時，牠四肢抓撓著掙扎不已，半點也不買我的帳。突然，牠的前爪掠過我的手背，猛地劃出了一道血痕。我一驚，雙手一鬆，麻貓就從我手中跳下，鑽到了沙發底下。「還挺認生的呢。」同事說著，就將牠裝進一個布袋交給了我。我道過謝，就拎著往回走，袋中的麻貓「咪喵」、「咪喵」地叫個不休。回到平房，我關嚴門窗，解開布袋，放出麻貓。只見牠一跳，就鑽入了床底。不一會，又往門邊、窗邊撲，想找尋孔洞鑽出屋去。見到處關得嚴嚴實實，麻貓急了，開始在屋內亂竄亂跳。我表示友好地「咪」、「咪」、「咪」叫喚不已，牠半點也聽不進去。只見牠一會兒跳上桌子，一會兒躍到茶几上，將臺燈、書籍、茶杯等物弄得「嘩啦」、「嘩啦」響。我急得不行，卻又無計可施，只得跟在牠的後頭將這個扶正，將那個整好。突然，麻貓往食品櫃上躍去，身子猛地一下撞在了暖水瓶上，只聽「砰」地一聲響，水瓶摔在地上，細碎的銀片四處飛濺，熱水流得滿地皆是。我擔心麻貓還要做出更大的破壞行為，趕緊撲過去抓牠。麻貓見狀，就在屋內東躲西竄，跟我捉起了迷藏。忙亂了好半天，我才將牠抓在手中。麻貓拚命掙扎著，堅硬的爪子在我手上又留下了兩條印痕，但我越抓越緊，半點也不敢放鬆。突然，麻貓朝我手心就是一口，我感到了一陣鑽心的疼痛，掙脫一瞧，皮肉已被鋒利的牙齒咬進，沁出了斑斑血跡。我氣極，在麻貓的頭上「啪啪」打了二下，又將牠重新裝入布袋。我不敢怠慢，晚飯也顧不上吃，就將麻貓送回，交還那位同事。我說：「你這隻貓子太厲害了，牠要吃人呢。」擔心感染狂犬病毒，第二天只得上市防疫站去打防疫針，療程為一月，每星期打一針。

結果，借貓不僅沒有起到鎮鼠之效，反而害得我傷痕滿手，屁股也跟著挨了五針，想想實在是太划不來了。

怨仇已結，我一邊打針，一邊尋找懲治的方法。良策尚未尋到，一個偶然的機會，我終於打死了一隻大鼠，心頭之恨稍有緩解。

這日下午，一位詩人朋友遠道來看我，兩人坐在房中，促膝而談。正談得有趣，朋友手指面對著他的後門，聲音戛然而止。我順手望去，只見一隻老鼠探進頭來，眼珠滴溜溜地轉動不已，機警地東張西望著。我一見狀，立時站起身，撲向後門。老鼠回頭就跑。這是一隻大得出奇的褐鼠，身肥腿細，跑起來速度較慢。牠順著走廊，拚了命向著廁所的方向奔逃。我與牠幾乎同時趕到廁所。進入廁所後，我做的第一事不是打鼠，而是順手抓起一個痰盂，迅速堵上排泄的孔道。孔道一堵，老鼠頓時慌亂得手足無措。我乘勢追擊，三兩步趕上前，一腳將牠踩在腳下。

這時，朋友也趕了過來，他驚歎不已地說：「老弟，說句實話，我平生還從未見到過這麼肥大的老鼠。」

這的確是一隻名符其實的碩鼠，身子有一尺多長。我捏了尾巴將牠拎在手中，很沉很沉的，估計不會少於一斤重。

「眼界大開，真是令我眼界大開，不虛此行呀！哈哈哈……」朋友說著，一個勁地大笑不止。

我也附和道：「這是一隻通靈鼠王呢，牠知道我今日要來貴客，就跑出來親自歡迎，用牠們的最高規格來接待你呢。」

「是啊，牠實在是太客氣，客氣得有點過分了，鄙人不敢領當，不敢領當啊……」

一時間，兩人就以老鼠為題，談笑不已。

第二天送走朋友，我在轉回時竟見到了一個專賣鼠籠的老漢。老漢面前，擺著一長溜鐵籠，有幾隻鐵籠裡關著肥大的老鼠，旁邊還擺著一具具的鼠屍。

我問：「你這鼠籠行嗎？」

老漢望我一眼，反問道：「鼠籠不行，哪來這多老鼠？」

我笑了笑，二話沒說，掏出五元錢，拎回一隻鼠籠。

一到家就開始使用。我打開籠門，將弦掛得恰到好處，又上牢誘餌，放在了廁所外面。平房受周圍高大樓房的遮掩，難以照射到半點陽光，屋內十分地陰暗潮濕，因此，白天也有老鼠出沒。放了鼠籠我就上班去了，上班一忙我竟忘了鼠籠一事。下班後我也沒去檢查，直到晚飯後上廁所，遠遠地見到了那只鼠籠，我才想了起來。走近一看，就見裡面關了一隻老鼠，正在籠內焦躁不安地團團直轉。

沒想到這鼠籠還真行，我十分高興，將關了老鼠的籠子提在手中，尋思著懲治的法子。想來想去，我就開了煤氣，「哧嚓」一聲打燃，將那鼠籠放在竄跳的火苗上燒來燒去。老鼠吱吱大叫，蹦來跳去，不一會兒就燒焦了皮毛。見到牠的慘狀，我不禁覺得十分解恨。慢慢地，在一股濃烈的焦臭中，籠中的老鼠就給燒成了一塊黑糊糊的肉團。將那肉團倒進垃圾堆裡，把籠子放在自來水管下沖了沖，又上誘餌、掛弦，仍放在廁所外面。

晚上九點上廁所時，又關著了一隻活老鼠，仍是將牠燒死；睡覺前，我再一次檢查鼠籠，又關了一隻，處決的方式還是燒；深夜如廁，籠中有鼠，這是第四隻了，將牠燒死後我才安心地上床睡覺；第二天凌晨起床，發現籠裡關著了第五隻老鼠……

連續一個星期，我都在焚燒老鼠，約摸燒死了二十多隻活鼠，屋裡彌漫著一股濃濃的焦糊氣味。直到一個星期後，老鼠們才很少進入鼠籠了。但仍有不怕死的「英雄」為了口慾之樂，不惜用生命相搏。大約二十多天後，才徹底地沒有一隻老鼠「上當受騙」。

在用鼠籠捕鼠的過程中，有一點引起了我的特別注意，那就是老鼠雖誘餌而進鼠籠，但被關進鼠籠的牠們對誘餌卻是視而不見，見而不吃。可見，老鼠的確是一種具有強烈憂患意識的動物。因此之故，捕鼠誘餌可不必像釣魚那樣常換，而是放上一次，可長期使用。

老鼠一旦不為誘餌所誘，鼠害又開始猖獗起來。思來想去，我尋出一條法子，用一專門器具蓋住廁所孔道，要上廁所大小便時就揭開，解完後又蓋上，徹底堵住老鼠的通道，不讓牠有可乘之機。

管了一段時間，卻又不行了，牠們又開始在後牆上打出一些新的洞洞眼眼，這裡一個，那裡一處，相當隱蔽，令你防不勝防。

十三

老鼠既不會製造工具、也不會使用工具，但是，牠卻能充分發揮自身器官的特點與長處，不斷享用人類的發明創造與先進的文明成果。

前些年乘火車，我到餐車去買飯。買了飯眼光往旁邊一掃，發現角落裡碼著一摞箱子，箱裡裝著一瓶瓶的啤酒。頓時，酒意大生，又掏錢買啤酒。服務員收過錢款，用手朝那角落一指，懶洋洋地說：「你自己去拎吧。」我就走到那個堆滿啤酒的角落，搬開上面的兩個空箱子，「嘩啦嘩啦」一陣響。說在這時，我發現了一隻縮頭縮腦的老鼠，牠骨碌骨碌地轉動著兩隻小眼，定定神，就果敢地往前一躥，橫穿餐廳，向另一個堆滿物什的角落跑去。我像哥倫布發現新大陸一樣地感到萬分驚奇，忘了拿啤酒，竟跟在牠後面追趕起來，我一邊追一邊大聲叫喊：「鼠，老鼠。」乘客們自然跟我一樣，也頗感驚奇，可那服務員卻道：「一隻老鼠有什麼大驚小怪的？咱們車上的老鼠可多著呢！」聞聽此言，我一下子就泄了氣，趕忙停住腳步問道：「老鼠也坐火車？」「牠坐火車的歷史才長呢，五年前，我跟車的第一天，就見到了老鼠，」因對老鼠乘車產生了濃厚的興趣，我就主動與服務員套近乎，希望從她口中多聽一點有關火車之鼠的趣聞，服務員見我一副誠懇恭敬之狀，談興陡增，「我在車上第一次見到老鼠，說實話，比你還要驚奇，並且，我對這些尖頭尖嘴的小東西有著一種本能的反感。一想到將要與牠們長期為伴，我就厭惡極了。我們車上的服務員都跟我一樣，對牠們很憎恨。行車時，大家忙著沒時間跟牠們計較，每次到達終點後，我們都要來一次大的清掃，將鼠們從一個一個的旮旯趕出，恨不得將牠們趕盡殺絕心裡才痛快。可是，不知怎麼回事，老鼠卻越打越多，怎麼也打殺不盡。並且，牠們還改變了乘車的方式，總是在這站上，又在那站下，很少有鼠坐到終點站了，你看怪不怪，這些老鼠可都成精了呢！」說到這裡，服務員不禁笑了起來，「日子一長，拿牠們沒有辦法，也就見慣不驚了……」

我一邊聽一邊想，這些老鼠走南闖北，免費旅行，可真是風光啊！想著想著，心裡就怪怪地不是滋味了。我出生的故鄉閉塞，車船不通，只能常在電影、圖畫中見見火車的「尊容」。直到我二十二歲時，才第一次見到了真正的火車，記得那次我與一個朋友站在武漢長江大橋上望著奔馳而過的一輛列車激動得差點跳了起來。而乘坐火車，則是兩年以後的事了。他媽的，也太不公平了，在乘坐列車這點上，一隻小小的老鼠，可比咱要強多了！

老鼠不僅乘車，還是航運公司的一名「常客」。去年我們一行人去了成都，在重慶乘船而返。上船前，大家見到重慶的薰貨不錯，且價格也比較便宜，就大量地採購。薰鴨、薰肉之類的，買了一大堆。每一樣，都油光金黃，看著令人舒坦極了，皆如獲至寶。可是，沒想到上船後這些薰貨卻成了招惹老鼠的禍物。薰物有油汁、有水份，不便包裹，就將它們掛在板壁上吹晾。當天晚上，燈一熄，一隻隻的船鼠不知打哪鑽進艙室，偷咬薰物，發出一陣陣雜響，吵得人心煩頭痛。就起來撲打，可燈一開，牠們早已逃得無影無蹤了。剛一入睡，牠們又來了。同行中有一位年近花甲的同事，平時用腦過度，神經有點虛弱，老鼠一鬧，他竟出現了「夢魘」，覺得胸口有塊磐石給壓著，出氣不勻，呼喊不出，無法動彈。他使勁地掙扎著，喘息著，也不知過了多長時間，才發出了「啊」地一聲大叫。眾人嚇了一跳，趕緊起床搖晃其身，只見他額角全是汗珠，身上的內衣濕淋淋的。搖了一會，卻不見醒轉，大家慌了神，有的餵開水，有的掐人中，一陣忙亂，他才慢悠悠地睜開了眼睛。直到他開口說話，大家才吁了一口長氣。他說，有一隻老鼠爬上了他的胸脯，大大的，大概是一隻鼠精吧，怎麼也趕牠不走，不一會，他就出現了恍兮惚兮、神志昏迷的狀態。

第二天，大家都認為船上的老鼠實在是太厲害了，而這些厲害的老鼠全是那些薰肉、薰鴨給招惹出來的，就將買來的薰貨捆嚴、綁實，放在旅行袋中，免得再受老鼠的偷吃與侵擾。

船行三天，後又輾轉乘車，等回到家中打開捆綁的薰鴨、薰肉時，只見上面長出了斑斑綠黴，有的地方已經腐了、爛了，散出一股股的怪味。而這，都是為避老鼠封嚴悶緊的緣故。結果，花錢長途帶回的竟是一堆「憂物」、腐物、黴物。事後大家相互安慰打趣說：「不是有霉豆渣臭豆腐麼，咱們的霉肉臭鴨味道也是蠻不錯的呀。」

不僅內江內河的航船有鼠，就是海輪上，也有。牠們混在貨物中，無須護照，漂洋過海，觀光訪問，周遊世界，真是羡煞人也。

至於飛機上是否有過老鼠航行的創舉，我還未曾與聞，只好暫付闕如。

十四

九百多年前，我國宋代大文豪蘇東坡曾遇到過一隻小老鼠。這隻小老鼠不小心掉進了一個箱子裡爬不出來，牠就吱吱吱地叫個不休，引人注意。東坡的書僮聽見叫聲，燃了一支蠟燭來尋，找來找去，就在箱子裡發現了一隻死老鼠。剛才明明還在叫喚呢，怎麼會是一隻死老鼠呢？書僮深感詫異，就將箱子往下一倒。只見那隻裝死的小老鼠立時翻了一個身，一溜煙地逃跑了。書僮受騙，後悔不迭。東坡不禁長歎一聲道：「吾輩之智，竟不如區區小鼠也。」

東坡先生所遇之鼠，乃九百多年前之古鼠也。古鼠尚且如此狡黠，何況又經近千年之發展進化，其智商之高，狡詐之甚，行動之敏，可想而知。

今鼠甚於古鼠，城市之鼠又甚於農村之鼠。

對於老鼠來說，城市的生存環境與農村相比不知要艱難、嚴酷多少倍。農村之鼠，可不受限制地到處打洞藏身，洞洞相通、洞洞相連，構成一個比較嚴密的網絡，令對手無能為力。農鼠捕食的來源也比市鼠廣泛，除偷吃農家的食糧外，還可在廣闊的田野獲取大量食物，牠們不必為自己的肚腹之欲而傷透腦筋。而市鼠可就不行了，到處是鋼筋水泥，牠們無法打洞，只能根據自己的特點，利用人類的建築設施藏身，所藏之地，要麼是下水道，要麼是陰暗旮旯，要麼是污穢之處，十分骯髒惡劣。食物來源也少，難以偷到正兒八經的糧食，只能以殘渣、垃圾、糞便、微生物等填肚為生，冬天更是無法積聚、存儲食糧。城市的高樓大廈與堅固的封閉措施對市鼠也是一種嚴竣的考驗，還有一點對牠們的生存與生命構成直接的威脅，那就是城市的滅鼠手段及器械也遠比農村高明。

城市之鼠面對著這種種競爭、壓力與挑戰，牠們不得不提高自己的技能，訓練自己的本領，增強自身的素質，適應環境，利用環境，才能很好地生存下去。

經過比較，我發現，農鼠與市鼠相比，反應要遲鈍一些，動作要遲緩一些，身體素質要差一些，憂患意識也沒有市鼠那麼強烈。

在我眼裡，城市之鼠真是一個賽一個，個個精明強悍。牠們頭腦靈活、反應迅速、動作敏捷，可沿著牆壁、電線、水溝、水管、繩子等物，飛簷走壁、來來往往，如履平地。

對市鼠的這些本事，我是頗有「領教」的。

兩年前，我要搬家了，搬到一幢六層樓房的頂層。心想這下該可以避開討厭的老鼠，過過清靜平和的日子了。其實不然，搬進來不到一個星期，我就在廚房裡發現了鼠屎。搬家前，房子進行過裝修、清理，是絕對不會存有鼠屎的，看來老鼠的光臨是我搬進來之後發生的事情。老鼠能爬上六樓，且能鑽入我的房間，真是一件不可思議之事。但屋內的鼠屎卻又在明白無誤向我昭示著牠的猖獗。一天深夜，我躺在臥室看書，忽地聽得廚房內鐵盆響聲，趕緊奔了出來，這時，一道黑影閃過，就從窗口溜了出去。我拉亮電燈一瞧，只見紗窗右下角給咬了一個小洞，老鼠就是從這洞中鑽進溜出的。再看廚房，原來是盆內的垃圾忘了倒出，老鼠在裡面翻動不已，一不小心，就給弄出了聲響。

我抽空補好紗窗，可不到兩天，竟又讓牠給咬破了，牠咬的還是原來那個舊洞處。當然，樓房的封閉性能比平房強多了，只要我將安有玻璃的窗子拉上，把門閉緊，無論老鼠有多厲害，自然是進不來了。可是，正值炎夏，天氣燠熱，加之又住在頂層，更是奇熱無比，我不可能將窗戶關得嚴嚴實實的不透半點空氣，不然的話，那可真要熱死人了。於是，我就只有採取一種較為消極的措施——補綴紗窗，咬了又補，補了又咬。雖仍有老鼠不斷光顧，但比過去住平房時牠們不分白天黑夜、成群結隊地侵擾不知要強似多少倍呢，這麼一想，我也就知足了。要鬧就鬧吧，每夜一、二隻老鼠，是翻不起什麼大浪來的，我只須將衣物、糧食收藏嚴密一點就是了。

這日休假，妻子想將鎖在櫃裡的毛衣棉被透透空氣，拿出來翻曬一下。正忙著，突然就聽得她一聲尖叫：「啊呀，我的媽呀！」語調明顯地帶著哭腔，我慌了，趕緊放下手中的活計，奔進臥室。衣被散了一地，她一見我，馬上畏畏縮縮地朝前一指：「瞧，你瞧，那是一些什麼東西呀？」順著手指，我過去一瞧，原來是一窩沒有長毛的小老鼠，牠們在地上慢慢地蠕動著，身上細嫩的紅肉看上去十分刺眼。可惡的老鼠，鬼點子真多，生兒育女，竟躲到了我家大櫃的衣被之中，牠們可真會享受啊！要不翻曬清理，是無論如何也發現不了的。我氣極，當時抓住那幾個肉團，摔進垃圾盆中。想了想，我又用一個牛皮袋包了，跑下樓道，打開垃圾桶，將牠們埋在底層。我本想睜隻眼閉隻眼的，可鼠們得寸進尺，是可忍，孰不可忍？我決定對其採取嚴厲的打殺行動。既然藏有一窩小鼠在衣櫃內，晚上定會有母鼠前來餵食哺乳的。恐我白天的打殺引起懷疑，所以我將那幾個小肉團埋進了垃圾底下不讓牠們有半點覺察。

晚上熄燈，我躺在床上「守株待兔」。約莫一點鐘的樣子，寂靜中，我果真聽到了一陣細微的響聲。我想，這肯定是母鼠進了臥室。於是，我一躍而起，關嚴房門，打開電燈開關。老鼠一驚，馬上鑽進床底。我找出一把塑膠尺，在床底揮來舞去，可長度不夠，起不到什麼作用。其時，父親正從故鄉來我處休假，就將他從另一房間叫了過來共同捉鼠，而將妻子小孩打發到父親的床上去睡。

父親過來後，我們就將席夢思抬開，將床底往上一掀。這時，藏在其中的老鼠往前一躍，就上了穿衣櫃，將一些器具弄得嘩嘩直響。我們不敢放鬆，步步緊逼。牠就往床頭櫃、電視櫃底下鑽。牠一個勁地鑽來鑽去，我和父親也就一個勁地追趕。趕著趕著，突然地就不見了牠的蹤影。無論怎麼找，就是找不見。這是怎麼回事呢？難道牠鑽地了不成？父親說：「就只在這屋內，一定要將牠找到。」找著找著，他就拎過一個塑膠桶。「會不會在這裡面呢？」他一邊自語，一邊翻尋起來，塑膠桶內裝著孩子的一些玩具。找著找著，就聽得「嘰——」地一聲響。父親手一摔，使勁跳著，「啊呀啊呀」地叫了起來。我嚇一跳，以為是老鼠咬了父親一口，等找到他摔在地下的對象一看，原來是一個底部有孔的「聖誕老人」塑膠玩具，這種玩具使勁一捏，就會發出「嘰嘰嘰」的叫聲。父親以為是抓著了老鼠，我也以為是他給咬了一口，卻是一場虛驚。頓時，父子倆對視一眼，爾後哈哈地大笑不止。

笑過一陣，仍是滿屋子地尋。尋來尋去，到處都給找遍，就是不見老鼠。我環顧四處，一一排除，最後就只剩了一個掛衣架還沒有動手清理。那上面掛著幾件白天穿過的上衣和褲子。我從下往上摸去，摸著摸著，就摸出了一點名堂，我發現掛著的西褲口袋鼓鼓囊囊的。伸手一捏，軟綿綿的，他媽的，這不是那隻老鼠又是什麼？原來牠爬上掛衣架，躲進了我褲子的口袋之中，虧牠想得出來！我半點也不敢放鬆，就使勁地捏著，捏著，直到將牠給捏成了一塊肉餅才住手。扔了老鼠翻過褲袋一看，裡面血跡斑斑，這可是一條新西褲啊，心痛得不行，趕緊將褲子放入臉盆，浸在水中……

有了這次樓房的捉鼠經驗，再遇老鼠進屋，我總是將牠們關在客廳裡打殺。臥室傢俱多，鑽入床底難以找尋；廚房內滿是鍋碗瓣盆，投鼠忌器；書房裡有一個小小的閣樓，老鼠躍入其中，不知要費多少周章才能抓獲；只有客廳最為理想。最近，在這理想的捕鼠之地，我遇到了一隻非常刁鑽狡黠之鼠，令我大傷腦筋。

將廚房、臥室、書房的門一關，進入居室的老鼠自然就給堵在了客廳之中。奔跑一陣後，就躲在了沙發底下。我家的沙發不是條發，而是轉角的，共有五個座位，可以一個一個地分散開來。於是，我就將幾個座位一一搬開，並翻了個底朝天。這時，我就發現了一堆一堆的骨頭、魚刺與菜梗，這都是老鼠將牠們從廚房的垃圾盆裡一一拖到這裡藏起來的。令我吃驚的是，翻開所有沙發，卻不見老鼠的蹤跡。這是怎麼回事？我又將沙發翻弄一遍，將客廳的所有物什搬弄一通，仍是不見老鼠。牠會躲到哪兒去呢？屋子只有這麼大，東西也就這麼多，我想只能是沙發底下。又一個一個地將沙發認真檢查，我就發現其中的一個破了一個洞。頓時，心中的疑惑全部解開，原來老鼠從這個小洞鑽進沙發裡面的空間去了。於是，我就盯著這只沙發作文章。我對著它又是打、又是拍、又是敲，可老鼠沉住氣，躲在裡面就是不出來。牠不出來，我也拿牠沒法。怎麼辦？如果我靜一靜，將沙發放好，等上那麼一會兒，我想牠有可能自動跑出來的。可是我根本沒有這份耐心，一氣一急，食指伸進洞內，往外一使勁，就將沙發皮扯開了一個大洞。咬咬牙，攥著耷拉的皮子，我又猛地一撕，只得「嗤」地一聲響，沙發皮子給撕下了一大塊。可老鼠不知藏在哪個角落，仍是不出來。於是我又撕，「嗤嗤嗤」，直到這只沙發皮給撕得差不多了，老鼠才蹣跚著跑了出來。一陣追趕後，終於將牠打死，可一只沙發的皮子也就這樣讓牠給報廢了。

十五

我一直認為，老鼠社會對我們人類來說，是一隻「黑箱」。牠們的很多特點、本能、性質還不為我們人類知曉。鼠眼白天視物，夜間也能視物，其原理是否可為人類進化所用？牠是否能發出一種超聲波？牠的大腦是否具有分析、綜合、預感等功能？牠的嗅覺、聽覺的靈敏到底能達至何種特異程度，其範圍多大？一般來說，動物的腳趾要麼都是奇數，要麼都是偶數，比如兔為四趾，偶數；馬為一趾，奇數；豬為四趾，偶數；狗為五趾，奇數；只有老鼠特殊，牠的前足為四趾，後足則有五趾，一奇一偶，前後不一，這到底是怎麼一回事呢？老鼠相互間怎麼聯繫，是否有共同的語言或通感特能？整個老鼠社會，是否像人類一樣分工明確，有智囊團、決策機構、指揮系統、通訊系統等等？不同空間、不同環境、不同地域間的老鼠有否聯繫交流，牠們是如何構成一個龐大網路的？

乍一看，以上疑問似乎有些荒誕不經，但從牠們六千萬年的歷史以及不斷進化、日益繁盛等現象來看，這些問題理應引起我們人類的注意、重視並加以認真的探討與研究。

其實，我覺得人類很有必要以鼠類作為參照系，好好地認識、檢視、反省、總結一下自己才是。

當然，作為參照系是一回事，而將其打殺、消滅又是另外一碼事。我們常說，知己知彼，百戰不殆。認識、瞭解對手，其目的是為了將其制服或消滅。

今天，在人類過去意欲消滅的「四害」之中，最可憂鬱的當數老鼠。

麻雀經過一段時間的圍剿，如今少而又少，人們對牠的認識也有所改變。麻雀吃穀物，但牠也吃害蟲，而且更多的是吃害蟲。蟲害對穀物的損害，要遠遠地大於麻雀的啄食。事實上，人們早已停止對麻雀的大規模捕殺，在今天，牠不能算作「四害」之一了。

蒼蠅和蚊子，仍是人類的大害，但牠們除了只會繁殖外，並無多大本事，況且，隨著氣候的變化還會大批大批地自然死亡。目前有些城區，已基本上見不到蚊子了。而老鼠，一年四季，白天黑夜，隨時隨地，都要給人類造成一定的危害，我們卻無法將牠們徹底消滅乾淨。

我曾見過一則報導，某城市正兒八經地向世人宣佈，說他們那裡的滅鼠活動搞得相當地好，已經成為「無鼠害城市」。初見這樣的消息，我自然是十分地高興，嚮往、羨慕得不行，就想生活在那裡的人民從此沒了鼠害，這真是太有福氣了。可想來想去，總覺得有點不對頭，一個具有六千萬年悠久歷史的種類眨眼間就在那個地方灰飛煙滅，真有這種可能嗎？其中的水份是不是摻得太多了？好在老鼠無言，你說已經將牠們徹底消滅，即使沒有半點「傷筋動骨」，牠們也不會站出來發表言論予以反駁的。

牠們是一些地地道道的「實幹家」，更是一個躲在陰暗角落裡不斷「臥薪嚐膽」的可怕種類。牠們不幹就不幹，一幹就要嚇你一大跳。

有時又想，世間萬物，總是相生相剋、相互制約、相互平衡，當我們人類有那麼一天真的消滅老鼠之後，整個世界，是否會出現某種嚴重的生態失衡呢？

人啊人，該怎樣在對付老鼠的過程中不斷發展自己、改造自己、完善自己啊？

恍惚人生

我父親除了自己的親生父親外，還拜了本村的周家興認作乾父。他稱這個乾父為乾爹，一口一聲乾爹，叫得很是親熱。父親對他的乾爹十分敬重，逢年過節，總要拎上一個黑色提包，包裡裝些食糖、糕點、白酒之類的物什去孝敬他。

既是父親的乾爹，理所當然地就成了我的乾爺。

乾爺個矮，不足一米六〇，乾瘦乾瘦的。打我記事起，他總是一副蔫蔫的樣子，整日裡無精打彩，活像我婆婆曬在簸箕裡的一條蘿蔔乾。

我當時真不明白，父親怎就拜了這樣一個人作為自己的乾爹，並且對他敬重有加，生怕有什麼不周得罪了他似的。

我帶著這種疑惑向婆婆詢問緣由。

婆婆望了我一眼，簡潔地說道：「他救過你爸的命。」

我感到驚異了：「就他這個樣子，蔫不啦嘰的，連自己的性命都難得保住，還能救我爸的命？」

婆婆說：「這是你爸小時候的事，一天晚上帶他到鎮上去看皮影戲，場子小，人又多，大家推來搡去的，肉都快擠扁了，一不小心，你爸就給弄丟了，後來還是你乾爺想辦法把他給找回來的。」

我不以為然地說：「就這，好好謝他不就得啦，幹嘛非得拜敬他不可呢？」

「救了你爸的命，就是再生父母，當然得拜他做乾爹啦。」

婆婆的話不無道理，只是我心裡免不了仍有幾分遺憾，總覺得父親拜他做乾爹有一點虧本似的。

然而，這年夏天發生的一件事情，使我對他的看法產生了根本轉變。

乾爺在生產隊幹的事是放牛。放牛屬輕省活路，是對老弱病殘社員的一種照顧。乾爺放養兩條水牛，牠們都是牯牛，桀驁不馴，但乾爺卻將牠們調養得服服帖帖，一副俯首聽命的樣子。於是，我便常常見到乾爺帶著兩條甩動尾巴的牯牛，晃悠悠地走在古老的鄉村小道上；或是田邊地頭，兩條牯牛低頭啃吃青草，而乾爺則在一旁虎視眈眈地守望著，生怕牠們禁不住誘惑，乘機偷吃近在嘴邊的莊稼。乾爺還給這兩條牯牛取了名字，叫牠們「老大」和「老二」。兩條牛，一個人，組合在一起，一副慢慢吞吞、懶懶散散的圖景。

奇怪的是，這兩條看似馴順的牯牛，一到別人手中，就變得乖戾倔強起來，動不動就要發脾氣，並且發起脾氣來，也只有乾爺才能制止得住。

正值搶割稻穀、搶栽秧苗的「雙搶」季節，公社、縣上一再強調，不插八月秧。社員們便沒日沒夜地拚著幹，乾爺餵養的兩條牯牛是生產隊的主要耕牛，自然也跟社員們一樣，一刻不停地忙著耕田、耙田、打蒲滾。

這天，輪到村裡的李大個使用老大這條牯牛犁田。犁到中午時分，隊裡的收工鈴響了，社員歇工回家吃午飯。可是，一塊兩畝多的水田只差一端煙功夫就要耕完了，下午，他將轉移到另一塊離這兩裡多遠的水田，就想熬一熬，堅持著把這塊田犁完，免得下午還要跑來跑去的不划算。於是，李大個鞭子一甩，吆喝著老大繼續往前拉犁。老大往四周一瞧，社員們陸續散去，一條條耕牛也走出水田上了田埂。老大急了，不管三七二十一，拖了犁鏵，直往田埂衝。李大個不讓牠上去，大聲嚷道：「莫急莫急，你莫急呀，咱們耕完了就走，下午讓你多歇會兒不一回事嘛！」可老大根本不買李大個的賬，仍拖了犁鏵直衝田埂。李大個火了，鞭子一揮，「啪」地一聲響，老大身上挨了重重的一記。老大的強脾氣上來了，牠拖著犁鏵直往前衝，李大個一邊大聲吆喝，一邊跟在牠身後踉踉蹌蹌地奔。轉眼間，老大雙腿一躍，就上了田埂。李大個深一腳、淺一腳地跟著，泥水濺了一身，緊緊扶著犁把不敢撒手，沒有想到的是，就在他奔上田埂之時，犁尖猛地一下扎入土中。犁鏵「嘎」地一聲響，犁尖斷了，犁身的榫頭脫了。李大個猝不及防，田裡的淤泥黏住他的雙腿，只見他右手一鬆，身子一歪，當即倒在田中。後力使得牯牛稍稍頓了一下，然後，牠就拖著個犁鏵，撒開四腿，索性在田埂上奔跑起來。

李大個掙扎著從泥水中爬了起來，在他的用牛生涯中，還從未受過如此侮辱，不禁氣得噭噭直叫。只見他舉著牛鞭，爬上田埂，朝前狂奔起來。很快地，他就趕上了牯牛老大。他抓住牛繩，攔在牠的前面，揮舞牛鞭，使勁抽打起來。一邊打，一邊怒罵不已。牯牛讓他給攥住了繩索，無法逃跑，只得噴著粗氣，驢推磨般地在原地兜圈子，任他拚命抽打。不一會，牯牛身上就佈滿了青一條、紫一條的血痕。可李大個還不解恨，他已經打紅了眼，使了全身力氣，仍一個勁地拚命抽打。

周圍站了不少圍觀的人們，但誰也沒有上前勸阻李大個，他們都說這條強牯牛該死，得好好打，好好地治一治，不然的話，就要無法無天了。正在這時，乾爺趕了過來。一到「雙搶」大忙季節，放牛的再也不可能悠閒地牽著牛在田頭地邊或山嶺湖畔啃草了，只得割了青草，乘休息時將牛拴在樹下，讓牠們抓緊時間填飽肚子。乾爺是來牽牛去餵草的，但他一看到眼前的情景，見李大個正在殘暴地抽打著老大，不由得驚呆了。他想肯定又是老大發了強脾氣惹怒了李大個，不然的話，他是不會這般狠毒地抽打的。這些年，他與兩條牯牛有了深厚的感情，他不忍心看著李大個對牠的折磨，於是叫道：「李大個，算了，何必跟一頭牯牛較真呢？」

李大個正在氣頭，聽見叫聲，回頭看了他一眼，大聲吼道：「周家興，他娘的都是你，把兩條牯牛給寵壞了，牠弄斷了老子的犁鏵，害得老子在水田裡摔了一跤，弄得泥糊騷天，老子今天就是要好好教訓教訓牠！」

「你是人，牠是畜牲，怎能跟牠一般見識呢？」乾爺說著，聲音仍是蔫蔫的，「李大個，牠全身都是傷了，要是打壞了牠，不影響隊裡的『雙搶』麼？」

李大個直直地說：「影響就影響，一切後果由我負。」一邊說，一邊舉了鞭子又要往下抽。

「俗話說，打狗欺主，你把老大打得死去活來，不是生生欺負俺麼？」

「欺負就欺負，你想咋的？」

「我想咋的，我想讓你住手！」猛可地，乾爺瞪著眼睛吼了起來，他跑上前，一把抓住李大個手中的牛鞭，「快給我放下來！」

這是我有生以來第一次見到乾爺發火。他不再是蔫蔫的，而像一個充了氣的皮球，開始一蹦一蹦地了。

李大個不認識似的打量著他。

圍觀的鄉親們不相信似的看著眼前的一幕。

矮小瘦巴的乾爺站在高大壯實的李大個面前，就像一個小孩與大人對陣，實力懸殊太大了，不禁顯得十分滑稽。然而，不管怎麼說，他畢竟是我的乾爺，我為他感到害羞，有一種無地自容的感覺。我想上前幫他，但那年只有十二歲，以我的弱小之軀，根本無濟於事。我朝周圍看了看，沒有一個能夠上前幫他的人，看來乾爺只有活倒楣了。誰要他逞能的呢？倒楣是他自己討來的，怪不了別人。

然而，就在這時，奇蹟發生了——乾爺抓緊牛鞭，往後一帶，似乎輕而易舉地就從李大個手中奪了過來。

李大個瞪圓了眼睛：「周家興，怎麼，你想跟老子動手呀？」

乾爺不屑一顧地哼了一聲，手一揮，將李大個的牛鞭拋得遠遠的。

李大個覺得受了侮辱，指著遠處對乾爺吼道：「你快跟我把牛鞭揀來，不然的話，老子就對你不客氣！」

乾爺冷冷地笑了一笑，不理他，就去牽牯牛。

李大個簡直給氣昏了，他猛地撲了過來，上前就要抓乾爺的胸口。乾爺一閃身，很敏捷地躲開了。李大個不肯甘休，捏著拳頭揮了過來。乾爺頭一低，避開拳頭，直向他腰部衝去。李大個沒有防備，讓乾爺一頭給撞在胸口，只聽他「哎喲」叫了一聲，一個勁地踉蹌著往後退。幸虧他塊頭大力氣大才沒被撞翻在地，退了幾下就穩住了步子。但是，乾爺的反擊顯然將他激得狂跳不已，他弓著步子，慢慢地一步一步逼向乾爺，不給他留下半點破綻與可乘之機。李大個是村裡有名的打架高手，一般人都不是他的對手。我屏息靜氣，提心吊膽地看著眼前即將發生的一幕。

這時的乾爺，彷彿變了一個人似的，只見他弓著腰身，捏著雙拳，也拉開了一副鬥架的姿式。兩人都在向對方逼近。李大個覷準一個機會，大叫一聲，一拳直衝乾爺腦門擊來。我不禁「啊呀」一聲叫了起來，要是這拳打中乾爺，不要他的命才怪呢。可是，我的叫聲還沒有收煞，就見乾爺身子往後一仰，一個就地打滾，翻到李大個近前抱住他的雙腿。「撲嗵」一聲，李大個支撐不住，頓時栽倒在地。乾爺一個鯉魚打挺，就站穩了身子，然後，他的雙腳開始不停地猛踢倒在地上的李大個。

李大個就勢往後滾了幾滾，也從地上爬了起來，他不肯就此甘休，又積蓄了力量向乾爺進攻。這回，乾爺不再躲閃，而是直直地迎了上去。乾爺一用勁，就撥開了李大個的雙拳，然後，他雙手抓住李大個的褲腰帶，「啊」地發一聲喊，竟將牛高馬大的李大個騰空舉了起來。隨後，他又是「啊」地一聲叫，雙手往前一推，就將李大個扔進了一旁的水田。

李大個倒在田中，泥水濺得到處都是。過了好一會，才掙扎著搖搖晃晃地爬了起來，滿頭滿臉都是黑黑的稀泥，已分不清哪是鼻子哪是眼睛了。

頓時，周圍爆發出一片哄笑與叫好聲。

我更是高興得不得了，不由得一個勁地大聲歡呼起來。真沒想到，瘦小乾巴的乾爺還有這麼一身了不起的本事，我為此感到格外的高興與自豪。

一回到家中，我就迫不及待地將剛才的所見所聞告訴了婆婆。

婆婆聽了，半點也不激動，只是淡淡地一笑，說：「這算不了什麼。」

我幾乎大聲叫了起來：「這還算不了什麼呀？李大個那麼大的勁，那麼大一個塊頭，把乾爺都快吃得下去了，可他卻敗在了乾爺手下。」

婆婆說：「要是年輕的話，十個李大個也不是他的對手。」

我瞪大眼睛道：「乾爺這麼厲害，怎麼一點也看不出來？」

「真人不露相麼，俺告訴你，你莫跟人亂講，」說到這裡，婆婆望望四周，然後神秘地附在我的耳邊說，「你乾爺在解放前可是一個有名的大土匪呢！」

「什麼？婆婆你說什麼？」我不敢相信自己的耳朵，「還有這麼一回事呀？怎麼以前沒有聽說過？乾爺要真的是個大土匪，解放時不早就槍斃鎮壓了麼？」

婆婆說：「你乾爺命大著呢……」

乾爺的確當過土匪。

土匪們大多逼上梁山，可乾爺卻是自覺自願地當了土匪。

一場霍亂奪去了乾爺雙親的性命，不滿十四歲的他孤孤單單無依無靠，就去投奔遠親何蛟龍。何蛟龍是他母親的一房親戚，隔得很，早就沒了來往。但何蛟龍在這塊地方的名氣相當大，他四十多歲年紀，已當了二十多年土匪，佔據雙龍崗這座險峻的山峰為王，擁有一支八十多人的隊伍，連官府也奈何他不得。

一次，他無意之中聽得母親歎了一口氣道：「唉，要說的話，何蛟龍還是俺的一門親戚呢。」

乾爺馬上問道：「他是俺的什麼親戚？」

母親說：「論輩份的話，你得叫他叔叔呢。」

父親趕緊制止道：「可別瞎嚷嚷讓別人曉得了，咱們跟他根本就沒半點來往，傳出去弄不好可要吃官司的。」

「這個俺自然曉得。」乾爺嘴裡答道，心裡覺得只有前去投奔何蛟龍才可以混一口飯吃。但一想到是去當土匪，免不了又有幾分猶豫。可不當土匪，又有什麼辦法呢？總得想個法子活命才是呀！於是，在眾鄉親的幫助下，乾爺草草地掩埋了父母，就連夜渡過牛浪湖，直奔雙龍崗去了。

哨兵把他帶到何蛟龍面前，他低著個頭，嚇得大氣也不敢出。當他怯怯地結巴著說出自己的來歷後，何蛟龍「咯咯」地笑了一聲道：「哦，是的，是有這麼一回事，照這麼說來，你就是我那未見過面的外甥了？嘿嘿，竟還有人前來投奔老子這門親戚，看來老子在外頭的名聲還蠻不錯呢，哈哈哈……」

站在一旁的軍師草上飛趕緊附和道：「那可不是，蛟龍佔雙龍，咱們何大爺在這塊方的名氣可大著呢，不少人都把您當作龍王爺投身轉世的神靈呢。」

「哈哈哈，俺可真沒想到還有這麼一回事呢。」這時，何蛟龍又對乾爺道，「只可惜了你母親，不到五十就歸天，她年輕時可真是一個美人兒呢。她是俺表妹，咱們小時候在一起跳房子，過家家，玩得蠻有味呢。你是菊妹的兒子，又有一副聰明機靈的樣子，跑來投奔俺的，老子一看就喜歡上了你，要跟你安個好位置呢。」

說到這裡，何蛟龍將手中一直握著的一根長長的旱煙袋噙在嘴裡，使勁吧了一口，吐出一股白白的煙霧。然後，他將煙袋從嘴裡抽出，向乾爺伸了過來。

「拿著吧。」何蛟龍威嚴地說道。

直到這時，乾爺才敢抬起頭來向上望。他看到了一根長長的旱煙袋，煙頭煙嘴都是銅，光光的，亮亮的；煙桿是竹的，好粗好粗的竹節，也是溜溜的，燦燦的，耀眼得很。

他繼續往上望，終於第一次看清了這個土匪叔叔。令他驚奇不已的是，何蛟龍並不是人們描述，他所想像的那樣，長得五大三粗、臉膛黑黝、滿臉絡腮鬍、一副兇神惡煞的樣子，而是生得白白淨淨、五官勻稱，一副典型的書生模樣。

何蛟龍將煙袋伸在他手中，又威嚴地說了一聲：「拿著吧！」

乾爺來不及想什麼，馬上接在手中。

他感到這根煙袋很沉很沉，滑溜滑溜的。

「抽一口吧，你抽一口給老子看看。」

「我？」

「是的，老子要你抽。」

乾爺驚恐不安地看著煙袋，又看看四周：「舅，俺可不會抽呀。」

「何老爺要你抽，是瞧得起你，你就抽吧。」草上飛神秘莫測地對他笑著說。

乾爺只得抽。他將煙袋往前挪，煙頭斜在前面戳在地上，有一股青青的細煙往上嫋。他含了煙嘴，憋足勁，用力一呼。「咳咳咳咳……」一股辛辣直往鼻裡喉裡灌，他使勁地咳，淚水湧了上來。四周響起一片刺耳的笑聲，他連忙用手背擦了擦，眼睛紅紅的。

「快跟老子再抽一口。」何蛟龍冷冷地笑了一聲又說道。

乾爺只得又吸一口。這次，他忍住了咳嗽。斜眼瞟瞟何蛟龍，朦朧的煙霧中，看見了他的笑臉。於是，他又是一陣猛吸。

「哈哈哈，」何蛟龍好一陣大笑，「小興子，從今天起，你就是老子的傳令兵嗟，聽見沒？」

「聽見了。」乾爺的聲音細若遊絲。

「你就先學著給老子捲煙筒吧，你也得跟老子一樣抽旱煙，讓你抽個飽，抽個夠。抽旱煙得先捲好煙筒，三扒兩爪就要捲好，捲得長長的，圓圓的，勻勻的，聽見了嗎？你現在就跟老子捲……」

從此，乾爺便開始了捲煙筒的生涯。掏一張裁好的厚紙，將煙絲勻勻地放在上面；在手心一搓，湊到嘴邊，伸出舌頭，舔兩個來回；放在手心再一搓，一根煙筒就捲成了。然後就變成了縷縷青煙，飄散了，與空氣融為一體，什麼也沒有了。再捲，再飄。捲，飄。飄，捲……

在我眼裡，乾爺是一個不可救藥的煙鬼。

放牛時，一根長長的旱煙袋總是不離左右。他站立時抽，蹲在地抽，走路也抽，一天到晚，嘴角總是嫋繞著一股青青的煙霧。

我問他：「乾爺，你能不能不抽這煙？」

乾爺說：「不吃飯可以，不抽煙辦不到。」

「這煙有麼抽頭？又辣又苦，一吸一吐，嘴裡肚裡什麼也沒留下，我半點也看不出抽煙有什麼享頭。」

「當然有享頭，享頭大得很呢，只有抽煙上了癮的人才曉得裡面的享頭有多大。」

乾爺抽的煙葉都是自己種的，自留地裡，屋後空地，田頭地邊，都有他種植的煙草。村裡進駐工作組後，乾爺種在公家田頭地邊的煙草全給剷除。於是，乾爺出現了「煙荒」。但是，他可以幾日斷糧，卻不能一刻無煙。於是，就將一些青草、荷葉、樹葉、芝麻葉之類的東西曬乾、切碎，權且充當煙草，捲成煙筒放在嘴裡燒。一翕一合的嘴巴彷彿成了一座灶門，而鼻孔則是兩個天然的煙囪。只要他一張嘴，就會噴出一股刺鼻的怪味，上下兩排牙齒，像是一些排列著的黑黃豆。看著瘦小的乾爺，我不禁聯想到了家家戶戶掛在灶頭煙薰火燎的臘肉。我想乾爺以前必定是高高大大威威武武的，只是年長月久的煙霧薰烤，才變成了今日這副乾瘦矮小的模樣。

受乾爺影響，我婆婆也抽煙，只是沒有乾爺抽得那麼凶。婆婆告訴我：「你爺爺抽得才厲害呢。」我不知道我親爺抽煙的情況，因為在我懂事之前，他就早早地離開了人世。但從乾爺抽煙的情景，還是可以推想得到爺爺抽煙的厲害。婆婆說爺爺抽煙也是跟乾爺學的。

然而，令我大惑不解的是，乾婆卻不抽煙。要說影響，任何人都不可能有乾婆那麼深，她卻一口煙也不抽，但她並不反對乾爺吸煙，還竭盡全力地為他提供種種方便。

在乾爺與乾婆之間，我發現了許多不解之謎。比如說，乾婆身材高大，乾爺只有她的肩膀高，在村裡，一般說來，夫妻都是男高女矮，而乾爺和乾婆，卻成了一對特例。只要走在一起，人們便常常拿他們兩人開玩笑，說乾爺晚上得準備一副長長的梯子才成。我不懂其意，就問那些開玩笑的人，他們就說乾爺要搭梯子才能爬到乾婆的胸脯上。他們還告訴我，乾婆過去才厲害呢，她當過大隊婦女大隊長，年年評先進，當勞模，有一次還到縣上出席了一個什麼表彰大會，在村裡引起了好大的轟動。乾婆雖然老了沒出工，在家操持著家務，但從那副做事乾脆俐落的樣子，可以看出她年輕時該是多麼能幹；在她那副端端正正的臉模子上，仍能依稀見到她那昔日的青春與美麗風采。

於是我就想，美麗能幹的乾婆怎就看上了個頭矮小、長相平平，還帶有歷史問題的乾爺並心甘情願地嫁了他呢？

當然，也只有婆婆才能解開我心中的謎團。

原來，正是乾爺的土匪身份，促成了他們之間的婚姻。

聽說何蛟龍下山搶了一個花姑娘關在後偏房，準備做他的押寨夫人，大家爭相跑去看。凡是看了的人都說那姑娘長得真叫漂亮，硬像是天上下凡的仙女。周家興上山已有五個年頭，貼心貼意地跟著何蛟龍，從傳令兵升到了侍衛官，深得何蛟龍的歡心與信任，並跟著學了揮刀、舞棒、射擊等不少硬功夫。十八九歲的乾爺，正值青春萌動之際，聽別人花姑娘長花姑娘短地說來說去，說得他心裡癢癢的，瞅個空子，也跑去看。他扒在視窗往裡瞧，只見那姑娘低著個頭，正背著手抹眼淚。他看不見她的面容，就趴在那裡靜靜地等著，鐵心鐵意地要看看花姑娘到底長得咋樣。可那姑娘就是不抬頭。乾爺等得有點不耐煩了，禁不住拍了兩下窗框。聽見響聲，姑娘馬上警覺地抬起頭來，目光牢牢地盯住了他。他覺得這姑娘實在是長得太漂亮了，名符其實的花姑娘，他還從來沒有看見過這麼花的姑娘，一看就被她勾住了魂魄，就那麼呆呆地望著，已然忘卻了周圍的世界。

那姑娘見到眼前出現的是一個跟自己年齡相仿的小夥子，感到一股難得的親切，不禁往窗口挪了兩步，「撲嗵」一聲跪在地上，淚水漣漣地說道：「阿哥，救我出去吧阿哥！」

乾爺想離開，可腳底生了根，怎麼也動不了。

「親阿哥，你就救俺一命吧！俺是逃荒的，沒想到這塊方有土匪，給搶了上來。俺娘還在山下，她患病在身，無人照看，不知是死是活。阿哥，俺看你是個好人，就救俺一命吧……」

瞧著花姑娘一副可憐巴巴的樣子，乾爺的心軟了，他想起了病死的爹娘，想到自己悲慘的境遇，淚水不由自主地湧上眼眶。

「阿哥，你救了俺，俺一輩子也不會忘記你，真的！」姑娘說著，從胸口摸出一隻白兔，布做的，小巧玲瓏，「俺叫玉娥，屬兔的，這是俺的護身符，你救了俺，俺就把它送給你，跟你生兒育女，一輩子報答你的恩情。今生今世報不完，來世變牛變馬，俺也要服侍你。」

姑娘說著，慢慢將小白兔遞了過來，乾爺幾乎想都沒想就接了。接過後又呆呆地盯了片刻，就藏在了袖筒裡。然後，他什麼也沒有說，就一陣風似的跑開了。

望著他遠去的身影，玉娥不禁失望得嚎啕大哭起來。

不過一刻，乾爺又跑了回來。他一走近視窗，就悄悄地對姑娘說道：「玉娥，我這就來救你，瞧，我偷來了大門的鑰匙呢。」乾爺說著，將一把長長的銅鑰匙拎在手中得意地在窗口晃來晃去。

玉娥不禁喜出望外：「阿哥，俺出去後一定要報你的大恩大德。」

乾爺打開門上的銅鎖，領著玉娥往旁邊一折，隱入一片長滿荊棘的灌木叢中。他在前面趟開一條小路，護著玉娥逃出了山寨。然後，他又偷偷地將鑰匙放回原處。

乾爺自以為做得神不知鬼不覺，但還是讓精明狡詐的何蛟龍發現了破綻。

他被抓了起來，遭到一頓殘酷的毒打。

「周家興，你個牛雞巴日的，膽子可真不小呀，膽敢放走老子的花姑娘，還敢裝蒜糊弄俺，你真他媽的太混賬了！」何蛟龍氣得咬牙切齒，暴跳如雷，「老子要不看在你媽是我表親的份上，念你往日服侍老子還不錯，看你機靈聰明有出息，早就一槍把你給嘣了！」

乾爺站在那裡，陣陣撕肝裂肺的疼痛使得他全身顫抖不已，牙齒不由自主地上下磕磕碰碰。在這難以忍受的疼痛潮水中掙扎浮沉，他倒希望何蛟龍真的一槍將他給嘣了。但是，他想到了玉娥的許諾，一種對未來美好生活的憧憬支撐著他頑強地忍受著眼前的折磨。

「打，再打五十大板！」何蛟龍又是一聲斷喝。

「劈哩啪啦」的響聲，伴著聲聲淒厲的慘叫。

兩個五十大板打完，乾爺血肉模糊地癱在地上，腦海一片空白，似乎半點知覺也沒有了。

「帶下去，跟王麻子當下手。」何蛟龍一聲吩咐，立時就有兩人一左一右地將乾爺架了出去。

乾爺頑強地活了下來，不到半月，就又成了一個棒小夥。

王麻子是一位遠近聞名的廚師，何蛟龍將他綁上雙龍山寨當了掌勺師傅，每天都要給他做幾樣新鮮好吃的菜肴，以滿足口腹之欲。除此之外，王麻子還要包做山寨八十多人的飯菜。

乾爺給他當下手，就是天天燒火，蹲在幾個灶孔前不住地添薪加柴。那熊熊燃燒的火焰像是太上老君的煉丹爐，將他烘烤得黑裡透紅……

乾爺救出的那個玉娥，就是現在的乾婆。

乾爺救了乾婆，可後來，卻是乾婆救了乾爺。

在解放不久的鎮壓反革命運動之中，即使乾爺沒有什麼民憤不被鎮壓，也要受到挨整挨鬥的折磨。但是，他卻因了乾婆的導引，搖身一變，成了一名有功之臣。

乾婆下山後，一個偶然的機會，她參加了江南游擊隊。

一九四九年，共產黨領導的解放大軍南下，秋風掃落葉似的橫掃著一切封建、地主、土匪、惡霸等反動勢力。

在江南游擊隊的配合下，解放軍一個連的兵力包圍了雙龍崗。

其時，何蛟龍的土匪勢力也發展到了一百二十多人。雙龍崗地勢險要，易守難攻。如果硬拚硬打，解放軍也能拿下這座山寨，但是，傷亡將會十分慘重。為了減少損失，部隊決定智取。

江南游擊隊員大都是本地人，熟悉地形，瞭解情況，於是，智取的任務便落在了他們的頭上。

在這之前，江南游擊隊就已做了一些必要的準備工作，曾派乾婆偷偷上山策反乾爺周家興。乾婆的遊說相當成功，乾爺答應到時裡應外合。

放跑乾婆後的乾爺在山上的日子過得十分滋潤，雖說是跟王麻子當下手，除了一天早晚兩頓飯忙乎一陣子外，其餘時間，倒也自在，不像以前在何蛟龍身邊管束得那麼嚴厲。既可吃香的，喝辣的，又能跟王麻子學廚師手藝，還可偷閒練練拳腳，他過得十分快活。要不是乾婆偷偷上山，他幾乎將她給忘了。

乾婆的到來在他內心掀起了一陣波瀾，又生出了一股新的希望，將與乾婆結為夫妻連理的美好誘惑，促使他敢幹一切鋌而走險的大事。

大軍一開進，乾爺就認為機會來了。江南游擊隊正在為無法與乾爺聯繫而發愁，沒想到他在一個風雨交加的夜晚，偷偷摸出了山寨。剛剛進入解放軍的防線，他就當了一名俘虜。在他的強烈要求下，他被帶到了解放軍與江南游擊隊組成的聯合指揮部。

他見到了指揮部的最高首長，也見到了乾婆。一切商議妥當後，乾爺又於當天深夜神不知鬼不覺地摸回了山寨。

於是，三天後的一個夜晚，乾爺殺死兩名哨兵，打開了山寨的大門。早已潛伏在外的解放軍一擁而進，幾乎沒有遇到什麼反抗，部隊很快就佔領了整個山頭。何蛟龍在他的床上被活捉。

這樣一來，乾爺不僅沒因當過土匪受到牽連，反而成了一名有功之臣。不過政府對這位有功之臣並未重用，而是讓他回到原來的村莊當農民。

乾爺與乾婆終於結成了一對夫妻。

洞房花燭夜，乾爺覺得全身患了瘧疾般地在顫抖。他們並排躺在床上。乾爺在乾婆身上摸來摸去。哦，玉娥，花姑娘玉娥成了俺的婆娘啦，這是真的，真的，不是做夢，她就睡在俺的身邊呢。他在她身上摸著，將她的衣服一件件剝去。玉娥也在患瘧疾，在發燒。她沒有動作，也沒有反抗，任他擺佈著。他脫光了她的衣服，又開始脫自己的。他脫得赤條條的，猛然抱住玉娥光溜溜的身子。「玉娥，你摸，摸我的胸口。」玉娥不作聲，也不動作，他便一把拉過了她的右手。頓時，玉娥的右手觸著了一個小巧的對象。「喲，小兔，我的小兔，護身符。」玉娥驚喜地說。「是的，是你的小兔，俺一直掛在胸口，看得比自家性命還貴重呢。」「噢，家興，俺的好阿哥，親阿哥……」玉娥說著，情不自禁地側身箍住了他的腰身。血液在沸騰，他們倆感到一陣難以抑制的暈眩，彷彿騰雲駕霧一般……

乾婆緊緊地捏著掛在乾爺胸口的小兔，她記住了自己的諾言，她忘不了他的救命之恩，她要報答，做牛做馬地報答。

她說過要為他生兒育女的，一年後，她果真為他生了一個女兒。此後又一連生了三胎，可三胎都是丫頭，她彷彿成了一臺製造丫頭的機器。於是，乾婆就很自卑，覺得對不起他。她說過要為他生兒育女，可她只會育女，卻不會生兒。看見別的女人一生一個兒子，他們都很羨慕。乾爺鼓勵她再生一胎，爭取生一個兒子。乾婆也想再生一胎，爭口氣生個兒子，但她不敢。她說：「家興，俺不敢生了，真的，俺肚裡只裝得下丫頭，再生還會是丫頭的。丫頭俺生怕了，看來俺只有生丫頭的命。命裡只有八合米，走遍天下不滿升。只有這個命，不服氣是不行的。俺只有生丫頭的命，認了！不，不，再也不要生了！家興，俺怕，怕，怕呀……」

乾婆怕得不敢跟乾爺一起同床了。只要一同床，就會懷孕生小孩；而只要生小孩，就會是個丫頭。這樣的，乾婆就強烈地壓制著自己的慾望，怎麼也不願跟乾爺同床動真格的。她將這種慾望予以昇華，滿腔熱情地投入到忘我的工作之中。本來，剛剛解放時上級就想安排曾經參加過江南游擊隊的乾婆擔任區委會幹部的。但她為了履行給乾爺生兒育女的諾言，就堅決地推辭。現在，當她積極要求上進時，黨組織馬上提拔她擔任大隊婦女主任一職。

開始，乾爺還能憋著熬著。日子一長，就有了滿肚子的花花心思。他像一隻出洞的老鼠，尋找著可以飽腹的食糧。機會終於來了，於是，短暫的猶疑一旦消失，他就徹底地背叛了玉娥。然而，在那禁錮的年代裡，乾爺也為此付出了慘重的代價，賠進了八個春夏秋冬的漫漫時光……

乾爺聰明機靈，也有心計，在跟王麻子當下手的日子裡，千方百計討得他的歡心，竟學得一手高超的烹調技術。

解放後的一段時間，村裡的婚喪嫁娶，紅白喜事，大家都請他去做酒席。同樣的菜肴，同樣的佐料，經他一播弄，味道硬是不一樣，這就是本事，任誰不服也不行。

實行合作化不久，村裡要辦食堂了，掌勺師傅非他莫屬。

乾爺操起了做大鍋飯的營生，他彷彿又回到了往昔在雙龍崗山寨給王麻子當下手時的情景。所不同的是，過去是「下手」，而今則成了「掌勺」；過去侍候的是一些土匪，現在服務的是革命群眾、公社社員。但燒煮的飯菜，卻是大同小異。

廚師就是廚師，做出的飯菜味道就是不一樣。即使最差的「鏡子湯」，在一大盆清水裡，只放少許鹽粒，半點油料，幾莖野菜，跟一塊鏡子差不多，裡面簡直照得出人影，可經乾爺一加工，味道就變得異常鮮美了。社員們個個喝得有滋有味，讚不絕口，不少人乾脆稱之為「神仙湯」了。既然是神仙喝的湯，那味道還有什麼說頭呢？肯定是妙不可言啦！

乾爺是掌勺，勺子成了一種新型權威的象徵。一碗飯，一份菜，舀多舀少，就在他右手那看似不經意的隨意一揮。但這一揮卻是大有文章可作，他可以將這一勺舀得滿溢而出，也可舀得平平的，淺淺的。他這一把勺子，比隊長書記可厲害多了，每天每餐關係到他們的腸胃與生命，可以毫不誇張地說，幾乎每一個社員都要明裡暗地巴結他才行。

乾爺儼然成了一個無冕之王。

他嚐到了一種無形權利的滋味，不禁陶醉得飄飄然起來。

每天，都有一個矮小、瘦弱的女孩可憐巴巴地站在他的面前。姑娘叫翠霞，是個孤女，跟她表哥表嫂住在一起。翠霞頭上紮了一對小鬏鬏，黃黃的，翹翹的，臉相看上去，一副苦命的樣子。乾爺每每見到她，就覺得鼻子發酸，他打心眼裡同情她，總是盡其所能地為她多打一點湯，多舀一點飯，還將什麼好吃的留著，趁沒人時偷偷塞給她。

日子一長，翠霞的臉上就有了紅暈，身子也漸漸豐滿起來，胸前鼓起了兩個小包包。真是女大十八變，越變越好看。乾爺越來越喜歡看她，一看就將目光黏在她的臉上不肯離開。

「大叔，」翠霞背著人，常常對他說，「你對俺恁好，俺可怎麼謝你呀？」

「小翠，都一個村的，你又沒爹娘照看，幫襯你，也是應該的麼。」他說的是真話。剛開始，乾爺的確對她半點邪念也沒有。後來，也沒有想到要去勾引她。只是日子一長，他就喜歡上了她。通過打飯舀菜、偷塞食物，慢慢地，他們之間達成了一種無言的默契，從而有了一種無聲的感情交流。一切彷彿都在自自然然、不知不覺間發生的，感情既在加深，也在變異，他開始變得暈頭轉腦無法自拔了。

於是，他趁沒人時，竟向翠霞提出了晚上約她在沙嶺棉花地見一面的要求。翠霞問他有什麼事。他說你晚上到那兒了自自然然就會曉得的。翠霞一直想尋找機會感激他，報答他，對他的要求自然不好違拗。況且，她還是一個黃花閨女，對男女之事知之甚少。

沙嶺是生產隊的一塊上等好地，那裡的棉花長得非常茂盛。那年的棉花出芽後，風調和，雨順暢，棉苗一個勁地往上竄，一棵挨一棵，一棵擠一棵，毫不相讓地爭奪生存空間，佔據有利優勢。很快的，它們就長得密不透風了。

夜。寂靜的夜。

一個精瘦矮小的男人站在大片茂盛的棉花地邊，機警地向四周張望著。突然，他的身影一閃，就消失不見了。他鑽進了棉花地裡，趴在地頭，又扒開一道縫隙，朝著地邊小路的遠處焦急地探望著。

棉花正在開花結桃，有一股淡淡的氣味湧入鼻孔。他覺得怪好聞的，就使勁地呼吸。身邊有兩隻蟋蟀在叫，「瞿瞿——」「瞿瞿——」極有節奏感。其他不知名的蟲兒也在有勁帶力地叫，牠們的聲音合在一起好宏大，好響亮。突然，一個棉桃硌在他的胸口，好硬好硬，生疼生疼的。他就翻身，發出了一陣「嚓嚓嚓」的響聲。這時，小路的一頭也發出了一陣「嚓嚓嚓」的聲音，碎碎的，怯怯的。近了，更近了。他看清了，是翠霞，沒錯，正是她。她來了，果真來了。於是，他跳起身，不顧一切地衝出棉花地，衝向翠霞。

「啊——」翠霞發出一聲壓抑的尖叫。他趕緊撲過去捂住她的小嘴。「是俺，周家興，俺是周家興。」他一邊說著，一邊挾起翠霞，將她抱進了密不透風的棉花地，按在一條溝壟裡，就迫不及待地去解她下身的褲子。翠霞反抗著，但又不敢大聲叫喚。然而，翠霞的反抗在乾爺的強暴面前顯得那樣軟弱無力，她很快就被剝光了衣服。他的牙齒得得地打顫，全身抖個不停。一時間，他只覺得雲山霧沼，一片模糊……他的饑渴得到了滿足，慾望得到了發洩，快感鋪天蓋地漫過來，像潮水般淹沒了他……

這一年，乾爺四十歲，而翠霞只有十八。十八歲的黃花閨女，一朵含苞未放的花骨朵，就這樣被他揉碎了。

幾次約會後，他們的膽子就大了。一天晚上，兩人竟在食堂後邊的一個柴草堆裡脫光了下身擁在一起，結果被人當場抓獲。

於是，乾爺判了刑，給押到那比沙嶺棉花地更加密不透風的地方去度他的八年囚徒生涯。

乾婆對乾爺的背叛實在難以接受，她根本就沒有想到他會跟一個十七八的黃花閨女搞在一起。乾爺的事發與判刑對她的打擊相當之大，再也無法拋頭露面繼續擔任婦女幹部了，就主動要求回到生產隊，當了一名普通社員。

後來，大概是出於報復乾爺、生理渴望、尋求保護等多種原因，乾婆與生產隊長黃老丙私通，懷孕生下第五胎。

乾婆懷孕後，憑直感覺得這胎會是一個兒子。既是兒子，就捨不得打下，即使冒著喪失名譽遭人辱罵的風險，她也要把他生下來。她真是太想有一個兒子了！為掩人耳目，經過一番謀劃，乾婆就擇了一個日子到江北農場去探監。探監回來不久，肚子就開始突顯。乾婆便說這是她探監的結果。大多人心裡明白，這是在糊弄人呢，她與黃隊長的私通在村裡早已成為不是秘密的秘密了，不過大家都能理解她，同情她。但也有不少人信以為真了，還開玩笑說乾爺是個「射擊能手」，一槍就打了個十環。

然而，這第五胎生下來，卻又是一個丫頭，這令乾婆十分絕望，恨不得投入河中，一死了之。只是想到五個清一色的丫頭需她拉扯成人，這才打消了自殺的念頭。

第五胎生下的丫頭名叫冬菊。冬菊雖然只比我大三個多月，卻是我的前輩，我得一口一個姨地稱呼她。

長大後，我也曾聽不少人說冬菊姨不是乾爺的種，而是乾婆與黃老丙私通的產物。於是，我就觀察比較，覺得冬菊姨的長相跟黃老丙一模一樣，活像一個模子脫出來似的。這真是不比不知道，一比嚇一跳。由此，我才相信了「無風不起浪」這句民間俗諺。

自乾爺上次教訓李大個後，他的形象在我眼裡陡然增高了幾分，在感情上也基本認同了這個乾爺。於是，就主動地與他套近乎，常常跟在他的牛尾巴後面，纏著他給我講那些過去的故事，還要他向我傳授武功。

被我纏不過，他就一五一十地跟我講他的過去，不少事實，與村裡的傳言，與婆婆那裡聽來的相互印證，但也有許多不甚吻合之處。我想，這要麼是別人捕風捉影，要麼就是乾爺添油加醋。我便以我的直覺判斷其中的真偽，盡力剔除那些摻了水分的虛假部分。

乾爺告訴我，他與村姑翠霞事發關進牢房，剛剛扔進去，腳跟還沒有站穩，頭上、身上就遭到了一陣冰雹般的拳打腳踢，打得他暈頭轉腦不明東西。他不敢反抗，以為是人民政府對他的嚴懲，就咬緊牙關拚命忍住。

拳打腳踢過後，就聽得有人喊道：「盪鞦韆！」

什麼？盪鞦韆？這不跟他當土匪時的黑話相仿麼？這絕對不是政府官員的話語。於是，他想睜開眼睛瞧個究竟。就在這時，他的胳膊、大腿、腰身卻被人緊緊地抓住了懸在空中，大幅度地蕩來晃去。「一、二、三——」喊聲中的「三」字還沒落音，他就給拋在了空中，急速地往下墜。「嗵」地一聲響，直挺挺地摔在地上。

「睜開眼，睜開你的狗眼！」一聲聲吆喝，像一把把尖刀刺入他的心臟。他在地上打著滾，身子被人踢來踢去。

「撒尿。」隨著這聲大叫，他感到全身熱乎乎的，嘴上、臉上、眼上、手上、腿上全是尿水。尿水一激凌，他終於睜開了眼睛，看見的是一團團毛乎乎的黝黑，看見了一條條毛乎乎的大腿，看見了一張張笑得扯歪了的面孔。於是，他明白了眼前發生的一切。他爬起身，蹲在地上，向後移動著。手足並用地移到了牆角，他扒著牆壁慢慢站了起來，胸脯一起一伏地直喘粗氣。

「哈哈哈，味道怎麼樣，還不錯吧？」為首的長了滿臉肥肉，對他指手劃腳，哈哈大笑，「新來的夥計，都要過你這一關呢。過了這一關，戲才開了頭。往後去，你就曉得了，正戲更好看呢。這點見面禮，還夠味吧？進牢門，懂牢規，只要你懂事做個聰明人，日子還是蠻好過的，幾晃幾晃就到了頭。要是不服氣，哼，更厲害的，還在後頭等著你呢。」

乾爺盯著牢頭的滿臉橫肉，盯得死死的。他閉著嘴唇，緊咬牙關。他在運氣，暗暗地積蓄著力量。老子只要打倒了這個牢頭，其餘的就好收拾了，他想。

慢慢的，勁頭就上來了。他吸了一口氣，猛地跳起身，向那頭兒撲了過去。「咚」，沉沉地一聲響，他一拳打在那頭兒的肋骨上。頭兒來不及反抗，哼了一聲，身子一歪，就倒了下去。「嗵」、「嗵」兩腳，他又騰起右腳，飛起左腳，朝兩個向他逼近的傢伙踢去，頓時響起兩聲慘叫，其餘的嚇愣了，抖索著直往後退。頭兒在地上悶了一會，就開始翻身掙扎。乾爺趕緊壓了上去，鐵鉗似的雙手卡住他的喉管。「咕咕咕」，頭兒直翻白眼。「再動，老子就卡死你，要你的狗命！」這麼一嚷，頭兒就止了掙扎。「坐起來吧。」乾爺命令道。頭兒馴順地爬起身，盤腿坐了。這時，乾爺提了頭兒的後衣領，對其餘的囚徒吼道：「狗日的，你們真是瞎了眼，想把老子當一碗下飯的菜？哼，告訴你們吧，老子十四歲就當土匪，佔山為王，十八般武藝，樣樣俱能。怎麼，還想不想試試老子的鋼火？」「不敢了，不敢了，咱們有眼不識泰山呀。」他們一個個拱手求饒，都是些欺軟怕硬的角色呢。「今日老子只是稍稍動了點拳腳，要是拿出真本事，要你們的命，只當放個屁，一溜就出來了。今後誰要是犯了老子，老子就要他的狗命，聽見了嗎？」「聽見了，老爺。」「老爺，聽見了。」……

老爺。老爺。老爺……只那麼一瞬間，他就從一個爬著的奴隸變成了一個高大的老爺。他自己也沒有想到，剛進牢門就會坐上第一把交椅，當起老爺來，這些囚徒們硬是供著捧著把他彷彿當成了一尊神靈。

儘管是在裡面當「老爺」，但漫長的八年監獄生活度完後，還不到五十歲的乾爺卻感到老了，徹底地老了。

回到家中，見到清一色的丫頭已由四個發展壯大成五個，乾爺更是心灰意冷。他什麼話也沒有說，只是歎了一口氣，就承認了這個來歷不明的么丫頭冬菊。八年來，乾婆一人撫養著幾個孩子，實在是太不容易了，僅憑這一點，其他的一切過失，都已變得無關緊要。要說的話，他才是真正的罪人，給全家臉上抹了黑，讓人在背後戳脊樑骨說三道四。

不管怎樣，乾婆寬容了他，刑滿釋放回家的當天晚上，就給了他一個做妻子的應有的溫柔。生產隊也接納了他，經隊委會研究後還給他安排了最輕省的活路——放牛。他們都沒有因為他的前科而鄙薄他、排斥他、遺棄他，這使他多少感到了一點欣慰。

然而，他的心靈已如世紀般蒼老，似乎再也無法鮮活。嘴角繚繞不絕的煙霧籠罩著他的目光，周圍的世界變得朦朦朧朧的。他長期浸泡在這片朦朧之中，腦海也變得模糊不堪了。

與李大個的衝突，刺激了他的神經，他似乎又一次瞪圓了眼睛，目光穿透朦朧的煙霧，清清楚楚地打量著眼前的一切。但是，這種狀況很快就消失了，振作一陣後又變得疲軟起來，就像一個戳破洞的皮球，「嗤」地一聲響，癟了。仍是一個人，兩條牛，悠閒而懶散地在鄉村的圖景中浮動著。

真正使乾爺變得青春勃發的契機，是分田到戶、聯產承包責任制的實行。

五個丫頭，都已長大成人，成了農田的好勞力。大姑娘明月娶親完配，招了一個女婿在家。乾爺全家分得的十多畝水旱田，已無須他操心耕種收割，只需不時地指點一下即可。乾婆則成了一個地地道道的家庭婦女，忙著給女兒女婿洗衣做飯。

乾爺的腦子又變得靈活多端，他看準養鴨是一樁有利可圖的產業，在村裡第一個花錢購回一百多隻小鴨，認認真真地餵養起來。

於是，乾爺搖身一變，從一個放牛倌變成了趕鴨佬。他在鐵匠鋪打了一把特製的鐵鏟，安上一根長長的竹竿，竹竿頂端繫了一段布條，風兒一吹，布條呼呼呼地飄動不已。

他將鴨們趕到小河，趕到牛浪湖，趕到水田嬉戲覓食。他跟在鴨群後面，不住地吆喝著，時不時地鏟上一團土坨扔出，逼使調皮的小鴨們慢慢就範，與他的指揮變得協調一致。

小鴨就像一些正在吹著的氣球，真是見風就漲。春上還是一個一個的小絨球，黃黃的，嫩嫩的，在地上滾來滾去的，可到了夏天，就長成了成熟的大鴨，開始下蛋。一百多隻鴨子，平均每天可下十多斤鴨蛋。這十多斤鴨蛋就是一張一張的鈔票呢。

他真有眼光，一眼就看準了養鴨這一行，投資小，收效快。當年投資，不僅收回成本，除開長大的鴨子外，還純賺了五百多元人民幣。五百多元，在當時可是一筆不小的數目呢。他感到自己的口袋裝得鼓鼓囊囊的，在別人眼裡，他儼然成了一個百萬富翁。他過去的那些劣跡，年輕人皆不知道，老年人也隨著時光的流逝已將與己無關的一些事情忘得一乾二淨。有錢就是成功的標誌，於是，乾爺受到了村人的普遍敬重。他又感到了揚眉吐氣是什麼滋味，腰板挺得直直的，那一口一口吧煙的動作，在一些人眼裡也變得頗有派頭起來。他有意無意地將那煙袋的銅頭銅嘴擦得鋥亮鋥亮，在火光與陽光的照耀下顯得格外燦爛奪目。

有了錢的乾爺很快就變得不安分了，開始尋找新的樂趣。半點也不饒人的歲月在他身上流過，已使他對女人無能為力，儘管不少女人盯著他的口袋向他大獻殷勤，想在他這裡佔點便宜，但他的興趣已經轉移，轉移到了打牌上。

過去，他會打骨牌、麻將、撮牌、花牌，這些牌何蛟龍都會打，打得好極了。他在旁邊看，慢慢地就看出了一些道道，學到了不少絕技。後來，他也能上陣了，打的次數一多，加上他的聰明機靈與揣摸鑽研，很快就成了一名高手。

後來，這些牌也隨著解放大軍的到來而徹底地消失了。他一直緬懷著，並對自己一手牌技的閒置深感惋惜。

沒想到，這些牌說回來就回來了，彷彿竹筍一夜間破土而出。很快的，打這些牌的人越來越多，在村裡幾乎形成了一種風氣。在這股風氣之中，他這名牌壇高手，還能沉得住氣麼？

於是，他滿懷信心地上陣了。白天要趕鴨子，那麼，就在晚上打。好在白天趕鴨的時間不長，將牠們吆喝一陣子就得了，一入秋冬，在外面已難得覓到食物，全靠撒食餵養，趕出去也只是讓鴨們遛遛步散散心而已。這牌一打就上癮，上桌了就不肯下來，常常是通宵通宵地打。他的牌打得很精，有時能把對方手中的牌算得滴水不漏，因此，除開運氣極差外，他大多時候都在贏錢。

其時，我高中畢業回鄉，在村小學當民辦老師，在乾爺的影響下，也學會了打花牌。他帶有很多徒弟，我不過是他為數眾多的徒弟之一。我想我的腦袋瓜子絕對不比乾爺差，但我與他每打一次，就要輸上一回。好在每月還有幾塊錢的民補費，而我吃住皆在家中，這積攢的民補費可以與乾爺對壘一番而不至於窮斯濫矣。

村子沒電，夜晚照明全是煤油燈。煤油要計畫，只好點柴油。柴油點出的火紅紅的，一股一股的黑煙直往上冒，儘管將燈芯撚得很長，光線也顯得很暗。長期湊在柴油燈下煙薰火燎，乾爺的眼睛紅腫了，並患上了支氣管炎，吭吭吭地咳嗽不已。可他像吸食鴉片一樣硬是上了癮，捨不得，丟不下，仍拚了精力在牌桌上苦撐苦熬，與年輕人在一起比技術，比運氣，賭輸贏……

這天，乾爺又「戰鬥」了一個通宵，直到窗戶透出一絲朦朧的亮光，一桌四人才散場。散場後的乾爺來不及睡覺，就開了鴨棚，發一聲喊，將鴨們趕上河堤。

他將鴨子一個個餵得肥肥的，壯壯的，牠們走起路來搖搖的，晃晃的。他跟在這些鴨們後面，腦袋暈暈的，步子也是晃晃的。

一陣清爽的晨風吹過，他的頭腦變得清醒了。看著眼前的鴨們，比著自己的步子，大家都在搖搖晃晃，於是，他就覺得怪好笑的。想笑就笑了，一笑就笑出聲來。他感到如今這日子過得真叫快活，不愁吃、不愁穿、有錢用、有牌打，想吃就吃、想玩就玩、想睡就睡，沒有哪個來卡你管你在你面前指手劃腳作威作福，真個是自由自在賽過活神仙呢。想著笑著，笑著想著，就情不自禁地哼了起來：「得兒喲，咿兒呀兒喲——」這樣地哼了兩句，覺得不夠味，不過癮，索性放開嗓門唱開了西皮快板：「馬皇兄呀你賜我餞行酒，大家同飲那個太平酒，長亭拜別我就拱了一拱手哇，回朝伴駕、伴駕那個玉鳳樓……」

要拐彎了，他將背在肩上的趕鴨鏟拿在手中，挖一坨泥巴，往前扔去，扔在打頭的那隻鴨子面前。頭鴨一愣，「嘎嘎嘎」地叫喚，稍頓片刻，就拐彎了帶著一群鴨子，朝向他心中想去的田埂。「狗日的們，硬是通人性呢，嘿嘿嘿……」他摸摸硬扎扎的鬍鬚，拈一拈頸項黑痣上長出的幾莖硬毛，笑得好舒心。

然而，不知什麼時候，一場大霧靜悄悄地降了下來。一些細密細密的小水球子在空中飄舞著，組成一道厚實的幕簾。好濃好濃的大霧。他活了六十多個年頭，還從未見過這大的霧氣。濃密濃密，罩得好嚴，罩得他胸口發悶，喘不過氣來。不一會，頭髮就濕了，水球順著發梢往下滴，流過臉頰，爬過鼻樑。他娘的，什麼也看不見，樹木、房屋、山嶺、河道、溝渠，全沒了，全讓大霧給吞噬了。長長的鴨陣不見了頭，也讓濃霧給吞了。眼前晃動的，只有一二十來隻鴨們了，其餘的走在窄窄的田埂上扯成一條細線讓霧給吞了。不能再往前趕了，得將牠們穩住，團在一塊。走散了，一隻一隻的，上哪兒去找呀？他發一聲喊，鏟一坨土往前扔去，可鴨們仍在往前走。他急了，又鏟一坨土扔了過去，傳來一隻鴨子的慘叫，肯定是失手打在了這隻鴨子身上。這時，鴨群驚惶失措，亂了陣腳，傳來一大片「嘎嘎嘎」的叫聲。牠們撲楞著翅膀，紛紛四散逃竄。有的往前跑，有的朝兩邊的水田撲去，還有一隻往後撲扇，跳進了他的懷中。他慌了神，大聲地吆喝著，叫喊著。但是，往日這些馴順的鴨們今日變得一片混亂，皆「嘎嘎嘎」、「撲撲撲」、「咚咚咚」地叫跳不已。他使出渾身解數，將長鐵鏟橫在胸前，追著，趕著。已然亂套的鴨們越追越遠，越趕越散。趕到後來，他索性扔了鐵鏟，撲著去抓。抓著了一隻，又抓著了一隻。他不住地抓著，左手是鴨，右手是鴨，懷裡抱的還是鴨。他的身子，彷彿成了一個鴨棚，沉甸甸的，怎麼也跑不動了。但他仍堅持著往前跑。突然，他一腳踏空，身子一歪，倒在水田裡，濺起了一片泥水。他感到十分疲累，全身徹底散了架似的。跑不動，實在是跑不動了。他仰面八叉地靠在田埂上，茫然無措地瞪著濃霧籠罩的天空。熬夜、操心、奔跑、叫喊……實在是太累太累了，躺著躺著，不由自主地扯了兩個呵欠，慢慢就變得迷迷糊糊起來……

濃霧散盡，太陽出來了。一顆火球懸在頭頂，照得有勁帶力。乾爺只覺得眼前出現了一片紅紅的火海。不好，是誰家失火啦？燒得好凶好凶喲。猛一激凌，他就跳了起來，大聲驚呼道：「起火啦，快來救火呀！」喊了幾聲，沒有回應，便眯縫著眼睛朝四周看，水田、樹木、青草、山嶺、河流、村莊……一切都是靜靜的，並未發生什麼災變。他揉揉眼睛，感到一陣鑽心的疼，這都是打牌熬夜給害的。突然，「嘎嘎嘎……」幾隻鴨子的叫聲傳了過來，他循著聲音奔過去，就見到了一隻蹲在水田中的母鴨，牠一隻腳受了傷，縮著僵在空中。見到有人來，便用另一隻腳一蹦一蹦地往前跳。乾爺趕將過去，一把抓住牠的雙翅，顧不得泥水，抱在懷中。哦，俺的鴨群，散了，全都散了。都是些心肝寶貝呢，老子要靠著牠們生財呢，一定要找回牠們！

他就抱了瘸腿鴨，拖了趕鴨罐，滿田滿地、漫山遍野地尋。他深情地、大聲地呼喚著。他相信鴨們聽見他的聲音，就會一個個鑽出來圍在他的身邊的。他尋著，饑腸轆轆地喚著尋著，結果只找著了二十多隻，其餘的，再怎麼尋，也找不著了。一百多隻鴨子，就只剩了二十多隻，其他的全讓人給捉了、偷了。鴨子動作愚笨，牠們不會跑遠，肯定是三鄉四鄰的人們捉了去。那麼大的濃霧，捉走了誰能瞧得見？狗日的們，一個個好狠的心呀！

於是，他就借了一面銅鑼，「噹噹噹」地敲開了，在村裡慢悠悠地轉。「噹噹噹——」「有揀了鴨子的，就還給俺吧，俺辛辛苦苦養了一百多隻鴨，在霧中跑散了……」「噹噹噹——」他尖著個嗓子，拉長聲音，有板有眼地叫著，娃兒們跟在他屁股頭像看猴把戲。「我周家興養鴨子不容易呢，有揀了的，發發善心還俺吧。還了俺，菩薩保佑你全家無病無災、大吉大利……」喊了一陣子，他又跑到鄰村去叫。「噹噹噹——」銅鑼都快敲破，嗓子都快喊啞，可大家都說沒看見，全說沒揀著。全都沒見沒揀，難道老子那八十多隻鴨子飛上天了不成？頓時，他的心裡呼地騰起一團怒火，火苗越竄越高。回到家中，他將銅鑼一扔，不禁咬牙切齒地罵道：「狗日的們，揀了老子的鴨不得好死的，牛雞巴日的們，欺負到老子頭上來了，老子是好惹的麼？你不仁，我不義；你們做得初一，老子就要做個十五給你們看看。」

乾爺決心報復！

他將穀子拌了農藥，關嚴廚房，蒙上窗子，放在一口大鍋裡炒來炒去。一股奇異的怪香飄逸而出，既令人垂涎欲滴，又令人暈頭轉腦。

當天深夜，他就背了一條裝得鼓鼓囊囊的麻布袋子，悄無聲息地走出家門。他像一個幽靈般在村裡每家每戶的房前屋後蕩來蕩去。後來，他又蕩到了鄰村的李家坪、蕭家鋪……當口袋變得空癟空癟後，他就影子般地飄回了村莊，飄回自家屋子，飄到了床上，飄入了沉沉的夢鄉……

一連幾天，附近幾個村子都在死雞、死鴨、死鵝、死豬。死點雞鴨鵝，一般的人家都能承受，可豬仔卻是農戶換錢養家的命根子，不少死豬的農民經受不住這突如其來的打擊，不禁嚎嚎地哭了起來。人們以為在走瘟，個個嚇得提心吊膽。「不好了，老天發怒了，要收一些生靈上天呢。」不少人虔誠地跪在地上禳災，祈求老天保佑。

一股濃厚的死氣籠罩著村莊，村民們嚇得瑟瑟發抖。

可乾爺卻笑了，他那「咯咯咯」像鴨子般的笑聲也震得空氣瑟瑟發抖。

失去了鴨群的乾爺乾脆操起了打牌的營生。

牌是他的飯，煙是他的命，他以打牌和抽煙維持著殘剩的生命。

長期的煙薰火燎與熬夜苦撐慢慢掏乾了他的身子，他似乎變得更其矮小了，整個人就只剩下了一個骨架和一副軀殼。

慢慢的，他就開始輸錢了。年輕人能熬夜，牌技也一天一天地趕上來了。乾爺人老了，身體衰了，精力大不如前，腦筋也不怎麼活泛了。人一老，就真的不值錢，不服氣也不行。

後來，我考取了一所師範學校。離家前夕，我還陪著乾爺玩了一次牌。但這次我卻大獲全勝，輸得最多的是乾爺。也許，他是有意識地為我送上幾個路費？但我又分明聽得他歎息道：「人老了，不服輸不行呢。」

儘管輸，但他還是打。他說，人活在世上，總得找點事混著做做才行，他老了，別的事幹不來，幹不了，也不需要他去幹，不打牌又能幹點什麼呢？

一天深夜，乾爺與本村一個老頭，外加兩個年輕人在牌桌上耗著。輪到他坐莊了，他將起到手中的牌一瞧，不由得驚呆了，就那麼楞楞的端坐不動。其他三人皆瞧著他，等他出牌，但他卻是半天沒有動靜。他們催他快點出，莫耽誤時間。他這才醒了過來。醒過來的乾爺將牌往桌上一摔，說道：「還打什麼呀你們，瞧，天和加大和呢！哈哈哈，老子打了一輩子的牌，還從來沒有碰到這麼好的運氣呢，哈哈哈……」

他簡直高興壞了，像個小孩般大聲地笑著，天真地笑著。笑著笑著，臉上扯動的肌肉突然凝固了，他的身子往旁邊一歪，就倒了下去，沉沉地倒在地上，怎麼也爬不起來。

他休克了。幸虧坐在對面的唐么狗跟人學過幾天醫術，他趕緊跑過來按乾爺的脈搏，掐他的的人中，好一陣忙亂，他才悠悠地緩過一口氣來。

於是，他躺在了病床上。以前從未進過醫院，平生第一次住院，就再也不想進了。終於，臉上的肌肉可以扯動了，他控制著朝左右兩邊扯動，就扯出了一串淚水。渾濁的眼淚無聲無息地流著，順著臉上的溝溝坎坎像小溪般直往下流。

病情好轉，他出院了，又躺在了自家的床上。吃飯要人餵，拉屎拉尿要人端。硬氣了一輩子，沒想到要受這般的磨難。

自討的喲——他常在心底這麼歎息。

他不住地歎氣流淚。他明白，如今已成了全家人的一個牽連、累贅與負擔。一輩子，他什麼時候這麼活過？他感到痛苦極了。

一個多月後，乾爺的病竟奇蹟般地有所好轉。於是，就撐著從病床上爬了起來，活動著筋骨。乾婆與他的女兒、女婿皆驚喜不已：「老天保佑，這是菩薩顯靈呀。」他也呵呵地笑，又能自由活動了，再也不要他人照料了，又可以英英武武地活下去了。他跑到外面去看天空，看日頭，看莊稼，看山嶺，看小橋，看流水……像個小孩般的滿村跑，驚喜得噢噢直叫。跑累了，就又拿出煙鍋，捲了煙筒抽。一兩個月來，連煙袋都沒摸一下，還真有點想抽呢。現在好了，又能抽了。他捧了煙袋，躺在門彎曬太陽，一口一口地吧著，股股煙霧在陽光裡淡淡地飄來飄去。他感到全身酥酥的，癢癢的，暖暖的，真快活呀，簡直要快活死了。

然而，一到晚上，他的胸口又開始緊縮、發悶、發疼。他感到全身發酸、發麻、發軟。他又感到自己要爬不起來了。

這天休假，我父親看望乾爺來了，將一包水果糕點放在他的面前。

乾爺對著父親笑了笑，說：「這些東西，我已經用不上了。」

父親說：「這是什麼話，你留著慢慢吃麼。」

「我感覺我的病好不了啦。」

「能好的，只要不是癌症，一般的病都能治好的。」

「我心裡明白，俺的病比癌症還要厲害。」

父親就盡其所能地一個勁地寬慰他。

他說：「你莫寬慰我，我早就是死過幾次的人了，俺不怕死，真的，俺不想成為一個拖累可憐兮兮地活著。人活一口氣，活就要活得硬氣，活得威風，活得自在……俺已沒了奔頭，一輩子的時光，不知怎麼一晃悠就過完了，也不知到底幹了些什麼……這輩子，俺活得不怎麼清楚，但要死個明白……」

不論父親怎麼勸，乾爺總是說：「你莫勸我，我什麼都想得開呢。」

坐了兩個時辰，父親起身告辭。

乾爺掙扎著爬起來送客，父親不讓，他就說道：「趁著還能動，送你一下吧，這輩子沒有養兒，但有你這個孝敬的乾兒，我也知足了。在俺眼裡，你就是我的親兒，俺走後，就歸你送我上山入土了。」

這時，父親的心中有了一種不祥的預感。

就乾爺的病情而言，還拖個三五年，甚至十年八年也未可知。聽了乾爺的話，父親擔心會有什麼意外發生。

兩天後，乾爺果真就出事了。趁著家裡沒人時，他搭了一架梯子，爬到牆上從屋樑間穿了一根繩子。繩子垂下來，他打了一個活扣。然後，他就站在一個凳子上，將頭伸進活扣，套住了脖頸。他又一次望了望我們這個他曾經生活過的世界，狠狠心，一腳踢翻了凳子。

乾爺乾瘦乾瘦的身子就這樣懸在了空中……

我曾說他像一塊掛在灶頭煙薰火燎的臘肉的話語，就這樣在他人生的最後時刻應驗了。

乾爺死得很乾淨，沒有半點血跡與污穢。於他本人來說，死得也明白。他不是在病魔的折磨中暈乎乎地死去，而是在非常清醒的狀態下毅然決然地離開了人世。

乾爺活得恍惚，但他死了個明白。

生存與毀滅

一

一切都是由一隻野兔而引起的。

那天的天氣很好，太陽豔豔地照著，空氣溫暖而潮潤。老厚正坐在山坡上悠悠地吸著煙鍋，眼前突然出現了一隻肥壯的野兔。他趕緊半跪在地，托起雙管獵槍瞄準。就在扣動扳機的一剎那，野兔突然往前一飆不見了。老厚一聲呼哨，獵狗阿黃從背後竄出，似一支黃色箭簇射向茅草深處。野兔很快又被阿黃追趕而出，一前一後兩個影子晃了幾晃，翻過一道山崗，就從老厚眼裡消失了。

老厚敏捷地攀上山崗向下搜尋。山風吹過，茅草聳起陣陣波浪。這時，在波浪的「低谷」，老厚看見了拚命逃竄的野兔，也看見了緊追不捨的阿黃，牠們各自使出了渾身解數。距離漸漸縮短，縮短……突然，一道灰色的弧線在空中迅疾劃過，斜刺裡竄出一匹野狼。眨眼間，野兔就變成了野狼的口中之物。阿黃頓時止步，看看野狼，又回頭朝山崗望望，然後狂吠著小心翼翼地向灰狼逼近。

老厚定睛一看，這是一頭高大的灰色母狼，牠站在原地冷冷地打量著激動不已的阿黃，露出滿臉的嘲諷。阿黃在狗類中也算得上「龐然大物」了，但與面前的灰狼相比，不免顯出幾分弱小，這使得阿黃的進攻看上去顯得十分滑稽。突然，巋立不動的灰狼發出一聲低沉的怒吼，並向前邁了一步。阿黃趕緊止步，但是，牠沒有退縮，仗著身後的老厚以及老厚那管神奇的獵槍，使出骨子裡的勇氣和力量，與灰狼對峙。

老厚馬上蹲伏身子，選擇最佳角度，朝灰狼瞄準。

野狼瞪著阿黃猶猶疑疑，牠不明白眼前的阿黃為何如此自不量力。突然，灰狼心底生出一種不祥的預感，牠本能地朝山上望去，獵槍在陽光輝耀下發出冷冷的青光刺得牠不由自主地打了一個冷噤。灰狼匆忙扔下野兔，回頭逃竄。

突然，「轟」地一聲鳴響，一團火光閃過。灰狼剛剛舉步，就有幾粒鉛彈射了過來。頓時，一股疼痛透入骨髓，牠感到身子鉛一般沉重，不可遏制的粗重喘息擠壓著強壯的生命。此刻，灰狼清楚地知道自己所面臨的險惡，更知道山洞裡那些嗷嗷待哺的幼崽對牠的需求。牠不能倒下，牠要逃命，逃出這突如其來的災難與窒息。牠忍住疼痛，凝聚整個家族的精氣與智慧，凝聚體內殘存的所有力量與敏捷，往左邊一折，隱入灌木叢中，沿一條熟悉的小道，開始逃命。

槍響之時，阿黃感到了一股氣浪的推湧。牠熟悉老厚的槍聲，對那轟然巨響總是懷有一種親切與期待。槍聲一響，牠往往會在成功的捕獲中得到一種快感和滿足。然而，剛才的一聲槍擊，那飛向灰狼的幾粒鉛彈，幾乎是擦著牠的身子射向野狼的。於是，當那團血光閃亮之時，牠懷疑擊中不是野狼而是自己，不由得恐懼地閉上了雙眼，感到一陣難抑的暈眩。

老厚衝下山崗，又是一聲呼哨。阿黃這才睜開眼睛，面前是一片雜亂的血色茅草，野狼早已逃得不見蹤影。

「阿黃，蠢蛋，快追！」老厚的喝斥從後面緊壓過來。

阿黃全身一震，不禁為剛才的失職與懦弱感到萬分愧疚，趕緊抖擻精神，循著血跡，嗅著野狼的氣味撲了過去。

點點黃斑在老厚的眼前晃動著模糊著，牠顧不得叢叢荊棘與撲面的枝椏，盯準這模糊的黃色，拚命追趕。

臉上劃出了道道血痕，衣衫被撕成了破條，終於跑出了灌木叢。出現在眼前的是山窪裡的一塊平疇，老厚感到一陣舒心的開闊和清爽。

獵狗阿黃已越過平疇，正奔向對面蔥蘢的山嶺。老厚不敢怠慢，喘息著緊追不捨。突然，阿黃轉身衝老厚「汪汪」叫了幾聲，尾巴一擺，一團黃色融入大山。

老厚趕到阿黃消失之處，搜尋蹤跡。他扒開一團樹枝，拂開一片綠藤，便發現了一個洞口。他稍一猶豫，就貓腰鑽了進去。

他磕磕絆絆地走著，很快就適應了山洞的陰暗。來到一個岔道口，老厚不辨方向。正待呼喚阿黃，牠的吠聲就傳了過來。

於是，老厚往右邊一折，趕了過去。

阿黃叫聲不斷，「汪汪」的音節中夾著串串欣喜的「嗚嗚」低鳴。

肯定是母狼成了阿黃的獵獲物，面對戰利品，牠正興奮地激動不已呢。老厚這麼想著，受到感染，平添了不少活力，一邊奔跑，一邊從腰間「唰」地抽出一把鋒利的尖刀。

他要用尖刀放盡野狼身上最後的一滴汙血。

然而，當興奮不已的老厚趕到汪汪叫著的阿黃身邊之時，眼前的情景驚得他目瞪口呆、不知所措：阿黃圍著蹦跳叫喚的不是倒斃的野狼，而是兩團白花花的肉體。閃爍的白光刺灼著他的目光，他眯縫著眼睛緊張而驚惶地瞪視著、辨認著……

老厚終於看清了，這兩團肉體分別為商人老賈和自己的女人擁有！

每當老賈挑著貨擔從外面的世界走進大山，來到他的家門，女人的眼裡就放出一股奇異的光澤，打扮得花姿招展搔首弄姿。老賈一走，女人就丟了魂似的無精打采。為此，老厚不由得大聲喝斥女人，但是不管用，每當他亢奮地壓在赤條條白花花的女人身上吭哧吭哧地發洩時，女人卻半點感應也沒有，就像一堆沒有生命意識的棉花。於是，輪到商人老賈再度進山時，老厚就大聲地警告她，說獵槍比他那幾張破錢兩瓶香水一張白臉強多了、硬多了，還說如果不信邪的話儘管試試鋒芒得了。從此，老賈便從山溝溝裡消失不見了；從此，老厚感到女人又變成了自己的女人；從此，他又開始安安穩穩地打獵安安穩穩地睡臥山壑……當然，他做夢也沒有想到會在這山洞裡碰上老賈和自己的女人在一起，並且是以這樣一種原始的姿態呈現在他的眼前。

頓時，老厚的血液凝固了，站在原地彷彿一根遠古的石柱。

很快地，他的血液又沸騰了，全身被熊熊的烈火焚燒著，一點一點地吞噬著。

老賈與女人正沉浸在快感的狂潮之中，野狼從身邊逃過雖然沒能把他們拉回現實，但獵狗阿黃的蹦叫卻打破了他們的美夢。他們迷惑不解，怎麼也想像不出這幽深隱蔽的山洞裡會出現阿黃的影子。近幾個月來，他們在此盡情地享受，沒有半點干擾與顧忌，這是一個沒有危險的樂園。

直至老厚從天而降，他們才真正走出迷夢，驚愕得發出聲聲尖叫。望著老厚，他們一邊恐懼地後退，一邊胡亂摸索衣褲。

這時，老厚旋風般地撲了過來，手中的尖刀一閃，就鑽進了商人白花花的胸膛，一聲長長的哀鳴頓時哽在老賈喉中變成了一串咕嚕。

老厚抽出尖刀，鮮血似小溪般汩汩湧流，他的心中，產生了一種從未有過的快意與滿足。他喜歡鮮血，他的職業決定了一輩子註定要與鮮血為伍。但是，他從來沒有傷過同類，他怎麼也沒有想到眼前這湧流的人血要比過去他所見到的任何一次野物的鮮血都要流得歡暢，流得舒心，流得痛快。

在商人老賈的鮮血刺激下，他攥著刀子，又轉向了自己的女人。

女人早已嚇得目瞪口呆，一個字也吐不出來，但那望著他的眼神，分明露出一股懊悔、怨恨與哀求。

老厚一步步地向女人進逼。

女人一步步地踉蹌著後退。

進逼。

後退。

突然，女人「啊」地一聲驚叫，轉過身子，狂亂地奔跑起來。

老厚舉起了獵槍。

他的食指勾住扳機。扳機成了一座大山，怎麼也扣不動。

女人的脊背在大幅度地來回晃動。老厚在瞄準。

娶這個女人的時候是絕對沒有想到會有今天的。今天，女人在他的槍口下變成了另外一種獵物，他痛苦地閉上眼睛。一瞬間，大山與女人，全被黑暗吞沒了。

他的食指稍稍用勁，就感到大山在緩緩地移動著位置。

他剛想睜開眼睛，就聽得「轟隆」一聲巨響，山搖地動。

雪白的脊背濺起一團鮮豔的血光。

血光埋葬了女人淒慘而絕望的哀叫。

濃濃的血光籠罩著山洞久久不肯散去。

老厚的眼睛在血光中浸泡。

二

母狼阿蘭僥倖逃脫了老厚的追捕。

阿蘭逃命時只有一個念頭，那就是要引開獵人，不能讓他接近窩洞。洞內有三隻嗷嗷待哺的幼兒，還有也許已經返回的公狼阿雄。寧可自己斃命，也不能暴露牠們的秘密。

外出捕食，阿蘭與阿雄一直相依相伴。但是，最近一段日子，食物越來越少了，牠們不得不跑出好遠好遠才能獲得一點可憐的東西充饑。為了捕到更多的吃食，牠們決定分頭行動。

阿雄與阿蘭心裡十分清楚，在四圍的山嶺中，唯一對牠們的生命構成威脅的，只有獵人。那麼，只要防著他們就可萬事大吉了。這兩年，牠們也是這麼做的，藏得深深的，躲得遠遠的，不讓獵人們知道牠們的存在，更不用說讓其摸到行動的規律了。

但是，沒想到一時大意，第一天單獨行動，就讓獵人老厚給碰上，吃了這倒楣的槍子。阿蘭掙扎著瞧瞧自己的後身，暗紅的鮮血將柔軟的皮毛凝固成一塊一塊的硬團。傷點皮肉倒算不了什麼，過一段時間自然就復原了，關鍵是右邊的後腿骨給一粒鉛彈打斷了，將會落個終身殘疾。唉，回想起來，真是後怕得很，幸好當時反應快，又得虧了山洞的幫助，不然的話，早就一命嗚呼了……捕捉了大半天沒有半點收穫，眼前突然鑽出一隻那麼肥壯的野兔，能不動心嗎？當時，幾乎是半點猶豫也沒有就衝了上去……唉，要是不與阿雄分開，互相照應著，也不會出現今日的悲慘……呀，阿雄，阿雄在哪？牠該沒有遇到什麼危險吧？牠捕到可口的食物了嗎？還有三個寶寶，沒有乳汁，牠們吃什麼呢？不吃東西，又怎能活命呢？唉，可憐的寶貝，跟著媽媽一起受罪了……阿蘭躺在地上默默地想著，不覺流下了兩行痛苦的淚水。

黑夜與淒清籠罩著四周，白霧在山谷升騰，冰涼的露珠一點一滴地凝聚在阿蘭的皮毛上，牠又感到了傷口的劇痛與乳房的鼓脹，陣陣痙攣不由自主地掠過全身。慢慢地，牠又進入了昏昏沉沉的迷離狀態。

也不知過了多長時間，阿蘭醒了過來。

黑暗已經消失，周圍是一片豔麗的明亮，一顆紅紅的火球掛在空中。

從昏迷中清醒的阿蘭所做的第一件事，便是尋找幼崽。牠發出一陣「嗚嗚」的呼喚，期待幼崽的拱動與吮吸。牠挪動身子，一陣鑽心的疼痛撕扯全身。牠忍著抬起頭，發現自己正躺在山谷裡一叢蓬亂的雜草之中。四周山峰高高聳立，彷彿一點一點地向牠逼壓下來。阿蘭感到了莫名其妙的恐懼。逃，得趕緊逃離此地。這時，牠又看見了閃亮的獵槍與殷紅的血光，看見了死神恐怖的面孔與猙獰的爪牙。頭頂的太陽鮮紅鮮紅，也變得兇殘起來，正以滾滾熱浪灼燒著牠的皮毛，吸走體內殘剩的水分。

求生的慾望與強烈的母愛在體內躁動，驅使阿蘭拖著血肉模糊的身子朝前爬動。順著山谷朝前爬。爬過去，爬過去，那邊就是自己的家。右後腿已被鉛彈打斷，左後腿受到牽連，也變成了累贅的僵骨。阿蘭恨不得將後腿咬掉扔在山谷。牠屈身，伸出舌頭舔舐，將腿銜在嘴裡，發出痛苦的哀鳴，怎麼也狠不下心來。牠只有依靠兩條前腿，一扒一扒一點一點地前進。每爬行一步，就有一陣撕肝裂肺的疼痛。不一會，牠又失去了知覺，進入恍惚之中。一旦清醒，便又開始了艱難的爬行。

阿蘭感到自己的生命正一點點的消失。牠渴望生命，渴望繼續活下去。牠現在急需水分、食物來填補消失的虛空。可是，既沒有水，也沒有食物，只有草叢樹木與無盡的大山。等待著牠的是漫漫的長途、消耗與折磨。但是，希望是那樣地眩目，牠誘惑著阿蘭作出最後的搏擊。

阿蘭在昏迷與爬行、痛苦與希望的漩渦裡浮沉掙扎，漸漸地，生命變成了一根細絲。死亡的陰影似烏雲壓了過來，細絲拴繫著的一葉小舟在驚濤駭浪中上下顛簸……

不知過了多長時間，烏雲與狂風遠逝，生命的小舟仍頑強地繫在牠的胸膛漂遊。

阿蘭靜靜地躺著，隱隱聽見了叮咚的泉聲。牠凝神諦聽。是的，清清楚楚的水聲。泉水就是活潑的生命。外在的生命與體內殘剩的生命相互契合，推動阿蘭一點一點地挪動著，挪動著。

阿蘭終於看見了泉水，一條白線似的泉水。牠一寸一寸地捱了過去……

泉水撐飽了阿蘭的肚子。

這是一腔生命的魔水。牠又能夠向前爬行了。身子與雜草磨擦，牠的身後留下了一條長長的曲線。

當最後一抹如血的夕陽在西天消失時，白霧開始在山谷升騰繚繞，莽莽蒼蒼的大山在朦朧的紗罩中起伏翻滾。阿蘭的肚子癟了，乳房變成了布袋，身子疲乏已極，夜色與昏迷侵入體骨，生命的遊絲越來越微弱、纖細……

涼颼的山風刮過，阿蘭又恢復了知覺。這時，牠似乎聽見了親切的呼喚，感到了溫柔的舔舐與摸撫。牠睜開眼睛，沉沉夜色中，閃爍著兩點綠光。阿蘭凝神一瞧，認出了站在自己身旁的公狼阿雄。

阿雄是一頭高大健美的野狼，牠見阿蘭醒了過來，不禁發出一聲驚喜的長嗥。

這嗥聲像一劑強心針射入阿蘭體內，牠咀嚼、吞咽著阿雄餵送的肉食，感到整個家族的強盛在體內復活。

待阿蘭吃完食物，阿雄便趴在地上。阿蘭慢慢爬上阿雄的脊背，抓緊。阿雄腰一挺，站了起來。就這樣馱著阿蘭，阿雄邁開了矯健的步子。

昨天，阿雄與阿蘭分開捕食，阿雄跑了很遠很遠，在太陽落山時方才抓到一隻野狐。回到窩洞，天已黑盡。阿蘭還沒有回來，三隻狼崽餓得嗷嗷直叫。牠們一個個在阿雄的胯下拱動，令牠手足無措。牠想去尋阿蘭，又撇不開狼崽。將野狐撕碎餵給崽們，牠們雖然餓得叫喚，卻還不會自已吞食。阿雄在無可奈何與驚恐不安中守候了整整一夜。今天一早，牠怎麼也待不下去了，只得撇開幼崽，外出尋找阿蘭。途中，牠意外地捕獲了一隻松雞，就銜了滿山遍野地搜尋阿蘭。跑了一整天，卻不見蹤跡。就在絕望之際，牠發現了阿蘭的一灘血跡。循著血跡與阿蘭的氣味一路尋了過來，終於發現了血肉模糊的阿蘭。牠湊近阿蘭的鼻端，覺出了微弱氣息的浮動，不禁喜出望外，便蹲在阿蘭身旁守候、呼喚、撫摸……

阿雄背著阿蘭回到家裡，首先映入眼簾的是三隻擠成一團的幼崽。阿雄趕緊將阿蘭放在狼崽身邊。崽們靜靜地躺著，既不叫喚，也不動彈。阿蘭扒動狼崽，牠們已變成軟綿綿的肉團。牠湊近牠們的鼻端，第一隻，沒有氣息；第二隻，沒有氣息；第三只，還是沒有氣息。躺在地上的，已是三隻消失了意識與生命的死肉。

饑餓，活活地吞噬了三條幼小而孱弱的生命。

一聲悲哀的長嗥，從阿雄嘴裡噴薄而出，黑夜在顫抖。

阿蘭已是飲泣無聲，欲哭無淚。復仇的火焰點燃了牠的眸子，焚燒著牠的五臟六腑。

三

獵人老厚終於成全了他們。

商人老賈與自己的女人分別成了他的刀下與槍下之鬼，他就在那個山洞裡挖了一個坑，將他們埋了，並且埋在了一起。

埋了他們，那團血光仍然不散。他又將兩灘血跡剷除，也埋了。

血光漸漸從眼前離去，但仍不時在睡夢中出現。有時，一整夜的夢幻全在這殷殷血光的大背景中上演。

自射向女人的那聲槍響過後，老厚便沒再裝上槍彈扣動扳機了。他害怕這慘紅的血光，便將獵槍藏了起來。他想逃出這莽莽群山的包圍，但終究捨不得山坡上祖輩們傳下的一切。一間依山而築的木屋，屋前是幾壟肥沃的田畦，種著時令菜蔬；後面是各種各樣的果樹，一年四季鮮果不斷；棚內餵養著幾隻雞鴨，一頭仔豬。這個所在是他先輩苦心經營後留下的，他不能輕易棄了離去。但他也不再行獵，只是盤弄著幾壟田畦與雞鴨豬狗，還養著兒子阿毛。

阿毛剛滿兩歲，是商人老賈出現後女人懷胎生下的。

四

女人與老厚結婚五年沒有懷孕，老厚便大罵女人的無用。但老賈出現後她就懷孕了。現在想來，不免有幾分可疑。也許，阿毛是老賈播下的種子？一想到阿毛可能是一個野種，老厚就渾身不舒服氣得青筋直跳。他盯著阿毛一看就是半天。他仔細地辨認著，但怎麼也拿不準。有時覺得阿毛像女人的樣子，有時又覺得他是老賈的模子脫出來的，看著看著又在他的臉上見出了自己的輪廓。這一切把老厚弄得雲山霧沼疑神疑鬼寢食不寧，終歸得不出一個確切的結論，只好不了了之。權且當作自己的親生兒子養著再說，大些了，自然會見出分曉來的，他想。

老厚不再打獵，阿黃無事可做，變得懶散起來，很少蹦跳奔跑，整日無精打采地跟在老厚身後，活脫脫他的一個影子。

這是一個陰風怒號的夜晚，老厚將阿毛放在床上入睡，自己也脫衣上床。

突然，阿黃搖頭擺尾地走了進來，望著老厚嗚嗚地叫，一副騷動不安的樣子。

老厚撫摸牠的脊背，拍了拍，笑道：「發情了啵？」便不再理會，恍恍惚惚地沉入夢鄉。

是阿黃在木屋外發出的陣陣狂吠驚醒了老厚。他側耳傾聽。

阿黃吠叫著，慢慢退回屋內，又來到了他的床前，撕咬被子。

獵人的警覺恢復了，老厚一骨碌下床，從角落裡抓起那杆獵槍，打開房門，跟在阿黃身後衝了出去。

雪白的電筒光亮照進偏房。

突然，一頭高大的灰狼騰身一躍朝老厚撲來。

老厚趕緊扣動扳機。「啰嚓」一聲，扳機響了，可獵槍卻沒響。自膛裡的彈藥射向女人之後，獵槍就一直空著，沒有灌上火藥與鉛彈。老厚忙將右手伸向胸部掏腰刀，也沒有，原來刀子放在了床頭。

騰空的野狼直向老厚壓了下來，老厚強抑心中的驚慌，只好以空空的獵槍作武器，揮舞著迎了上去。

就在這時，阿黃從他身旁竄出，也是騰空一躍，一口咬住了野狼的後腿，狼與狗同時沉沉地摔倒在地。

老厚舉著獵槍，正要撲向倒地的野狼，猛然感到身後有異樣的響動，忙將獵槍回身打了過去。獵槍的槍托與另一隻從背後襲來的野狼腦袋碰了個正著。老厚只覺得雙手的虎口一震，與此同時，響起了一聲長長的狼嗥。

倒地的灰狼已然咬住了阿黃的身子，另一隻野狼的哀鳴嚇得牠心驚肉跳，忙扔了阿黃，趕緊逃竄。老厚拾起掉落在地的手電筒射了過去，眼睜睜地盯著一隻高大的公狼與一隻瘸腿母狼相跟著逃向遠方，懊惱得直跺腳。

返回偏房，裡面一片狼籍，幾隻雞鴨和一頭豬仔已全被咬死。

老厚氣得渾身發抖，打了一輩子的獵，頭一次受到野狼這般欺侮。他發誓，一定要消滅這兩隻野狼，哪怕牠們逃到天涯海角，也不能放過。憑著獵人的敏銳，他已認準牠們。特別是那隻瘸腿母狼，不知怎的，還有著一種似曾相識的感覺。

難道，是那隻曾經受過追趕、逃進山洞，爾後僥倖脫身的母狼？老厚努力地回想著。

五

襲擊老厚的正是母狼阿蘭與公狼阿雄。

待阿蘭的傷口癒合後，牠們就開始尋找仇敵。很容易就找到了老厚的木棚，先是認出了阿黃，然後是認出了老厚。對老厚，阿蘭已存有一種恐懼，牠害怕老厚手中那杆閃閃發光的獵槍。但復仇的火焰是那樣熾烈，哪怕捨身，也要達到目的。

牠們的復仇計畫經過周密策劃，並且演習過多次。先是阿蘭咬死那些雞、鴨、豬以挑逗阿黃，藏於一旁的阿雄伺機將牠消滅；這就會引出老厚，由阿雄吸引他，阿蘭迂迴其後撲上去咬住他的脖子，放乾他體內的鮮血；最後便是一點一點地消受獵人的兒子阿毛……

計畫周密而嚴謹，經過長時間的演習，選擇的天氣也再好不過了，但這次報復行為還是破產了。這使得阿雄十分沮喪，況且後腿被阿黃撕走了一塊皮毛發炎腫痛，牠的情緒非常低落。阿蘭被槍托重重的一擊打得暈頭轉向差點喪命，儘管至今仍然頭痛難耐，但牠還是在一旁打氣，說不管怎樣，這次進攻還是有收穫的，消滅了那些雞、鴨、豬，看到了老厚和阿黃的狼狽，已初步得到了一種復仇的滿足。牠對阿雄說，復仇往往是一輩子的事，不是有父傳子仇的麼？再努把力，就會成功的。阿蘭的柔情與激勵終於征服阿雄，牠又恢復了信心和勇氣。

牠們躺在家裡靜靜地養傷，暗暗地鼓足著力量。

然而，牠們萬萬沒有想到的是，此刻，老厚緊緊地追尋著，正向牠們的藏身的洞口逼近。

遭狼襲擊的當天夜晚，老厚就將彈藥灌入槍筒，灌得滿滿的；又拿出腰刀在石頭上磨了又磨，磨得寒光閃閃；然後，他開始籌備乾糧。

第二天一早，老厚就用背簍背了阿毛，鎖上木屋，帶著阿黃，開始了一個山頭又一個山頭的搜尋。

這天，老厚正坐在一塊岩石上歇息，掏出煙鍋一口一口地吧著。阿毛已在背簍裡睡熟，阿黃蹲在一旁機警地向四周張望。

突然，阿黃一聲吠叫，騰身箭一般地向右竄去。老厚一望，只見幾片灰色的斑點在林中閃閃爍爍。他趕緊磕掉煙灰，端槍衝了過去。

阿雄跑出洞口覓食，剛走不遠，就被阿黃發現。牠知道阿黃的後面緊跟著的就是獵人，趕緊折向右邊，想把他們引往別處。轉念一想，又返身退回山洞。牠不能扔下行動不便的瘸腿阿蘭，牠們要一同逃命脫險。

阿黃與老厚緊緊追了過來，鑽入阿雄退回的山洞。

老厚跟在阿黃身後，拚命追趕。背簍沉沉的，在身後磕磕碰碰，老厚的速度自然不如原先敏捷。

阿毛被劇烈的晃動搖醒，「哇」地一聲哭了起來。第一聲叫媽，第二聲轉調變成了爸。老厚不理會，只是跟著阿黃跑。跑著跑著就見著前面洞口的亮光中，晃動兩隻奔竄的野狼。

阿蘭腿瘸，行動遲緩；阿雄的傷口剛剛結痂，跑了一陣就有一股鑽心的疼，鮮血從裂開的黑痂處流溢而出，速度不由得漸漸放慢。牠們倆相互照應著死命奔跑。

阿黃已逼近牠們，但不敢貿然撲過去。牠引導著老厚，等待他的槍響。只要槍聲一響，牠便撲過去完成那最後的一擊。

兩團灰色的影子越來越大，越來越大。

老厚托起槍，穩住身，扣動扳機。

轟然一聲槍響，阿雄中彈倒地。

老厚緊接著向阿蘭瞄準。

就在扣動扳機之時，阿黃猛然騰躍撲向阿雄的身影與老厚獵槍的準星連成一線。阿黃的身影遮沒了阿蘭的身影。

老厚「啊呀」一聲驚叫，扳機已然移動。又是一聲槍響，阿黃往前一竄，應聲倒在公狼阿雄身上。

老厚心頭一震，踉蹌著跑出洞口。

阿黃的胸膛已洞穿了一個大大的窟窿，鮮血汨汨湧流著，牙齒卻深深地刺進了公狼的脖子。

老厚撲上去扳開阿黃，將牠緊緊地抱在懷中。阿雄還在踢腿掙扎，老厚抽出尖刀狠命地刺入牠的胸膛。再看阿黃，只見牠眼裡露出淒涼、哀怨的目光已凝於一點不能轉動。

老厚悲痛不已，淚水不由自主地湧出，滴落在阿黃身上。

這時，阿黃的眼角也流出幾粒滾燙的淚珠，滴落在老厚胳膊。然後，牠慢慢地閉上了雙眼。

老厚抓過獵槍，上了彈藥，四處搜尋，母狼阿蘭早已逃得無影無蹤。他一屁股頹然坐在地上，舉槍朝天扣動扳機。

兩聲槍響在山谷轟鳴，背簍裡的阿毛，突然拉長聲音大哭不止。

槍聲與哭聲似波濤一浪一浪地推向遠方，連綿的群山也在波動起伏，湧向遙遠的天際。

六

背了阿毛，老厚繼續在大山裡轉悠，尋找瘸腿母狼阿蘭。

失去了獵狗阿黃，老厚過去那延伸的視角、聽角、嗅角被斬斷，他感到比以前遲鈍多了。

轉了好幾天，母狼的蹤跡半點也沒有發現。估計母狼已是喪魂落魄逃遁遠去一時難以找尋，也就背了阿毛，返回木屋。

途經兩個山村，他弄了幾隻小雞、一隻剛滿月的小花狗帶回家，飼養起來。

然而，與老厚的分析恰恰相反，母狼阿蘭並未逃遁遠方。

喪子喪夫的災變使牠悲痛欲絕，牠感到自己成了一具行屍走肉，同時又強烈地感到生存於世的唯一目的就是復仇。是的，復仇，除了報復而外，殘缺地活在世上已失去了任何價值與意義。

阿蘭被復仇的狂潮吞噬，恍恍惚惚地走著，鬼使神差似的竟來到了自己捕食野兔猝然中彈的地方。往昔的慘景浮現眼前，不覺倍感哀痛，又循著逃跑的路線進了山洞，選一溫暖僻靜處躺了下來。

靜靜地臥了幾天，阿蘭怎麼也待不下去了。一股巨大的力量推動牠來到老厚的木屋外。牠發現木屋裡充滿了盎然的生機，小雞小狗在地上跑動，老厚蹲在田疇裡種菜，小阿毛搖搖晃晃地跟在身邊。

沒了獵狗阿黃，阿蘭的行蹤半點也沒讓老厚覺察。

如是幾次，阿蘭的膽子越來越大，牠慢慢地向木屋靠近。漆黑的夜晚，阿蘭將腦袋湊上木板，透過縫隙嗅聞裡面的氣息，狂怒得不能自持。一段時間，牠幾乎沒了睡眠，隨便找點東西囫圇充饑，然後就來到木屋周圍，窺視盤算，尋找可乘之機。

日子一長，老厚就覺出周圍的空氣裡有一股異樣的味道。他感覺著，不免警覺了幾分。又想，四周靜靜的，即使有什麼不測，憑著一桿獵槍一把刀子也能化險為夷安然無恙。然而，上次野狼的突襲畢竟使他心有餘悸，現在又沒了阿黃，還是小心防範為好，以免意外的侵襲。於是，他帶了鋤頭、鐵鍬、竹籤、鐵蒺、夾子等物，在通往木屋的所有路口、小徑上挖掘陷阱。

阿蘭遠遠窺視著老厚的一舉一動，將那些偽裝的陷阱一一記在心底。牠觀察著，發現阿毛沒有跟在身邊。那麼，他會在哪裡呢？肯定在木屋內。何不乘此良機撲向木屋咬死阿毛？對，這個點子實在是太妙了。

阿蘭謀劃於此，不覺熱血沸騰，一種成功的預感充塞於胸，全身充滿了活力，動作也變得敏捷瀟灑起來。

牠繞了一個大圈，偷偷來到另一個路口，小心翼翼地避開那個要命的陷阱，神不知鬼不覺地進入了老厚的「領地」，奔跑著徑直撲向木屋。

正在門口玩耍的小花狗一眼瞧見阿蘭，搖著尾巴一顛一顛地跑了過來。也許，牠將阿蘭錯認為自己的同類或是母親了？花狗跑著，攔在了阿蘭面前。阿蘭不經意地瞧了瞧，對準牠的腦袋就是一口，可憐的小花狗來不及叫喚就一命嗚呼了。

扔掉花狗，阿蘭奔到緊鎖的木門前，將前爪扒在門上，拚命抓騰，又用身子、腦袋不住地撞擊。木門發出「哐啷」、「吱吱」的響聲，但仍嚴嚴實實地擋著牠的去路。

無奈，阿蘭只得拖著瘸腿繞向後門。

後門也是緊緊地關閉著，一陣撞擊踢騰毫無結果。阿蘭焦躁、憤怒得快要發瘋了，牠繞著屋子跑來跑去，發出低沉的咆哮。

突然，牠發現了木屋的一個小洞，洞口將外面的光亮射進屋內。阿蘭停在小洞前，開始用牙齒撕咬，用前爪抓撓。嘴唇、牙齒、腳爪被鮮血染紅，牠半點也沒有知覺。點點木屑掉落在地，洞口越來越大，越大也就越容易撕咬。憤怒地咬著，用力地抓著，腦袋突然一下就鑽進了變大的洞口。牠張望著，很快就適應了屋內的陰暗。，發現了躺在床上的阿毛。全身湧過一陣狂喜，收腹使勁，身子從洞口慢慢地向裡擠進……

老厚佈置好最後一個陷阱，就扛著鋤頭鐵鍬，拖著疲乏的雙腿走回木棚。

近幾天來，斷斷續續地挖了二十來個陷阱且偽裝得不露一點破綻。

他的心裡充滿了一種扎實、寬慰之感。就這樣平平靜靜地過下去，將阿毛帶大，然後，從山外給他娶房媳婦。當然，這媳婦得是溫柔、賢慧、本分、老實的女人，絕對不能像自己那個臭女人惡女人。將木房田畦果樹獵槍等祖輩傳下來的一切交給阿毛，家族就此延續、生存、繁衍下去無窮無盡，自己的任務也就完成了，也就可以長眠黃泉對祖宗們有一個交待了。當然，阿毛到底是否野種的問題也就不成其為問題了。他已在心底徹底承認了阿毛。在這個世界上，老厚就是他的父親，他唯一的父親，天經地義的父親！

老厚愉快地想著，臉上浮出少有的微笑。

「哇——」突然，傳過來阿毛變了調的恐怖哭叫。

這哭聲頓時趕跑了老厚心中的愉快與臉上的微笑。不祥的預感與毛骨悚然掠過全身，他不由得放開步子跑了起來。

阿毛的哭叫一聲聲傳過來，撕肝裂肺。孩子還從未這樣哭過，難道是毒蛇纏上了他的身子？是老鼠或蟲子咬了他，還是遇到了什麼其他的險惡？……

老厚狂亂地奔到屋前。

他打開了大門。

他推開了內屋的房門。

床上一片狼籍，阿毛不見了。

老厚往旁邊一瞧，發現了板壁上大大的窟窿。他趕緊打開後門，拎著獵槍衝了出去……

當母狼阿蘭撲向阿毛時，他那稚嫩的哭叫使得牠渾身顫慄不已，一股母愛的激流突然湧上心頭。牠停止了動作，蹲伏在地，呆呆地望著哭叫掙扎的阿毛，目光露出慈愛與和祥。阿毛哭喊著，小手在空中抓撓，雙腿亂蹬亂踢。頓時，阿蘭不由得想起了自己那些調皮而天真的幼崽，想起了牠們的拱動抓撓與哭叫。這回憶是那樣的溫柔甜蜜，阿蘭的心裡熨貼、舒適極了。突然，一個奇怪的念頭鑽入腦子，牠要叼走阿毛，將他餵養起來，以補償失去親子的痛苦與折磨。剛想於此，阿蘭就激動得興奮不已。這時，哭叫的阿毛掙扎著滾到床沿，沉沉地摔到地上，哭聲陡然大增。阿蘭急忙走上前咬住他的衣領，叼到窟窿邊。牠將阿毛塞到洞外，伸出腦袋機警地朝四周望望，然後收縮胸腹，一點一點地將身子擠了出去。

現在，銜在嘴裡的阿毛一聲長、一聲短地哭叫著，這使得阿蘭心煩意亂驚恐不安。這哭聲無疑在將自己暴露給獵人。一想到獵人，阿蘭彷彿就看見了那杆閃閃發光的獵槍，全身不由自主地一陣抖索，腿下被一根枯藤絆住，身子往旁邊滾了下去……

這時，老厚從後面追了過來，他舉起了雙管獵槍。只要扣動扳機，母狼就會應聲倒地。但是，阿蘭的嘴裡叼著阿毛，他擔心射出去的槍彈誤傷了他。女人雖然是罪有應得地死在了自己的槍口之下，但那團血光浸泡著眼珠浸泡著他的心靈是那樣長久；阿黃無辜地倒在他的槍口之下，老厚更是在罪孽與痛苦的糾纏中受著難以忍受的折磨與煎熬。現在，他不敢開槍，也不能放槍，只要射出去的子彈對兒子阿毛構成一絲危險，他就不能開槍。

於是，老厚托槍的手垂了下來。他一邊淒慘地呼叫阿毛的名字，一邊緊緊地追趕著。

老厚越追越近了，阿蘭趕緊穩住向下滾動的身子，往上跳了幾步。望著躺在地下仍在微弱哭叫的阿毛，一陣驚慌一陣氣惱使牠撲上去將尖利的牙齒刺進了阿毛的喉管。

頓時，阿毛斷斷續續的哭聲咕咕地哽在喉嚨，遊絲般斷了線。一股腥熱的鮮血噴濺在阿蘭臉上。牠趕緊扔下阿毛，急不擇路地逃命。

老厚的腳步聲、喘息聲、呼喊聲越逼越近。

血水汗水迷糊了阿蘭的目光，世界變成猙獰的慘紅。牠看不清道路，分不清周圍的景物，只是沒命地向前奔跑。跑著跑著，一腳踏虛，往前一傾，跌入一個深深的黑洞。

阿蘭掉進了老厚挖掘的陷阱中。這是牠曾記住的一個陷阱，但還是身不由己地掉落其中。尖竹籤與鐵蒺藜刺得牠發出一聲長長的咆哮。

不一會，咆哮變成了哀嗥。

七

老厚將母狼阿蘭囚禁在鐵籠中。

老厚將兒子阿毛埋在了屋後的果樹林。

老厚原是要將母狼殺了掏出牠的心肝來祭奠阿黃與阿毛的，但想到不能如此便宜了牠，就留了下來，一點一點地折磨牠，慢慢兒消受解恨。

每當心中悲憤湧起，老厚就將母狼揪出鐵籠，綁在廊柱上，舉起皮鞭，一下一下地抽擊，直打得阿蘭皮開肉綻、鮮血淋漓。

阿蘭瞪著一雙仇恨的眼睛，張開嘴唇慘叫，恨不能一口吞掉老厚。

阿蘭的嫉恨與不馴更加激發了老厚的報復慾，他抽出腰刀，一點一點地割著阿蘭身上的皮肉。阿蘭怒吼著，痛得暈死過去。

老厚在這種復仇的方式中獲得了一種無可言說的快感。

他又拎來一桶冷水潑去。

阿蘭猛一激凌，抽搐著驚醒了。牠絕望的眼睛望著老厚，沒有半點哀求，只有仇恨的怒火在灼燒。

老厚操起刀子，又開始割。這一塊是償給阿黃的，這一塊是祭給阿毛的，這一塊是割給自己的……直至發洩殆盡，心滿意足，老厚才將野狼關進鐵籠。

阿蘭全身都是潰爛的傷口，蒼蠅、蚊蚋聚附其上，幾處已有蛆蟲蠕動。阿蘭渴望傷口就這樣潰爛下去好早早死掉。但是，老厚卻將一些草藥揉碎的綠汁塗在牠的身上。

傷口慢慢地結出血痂。待血痂變黑變硬，老厚又將牠狠命地揭開或者剜掉血痂。鮮血長流不止，阿蘭時時處於昏迷恍惚之中，只有疼痛、饑餓與乾渴才能讓牠感到自己仍生存於世。

牠艱難地睜開眼睛，面對放在籠裡的飯食與清水，久久不肯動嘴。牠想絕食，就此死掉。是的，與其如此折磨受辱，倒不如早早死去，也算得上一種解脫與幸福。但是，只要一睜眼面對著這個美好的世界，心底就有一種求生的慾望，食物與飲水的誘惑使牠不能自已。

有一次，牠掀翻了飯碗與飲水，下決心絕食。熬到深夜，便怎麼也按捺不住，還是將掀在地上的食物舔食一空，而且吃得比以前更有滋味。同時，牠的心底對復仇仍存有一絲微小的希望，只要生存於世，就有復仇的可能。不用去搜尋，仇人就在眼前。每當老厚帶著一種迷醉的神態向牠施虐時，牠就狠狠地盯著老厚，並露出牙齒咆哮。

不曾想，有一次阿蘭向老厚張嘴呲牙時，被他將腦袋綁在柱上，拿一根鐵釬撬開嘴唇，伸進一把老虎鉗子，拔走了一顆尖尖的長牙。阿蘭當時就痛得暈死過去。但牠並不屈服，第二天受刑時，牠仍是嗥叫不已。於是，老厚又拿鐵鉗將牠的牙齒拔掉了兩顆。滿嘴都是湧流的鮮血，牠拚盡全身力氣掙扎著，不知不覺地昏了過去。

這時，老厚又是一桶涼水潑來，阿蘭抖顫著猛然驚醒。牠望望四周，不知是生還是死，是陰間還是陽間，哀哀的、迷朦的目光茫然瞪視著不知所措……

如是幾次，阿蘭受刑時，便不再張嘴咆哮，只是默默地忍受著。

八

日月輪轉，冬去春來，時光不知不覺地流走，流向那永恆的虛空。

老厚的日子似乎越過越充實了。他在對母狼的施虐中獲得的心理滿足與快感已日漸補償、癒合了心口的創傷。蒔弄菜畦，剪理果樹，養雞餵豬，吃飯抽煙，呼嚕大睡，真是無拘無束自由自在愜意閒適，日子賽過活神仙。若感寂寞，或是心頭煩躁感傷，身子不適，他就拉出母狼，狠狠地抽打喝斥，心情也就自然趨於疏朗清明。

虐待母狼，已成為老厚生活中的一大樂事、一種習慣與需要。

久而久之，阿蘭對老厚加之於身的酷刑也習以為常了。長期的折磨，也使牠適應了一切，牠默默地忍受著。日復一日的打擊，漸漸磨去了牠的意志與棱角。那復仇的希望，已變得十分渺茫。牠有時覺得，憑自己的力量，要想戰勝老厚，將他消滅，似乎是不可能的事情。於是，那復仇的渴念，也就埋葬在胸不去想牠。阿蘭已經疲倦麻木了，就連那抽打的功課，牠也能安之若素。

如今，老厚天天送來可口的飯食，只需張嘴肚子就飽了，不必拖著瘸腿為食物發愁、奔波；住在溫暖的木屋裡，也不必為巢穴的遷移、炎夏苦寒的侵襲而擔擾。阿蘭現在唯一擔心的，便是害怕老厚會在某一天殺掉牠。牠不願馬上死去，活著就是一種安慰一種寄託一種希望。於是，阿蘭一反常態，性情突然來了個一百八十度的轉彎，變得溫和馴順起來。有時甚至搖頭擺尾，模仿獵狗阿黃的吠叫，以博取老厚的歡心。

老厚在漫漫時日中順其自然地生活著，他的心中已沒有了時間概念，日復一日，月復一月，不知今夕是何年。在這循環往復的日子中，老厚常常獨自一人呆呆地出神，沉入往事的回憶與虛無的玄想之中。有時，面對阿蘭，他還站在牠的角度去想過去的一串變故。他想母狼阿蘭撲抓自己追趕的野兔，原也是為自己的幼子才鋌而走險急不擇食。幸虧阿蘭，不然的話，自己處於欺騙與邪惡的蒙蔽之中，不知要何時才能得以清醒，也許至今還在受著商人老賈和自己女人的愚弄。通過阿蘭的目光來看待發生的一切，原也在情理之中，皆可理解。想著阿蘭的遭遇，望著牠在籠中的搖尾乞憐，老厚心裡湧上一股複雜的情感。聽著阿蘭的吠叫，老厚覺得牠已變成了死去的獵狗阿黃。

望著望著，猛可地，老厚感到母狼衰老了，十二分地衰老了。與此同時，他也感到了自己的衰老，生命與青春已一點一點地流逝而去。

他無可奈何地歎了一口氣，眼角擠出一顆渾濁的淚水。他用衣袖揩拭雙眼，吭吭地咳著，將母狼拉出鐵籠。

這次，老厚破天荒地沒有抽打牠，而是將青筋突暴的右手放在牠的脊背上，慢慢地移動、摩挲起來。母狼身上的硬殼與老厚手中的老繭相互磨擦，這使得孤寂的老厚感到了一種不可言說的奇妙與愉悅。

阿蘭第一次受到如此厚遇，也伸出溫軟的舌頭，在老厚的手背上舔舐起來。

老厚走進廚房，取下一大塊臘肉放在母狼面前。

阿蘭不知有好多年沒有吃到肉食了，見到臘肉，兩眼頓時放出一股奇異的光澤。只見牠猛地一撲，將肉塊按在腳下，大口大口地吞吃，嘴裡發出一串低沉、歡欣的嗚嗚叫喚。

待阿蘭吃完臘肉，老厚將牠拉出木棚，拉著牠一路前行。

他們走出了老厚的「屬地」，爬上一道山崗。

老厚解開阿蘭脖頸上的鐵絲箍扣與繩索，然後，將牠的身子朝山下推去。

阿蘭一瘸一瘸地走著，又回頭望望老厚，牠似乎不敢相信自己已經獲得了自由。

老厚在揮手趕牠。

阿蘭頓了頓，又轉回身去，踉踉蹌蹌地朝下走。

其時正是暮色蒼茫時分，阿蘭的身影晃了幾晃，就融入沉沉暮靄之中不見了。

老厚望著莽莽關山，渺渺長空，扯開喉嚨，吼出一曲古老的歌謠。其韻別致，蒼涼頓挫，古樸渾厚，綿綿長長……

九

「轟」、「轟」，大山裡蕩起兩聲槍響，空穀傳音。在霞光翻湧、露珠閃爍的早晨，這槍聲顯得格外清脆響亮。

老厚面對木棚放了兩槍，默默地轉過身來。

一個漫長的夢已告結束，他決定走出大山，去過一種嶄新的生活。

老厚艱難萬分地邁開了沉重的第一步。

他拖著鉛般的雙腿，一步一個腳印地慢慢向山外的世界走去。

這時，老厚的身後，有一隻行動詭秘的野狼正緊緊地跟隨著。

牠就是瘸腿阿蘭。

剛放歸的阿蘭整日為撲食而奔波，衰老與殘疾使牠生存得十分艱難。好幾次，牠都想回到老厚身邊，回到那吃住不愁的鐵籠。但是，周圍的大山、森林、幽洞，特別是松鼠、兔子、野雞等動物的腥血肉食一點點地刺激著牠那深藏體內的家族本能，於是，狼性慢慢地復活了。

好幾天，阿蘭完全忘卻了木屋、老厚及鐵籠。日子一長，牠又想起了它們，往昔的情景歷歷在目。每當這時，心底就一陣隱隱作疼，身子就不由自主地抽搐。這又勾起了過去的一串變故，屈辱、痛苦、悲哀頓時充塞在胸。慢慢地，它們變成了仇恨，這仇恨的火焰越燃越旺。阿蘭竭力壓制著，多次的失敗已使牠喪失了自信。牠不敢復仇。但是，報復的慾望是如此強烈，牠的身心簡直變成了一堆乾柴與烈焰。牠不能自持。牠失去了理智。牠又變成了一隻野狼，一隻殘忍的野狼。

阿蘭緊緊尾隨著老厚。

老厚的形象在它眼裡疊化成獵槍、皮鞭、刀子、鐵鉗、鮮血、傷痕、火光、斥罵……

牠在小心翼翼地向老厚靠攏。

老厚一旦走出那塊曾經屬於自己的領地，不覺全身輕鬆，步子變得敏捷起來。

他身背行囊，手拿獵槍，正毅然決然地向山外走去。

突然，他聽到了背後隱隱約約的響聲。

他趕緊止步，向四周張望。

「阿蘭！」見是一瘸一瘸的母狼，老厚驚喜地呼喚著，朝牠奔了過去。

望著迎面撲來的老厚，阿蘭一愣，那閃著烏黑光澤的獵槍使牠本能地後退兩步。頓時，牠全身癱軟在地，顫抖不已。牠知道自己的無能，牠沒有反抗的餘地，只有絕望地等待著老厚的打擊。牠痛苦地閉上了眼瞼，等候著一聲山搖地動的轟響。

腳步聲逼近，逼近……

但是，阿蘭沒有聽到槍響，牠感到了一陣撫摸，牠聽到了欣喜的呼喚。阿蘭睜開眼睛，只見老厚蹲在面前，雙手正來回地撫摸著牠的皮毛。獵槍被扔在了一旁。求生的本能迅速膨脹，阿蘭可憐巴巴地望著老厚，搖著尾巴哀哀地叫著，舌頭在老厚粗糙的手背舔來舔去。

在老厚眼裡，阿蘭已變了活脫脫的獵狗阿黃，就連那灰色的皮毛，也泛出淡淡的黃色來。

母狼阿蘭默默地嗅聞著老厚嘴唇、身體發出的濃烈氣息。牠的恐懼感漸漸消失，狼性在老厚的陣陣愛撫與親切呼喚中勃發。牠的眼睛盯著老厚喉嚨突出的骨節，越瞪越大，放出一股慘慘的幽光。力量與野性、兇狠與殘暴在牠體內點點滴滴地凝聚著。

老厚感到了阿蘭的異樣。

他被阿蘭幽冷、兇狠的綠光刺得毛骨悚然，不由自主地打了一個冷噤。

老厚急忙放開阿蘭，伸手去掏腰間的刀子。

這時，阿蘭一聲狂吼，身子一挺，猛然撲向老厚，將尖利的牙齒刺進他的喉嚨，死死地咬住了那突出的喉節。

老厚一聲哀叫，拚出最後一絲力氣，將尖刀朝野狼阿蘭的腹部刺去。

一幅人狼扭結的共同舞蹈定格於一灘汪汪的血泊之中。

山風吹過，鮮血就慢慢地凝固了。

冷落清秋月

一

每當蕭雨生回憶這輩子與陳嵐嵐之間發生的恩恩怨怨時，總覺得冥冥中彷彿有一雙看不見的大手，在人世間做著一些奧秘無窮、絕不重複的排列與組合。

不管歲月的塵埃堆積多厚，也不論心境好壞與否，他與陳嵐嵐的初次相識，已定格在心靈深處，成為他生命中一瓣悠久綿長的馨香，一張永不褪色的照片，一道光彩迷人的風景……

那年的冬天似乎顯得格外漫長，對友情的需要與渴望也就更加強烈，而黃生發與李軍總是如期而至，給他孤寂而封閉的生活憑添些許溫暖與亮色。

「雨生，下次上我們點去聚一聚吧！」每次玩過，臨走時他們倆都要做出熱情的回請。「去去去，」蕭雨生一迭連聲地答道，聲音脆亮，「下月就去。」

這樣的回答也不知有過多少次了，下月復下月，蕭雨生卻總是未能成行。全班同學中，下放到南漳縣的，也就他們三人。再往下分，黃生發與李軍歸在一處，去了仁和公社，兩人相互照應，彷彿成了一對棒打不散的鴛鴦；而他則獨自一人，形單影隻地來到了麻塘鋪。仁和與麻塘鋪雖同屬一縣，卻隔了五六十里之遙。只要他一想到將在曲里拐彎的狹窄山路上獨自一人走上大半天，心裡不免就打起了退堂鼓。可是，不管拖延多久，總得上他們那兒去回訪次把才像話。於是，蕭雨生就在一個十分晴好的日子上了路。順著老鄉的指點，好不容易找到仁和公社張家灣大隊知青點，一棟別致的土磚紫瓦房兀然聳立在半山腰間。他氣喘如牛地往上爬，眼前突然一亮——一個妙齡女郎正從屋內走出，一襲紅色上衣映著她的臉龐，宛如一朵報春的鮮花，在灰暗的背景中顯得格外突出、格外豔麗。頓時，疲憊的身心注入一股激情與活力，猶如一個充足了氣的皮球，蹦跳著向前騰竄。

「請……請問……」姑娘返身鎖門正欲離去，他趕緊上前詢問，聲音都激動得有點結巴了，「黃生發，還有李軍，他們是住這兒嗎？」

姑娘嫣然一笑，回應的聲音似銀鈴搖響：「他們都住這兒，現在下地幹活去了。」

人世間還有如此美麗動人的姑娘，莫非仙女下凡不成？蕭雨生觸了電似的，就那麼癡癡呆呆地盯著姑娘望，周圍的山嶺、房屋、樹木什麼的都消失不見了，天地間彷彿只剩下了他們兩人。

「你找他們是不是？」姑娘被他看得有點不好意思，主動問道。

「嗯啦，我……我是他們同學，從麻塘鋪公社趕過來的……」他訥訥地回道，一時不知該用怎樣簡練動人的語言將心中的意思表達清楚。

「哦，我回屋拿了點東西，正要趕到那邊去，我跟你把他們叫回來。」

「這……這……」蕭雨生不想錯過眼前這千載難逢的機會，便支支唔唔地說，「我想跟你一起直接到地頭去找，可以嗎？」

「當然可以，那就一塊走吧！」姑娘爽快地答道。

於是，蕭雨生就知道了姑娘名叫陳嵐嵐，也是武漢的下鄉知青。

嵐嵐踏著窄窄的田埂，婀婀娜娜地在前走著。蕭雨生緊隨其後，那窈窕的身影在他眼前晃來晃去直撩撥得心旋搖盪無法自持。走著走著，他的心裡不知不覺就湧出了一股從未有過的幸福而美妙的情感，只覺得二十年來期待著的就是這一時刻，他眼前晃動著的姑娘就是他生命的另外一半。常言道，有緣千里來相會，莫非就是形容他與陳嵐嵐這樣觸電般的偶然相識？

一邊走，一邊聊，不一會就到了田頭。

黃生發與李軍的真誠與熱情自不待言，可蕭雨生早已心不在焉，他一心記掛著的，就是神話般出現在他視野裡的陳嵐嵐。

過了一夜，第二天吃過早飯，蕭雨生就告辭了。黃生發與李軍將送出很遠，他故意磨磨蹭蹭、慢慢吞吞地走著，希望能跟陳嵐嵐再見上一面。他一邊前行，一邊不住地依依回望，沒能見到陳嵐嵐半點身影。拐一道彎，那棟紫瓦平房已然消失。於是，他只得頓頓腳，歎了一口氣，悵然離去。

二

蕭雨生在一片灰暗的背景中猛然發現一朵綻開的鮮花，這鮮花頓時幻化成一輪光芒四射的太陽，點燃了他的生命之火。此後的日子，蕭雨生總是不由自主地憶及他與陳嵐嵐偶然相識的一幕，幸福而甜蜜地回味著、咀嚼著，時間一長，就成了他日常生活中不可缺少的一門功課。客觀而論，陳嵐嵐並不是那種漂亮得令人驚羨的姑娘，是獨特的環境與心境造就了她在蕭雨生眼中的超凡脫俗與完美無缺。

陳嵐嵐頑強地「盤踞」在蕭雨生腦海，無論怎樣，都揮之不去。日有所思，夜有所夢，每次的夢中相會與醒後的黯然神傷總是將他的思念與慾望撩撥得更其強烈。日思夜想、恍恍惚惚、神魂顛倒、身影憔悴，莫非這就是人們所說的「單相思」不成？

正在無可奈何之際，黃生發與李軍又過來找他玩耍。一陣寒暄過後，他很快就將話題引到陳嵐嵐身上，可黃生發與李軍對陳嵐嵐似乎沒有多大興趣，只是輕描淡寫地說上兩句，就扯別的去了。而蕭雨生卻固執地抓住這一話題不放，李軍就說：「你是不對她有點意思了？」蕭雨生不便明言，只好支支唔唔。黃發軍說：「咱們知青點一共四個女的，真是一個賽一個，最漂亮的不是陳嵐嵐，而是張虹呢！」其他三位女的蕭雨生自然也打過照面的，但他認為天底下的女人誰也比不上陳嵐嵐，不禁連連搖頭道：「不不不，陳嵐嵐第一，要比她們三人強多了。」李軍也不同意蕭雨生的觀點，說蕭雨生硬是看走了眼。蕭雨生說：「我目光如炬呢，怎麼走得了眼？」意見不一，三人不免爭執起來。爭來爭去，就決定採取打分的辦法進行評估。蕭雨生給陳嵐嵐打了一百分，儘管如此，她的平均分也只能位居第二。

第二就第二吧，只要她在我心中第一就行了。這樣一想，欲見陳嵐嵐的心情不覺變得更加迫切。乘黃生發與李軍返回時，蕭雨生主動提出一同上他們那兒去玩，兩人聞言，馬上異口同聲地說道：「那就快點上路吧。」

這次自然也見著了陳嵐嵐，可只跟她打了一個招呼而已，黃生發與李軍陪在左右比兩個貼身保鏢「管」得還厲害，他根本無法與嵐嵐交談。

回來後的蕭雨生變得更加魂不守舍了。白天幹活沒精神，晚上打開下放南漳後那些一直與他相依相伴排遣孤寂的書本，上面密密麻麻的字跡竟變成了一片模糊不堪的古怪符號。蕭雨生這才感到了事情的嚴重，覺得再不採取行動，老是這樣胡思亂想「單相思」，自己恐怕就要變成一個可憐兮兮的神經病患者了。

最好是投石問路，先寫封信試探一下。怎樣試探呢？不妨邀請嵐嵐過來玩玩，如果她接受的話，這事情就有幾分眉目了。拿定主意，蕭雨生馬上寫了一紙短箋，意思是說咱們素不相識，卻能萍水相逢，實乃三生有幸，前世有緣，為了感謝上次的帶路之恩，現特邀你前來敝處做客。

回信很及時，蕭雨生不覺大喜過望。拆開一看，內容很簡短，電報似的一串字跡映入眼簾：「大札收悉，他日得閒，當前來貴處拜訪。」雨生讀後不覺大喜，當即又致一信，希望嵐嵐告知具體日期，以便稍做準備。

然而，這次的回信卻沒有如期而至，黃生發與李軍也不過來玩了。一切彷彿都跟他作對似的，怎麼辦？蕭雨生想來想去，決定不再捉迷藏似的躲躲閃閃了，乾脆開門見山，寫一封正兒八經的情書，能成則成，不成拉倒。

「嵐嵐，我第一眼見到你，就被你的美麗你的風度你的氣質驚呆了，」蕭雨生在信中寫道，「一時間，我的眼前出現了一道炫目的陽光，這光芒籠罩著我的全身，頓時，我覺得自己變成了一顆紅色而透明的琥珀，恍惚間置身於燦爛無比的伊甸園中，見到了我生命中豔麗無比的另外一半。嵐嵐，我是亞當，你就是用我肋骨做成的夏娃，只有將肋骨置入我的身體，才能塑造一個完美的世界。也就是說，只有我們兩人的結合與融匯，你我殘缺的生命才會變得完整而美麗，圓滿而動人……」

蕭雨生搜索枯腸，恨不得用最善最美的語言傾訴衷腸打動芳心。

信發出後，他就陷入了焦躁不安與提心吊膽的期盼之中，天天等待陳嵐嵐的回信，真可謂望眼欲穿。他一天到晚都在屈指計算著書信往返的日程：一般來說，最遲不過三天，陳嵐嵐即可接到他的信件；她思考決定，趕寫回信得需三四天；然後再過三天，嵐嵐的回信即可寄達他的手中了。滿打滿算，十天之內將得到嵐嵐的回音。要是十天後還沒接到回信，估計就是陳嵐嵐不予理睬了。不過，只要稍微有點修養的姑娘，對這種情況總得給予一個明確的答覆才是。

可巧的是，就在寄出情書的第十天，蕭雨生果真收到了嵐嵐的回信。一瞧信封上那熟悉的字跡及寄信人「內詳」的落款，就抑制不住內心的激動。他想立即撕開信封，盡快弄清嵐嵐的心事；又擔心遭到拒絕，此後連個做夢的對象都沒有了。猶猶豫豫地將信封放在胸口，心兒砰砰跳個不停，牽動著信封內那一頁頁薄薄的信箋彷彿也在跟著一同共振。

好半天，蕭雨生才拆開信封，內裡的信紙薄得猶如一張放大的笛膜，上面仍是幾行大大的電報語體：「我不過是一個平凡的姑娘，並沒有你信中描寫的那樣美麗動人富有魅力，一旦相互走近，也許我會讓你失望的。」沒有了，就這麼寥寥幾句話，且態度模糊，無論從正面分析，還是從反面思考，都可以找到你所需要的答案。捧著回信，蕭雨生一時間不知道下一步該怎樣行動才好。躺在床上翻來覆去、絞盡腦汁地思索了一整夜，也沒想出個切實可行的對策。

第二天，他正無精打采地與生產隊的社員們一同挑糞，突然就見馬會計大步流星地走了過來，說有人找。蕭雨生順著馬會計的手指望去，一眼就瞧見了一片耀眼的紅色。他的心頭猛然一震，那不是陳嵐嵐嗎？她怎麼突然間就來了？難道是我看錯了人不成？

「雨生，雨生，是我，我是陳嵐嵐呢。」是嵐嵐，果真是嵐嵐！頓時，蕭雨生使勁地揮動右手，不顧一切地迎了上去：「嵐嵐，我在這兒呢！」

周圍的世界又消失不見了，天地間只剩下了他與陳嵐嵐。蕭雨生顧不得請假，在社員們善意的調笑與好奇的目光中，兩人一同緩步向他的宿舍。

「嵐嵐，你怎麼招呼都沒跟我打一個，說來就來了？」蕭雨生問。嵐嵐道：「你不歡迎我是不是？」「哪裡哪裡，我一望見你，腦殼都喜暈了，還以為是自己眼睛出了毛病呢。我的意思是說，你先跟我打個招呼，我也好去迎接你呀。讓你自己找到田頭，不是太有點……太有點那個了麼……」

「我不是說過得閒就來貴處拜訪的麼，今天有空，閒著無事，我想該踐約了，就跑到你這兒來了。」「就你一個人？」「你還希望我約上誰？」「我是說，我的那兩位同學……他們……他們……」「他們是他們，我是我，怎麼把我跟他們扯在一塊呢？」雨生聽了，不覺大聲叫道：「好，這就好！」「好什麼好？」陳嵐嵐問。雨生自覺失態，不好意思地嘿嘿一笑道：「我才不希望他們跟你一塊來呢，我只想……只想跟你兩人單獨待在一起……」嵐嵐聞言，白皙的臉龐立時騰起一抹豔豔的霞光。

這次換了個位置，蕭雨生在前，陳嵐嵐緊跟其後。兩人一前一後地在田埂上走著，心照不宣、試試探探地說著一些意義雙關的話語。蕭雨生只覺得靈思如泉湧，妙語連珠，句句閃爍著幽默與智慧，惹得陳嵐嵐不時發出串串銀鈴般迷人的笑聲。

將嵐嵐迎到知青點，蕭雨生又到附近老鄉家買了一隻生蛋的大母雞，一刀剁去腦袋，燒了一鍋開水，將雞毛褪得一乾二淨。然後開膛剖肚，剁成小塊，將鍋燒紅，猛然倒入其中，炒得嗤嗤作響，油煙直冒。

陳嵐嵐道：「想不到你還有一手烹調手藝啊！」蕭雨生說：「貴客來訪，總得露兩手表現表現才是呀。」

舀了幾大瓢水，燉了一大鍋，又炒了一碗大白菜，兩人便有滋有味地吃了起來。

雨生單刀直入道：「嵐嵐，不怕你笑話，我就實話實說吧，自從見到你後，我的靈魂就被活生生地扯成了兩半。」「我沒有你想像的那麼好。」嵐嵐望了他一眼。「我昨天收到你的回信，上面也是這麼說的。但我相信我的感覺，它是不會欺騙我的。嵐嵐，我向你掏出的是一顆真心，這是我第一次向一位姑娘求……求愛……」蕭雨生靦腆而囁嚅地說著，「我希望……希望你能給我一個明確的答覆……」

這時，陳嵐嵐低頭扒了一口飯，蕭雨生乘機揀了一隻雞腿放入她的碗裡。嵐嵐馬上抬起頭，意味深長地望了他一眼說：「雨生，你還要我給你一個怎樣明確的答覆呢？我的意思不是很清楚了麼？」「也就是說，你已經答應了我……難道……難道這是真的嗎？你又漂亮又聰明又活潑，好出眾喲，你真的瞧得起我嗎？我有什麼值得你正眼相待的呢？唉，我連自己都真的有點糊塗了，你該不是看著我可憐兮兮的故意說幾句安慰話吧？」說著說著，蕭雨生的勇氣與自信就像一個泄了氣的皮球，突然變得疑慮惶惑、不知所措起來。

陳嵐嵐說：「你想聽我的真話嗎？」蕭雨生點了點頭：「當然。」「每個女孩都很敏感，接到你的第一封信，我當時就看出了那些字面背後的含義。那次咱們的相識，的確很偶然，對你的印象也還好，但絕對沒有其他意思。我的第一封回信，很大程度是出於禮貌。但是，你的第三封信——也就是那封求愛信，卻在內心深處打動了我。我一邊讀一邊咀嚼著，不知怎麼就有了一種心靈感應，就像一根琴弦，嘣的一聲被人撥響了，喚醒了我沉睡著的另外一種……一種激情……」陳嵐嵐說著，臉色又變得緋紅起來，不覺羞澀地低下了頭。

蕭雨生瞧著，彷彿見著了王母娘娘壽宴上的兩顆蟠桃，恨不得撲上前去，美美地啃上兩口。然而，終是克制著沒有動作，能夠得到嵐嵐明確而肯定的答覆，已經感到非常非常滿足了，他不想因為自己的魯莽而破壞兩人之間的美好情愫。

陳嵐嵐見蕭雨生半天沒有動作與反應，就慢慢抬起頭來，向著他那深情的目光迎去。

四目相對，掠過一道耀眼的電光火花。

一陣幸福的顫慄湧過蕭雨生全身，他不由自主移動腳步，一把抓住陳嵐嵐的雙手，緊緊地、緊緊地握著。

陳嵐嵐感到喉嚨乾澀乾澀的，她激動地說道：「雨生，你一個人在這，我知道你很孤獨。其實，我跟你一樣，內心也孤獨得很……」雨生說：「我們兩人在一起，就一點都不孤獨了，你說對嗎？」陳嵐嵐點了點頭，顯得更加楚楚動人。

吃完飯，太陽已經偏西了，陳嵐嵐自然無法趕回，蕭雨生在附近一位老鄉家去討歇過夜，陳嵐嵐就睡了蕭雨生的硬板單人鋪。

第二天吃過早飯，嵐嵐告辭，雨生很想挽留她多玩幾天，但一想到知青點的紀律，想到「兩情若是久長時，又豈在朝朝暮暮」的詩句，也就不再多說什麼。將她送了一程又一程，怎麼也捨不得往回轉。後來，陳嵐嵐被他送得硬是快要生氣了，兩人才約定下次相會的具體日期，揮手告別。

三

蕭雨生與陳嵐嵐你來我往地玩過幾次，隨著感情的加深，兩人的關係漸趨明朗。

黃生發與李軍常常免不了要醋意酸酸地打趣幾句。「過去呀，我們要雨生過來玩，接都接不來，現在呢，再也不說山高路遠，幾天一個來回，腿子都快蹺斷了。」李軍不等黃生發說完，就在一旁起勁地嚷：「是呀，這就是愛情的力量！生發，哪個要你不像雨生學習的呀！」黃生發歎了一口氣道：「那是天生的本事，一般人學也學不來的。」這時，李軍就逼著蕭雨生，非要他傳經送寶不可。蕭雨生道：「我這也是第一次呀，哪裡有個什麼經驗。」李軍說：「你就說你是怎樣把陳嵐嵐弄到手的。」蕭雨生逼不過，就道：「我第一眼見到陳嵐嵐，就找到了一種感覺。要想談戀愛，感覺實在是太重要了，如果沒有感覺，對方就是再漂亮，你也是白搭。」黃生發道：「嗯，有道理，就比如說張虹吧，她在我們知青點長得最漂亮了，可我對她半點感覺都沒有。」李軍道：「你就是再有感覺，能把她追得到手嗎？真是癩蛤蟆想吃天鵝肉。」說完就哈哈大笑，黃生發也跟著尷尬地笑：「那也是，就憑我這副樣子，哪有雨生這大的本事，只見人家嵐嵐一面，就追到了手。」兩人越往下去，就越說越葷了，硬要雨生承認跟嵐嵐已經上床「那個」了。雨生死也不承認，他說我只跟她握過手，連吻都沒有接過呢，就更不要說上床了。李軍就說，那你就快點跟嵐嵐來個「刺刀見紅」吧，有了經驗，也好傳授一下，讓咱們跟著學點乖沾點光。

有了陳嵐嵐，三人的話題比過去變得豐富有趣多了。

有了陳嵐嵐，蕭雨生再也不覺孤獨難耐，生活在他的眼前呈出一種從未有過的希望與美好，就連插秧割穀這樣沉重的勞作，也認為真是對自己的一種鍛煉。他白天下地，晚上的閱讀已養成一種習慣，常常捧捲直達深夜，休息的日子就跟嵐嵐待在一起，日子過得有滋有味，充實極了。社員們都稱讚蕭雨生說他身上的孤傲沒了，能吃苦耐勞了，能跟貧下中農打成一片了，一時間好評如潮。大隊支書張老秋找他單獨談話：「小夥子，幹得不錯呀，咱們村就只來了你一個知青，俺也不能太虧待了城裡娃，一有機會，俺就到公社要一個指標回來，推薦你回城上大學。」蕭雨生得了這樣的「尚方寶劍」，自然高興得不行，一見嵐嵐，就將這樣的好消息告訴了她。

然而，還沒有等到張老秋的推薦，取消了的高考制度彷彿於一夜間就恢復了。

蕭雨生見了嵐嵐就說：「高考恢復了，再也不興推薦了，張老秋的許諾可不就成了一句空頭人情？」陳嵐嵐說：「你還要人家推薦什麼，直接報名參加高考，比推薦去讀個大學不強似百倍麼！」「那……咱們倆這就去報名，一同高考吧！」嵐嵐想了想，搖頭道：「我不行，本來讀書時成績就不咋的，下放這兩年連書本都沒摸過，早就還給老師忘得一乾二淨了。」蕭雨生聞言，馬上表態說：

「你不考，我也不考！」嵐嵐一聽急了：「那不是白白地把一次大好機會浪費了麼？不行，你這次非得參加不可！雨生，你要是不聽我的，我今後就不跟你來往了！」「那你怎麼就不參加？」「你想讓我考個零雞蛋丟人現眼是不？」「我也不一定考得上。」「你行，這兩年你一直沒有丟掉書本，」說到這裡，陳嵐嵐神秘地一笑，「要是你把跟我寫情書那樣的本事拿出來，我能打包票，你的語文成績肯定能考個全縣第一。」「行，高考那天，我乾脆就把那封情書當作一篇作文上交算啦！」「你壞，你壞！」陳嵐嵐嚷著，在他身上輕輕地捶打不已。

蕭雨生望著她的嬌態，怎麼也抑制不住內心的激動，順勢將她往懷裡一拉，緊緊地摟住她的後腰，一張毛茸茸的嘴唇不由自主地湊了過去……

高考成績出來，蕭雨生的語文成績果真在全縣得了第一，總分也高，位居第三，錄取到北京某重點大學。

黃生發與李軍抱著試試運氣的態度，也參加了當年的高考，結果兩人離錄取分數線還差一大截。他們自然為蕭雨生感到由衷的高興，同時也為自己的命運感到萬分的憂傷。

李軍說：「雨生，你現在好了，苦盡甜來一步登天，可別忘了同甘共苦的兄弟們呀！」雨生連連道：「咱們這一輩子，就算是綁在一塊了，怎能忘得了呢？」黃生發說：「雨生真他媽的運氣好，朋友談了，大學也考上了。哪像我們，到現在還是卵屌精光，屁都沒有撈到一個，唉，這幾年硬是白過了。」雨生勸慰道：「你們複習複習明年再考吧。」黃生發說：「複習一輩子，都不見得考得上。」李軍說：「就只等著城裡招工了。」黃生發說：「招工又沒得路子，哪個要你？有時候心一橫呀，就想乾脆他媽的在農村找個洗衣做飯的老婆算了。」雨生道：「你也不能這麼悲觀麼。」

要說最矛盾最難受的，就數陳嵐嵐了。她既希望蕭雨生早點離開這閉塞的山區，又希望他能繼續留下來兩人相依相伴。蕭雨生臨行前一天，嵐嵐過來了，像個主婦一樣一件一件地為他清理行裝，並不時地說著一些上大學後要注意的生活事項。

雨生說：「嵐嵐，你當我是個小孩生活還不能自理麼？」嵐嵐道：「我知道你能力強，可我還是想說，不說心裡總像掛著一件事，說了就好過多了。」雨生說：「嵐嵐，你就放心吧，我雨生決不是那種見異思遷的男人，我不會變心的。等我大學畢業了，找個好點的單位，然後就結婚，把你調過去，咱們一起好好過日子。當然，如果有招工的機會，憑你的本事，我想你也能從這裡跳出去的。」嵐嵐道：「唉，誰知道今後怎麼樣，雨生，不知怎麼回事，我現在蠻相信命運了，我想人生一輩子，好多東西都是命運早就為你安排好了的，是你的跑不掉，不是你的怎麼努力也得不到。在沒有認識你之前，我怎麼也想不到我生命的另外一半會是你，可我們突然間就相遇了，相識了，相愛了，這不是上帝的安排又是什麼？」雨生打趣地說：「嵐嵐，你都快成一個哲學家了。」說著，就將她一把攬在懷裡，忘情地吻了起來。

吻著吻著，蕭雨生就感到了一股異樣，只覺嵐嵐渾身劇烈地抖動著猶如秋風中的一片黃葉，豆大的淚珠沖出閉著的眼瞼滾落臉頰。

「嵐嵐，你怎麼了嵐嵐？」蕭雨生搖著她的身子問。

「哇」地一聲響，嵐嵐突然放聲大哭起來。

「嵐嵐，你哪裡不舒服是不是？」

嵐嵐不作聲，只是一個勁地哭。

雨生說：「我乾脆不走了，就陪你在這兒一塊過吧！」

嵐嵐聞言，這才止了哭泣：「你不去怎行？古人常說喜極而泣，我這是為你感到由衷的高興呢。」說著，掏出手帕揩去淚水，破啼為笑。

雨生說：「嵐嵐，我曉得你為什麼要這樣，你在擔心是不是？嵐嵐，我可以向你對天發誓，此生此世，我蕭雨生……」

陳嵐嵐急忙堵住他的嘴唇阻止道：「雨生，別發誓，不要說些不吉利的話，我知道你對我是一片真心。」

「你知道就好。」雨生說了這麼一句，就默默地忘著她的眼睛。

此時此刻，再漂亮的語言都已變得多餘，他們倆就那麼默默地坐著，默默地擁抱，默默地撫摸，默默地親吻……於默默無言的感受中，獲得一股獨特的甜蜜。

四

天南地北，關山阻隔。鴻雁傳書，就成了蕭雨生與陳嵐嵐之間唯一的聯繫方式。不管課業多麼緊張，蕭雨生總要抽出一定的時間，塗上滿紙思念之情；有時也告訴她一些學校裡的事兒，比如說他選上了班長啦，成了學生會的宣傳委員啦，他們班上有十幾個同學都是結了婚的老大哥啦，等等等等，不一而足。陳嵐嵐的回信也很及時，仍是那種獨特的電報語體，簡短得很，但意思不再含糊，開頭第一行，總是「親愛的雨生」幾個大字，落款也是千篇一律，大書「想你的嵐嵐」。她即使不寫別的，只要這開頭結尾兩行字，就令蕭雨生心滿意足了。書信往返一次一般需要半月時間，日子一長，半月一信，就成了他們間循環不已的週期性規律。

剛開始，蕭雨生與黃生發、李軍之間也曾有過幾次像模像樣的通信。他沒有分別寫信，而是將他們兩人視為一個整體，同一個信封，同一紙信箋，同樣的內容，只是信封必須寫明黃生發、李軍共啟，內文開頭第一句也是「生發、李軍二位仁兄好」。他們的回信，也是以兩人的口吻，只是字跡有時是黃生發的，有時則成了李軍的。雨生就想，肯定是他們兩人達成了某種協定，來個輪流坐莊。後來，就見不到黃生發的字跡了，全是李軍在回信。再後來，李軍也不回信了，他們倆連個片言隻語都沒有了。蕭雨生並不計較，仍是一如既往地給他們寫信寄信，他不願讓人家在背後議論他，說什麼人一闊，就忘了老同學好朋友之類的閒話。可是，不論蕭雨生寫得多麼懇切，也不知他寫了多少次「盼回音」、「請回覆」之類的話語，反正是一封回信都沒收到。真是熱臉碰著個冷屁股，蕭雨生這樣一想，慢慢的也就淡了下來。但是，他也能理解他們兩人的心境，寫來寫去，單調的生活又有什麼好說的？同時還可以想見得到，為了寫封回信，兩人都不想動筆，相互間肯定有過扯皮拉筋的事兒發生。既然回信於他們成了一種負擔與麻煩，蕭雨生也就懶得繼續一廂情願地給他們寫信了。而他們倆的一些情況，也只有通過陳嵐嵐轉彎抹角地敘說一點，才得以知道個大概。

每年的寒暑假，蕭雨生都回了武漢，他極想乘車上南漳縣走一趟，與嵐嵐親熱親熱，與黃生發、李軍好好敘舊，玩個痛痛快快。可是，一想到去後的情景，想到他們故作豁達背後的艱辛，強作歡顏過後的憂傷，特別是告別時那令人柔腸寸斷的難捨難分，就猶豫不決了。上次與嵐嵐分手時，那環境、氣氛、情緒，就跟宋代著名詞人柳永在他的名詞〈雨霖鈴〉中所描寫的一模一樣：「執手相看淚眼，念去去千里煙波，暮靄沉沉楚天闊。多情自古傷離別，更哪堪冷落清秋月……」那種淒涼與傷感使得蕭雨生一直不敢回想，每每憶及，總是強迫自己趕緊轉移念頭，去想點別的什麼，哪怕是無聊的事情也罷。蕭雨生忍受不了那樣的情景重現，總是一而再、再而三地尋找由頭，將行期一推再推。

大學二年級時，嵐嵐來信說他們張家灣的知青，不是考學走了，就是招工回城，都走得差不多了。當時的十六人，如今只剩了個零頭。

大學三年級時，嵐嵐的來信告知李軍招工回了武漢，進了一家機床廠。蕭雨生得知這一消息後的第一反應，就是在心裡大罵李軍不是個東西，這樣的大事竟不寫信告訴他，回了武漢也不報個喜。既然李軍不來信，雨生雖然從嵐嵐處知道了他的通信地址，也跟他賭上了氣，不予理睬！

大學四年級時，嵐嵐來信說黃生發在當地找了個頗有姿色的姑娘，已從知青點搬出，跟人家做上門女婿去了。蕭雨生聞訊後只感到一股深深的悲哀，整天飯也吃不下一口，身子怏怏無力，恨不得伏枕大哭一場。他想立即寫封信安慰安慰，鋪開信紙，一時間又不知從何說起。算了，索性什麼都不寫吧，當初得知雨生考上大學後黃生發在發牢騷時就說過他想找一個跟他洗衣做飯的農村姑娘做老婆，誰曾想命運竟被他自己不幸而言中了呢？

下一封信，嵐嵐說知青點真的成了一個被社會遺忘的角落，只剩下兩男兩女了，四個不幸的人兒寂寞無聊地打發著一天比一天難熬的時光。她怎麼也待不下去了，正在透過父母利用一切關係，想辦法找路子招工回城。

蕭雨生趕緊寫些祝願鼓勵之類的話兒，希望她盡快交上好運！

就在蕭雨生大學畢業的最後一個學期，陳嵐嵐終於招工回了武漢，進了一家百貨商場，成了一名櫃檯營業員。

當她來信將一消息告知蕭雨生時，竟沒有半點喜悅之情，還是過去那種一以貫之的電報語體，就像敘說旁人的一件極其普通的事情，平靜的調子透出一股淡淡的冷漠。

蕭雨生得知這一喜訊後，花了一個晚自習的時間給她回信，龍飛鳳舞地寫了十多頁材料紙，厚厚的一大迭。他在信中對嵐嵐命運的轉折表示了熱情洋溢的祝賀：「柳暗花明，否極泰來，這就是你當下情景的寫照，我想你正走入了一個花團錦簇的春天。」這樣地寫過之後，就與她談人生、談理想、談未來。他說他就要畢業了，憑他的成績與表現，完全可以留在北京某部委工作，但為了避免兩地分居，能夠長期與她廝守，他準備分回武漢。他的要求不高，只要接收單位能夠馬上分他兩室一廳的住房就行了。因為房子對他來說實在是太重要太重要了，他們全家人直到今天，住的還是一間不足二十平方米的單間，與鄰居共廁所共廚房，太不方便了。他過去所受的住房之苦太深太重了，就將它列為選擇工作單位的唯一條件。

信發出整整半月，嵐嵐的回信卻沒有如期而至，這在他們的戀愛史上還是第一次。嵐嵐怎不回信呢？按說調回武漢，兩地的距離更近了，書信往返的週期應該縮短才是呀；再說環境變了，鄉下的那種孤獨寂寞、陰鬱灰暗的心情也該一掃而空，變得舒適愉快、明快酣暢才是，可在她的信中卻反而透出一股過去從未有過的冷漠，這到底是怎麼回事呢？難道說她遇上了什麼麻煩，還是……還是一旦招工回城，就變了心不成？雨生的心事一天到晚記掛在嵐嵐身上，弄得心緒不安，寢食不寧，精神無法集中，什麼事也幹不了。

又是一周過去，雨生仍沒有接到嵐嵐回信，他說什麼也等不下去了，趕緊鋪開白白的信箋，將他近幾日的思念、擔憂、疑慮、焦躁等複雜的內心活動全部寫上，掛號寄出。然後，他不得不強迫自己，暫時將陳嵐嵐擱在一旁，忙於複習功課，準備畢業論文。

就在畢業論文快要煞尾的當口，雨生突然接到了嵐嵐的回覆，這次不是信函，而是一封電報。內容雖不是她的筆跡，而是列印的字體，但其語體風格與以往的信函並無二致：「雨生速回武漢有要事

相商切　嵐嵐。」

每每接到嵐嵐的來信，雨生總會不知不覺地在心裡說道，肯定又是簡短明快的電報語體，但他做夢也沒有想到，嵐嵐會真的拍來一封電報。

有什麼要事不能寫信敘說商量，非得趕回武漢不可呢？他與嵐嵐交往至今，自考上大學後南漳一別，除了書信溝通與夢中相會，近四年來，還從未見過一面。可嵐嵐只在信中暗示他們應該找個適當的機會聚一聚才是，從未提出過半點要求，更不用說像現在這樣明確而肯定的要求他了。

若在平時，請上一個星期的假回一趟武漢，根本算不得什麼，可眼下，他實在是抽不出時間。馬上就要進行畢業考試與論文答辯了，一旦錯過機會，他這四年的努力極有可能付諸流水。於是，他只得寫信給嵐嵐，將目前的情況一五一十地告知於她，還說他已聯繫好武漢一家高校，對方答應給他一套兩室一廳的房子，報到後就可拿到住房鑰匙。「親親嵐嵐，要不了一個月，」他在信的末尾寫道，「我們的真情就會走向圓滿，結出豐碩的果實。四年的漫漫時光都熬過來了，還在乎這短短一個多月時間嗎？到那時，我們的日夜思念將會變成長期廝守，此生此世，永不分離！」

雨生一片真情，唯天可表。然而，他過於專注自己的畢業大事，只是一個勁地解釋眼下不能趕回武漢的原因，壓根兒就沒有從嵐嵐的角度想過她所說的「要事」應該如何處理，就連過問一下到底是件什麼樣的「要事」也不曾有過。

蕭雨生畢業分回武漢，顧不上到單位報到，就匆匆去找陳嵐嵐。

嵐嵐工作的這家百貨商場，雨生小時候不知玩過多少次，自然是熟悉得不行。他站在外面望了一眼商場招牌，下意識地整整襯衫，緊緊皮帶。十多年來，這家商場的外觀似乎半點變化都沒有，還是那樣的四層灰色樓房，可是進到裡面，就覺得商品比原來豐富多了，真可謂五光十色，琳琅滿目。長期置身這樣的環境與氛圍中，不知不覺間受到浸潤與感染，人也會變得鮮亮起來的。雨生這麼一想，再朝櫃檯後的服務員望去，就覺得一個個果真朝氣蓬勃，豔麗無比。那麼嵐嵐呢？她原本就天生麗質，再經這樣的環境一薰陶，肯定是「鶴立雞群」，比這些姑娘們更出眾更漂亮呢。於是，蕭雨生想見嵐嵐的心情不覺更加急切了。又不知她在哪層樓哪個櫃檯上班，也不想去問，乾脆一層樓一層樓一個櫃檯一個櫃檯地找吧，只要眼前一亮，那必是嵐嵐無疑了。

可是，他從一樓找到四樓，又從四樓找到一樓，來來回回的找了兩遍，眼睛卻一直沒能「亮」起來。難道陳嵐嵐今天沒有上班？看來只有問問才行了。止住前移的腳步，身子一轉，向兩名正在聊天的女服務員湊了過去，客氣地詢問商場是不是有個名叫陳嵐嵐的營業員，她在哪層樓的哪個櫃檯上班。她們聽後，一人呶了呶嘴，一人朝旁邊一指道：「那不就是陳嵐嵐麼！」

蕭雨生順著手指的方向望過去，只見商場入口處的櫃檯後站著兩位姑娘，她們倆相互望著，似乎也在聊著什麼。蕭雨生道過謝，朝她們走去，不知怎麼回事，眼前竟沒有半點「亮」的感覺。直到走近了，他才認出左邊的一位就是他日思夜想的情人陳嵐嵐。

「嵐嵐！」雨生壓抑不住內心的激動，不覺大聲叫道。

嵐嵐一驚，望著雨生，嘴唇囁嚅著，一副不知所措的樣子。

「嵐嵐，我是雨生呀嵐嵐！」蕭雨生站在她的對面盯著她的眼睛望。

變了，嵐嵐彷彿變了。不是彷彿，而是真的變了。她的身子憔悴了，遠沒有昔日的豐滿與健康；膚色蒼白，一副病態的樣子；特別是一雙眼神，好像躲著什麼似的，露出難以掩飾的惶恐不安，還有一股憂傷與淒涼。嵐嵐不僅沒有他想像的那樣亮麗，甚至連下放農村時的樣子都不如了。要是過去，雨生一進商場，肯定一眼就會發現她。可是今天，他特意來尋，從下找到上，從上找到下，卻沒能發現她。如果他們在街上偶然相遇呢，也許會擦肩而過無法相認了。記得有位哲人說過，時間是公平的，但對女人來說又是最為殘酷的。一瞬間，雨生心中突然就湧出了這句名言，只是沒有想到嵐嵐在短短的四年時間裡變化竟如此之大。

在嵐嵐眼裡，雨生也變了。他身穿白色襯衣，下著西褲，黝黑的小分頭顯得自然灑脫，眉宇間透出一種軒昂的勃勃英氣。從外表到氣質，再也不是下放農村時那種土不啦嘰的模樣了，過去的痕跡在他身上半點都找不到了。今天的蕭雨生，已全然脫胎成一個成熟而瀟灑的學者型男人了。

但是，他對嵐嵐的感情卻沒有半點改變，甚至比過去更加深沉而熾烈了。他與嵐嵐面對面站著，不過一瞬，就在她身上找回了昔日的風采，找回了過去那種只要與她相處就會激動得全身顫慄的美好感覺。

「嵐嵐，我大學畢業了，分回武漢了。」他迫不及待地告訴嵐嵐。

嵐嵐好不容易擠出一個笑容道：「雨生，祝賀你！」說著，馬上將他介紹給一旁的同事，「馬鈴，這是蕭雨生，我下放南漳時的知青戰友。」

雨生聞言，當即疑惑不解地愣在原地。知青戰友？嵐嵐怎麼這樣介紹？她好像害怕同事知道我們是一對戀人似的，這到底是怎麼回事？自上次收到嵐嵐的電報後，雨生寫了一信，解釋他不能趕回武漢的原因，直到今天，嵐嵐一直都沒有回音。畢業在即，他實在是忙得不可開交，想到馬上就要跟嵐嵐見面了，也就再沒與她聯繫，難道說這期間出了什麼變故不成？

蕭雨生愣在原地，陳嵐嵐也很尷尬。

女人的感覺最為敏感，同事馬鈴一眼就看出了他們間的不同尋常，正想藉機離開，這時就過來了一個顧客，她馬上大聲地招呼著，將有限的時間與空間留給他們。

「嵐嵐，你怎能這樣把我介紹給你的同事？」蕭雨生一見馬鈴離去，立即責問道。

嵐嵐想說什麼，咬了咬嘴唇，終是什麼也沒說出。

「嵐嵐，你像是在故意迴避著我，這到底是怎麼一回事？」來找陳嵐嵐之前，蕭雨生曾不止一次地想像過她的驚喜與激動，可眼前的情景實在令他難以接受無法理解。

「你怎麼不說話呀嵐嵐？」蕭雨生不依不饒地追問著。

好半天，陳嵐嵐才開口道：「雨生，有些事，我一兩句跟你說不清，這裡也不是說話的地方。」

看來嵐嵐果真發生了什麼大事，猛然就想起了她在電報中所說的「要事」。正要問，想到嵐嵐剛才的話，就道：「那麼，今天晚上，我們找個安靜一點的地方談談怎麼樣？」

「行！」嵐嵐回答得相當爽快。

於是，很快就約定了具體的時間與地點。

五

陳嵐嵐比蕭雨生先到一步，她穿了一條裙子，站在柔和的路燈下，窈窕的身材顯得楚楚動人。隔老遠，蕭雨生就見到了她的身影，過去的回憶與感覺全部復活，一顆心怦怦跳動著大有按捺不住之勢。近前一瞧，嵐嵐的臉上化了淡妝，紅潤的膚色代替了白天的蒼白與憔悴，又變成了美麗動人的嫦娥仙子。

白天與黑夜，轉眼之間，嵐嵐的變化真有如天壤之別啊！

女為悅己者容，是雨生的突然出現啟動、煥發了她全身的美感。

兩人並肩向著江堤走去，嵐嵐身上的淡香陣陣襲來，雨生貪婪地吮吸著。走入一片暗影，他怎麼也控制不住自己，輕輕地喚了一聲「嵐嵐」，猛然將她摟在懷裡。

嵐嵐將他一把推開道：「雨生，別……別這樣……」

雨生以為在大庭廣眾之下她感到難堪與害羞，也就沒有堅持。

「嵐嵐，你怎麼對我這麼冷淡？你知道我這幾年是怎麼過來的嗎？我每時每刻都在想念著你呀！」雨生於不滿中傾訴衷腸。「我知道，我能感受得到，可是我……」「你怎麼啦？」「雨生，我真不知從何說起，該向你說些什麼才好。」「你在電報中說的那件要事到底是件什麼了不得的要事？」「我會慢慢告訴你的。」

說著就到了江邊，兩人尋了一塊稍微隱蔽的地方，正準備坐下，陳嵐嵐就撲進了蕭雨生懷中。「雨生，雨生……」她喃喃地說著，微微閉上雙眼，主動將嘴唇湊了過來。

「親親嵐嵐……」蕭雨生叫了這麼一聲，使出全身力氣迎了上去，剛剛感受著她肌膚的溫熱，而舌頭與舌頭的攪動更使他銷魂奪魄。陳嵐嵐熱病似的呻吟著，全身顫抖不已。蕭雨生掠過震撼身心的強烈風暴與透入骨髓的快感，周圍的世界又一次消失不見，連他自己，都彷彿被融化了。

也不知過了多長時間，蕭雨生才回歸自我，恢復常態後的第一感覺就是嵐嵐仍躺在他的懷裡。借著清涼的月光低頭一瞧，嵐嵐臉上竟然掛著晶瑩的淚珠。

「嵐嵐，你又哭了，這到底是為什麼啊？」他摟著她一抽一抽的肩頭問。「雨生，」嵐嵐哽咽道，「這恐怕是我們之間的最後一次了。」雨生一驚，似乎有人在他背後推了一掌，大有猛然墜入深淵之感：「什麼？你說什麼？你該不是在說夢話吧？」陳嵐嵐掙脫他的懷抱，定了定神，毅然決然地說道：「雨生，這不是夢話，而是真的！別急，請不要打斷我，我會一五一十告訴你的……」

雨生耐心地聽著，終於弄清了事情的原委。

事情得從陳嵐嵐的招工說起。

在南漳，嵐嵐也曾找過執掌招工大權的有關要人，這些人一見嵐嵐，一雙色迷迷的眼睛就盯在她那豐滿的胸脯上，一語雙關地說像嵐嵐這樣有著美麗的臉蛋與優秀的條件，只要稍微努力稍微開掘，那是半點問題都沒有的。剛開始，單純的嵐嵐什麼也不懂，也就信以為真了。她努力幹活，刻意表現自己，可每次的招工指標，都輪不到她的頭上。直到一位長了滿臉麻子的傅主任將她關在辦公室內欲行不軌，拍著胸脯打包票說只要讓他滿意，哪怕一次也行，那麼，他就可以百分之百地讓她招工走人，陳嵐嵐這才懂得了那些話語背後所隱藏的內在含義。於是，她也就知道了張虹為什麼能夠第一個弄到招工指標的內幕了，原來是一場人類最為骯髒的黑幕交易啊！既然如此，她陳嵐嵐寧可待在農村當一輩子農民，也不願出賣肉體出賣靈魂換取這返城的名額與指標。

過去，知青點十多個同伴，一天到晚，大家有說有笑，熱之鬧之，雖然清苦一點，日子也不至於特別難過。可是，慢慢的，大家一個個都遠走高飛了，留下的心理全都失衡了，臉上的歡笑沒了，整日掛著愁容，知青點真的成了一個被社會遺忘的角落。生活實在是太單調太孤寂太艱辛太灰暗太難熬了，就像一條無限拉長的橡皮筋，不知什麼時候才是盡頭。陳嵐嵐實在忍受不了，就寫信向家裡求助。嵐嵐的父母都是普普通通、老實巴交的工人，沒有什麼關係與路子，自然是愛莫能助。

怎麼辦？陳嵐嵐想來想去，實在想不出什麼辦法。就決定請一段時間的假，回武漢自己奔波奔波，碰碰運氣。

沒想到還真的讓她碰上了一個運氣，她也不管這個運氣是好是歹，就像溺水求生之人，抓到什麼就是什麼，輕易不敢鬆手。

嵐嵐兄弟姐妹四人，她是老三，上面有一個大她兩歲的哥哥陳峰。陳峰知道妹妹專門為招工之事跑回武漢，父母又無法可想，就去找他的一幫哥們，看大家有沒有什麼關係路子，幫著想想辦法。其中的一個說他認識某商場經理的公子，願去試試看。公子表示願意幫忙，於是，陳峰就在一家餐館請了一桌客。公子姓姜名天龍，他一見嵐嵐，兩眼頓時放光，在大夥的求助與吹捧聲中，姜天龍陶醉得無以復加，說他是他老子的獨子，被視為掌上明珠，只要他開口，沒有辦不成的事情。

當天晚上，姜天龍就跟父親說了跟陳嵐嵐幫忙的事情。姜經理一聽，說現在商場搞整頓，哪好進人，你少跟老子添些麻煩好不好。姜天龍一看事情沒門，想到他在朋友面前的許諾，想到陳嵐嵐美麗的臉蛋與一雙彷彿會說話的大眼，心中一急，嘴裡就說道：「爸，他是我剛談的女朋友呢。」一聽兒子談了女朋友，姜經理態度頓時變了：「這樣吧，哪天你帶我看看，要是姑娘不錯的話，那又另當別論了。」

於是，姜天龍就對陳峰說他父親基本上點頭同意了，只是想見見嵐嵐本人，但對女朋友之類的話卻隻字未提。陳峰將這一消息告訴嵐嵐，她自然是高興得不行，當天晚上，就去面見姜經理。哥哥陳峰想跟著一同去，姜天龍說：「是招你妹妹呢，你跟著去搞麼事？」陳峰只得作罷。

進門前，姜天龍一再囑咐說：「我爸爸不管問你什麼，你就高高興興地回答什麼。」陳嵐嵐點頭不迭。姜經理見過嵐嵐，興致勃勃地跟她拉了一會家常，覺得她不僅長相標致，各方面的素質也不錯，當場拍板道：「小陳，你調回武漢後先在商場站櫃檯，鍛煉一段時間，再安排你去科室怎麼樣？」

陳嵐嵐聽了，連連道謝：「姜經理，謝謝您，謝謝您！」姜經理一聽，不覺哈哈大笑道：「這姑娘，還在叫我經理，要慢慢改口才行呢。」

嵐嵐起身告辭，姜天龍將她送到樓底，分手時才亮出底牌：「嵐嵐，我跟爸爸說你是我的女朋友呢。」嵐嵐聞言，不禁大驚失色道：「你怎能這樣說呢？」姜天龍說：「我不這麼說，爸爸就不願幫忙。」又道：「你要是接受不了，其實也不要緊的，咱們先冒充一陣子騙騙我父親，等你調回武漢，該怎麼辦，到時候再說吧。」

慌亂之中，陳嵐嵐也就點了點頭……

「雨生，你肯定要罵我軟弱，沒有主見，沒有志氣是不是？」陳嵐嵐向蕭雨生辯解道，「可是，多麼難得的一次機會呀，眼看就要到手了，我怎麼也不敢放棄呀！再說，姜天龍不是說只冒充一陣子騙騙他父親的麼，可是，我根本就沒有想到他是一個極有心計的人……」

得到姜經理的親口許諾後，陳嵐嵐仍待在武漢等待最後的結果。那些日子，姜天龍天天都來家裡找嵐嵐，邀她散步，看電影，逢人便說陳嵐嵐是他的女朋友，正在幫她辦理招工回城的有關手續。私下裡，嵐嵐抗議道：「你不是說只冒充騙你父親的麼，怎麼到處張揚呢？」姜天龍說：「不就說說麼，這有什麼啊！」嵐嵐道：「我可不許你這麼說！」「不說就不說唄。」然而，響鼓不用重錘敲，有些話，只要說過一次也就夠了，加之他們倆經常一同出入，大家也就信以為真地把他們當成了一對戀人。

嵐嵐的父母對姜天龍異常熱情，他們為自己的女兒找到這樣的婆家感到非常滿意，說嵐嵐是前世積德，今生享福。姜天龍總是在老兩口面前誇口說他路子廣得很，在漢口碼頭，只要他想辦麼事，沒有辦不成的。老兩口聞言，更是高興得合不攏嘴，就說以後他們家裡今後有麼事的話就得靠他了。

嵐嵐調動的事是哥哥陳峰從中撮合的，他對姜天龍的豪爽與幫忙先是感謝不盡，後見他跟妹妹來往密切，自然也不好多說什麼。

不久，陳嵐嵐開始正式辦理調動手續，終於如願以償地回了武漢，找到了一份清閒而體面的工作。對此，嵐嵐相當滿足，只是姜天龍的追求與糾纏像一道無法抹去的陰影，怎麼也揮散不去。

於是，她決定不再軟弱，直接與姜天龍攤牌才是，就冷冷地對他說：「你幫我調回武漢，我一輩子也忘不了你的大恩大德。可是，感激與愛情是兩碼事，我在鄉下早就有了男朋友，希望你再也不要像過去那樣約我找我了。」

姜天龍一聽，就說你畢竟還在我父親手下幹活呢，他要是曉得你只是利用我當了一次跳板，我就是什麼也不說，他也不會輕饒你的。

與此同時，姜天龍又四處傳言，說陳嵐嵐是一個忘恩負義的小人，一調回武漢，就過河拆橋翻臉不認人，一腳蹬了他。風言風語傳到嵐嵐父母耳裡，弄得他們怎麼也抬不起頭來，哥哥陳峰也感到臉上無光。全家人都指責嵐嵐，說她既然如此，不該當初跟他談什麼朋友。嵐嵐不覺大聲叫屈：「我什麼時候跟他正兒八經地談過朋友啊，是他一廂情願呢。」又說：「我在鄉下早就談了朋友呢。」這還是嵐嵐第一次向她的家人談及個人大事，父母問他男朋友是誰，在哪兒做事，她才一五一十地說了。

父親說：「嵐嵐，我跟你母親，不是那種思想封建的家長，也不好強迫什麼，你要是真的談了朋友，就帶回家來玩玩，我們才敢相信呢。」

嵐嵐這才拍了那封電報。帶不回戀人，嵐嵐無奈之際，只好將蕭雨生的回信拿了出來。哥哥陳峰說：「哪裡不能找個寫信的人呀，我說大妹，人家姜天龍條件不錯，對你又是一片真心，我看你就不要再想七想八的了。」母親也說：「你要是不答應，在人家手下做事，會有好果子吃麼！」哥哥勸，父母逼，姜經理經常找她談話暗示，姜天龍一個勁地窮追不捨，陳嵐嵐彷彿陷入了一個難以自拔的深淵，白天上班無精打采，晚上常常做惡夢。日子一長，她實在是忍受不了，防線開始一點一點地崩潰……

「那麼，你已經答應了姜天龍是不是？」蕭雨生冷冷地問道。

陳嵐嵐不敢正視他那咄咄逼人的目光，抽泣著點了點頭。

「嵐嵐，你知道我是怎麼愛你的嗎？只差把心掏出來給你了！可是，我怎麼也沒想到你是這樣的勢利、軟弱、自私！早知如此，我就不會鼓勵你招工回城了！唉，要是我早點弄清電報拍的是這麼一回『要事』，就是不要文憑不畢業不分配，我也會趕回武漢的！可是……可是……事到如今，我說這些還有什麼用呢？」蕭雨生緩過一口氣，上前一把抓住嵐嵐肩頭，拚命地搖撼著，大聲叫道，「嵐嵐，難道你就這樣狠心，這樣絕情？不，你不能這樣！我要你拒絕姜天龍，辭了那份工作，離開家庭，我們這就去結婚。我有工作，有房子，我能養活你！嵐嵐，你快點回答我呀嵐嵐！」

蕭雨生一氣說過，眼巴巴地盯著嵐嵐，焦躁不安地等待她的答覆。

朦朧的月光下，他見陳嵐嵐猶豫片刻，終是搖了搖頭。一個熟悉的聲音傳了過來，是那樣的遙遠而冷漠：「雨生，我已經答應了姜天龍，什麼都答應了他，我不想欺騙自己，更不能欺騙你……」

頓時，他只覺得自己的五臟六腑隨著陳嵐嵐長髮的左右擺動而撕扯不已、痙攣抽搐、痛苦不堪。轟然一聲巨響，蕭雨生覺得什麼東西突然坍塌了，雙腿一軟，全身站立不住，竟向一旁歪去。他感到他的靈魂已離開他的軀體悠然出竅，一邊在空中飄飄蕩蕩地升騰一邊俯視堤坡上躺著的一具空空的軀殼，不一會，又見這副軀殼頑強地掙扎著坐了起來。

這時，一位美麗的姑娘撲了過來，哭泣著抱住那具軀殼吻了又吻。軀殼似乎半點反應都沒有，就那麼木木地坐著，目光茫然地瞪視著虛無的夜空。

也不知過了多長時間，蕭雨生覺得那顆出遊的靈魂又重新回到了自己的身體。靈魂回歸後的他所做的第一件事就是向那位漂亮的姑娘揮了揮手，怏怏地說道：「嵐嵐，天不早了，你先走吧。」姑娘拉他一同離開，他說他暫時不想回去，只想獨自一人好好地待上一陣子。

他不離開，姑娘也陪著不願離開。不知怎麼突然間他就發火了，大聲向她吼道：「嵐嵐，你不要這樣假惺惺的好不好？你要是真的不願離開我，就跟著我過一輩子吧！你知道嗎，為了你，大學四年，我拒絕了多少純真的芳心；為了你，我放棄了留在北京的機會；為了你，我……唉，我說這些幹什麼呢？還有什麼作用呢？陳嵐嵐，我現在唯一想說的一句話就是，你給我滾，我再也不願見到你這副無恥的面孔！」

一陣暴風驟雨般的吼叫與怒罵劈頭蓋腦地傾瀉而下，姑娘默默地承受著，好半天，她才抽泣著一步三回頭，依依不捨地走了。

蕭雨生就那樣木木地躺在江邊，躺了整整一夜，第二天凌晨才在彌漫的江霧中醒了過來，喝醉了酒似的搖搖晃晃地向家中走去。

蕭雨生昏昏沉沉、不吃不喝地在床上躺了兩天兩夜，然後，就帶著行李、派遣證到分配的那所高校去報到。他雖然沒能如願以償地與陳嵐嵐結婚生活在一起，但總算如願以償地住進一套兩室一廳的房子。

正值暑假，報到後的蕭雨生無班可上，他哪兒也沒去，什麼事也不想做，就那麼一天到晚地躺在床上，望著頭頂的預製板，回想他與陳嵐嵐的偶然相識，戀愛交往及決絕分手，猶如一捲電影膠片，顛來倒去的放個不休。

這樣的日子不知過了多久，一日，蕭雨生拿出一塊小圓鏡照了照，發現鏡子裡突然冒出一個長滿長髮長鬚類似野人般的怪物，不禁嚇了一跳。頭腦頓時清醒，覺得自己再也不能這樣過下去了。蕭雨生呀蕭雨生，你也太沒志氣了，還他媽的想著陳嵐嵐幹嘛呀，人家早就忘了你跟了經理的兒子過她的幸福日子去了，你卻還在自作多情一個勁地傷心呀悲哀呀這到底是為的什麼呀？不要自己作賤自己了，盡快走出過去的陰影，走進明媚的陽光中去吧！

在心中將自己罵過一番，他就真的不想陳嵐嵐了。一不想她，精神就能集中了。精神一集中，就想幹點什麼。那麼，幹點什麼為好呢？滿屋子一望，除了書，就是空空的四壁。過去為了考試複習，捧讀的大多是教材，買來的好多書都來不及看，如今有了時間，得好好地彌補一下才是。

那個年代，閉鎖的國門剛剛打開，西方的各種社會思潮紛紛湧入中國，特別是佛洛伊德的精神分析法，更是讓國人大開眼界，給了人們認識世界的多維角度與獨特的思維方式。蕭雨生也就從佛洛伊德看起，他最感興趣的是弗氏有關「利比多」、壓抑與昇華之類的問題。佛洛伊德認為世界上優秀的藝術家與傳世的文藝作品，大多是對自己內心激越而複雜的情感經過一番有意無意的壓抑與掩飾，然後逐漸昇華的結果。比如歌德，他的每一次愛情與失戀，都能發酵、昇華為一部偉大的作品，《少年維特的煩惱》、《浮世德》等作品便是如此。

於是，蕭雨生就想，我也要將自己的失戀與壓抑的「利比多」轉化為一部文學作品才是。

暑假度完，大學開學，蕭雨生每週只有四節課，輕鬆、輕閒而自在。其餘的時間，全都花在了閱讀與創作上。

不久，他以自己和陳嵐嵐為原型，創作了一部名為《為了告別的聚會》的中篇小說，投給一家大型文學刊物。小說很快就白紙黑字地發表了，並且在當期的雜誌上佔據了一個相當顯著的位置。

在大學期間，他也創作過一些小說、散文、詩歌之類的文學作品，但都將它們放進了抽屜。《為了告別的聚會》是他的第一次投稿，因此，嚴格說來，也算是他的處女作。

初次成功給了蕭雨生極大的鼓勵與動力，一時間，他只覺得文思如泉湧，又以飽滿的激情，抒情而曲折的筆致，濃墨重彩地創作了一批反映當年知青生活的中短篇小說，在全國各刊物上發表，產生了不大不小的影響。慢慢地，他就成了本地一位小有名氣的人物。於是，不少知道他的人就開始稱他「作家」。長期以來，作家在他眼中都是些了不起的人物，身上籠罩著一層神聖的光環，而自己，哪能這麼容易就成了一名作家呢？人家每叫一聲「作家」，他就覺得是一種嘲諷，便道：「我哪裡是什麼作家呀，我的職業是一名教師，你們還是叫我蕭老師吧。」人家就說蕭作家你真謙虛呢。

他覺得自己還夠不上一位名符其實的作家，而作家的一些怪癖卻被他染上了。比如抽煙，兩個鼻孔一天到晚煙霧繚繞，彷彿成了兩個小小的煙囪；比如晚上熬夜，大白天睡懶覺；比如喜歡孤寂，呆呆地思索等等等等，不一而足。

六

歲月如梭，一晃三四年光陰就這樣不知不覺地流走，流向了永恆的虛無。蕭雨生除了藏書量有所增加，案頭上多了一摞發表他作品的刊物外，其餘的似乎一無所獲。特別是在情感方面，幾乎就是一片空白。

直接或間接追求他的女性不是沒有，且不說他是本校中文系許多女生心目中的偶像，就是在社會上，也有不少慕名而來求教漸至發展到心生愛慕的。以他在小說中描寫、刻畫人物的細緻與敏感，蕭雨生自然心知肚明，可就是遲遲沒有將這情感的風箏放出。其實，雨生並非一位清心寡慾的教徒，他也一直苦苦地尋找著。在尋找什麼？他在尋找一種觸電的感覺，就像當年第一次見到陳嵐嵐時那種扣人心弦的美妙，然而這些年來卻一次也不曾有過。沒有感覺，就沒有激情；沒有激情，哪有什麼愛情可言？他不想遷就，更不想欺騙自己，在尋找與等待的同時，就將內心壓抑的情感一次次地轉移、發酵，而後昇華為一篇篇動人的文學作品。蕭雨生在小說中毫無顧忌地渲瀉著自己心中狂風暴雨般的情愫，常常是波浪翻滾、驚濤拍岸；可他在現實生活中的情感卻像一道波瀾不驚、清澈舒緩的溪流。不僅同事、熟人、讀者難以理喻，就是文學圈內之人，也覺得他這人有點不可思議。

馬上就要進入而立之年了，雨生自己並沒有太多的感覺，可家裡人早就為他的孑然一身著急了。這天，年邁多病的父親拄著拐杖第一次顫巍巍地來到學校，找到他寢室來了。

蕭雨生正在苦思冥想著什麼，突然傳來一陣「咚咚咚」的敲門聲。打開一瞧，見是父親大人駕到，馬上將他扶進屋內。

父親說：「老子病得不行，你也不回去看看。」

蕭雨生是個孝子，聽了父親的責備，也覺得自己做得不夠，實在是對不起他老人家，就說我今後一定要常回家看看。

父親轉來轉去地將房子看了一遍，又說：「他娘的，這麼大的房子，就住了你一人，可惜了，老子一輩子，都沒住過這好的房子呢。」

蕭雨生趕緊說是是，全家人住的房子都沒有我的大。

「那你麼事還不找個女人結婚呢？」父親嚴厲地望著他道，「房子有，工作也有，一晃都三十歲的人了，你還想等麼事？不孝有三，無後為大，老子早就想抱孫子了。這幾年，我一直病病歪歪的，說不定哪天腿一蹬、眼一閉，說完蛋就完蛋了，你也該讓老子抱抱孫子享受天倫之樂再走啊！」

蕭雨生沉默不語，父親又大聲嚷道：「怎麼不作聲了？老子今天來，就是跟你交代一聲，再也不要東想西想七想八想想入非非了，馬上找個女人過日子，你要是不聽，老子就只當沒養你這個不孝的兒子！」

父親說完，拄著拐杖轉身就走。

蕭雨生這才感到了問題的嚴重性，三十歲不談朋友結婚，以世俗眼光而論，人家要麼以為你沒有本事，要麼就說你不正常。蕭雨生可以不理睬別人的議論，可他不能不在乎自己的父親。於是，就急切切地將找女朋友準備結婚列入頭等大事，寫在桌頭一塊專門記事的白色鐵板上，以此督責自己。

這日下課剛進辦公室，一位姓劉的女同事神秘兮兮地將他拉到一邊說：「小蕭，我跟你介紹認識個朋友麼樣？」劉老師的話說得有點含糊，蕭雨生就問：「什麼樣的朋友？」劉老師一笑道：「女的，中專畢業，護士，你們先認識認識嘛，談得來，就是朋友，也許還能發展為你的老婆。要是談不來，今後上醫院看病，也算是多了一個熟人，找她幫點忙，肯定比過去方便多了。」劉老師的話說得婉轉而實在，蕭雨生相當爽快地答應了。

姑娘名叫杜瀟瀟，二十二歲，長相漂亮，笑時左右臉蛋露出兩個小小的酒窩，可愛極了。杜瀟瀟愛好文學，看過不少古今中外名著，氣質談吐、內在素質也不錯。蕭雨生以一副審視與挑剔的眼光打量著她，竟難以找出半點令他無法接受，或者說難於忍受的缺陷。

蕭雨生面對這樣一位不錯的姑娘，還有什麼話說呢？

於是就開始頻頻接觸來往。

交往過幾次，杜瀟瀟就對蕭雨生說她是他的崇拜者，她看過他不少作品，好幾次都流出了感動的淚水。杜瀟瀟說：「介紹我們兩人認識的劉阿姨是我母親的同班同學，一次偶然的機會，我跟她談起你的小說，她說你是在講哪個呀？蕭雨生不是我們系的一位年輕老師麼。後來……後來……我就主動要求她介紹我跟你認識……」

望著杜瀟瀟一副純真而直爽、羞澀而靦腆的樣子，蕭雨生就覺得自己喜歡上了她，手一伸，不知不覺將她攬在懷裡。

很快地，他們就發展到了戀人的程度。

然而，蕭雨生怎麼也找不到過去那種觸電的感覺，更不用說湧出一種透入骨髓的激情了。每次的約會、擁抱與接吻，蕭雨生都覺得像是在例行公事，重複著一種大家都曾有過的單調的婚姻前奏。每當他瞧著杜瀟瀟小鳥依人般躺在他的懷中，激動得全身顫慄不已時，就感到對不起她。瞧人家是多麼地投入多麼地真心呀，可我卻像一個冷眼相看的旁觀者，不是欺騙了姑娘的一顆芳心麼？可蕭雨生又覺得沒有欺騙她，他是正兒八經地在跟她談朋友，正兒八經地跟她相好，只是怎麼也找不回當年的感覺了。難道說是自己的生理與心理出了毛病，喪失了一個男人應有的功能？可是，為什麼在創作時能夠激情洋溢，在許多個早晨醒來時發現夢遺呢？他無法解釋，只有順其自然，硬著頭皮往前走。

走著走著，他與杜瀟瀟就發展到了結婚的程度。一天晚上，他們不知怎麼就做成了那件自有人類以來男女間重重複複、無師自通的事情。做完後他才明白，他與瀟瀟都是第一次。正因為都是第一次，沒有採取半點措施，結果就在杜瀟瀟的肚裡種下了一顆果實。

他們不得不趕緊結婚了。此後，一連串的事情在緩緩流動的時間長河裡一晃就走過來了，打結婚證，採買對象準備結婚，熱鬧的婚禮，女兒蕭曼的呱呱墜地……

然而終是沒有感覺，也沒有激情，難道說這就是真正的生活？

他想在平淡如水的日常生活中尋找詩意與浪漫，無論怎麼努力，卻是羚羊掛角，無跡可尋。海德格爾所說的詩意地棲居於世，怎麼離我如此遙遠？蕭雨生的心中彌漫著一種從未有過的惶惑，打量世界的目光，充滿了一股深沉的憂鬱與感傷。

因為蕭雨生的聽話與孝順，父親自然是高興得不行，老病似乎也好了幾分，常常來他這裡走動。他來後的第一件事，就是將孫女蕭曼緊緊地抱在懷裡，樂呵呵地大笑不止。

瀟瀟在醫院做護士，工作性質決定了上班的嚴格與守時，要麼白天不能回家吃飯，要麼晚上通宵不歸。蕭雨生每週四節課一上完，也就沒事了，卻不能像過去做單身漢時那樣瀟灑了。家裡沒有請保姆，買菜、洗衣、做飯、帶小孩之類的事情耗去了不少時間與精力。他默默地做著這些瑣碎的家務，於創作也就疏遠了幾分，而人的感覺，似乎更加麻木了。

女兒蕭曼漸漸大了，清清脆脆地一口一聲「爸爸」，乖巧玲俐得很，頗惹人喜愛。原來出門辦點事，將她放在搖窩裡，等她熟睡後抽個空子去辦就是了。可現在已會滿地亂跑，就不放心，只得帶在身邊。女兒走不動了，就將她背在背後，或是頂在脖頸上。

這日買菜，雨生又帶上蕭曼，轉回時她說瞌睡來了，蕭雨生只得將她抱在左邊懷裡，騰出右手去拎菜籃，慢慢兒往回趕。

突然間，似乎聽得有人在叫他，回頭一望，並無一張熟悉的面孔，就想肯定是自己聽錯了。正欲移步繼續向前，那個聲音又叫開了：「蕭雨生！」不錯，是在叫他。再回頭一望，就見旁邊停著的一輛轎車內鑽出了一個男人。「呀，是李軍！」蕭雨生驚喜地叫道。李軍大步走了過來：「雨生，猛然一下見到你，我還不敢認，就試探著叫了一聲，你一回頭，我就認定還真的是你。」說著就要握手，雨生難堪地說道：「你瞧我這麼一副樣子……」李軍豁達地一笑：「要不你今天這樣子獨特，我就不會注意你，咱們就無緣重會了。」然後伸開兩臂，將他們父女倆緊緊地抱了抱。畢竟是過去的老交情，感情就硬是不一般，蕭雨生感動得鼻子有點發酸，當年的感覺彷彿又回來了。他覺得有很多話要跟李軍說，可一時間又不知從何說起。李軍似乎覺著兩個大男人站在街頭抒情有點惹人笑話，就說：「我送你回家吧。」

轎車啟動了，雨生問：「你在廠裡開車？」李軍道：「車子是我自己買的。」蕭雨生聞言，著實吃了一驚：「你現在到底在做麼事？哪就賺了這多的錢，還能自己買小車了？」李軍說：「你想想，我又沒麼路子，老待在廠裡頭，還不是死鱉一個。政策一鬆，我就下海了，自己搞單幹。先是做點小本生意，後來賺了幾個，今年就註冊開了一家公司。」蕭雨生望著他瀟灑自如地轉動方向盤的樣子，就說：「魚有魚路，蝦有蝦路，你他媽的還真有幾分本事呢。」又說：「當初你調回武漢了，也不寫封信報個喜，真不是個東西。」李軍嘻皮笑臉地說：「我是一個人，當然不是東西啦。唉，雨生，過去的事，就別提了，招工回來當個工人，有麼喜呢？實話告訴你吧，我為了將那個招工指標弄到手，跟當官的請客送禮，欠了一屁股的債。你說說看，我心裡怎麼高興得起來？」

說著就進了校園，車一拐，停在了雨生住宅的宿舍樓前。

雨生挽留李軍吃午飯，李軍說到街上餐館去吃吧，我請客。雨生說，你有幾個錢了騷不過是不是？在家裡吃，這樣的氛圍是再好的餐館裡也吃不出來的。李軍說我現在也不是很有錢，賺的幾個全投進去辦公司了，還在銀行裡貸了幾十萬。雨生說那就更得在家裡吃了。

雨生繫上一塊圍腰布下廚，李軍幫著做這做那，兩人似乎又回到了過去的知青生活。那時他們三人你來我往，買了菜大家一齊動手，只是現在少了一個黃生發。雨生問：「也不知生發過得怎樣？」李軍說：「還在張家灣，都成一個地道農民了。」於是兩人就長吁短歎，感慨萬分。

酒杯一端，兩人的話更多了，不過全是些懷舊的題材。李軍問：「你還記得那個張虹嗎？」雨生道：「你們認為最漂亮的嘛，當時打分還得了個第一名，怎不記得？她現在怎樣了？」李軍並不回答，只是神秘地一笑，就低頭喝酒。「你怎麼不回答我呀？」雨生追問道。李軍就說你猜猜看。雨生說我跟她半點瓜葛都沒有，怎能猜得到呀？李軍又是神秘地一笑道：「她成了我的老婆呢你沒有想到吧！」雨生聞言，驚訝得瞪大雙眼，半天無語。

兩人喝到酣暢之處，不覺頻頻碰杯。談及婚姻，李軍直言道：「雨生，談戀愛得找準感覺，你這話還他媽的真是經驗之談呢。不知怎的，我只能在張虹的身上找得到那種觸電的感覺，其他姑娘都不行。於是，我就將她當作了我一輩子追求的目標。皇天不負有心人，我的誠心終於感動了上帝。」兜了一圈，話題自自然然就轉到了陳嵐嵐身上。李軍說他跟她男人有業務往來，最近還跟嵐嵐見過一面。「那個姜天龍呀，」李軍說，「牛皮哄哄的，錢的確是賺了幾個，也還有些本事，但我總覺得他不實在，跟我們不是一條道上的。他跟我說他正在找關係辦護照，想到美國去闖一闖，也不知是真是假，跟他搞不清湯呢。」又告訴他陳嵐嵐的兒子都上小學三年級了。

蕭雨生一聽到陳嵐嵐三個字，就觸到了心靈的隱痛，就悶著個頭半天不作聲。李軍瞧他這副模樣，也就不說嵐嵐了，天南海北談些別的什麼。

有了這第一次的意外重逢，兩根線一搭上，蕭雨生與李軍的來往就頻繁了。

於是，雨生總能間接地、不斷地從李軍口中知曉一點陳嵐嵐的消息。比如說嵐嵐保養得不錯還是過去那副老樣子，她兒子很調皮像個小公子哥兒，她老公還真的弄了一個護照跑到美國去了……剛開始，雨生聽著還有點觸動，後來也就沒有感覺了，像聽一個與他毫不相干的陌路人的什麼花絮。

七

日子平淡如水，過得很舒緩，也很漫長。只是回頭觀望時，才覺得怎麼一晃就過去了呀，還沒來得及品味就人到中年了呢。蕭雨生每次照鏡子，又覺得頭上多了幾根白髮，真是「多情應笑我，早生華髮」呀，就覺得人生實在是太短促了，得好好地把握當下才是。他與杜瀟瀟相處得很好，兩人自認識到今天，連一次嘴都沒有吵過，真如古人說的舉案齊眉相敬如賓。他對瀟瀟挑不出什麼毛病，可就是沒有激情與感覺，就連夫妻間的床第之事，雨生覺得只是一種純粹的猶如動物般的生理發洩，半點愛戀的成分都沒有。女兒蕭曼漸漸長大，上了小學，也不要他過多地操心了。單位評職稱，與工資掛鉤，他不得不沉下心來搞點研究性的工作。不到兩年，就頻頻出手，在國家級的刊物上發表了不少高水準論文，結果破格評上了教授。

在世人眼裡，蕭雨生是大學年輕的教授，小有名氣的作家，老婆既漂亮又賢慧，真是工作順利、事業有成、家庭美滿，可謂春風得意。而蕭雨生卻覺得自己活得半點意思都沒有，身是麻木的，心也是麻木的，除了創作，對眼前這個活生生的世界提不起什麼興趣，更不用說充滿激情了。社會曾流行過一首名叫〈跟著感覺走〉的通俗歌曲，「跟著感覺走，緊抓住夢的手……」可是他沒有感覺，夢也不多了。他的心裡一直在進行著一個重大的抉擇，想親手打破困擾著他的那堵看不見的圍牆，卻又一直矛盾著下不了決心，他為此苦惱、鬱悶極了。

一天，李軍來訪，身後還站著一個牽著小孩的男人，蕭雨生一見，不禁驚喜得大聲叫了起來：

「生發，是你呀生發！快，快進來！」

黧黑的臉膛，粗糙的大手，樸素的打扮，黃生發可真的成了一個地道的農民。三人聚在一塊，大有恍若隔世之感。蕭雨生問黃生發這些年過得怎樣，是怎麼過過來的，黃生發說：「哪能跟你們相比呀，你們都成上層貴族了，而我呢，算是淪落在社會底層爬不起來了。不過我也有我的活法，自得其樂呢。想當年，你們一個個都走了，我也不服氣，就想削尖了腦袋也得弄個招工指標回城才是，可我認識了娟妹，雨生呀，就像你跟咱們傳經送寶時說的那樣，我一下子就找到了感覺，跟她閃電似的就結了婚，留在張家灣樂不思蜀了。」李軍說：「我們還一直為你傷心呢，哪想到你他媽的過得很快活呀！」黃生發道：「我說的都是真心話呢，娟妹待我挺好，我也愛她。」說著，將兒子往前一拉，「你們瞧，這就是我跟她愛情的結晶，並不比城裡孩子差。我們有兩個孩子，這是老二，老大是個姑娘，都上初中了。在城裡，你們能生兩個孩子嗎？嘿嘿，我也沒有什麼好後悔的，各人有各人的福份，是強求不了的，只要你自己感覺著活得不錯就是了。」

蕭雨生聽著，心裡嘣地響了一聲，昔日的猶豫與徬徨不覺一掃而空。

送走李軍與黃生發父子倆的當天晚上，蕭雨生對杜瀟瀟說：「瀟瀟，有些事，我想跟你好好談談。」「你心裡一直有事，我看得出來。」瀟瀟似乎早有準備。雨生問：「瀟瀟，你對咱們的婚姻生活感到滿意嗎？」「不少人過得比咱們差多了，我很知足。」她盯著雨生回道。蕭雨生趕緊避開她的目光，頓了頓，一字一句地說：「瀟瀟，我對不起你！別急，你慢慢地聽我說吧，我並不是做了什麼背叛你的事情，瀟瀟，自咱們結婚至今，我從未做過半點越軌對不起你的事情，只是……只是……我該怎麼說呢？瀟瀟，這些年來，我一直問心有愧，因為我……從來就沒有好好地愛過你，就連一次都不曾有過……」蕭雨生以為她會驚詫，會發怒，會斥罵，什麼可能都想過，只是沒有想到杜瀟瀟聽後竟顯得相當平靜。「我並不是一個粗心的女人，我能感覺得出來，」瀟瀟說，「可我是真心地愛著你的。」「這我能感覺得出來，瀟瀟，我很感激你，也想好好地愛你，」蕭雨生急切地表白道，「這些年來，我一直在做著這樣的努力，可是我辦不到。我的心就如一口枯井，無波無瀾，怎麼也找不到昔日的青春與激情了。」

杜瀟瀟無言地望著他，依然純真的目光似乎鼓勵他往下說。

雨生歎了一口氣道：「瀟瀟，我不想欺騙自己，更不想繼續欺騙你。你的每一分真愛都使我像個罪人似的感到慚愧感到負疚，我活得很累很沉重，瀟瀟，我實在是對不起你，請你一定原諒我。」

既然緣分已盡，杜瀟瀟知道難以挽回，也就不再多說什麼，兩人辦了協議離婚手續，平靜而友好地分了手。

蕭雨生帶著蕭曼過日子，又當爹來又當娘，但他獲得了一種解脫，心情反而自由、輕鬆多了。一段沒有愛情的婚姻生活結束，蕭雨生的感受實在是太複雜太深刻了，他有很多很多的話需要宣洩。他選擇讀者作為傾訴的對象，重拾荒蕪許久的文學創作，寫了一篇名為〈浪漫的騎士〉的中篇小說。

小說發表後，引起不少性情中人的強烈共鳴。一時間，他接到了不少電話與書信，大多詢問他描寫的是不是自己的生活，蕭雨生既不肯定也不否定，給人一種神秘之感。而讀者的好奇心也就更加強烈了，不少人要跟他介紹非常優秀的女性，說只要一見面，他肯定能夠找得到感覺與激情，還有的乾脆毛遂自薦。事情發展到這樣的地步，蕭雨生只好撒謊說他的小說純屬虛構，只有那些瞭解他的同事、熟人、朋友知道他是夫子自道。

李軍也看了〈浪漫的騎士〉，看過後就說：「雨生，你這是何苦呢？我以前讀過一篇〈不談愛情〉的小說，好像也是武漢的一個作家寫的。兩人在一起過日子，哪有這麼多的浪漫、詩意、愛情呀？現在都二十一世紀了，什麼東西都是速食化，你還大談什麼情呀愛的，不是太虛蹈太滑稽了麼？」雨生說：「不談愛情，那你怎麼非得把張虹追到手不可呢？」「那是過去嘛，現在呀，你又不是沒見到，那個腰呀粗得像水桶，就這樣子，你還愛得起來嗎？」李軍說著自己都覺得好笑。雨生也笑：「所以你賺了錢就在外面找小姐。」李軍連忙辯解：「這是工作的需要。」又說：「我就真想不通，世上這麼多漂亮可愛的女人，你怎麼就硬是在她們身上找不到一點感覺呢？這都是嵐嵐害了你。哦，雨生，我差點忘了告訴你，陳嵐嵐她自作自受呢，那個姜天龍在美國又找了一個洋妞，就一腳把她給蹬了。」「是嗎？」蕭雨生反問道，既沒有幸災樂禍，也沒有憐憫同情。李軍又一笑，道：「一個孤男，一個怨女，這可給你們倆提供了一個難得的大好機會呀，你得好好地把握才是呢。」蕭雨生聽了，也跟著一笑：「你今天是不是專門來拉皮條的？」「雨生，你的話怎麼這難聽？我想你真的可以試試嘛，也許在陳嵐嵐身上能夠找回那種你所說的觸電的感覺。這樣吧，我先把你這篇小說推薦給嵐嵐，看她讀後有些什麼反應，然後我再跟你聯繫。」李軍說完，也不管雨生同意與否，就起身走了。

八

兩天後的一個傍晚，蕭雨生吃過晚飯，突然覺得渾身不舒服，就和衣躺在床上。這些年，抽煙、熬夜、喝濃茶等不良生活習慣幾乎弄垮了他的身體，時常不是這兒疼，就是那裡不舒服。剛剛緩過一口氣，電話就響了。

他只得撐著病體去接。拿起話筒，貼近耳邊，還沒容他開口，就聽得一個脆亮而陌生的女音清晰地傳了過來：「請問蕭作家在家嗎？」蕭雨生忍住疼痛，清清嗓子道：「我就是蕭雨生，請問您是誰？」「我……我是陳嵐嵐……」雨生盡量克制自己的情緒客氣地問候道：「嵐嵐你好。」「雨生你好。」嵐嵐回道。

然後就都沒有話了。

還是雨生打破沉寂，問道：「你找我有什麼事嗎？」「有，嗯，也沒有什麼了不起的大事。」陳嵐嵐似乎有意輕描淡寫地說道，「李軍今天過來找我了，他推薦了你的小說〈浪漫的騎士〉，我認真拜讀了，感觸很多，也很深，就想跟你聊聊。」

疼痛越來越厲害，蕭雨生只得忍住，額上沁出了細密的汗珠。

「雨生你怎麼不說話呀？」陳嵐嵐在電話裡大聲問道。「我……聽著呢，」雨生說話的呼吸顯得很粗重。「你是不是哪兒不舒服啊？」嵐嵐怎麼知道的，莫非真的有什麼心靈感應不成？「不不不，沒有什麼，我挺好，你繼續往下說吧。」蕭雨生連連否認。陳嵐嵐道：「在電話裡我不說了，我要趕過來看你。」雨生決絕地說道：「別，你別過來！」「那……你能不能抽個時間咱們見上一面，有些話在電話裡不好談。」陳嵐嵐的口氣帶有一種懇求的意味。蕭雨生毫不含糊地回道：「我以為沒有這種必要吧！」

話不投機，兩人又客氣地寒暄幾句，就將電話掛了。

沒幾天，李軍又來了，他說想由他出面作東，把當年下放到南漳縣張家灣知青點的戰友們找到一起好好聚一聚。蕭雨生一聽，當即舉雙手贊成，並給李軍當助手，幫著聯繫，做些實質性的準備工作。

聚會那天，凡能聯繫上的都到了，就連黃生發也專門從鄉下趕來了。蕭雨生自然是見到了陳嵐嵐，一副徐娘半老，風韻猶存的樣子。兩人點點頭，打了一個招呼，也就僅此而已。李軍選了一個大廳，擺了兩桌酒席，上的都是酒店最貴的菜肴。氣氛非常熱烈，蕭雨生受到感染，表現得相當活躍，談吐也就顯得妙趣橫生，惹得大家情不自禁地爆發出陣陣爽朗的笑聲。於是大家都說咱們這裡頭呀，就數李軍最有錢，蕭雨生最有名。蕭雨生馬上說：「我是虛名一個，在座的都是些實幹家，我哪裡趕得上呀！」

蕭雨生彷彿回到了當年的知青生活，那時苦雖苦點，但有希望有夢想有青春有激情有戀愛，多麼地充實呀，真叫人回想不得。聚會結束時，竟捨不得離去，就一個個地將他們送到車邊，直到一輛輛汽車遠去，他還站在原地呆呆地望著。

「雨生，你還不走啊？！」聽得背後又人跟他說話，蕭雨生回頭一瞧，見是陳嵐嵐，不由自主地後退了兩步。「難道你怕我吃了你不成？」嵐嵐笑笑，又說，「你跟他們都給了名片，怎就單單不給我？」「你想要名片，這還不好說，給你一張不就得了。」雨生說著，順手遞了一張過去。「我還要你陪我走一段。」「也行，反正今晚沒事，就陪你走走吧。」陳嵐嵐有話無話地說著什麼，蕭雨生心不焉，支支唔唔地回應著。就這樣走了好一程，陳嵐嵐突然站住道：「我到家了，你不上去坐坐麼？」

蕭雨生猶豫片刻，也就點了點頭。

陳嵐嵐住五樓，三室兩廳的房子，顯得很寬敞，裝修佈置得也很豪華。

蕭雨生坐在客廳的沙發上，接過嵐嵐沖得濃濃的一杯咖啡，啜了一口道：「你兒子呢？」嵐嵐道：「上高三，住在學校裡頭。」「哦，你家裡馬上就要出一個大學生了，嵐嵐，你現在可真是苦盡甜來呀！」陳嵐嵐臉色頓時一沉：「孤兒寡母的，有什麼甜頭可言？像你，才是春風得意呢，年輕教授，著名作家，要地位有地位，要榮譽有榮譽。咱們可高攀不上呀，想約你見面聊聊，半點面子也不給；跟你說句話，也是要理不理的；同學聚會，你連名片也不主動跟我給一張，不管怎樣，我跟你也算朋友一場吧……」說到這裡，陳嵐嵐的眼裡就有了閃爍的淚花。

蕭雨生只得勸慰道：「嵐嵐，別這樣，你怎麼還像過去那樣激動呀？」

「我只跟你在一起，才有這樣的激動，其他男人都沒有！」陳嵐嵐說著，不覺走過來坐在蕭雨生一旁，「看完你寫的〈浪漫的騎士〉，我伏在床上不禁大哭一場，我覺得那篇小說的主人公不是男人，而是一個女人；你寫的不是別人，就是在寫我，描畫我，分析我，解剖我……雨生，是你的小說又一次感動了我，喚醒了我這些年一直沉睡著的愛心，還有激情。因此，我就主動跟你打了電話，可沒想到你對我竟然這樣！今天，要不是李軍為了咱們有意搞這麼一個聚會，就連跟你當面說個話的機會也沒有……」

哦，原來是李軍在精心撮合呢，不是陳嵐嵐道明，他蕭雨生還真給蒙在了鼓裡。這個李軍，到底是商場高手，太有心計手腕了。

「雨生，我知道你恨我，心裡一直在恨我，」陳嵐嵐繼續說道，「可你知道我當時的難處嗎？你知道我到底為什麼要拒絕你嗎？當時，家裡人逼我，他們與姜天龍心照不宣地一起算計我。那天，姜天龍又找上門來，說要跟我最後談一次。聽了這話，全家人就都藉故離開了。我不答應姜天龍的求愛，他就強迫我，我想跑出去，可沒想到父母走時卻將大門給反鎖上了，我……結果……結果就被他……生米煮成了熟飯……」

「哦，原來如此……」蕭雨生沉吟著，突然反問，「你怎就不去告他，告他強姦？」

「告他強姦？那不就是告我全家人嗎？他們可都是合謀者呀！再說，這事張揚出去，我一個姑娘家，還怎麼個活法？雨生，你想想，我都那樣了，怎麼還能答應跟你結婚呢？我不能欺騙你呀！只好狠狠心，拒絕了你。雨生，你還記得嗎，那天去商場找我，卻怎麼也找不到……因為我臉色蒼白，全身憔悴，不是過去的嵐嵐了……還有，你這個作家就是想像力再豐富，也不會想到那時的我，已經身懷有孕了……」

雨生「啊」地一聲驚叫：「嵐嵐……」

陳嵐嵐激動地移移身子，緊緊抓住他的雙手：「雨生，這些年，我一直是愛著你的呀！這輩子，我只愛過你一人，真正的愛，刻骨銘心的愛！」說著，情不自禁地撲進他的懷裡，狂亂地吻了起來。

蕭雨生就那麼坐著，任憑嵐嵐動作，仍是沒有當年的感覺與激情。

這時，牆上的掛鐘當當當地敲了十一下。

蕭雨生推開嵐嵐站起身說：「嵐嵐，夜深了，我得走了。」嵐嵐抬頭望著他：「今晚，你就不能不走嗎？」蕭雨生堅決地搖了搖頭。「你覺得我很賤是不是？」雨生仍是搖頭。嵐嵐深情地說道：「雨生，我知道你也離了婚，就讓我們回到過去，重新開始新的生活吧。」蕭雨生說：「嵐嵐，我已找不回當年的感覺了。真的，我不想湊合，不想勉強，也不想欺騙你！我記得你曾經說過，人生好多東西都是命中註定，上帝事先給安排好了。我想世上萬物，冥冥中確有某種定數，我們就像兩條不同的軌跡，曾在某一點交叉過，然後又各奔東西。嵐嵐，錯過了，相互走遠了，就不可能回到過去了。」

嵐嵐什麼也沒說，只是那麼哀怨而默默地望著他。

「咱們這輩子，活得都不怎麼如意，可我不想生活在過去的陰影中。有些東西，只要你努力去追求，去尋找，也許說來就來了，比如感覺，比如激情，還有理想與希望之類什麼的，我想我們得抱著一顆隨緣的心才是。」

蕭雨生說完，握了握嵐嵐的雙手，就告辭走了。

當天夜裡，蕭雨生獨自一人躺在床上做了一個夢。他在夢中遇見了一位純真絕美的仙子，就像短路的電線被接通，突然間又找到了一種美好的感覺與昂揚的激情。此後的生活，也就一直充滿了燦爛的陽光。

婚姻難再

一

林圓圓作夢也沒想到她與江濤的關係會發展到尋死覓活的地步。

圓圓認為，所謂愛情，當然是指男女間磁鐵般相互吸引的深厚感情，它往往是一見鍾情的產物，是心與心的碰撞，是觸電般的感覺與顫慄，是無聲勝有聲的心靈交流，是可遇而不可求的「神來之筆」。所謂培養感情，在她看來純屬無稽之談。男女間的感情，是不好培養也培養不出來的。然而，在經歷了與江濤間發生的恩恩怨怨後，林圓圓不禁完全徹底地改變了以前的看法。

不論怎麼回想，也無論江濤如何「舉一反三」的幫助與提示，她實在是記不得第一次與他相識的情景了。在她長期的印象中，江濤長得腰圓膀粗、人高馬大、有棱有角，就像一塊沒有雕琢的「毛坯」；說話做事，也是驚驚乍乍、風風火火的樣子，似乎半點內涵與修養都沒有。林圓圓不喜歡這種「大老粗」，她欣賞的是那種溫文爾雅，多少帶點藝術氣質的男人。因此，當她剛剛認識歐陽明的時候，就情不自禁地在心裡說道，不錯，就是他了！她似乎沒有半點猶豫、想也不想就死心蹋地的嫁給了他。其中雖不排除歐陽明曾經當過局長的父親這顆砝碼所起的重要作用，但更主要的，還是看中了他那蘊涵知識與富有修養的文雅。而江濤，是與她老公截然相反、屬於兩種不同類型的男人，林圓圓怎麼也弄不明白，作為賢妻良母的她怎就不知不覺間陷入了一場婚外情的深淵呢？

婚外情？當這個詞在林圓圓腦海裡閃電般冒出來的時候，她心頭一縮，本能地起了一種後怕——我是不是迷失了道路？是不是墮落了？是不是變成了一個可恥的蕩婦？那可怕的情慾將把我帶向何方？……

她想止步，想後退，可是，身後似有一雙看不見的大手在使勁地推動著，她無法控制自己把握自己，除了邁步前行，幾乎沒有什麼反抗的餘地。

江濤又來約她了。

林圓圓沒有反應，只是研究似的盯著他那黝黑的臉龐望。她想弄清楚，就是這麼一個大她五歲的「毛坯」男人，怎就將她一顆安寧的心兒攪蕩得波濤洶湧？她對他的認識，似乎是隨著日子不知不覺地從身邊流逝而一點一點地加深，一點一點地發展，一點一點地改變。就連過去她所反感的粗糙外表在今天看來，也具有了男性的陽剛之氣與雄性之美；那驚驚乍乍與風風火火，也成了男性所必備的一種自然純樸與力度顯現。這種感情如果繼續發展，在可預見的未來日子裡，必將攪動她那平靜而安逸的家庭生活！

難道說，我是厭膩了歐陽明的風格想換一種新的口味？就像吃膩了大魚大肉，想來點蘿蔔白菜；或是厭倦了清淡之味，想上點酸辣澀苦之類頗富刺激的菜肴？

不，不，這樣地想著時，林圓圓不禁搖了搖頭，我並不是那種水性楊花、見異思遷的女人呀，可怎就不知不覺、不明不白地喜歡上了他呢？不，不僅是喜歡，而是愛，真正的愛，對此，她可以欺騙別人，卻無法欺騙自己。

一見圓圓搖頭，江濤忍不住失望地歎了一口氣：「你又拒絕了我。」接著又哀戚地說道：「你總是拒絕我。」

林圓圓又搖了搖頭。

江濤不解地盯著她。

既然無法拒絕，既然遲早都要發生的，何必躲躲閃閃繼續折磨自己呢？這樣一想，林圓圓咬咬牙，點點頭，不覺爽快地回道：「我答應你，江濤！」語氣聽似堅決果敢，又分明透出一股悲壯與無奈的色彩。

江濤聞言，當即愣住，一時間，他似乎還沒有反應過來：「圓圓，你答應了我？你真的答應了我？你為什麼要答應我？」

「你以為我在作弄你說假話不成？」林圓圓嘴上這麼回答著，而心裡卻想道，是啊，我為什麼要答應他呢？這個問題是得好好地探究探究才是。

「不不不，」江濤一迭連聲地說，「哪裡呢圓圓，我高都高興不過來呢，我是喜昏了腦殼呢……」他一個勁地解釋賠罪，林圓圓懶得聽下去，就說：「什麼時候動身？去幾天？」

夜長夢多，事不宜遲，江濤趕緊道：「明天早晨七點，咱們在長途車站碰頭怎麼樣？至於幾天，到時再根據業務的進展情況決定行不行？」「好吧，那我得早點回家收拾準備一下了。」林圓圓說著，隨手拎過桌上的真皮挎包，轉身走出了辦公室，一步一步地向就近的公汽停靠點沈家營走去。

終於答應了他，林圓圓如釋重負，卻又感到了一種實實在在的沉重。

江濤約她，是兩人到外地去出差。她心裡十分清楚，一男一女穿行在一些誰也不認識你誰也不知道你的城市同吃同住意味著什麼。因此，當江濤第一次提出這樣的要求時，她想也沒想就拒絕了。可是，江濤是一個鍥而不捨的「硬漢」，近半年來，總是尋找一切機會軟磨硬纏，慢慢地，她的心就動了，但仍堅守著最後一道防線。這道防線的責任人就是她的丈夫歐陽明。一天晚上，林圓圓似無意而有意地對歐陽明說道：「江濤想帶她到外邊去出差。」其時，歐陽明正伏案寫著什麼，聽得圓圓這麼一說，就回過頭來望了望她，不經意地說道：「既然是工作，那就去唄。」然而又念念有詞地寫他的東西去了。

嘣地一聲響，圓圓心裡的一根琴弦就這樣在一瞬間斷了，斷得乾脆利索，沒有半點拖泥帶水。如果歐陽明懷疑、反對，哪怕是問上那麼幾句，比如說你們幾人同行，去多長時間，準備跑哪幾個城市等等，那麼，林圓圓的拒絕也就具有了非同尋常的價值與意義。可是，她沒有想到歐陽明的反應竟是如此漠然，就好像一個陌生的旁觀者瞧著一對私奔的男女不聞不問。不，就連旁觀者都不如，人家至少還會表示極大的興趣觀望議論呢，可他卻像不起半點漣漪的死水。林圓圓不禁黯神傷，絕望極了。

她與歐陽明結婚十多年，似乎什麼都不缺少。他們曾經有過纏纏綿綿的愛情，一直有著穩靠的工作與固定的工資，有一個聰明漂亮、活潑可愛的姑娘歐陽穎……硬體軟體，物質的精神的都不缺乏，是那種在外人看來幸福而美滿的小家庭。

然而，在內心深處，她總是感到一種失落與惆悵。她究竟失落了什麼？為何憂鬱惆悵？想來想去，又想不出個所以然來。只是覺得婚後的日子過得太平淡了，平淡得就像一碗清湯寡水，什麼滋味都沒有，與她少女時代的浪漫想像相差太遠。歐陽明是市重點中學的一名教師，一切教師所具有的優點缺點在他身上都表現得相當充分，生活嚴謹、認真守時、不苟言笑，一天到晚，他都像在教室講課，扮著一副「教師爺」的派頭。就連夫妻間的房事，也是一副居高臨下的姿式，從來就沒變換過半點花樣，她也就跟學生完成老師佈置的作業似的，老師佈置多少就做多少，老師要求怎樣做她就怎樣做，循規蹈矩，不越雷池一步。林圓圓實在忍受不了他的單調與刻板，就大聲抗議道：「歐陽，你就不能幽默一點浪漫一點麼？」歐陽明做出一副慣有的優雅姿態道：「圓圓，這就是生活。」「我還以為你蠻藝術蠻浪漫呢，真是看錯人了！」歐陽明聞言，露出難得的笑容搖搖頭說：「沒有錯沒有錯，你原來看我是這樣，現在不還這樣麼，哪能錯得了呢？要說看走眼嘛，恐怕就是我比過去老了幾分。」就連抗議也起不到半點效果。有時，林圓圓真想跟他大吵大鬧一場，將心中積蓄已久的無名之火發洩發洩，可歐陽明卻不「回招」，總是退讓著說道：「圓圓，我不跟你一般見識，要吵要鬧那是你的事，我不會中計的。」圓圓就像一個凝聚了全身力量的拳擊手，面對著的卻是一堆柔軟的棉花，大有「英雄無用武之地」的無奈之慨。

而林圓圓的工作也清閒得很。她在市裡一家最大的公園——青山湖公園做著賣票之類的雜活，青山湖公園位於市郊，不是節假日，遊人一般難以光顧，平日上班，也就無事可幹，寂寞中透出一種難捱的無聊。單位清閒，家庭平淡，時間一長，林圓圓也就適應了這種平靜如水的日常生活，但內心深處，卻有無數看不見的觸角在蠕動著伸向四面八方。

全國上下都在搞改革，公園也不例外，在市中心租了一間門面，掛了一塊牌子，就正兒八經地成立了一個什麼環保開發公司，江濤被聘為公司的總經理，大刀闊斧地搞得頗有幾分生氣。圓圓自然知道這事，但也沒有表示過多的關心，公司掛靠公園，要說關心，那是領導們的事情，輪不到她林圓圓瞎操心。可是，她怎麼也沒想到這日江濤來到公園，把她單獨叫到一邊，突然友好地邀請她加盟：「林圓圓，到我們開發公司去上班怎麼樣？」圓圓一愣，仰頭望著他的臉盤，她想弄清江濤是不是在跟她開玩笑。他們一起同事的時間與她的婚齡不相上下，可圓圓覺得自己這還是第一次正眼瞧他，也是第一次給她留下了深刻的印象。

「怎麼樣？自己做不了主，還得徵求老公的意見是不是？」

林圓圓覺出了他的認真與誠意，就點了點頭。

「太好了，我們公司正需要你這樣的人才！」江濤顯得相當興奮而激動。

就是那麼一個不經意的點頭，不僅使她與江濤的距離拉近，改變了她的工作性質，也改變了她日後的生活內容。

兩人待在同一個辦公室，長期的工作與接觸不僅使得她對江濤的看法發生轉變，也對他漸漸地生出一種莫名的親近與好感。與此同時，江濤也對她發起了一輪又一輪的猛烈進攻。一有機會，江濤就在她耳邊無休無止地說個不停，圓圓你知道我為啥在公園的那麼多女工中挑選了你？一旦兩人之間的距離縮小，江濤就開始毫無顧忌地坦露心跡，就因為我愛上了你。我第一眼見到你的時候，就愛上了你，真的，我將這種感情埋藏了十多年，十多年啦，人生能有幾個十年？我頭髮都快熬白了，才熬來了一個跟你親近表白的機會。圓圓，請你不要拒絕我，我的感情是真的，要想逢場作戲，你也不是不曉得，隨手一招，丟幾個小費，漂亮的小姐多的是。可我不是那樣的人，我愛你都愛得快要發瘋了，我也不知道世界上那麼多的女人怎麼就偏偏愛上了你，真的，我半點也弄不清楚，只覺得一見到你，心裡就發跳，臉上就發熱，身子就發顫……江濤的坦誠與激情使得林圓圓又回到了少女時代，竟出現了好多年來從未出現過的耳熱心跳與羞澀遮掩。而江濤就像一塊狗皮膏藥，一有機會就貼了過來，他並不動手動腳，也不讓人討厭膩煩，只是喋喋不休地向她傾訴。林圓圓雖不表示什麼，卻聽得十分順耳，十分熨貼，就像聽著一個又一個的「阿拉伯故事」，每次都覺新鮮有味。能有人鍥而不捨的追求，說明自己還年輕還美麗還動人還是那麼風姿綽約風采依然，這畢竟是一件十分愉快令人幸福的事情。

一次，來了一位洽談生意的溫州客商周老闆，晚上陪著一起上舞廳。江濤為周老闆花錢請了一個舞廳的職業小姐，然後就與圓圓一曲接一曲地跳了起來。江濤一邊隨著舞曲移動腳步，一邊在她耳邊絮絮叨叨地開講下一個「阿拉伯故事」。溫柔的樂曲、明滅的燈光、迷離的情調，林圓圓不由自主地感到了一股無可言說的陶醉，只覺得四肢無力，不知不覺地傾向江濤的懷中，幾乎是被他拖拉著才艱難地跟得上舞曲的節奏。接著他們倆又跳了一曲「溫柔十分鐘」，整個舞廳燈光全部熄滅。他們繼續著上曲的內容，擁抱，然後是長時間的親吻，並伴有一雙粗糙大手的來回撫摸。她感到自己正置身在一望無涯的沙漠地帶，剽悍的狂風、獷厲的沙石劈頭蓋腦地撲了過來，她無法躲藏，無法迴避，只有挺直腰身，迎面而立，感受大自然的雄奇與豪邁。這是一種迥異於歐陽明江南和風細雨式的大西北飛沙走石風格。江濤將她抱在懷中，下巴抵著她那有著瀑布般黑髮的腦袋，鐵鉗般的雙手緊緊地箍著她的腰身使她感到憋悶擠壓得有點喘不過氣來，然而，她又實實在在地感到了一種從未有過的歡暢、愉悅與快感，那已然發胖的腰肢似乎在一點點地變細回復到少女時柔若柳枝的狀態……

時間彷彿經過了漫長的一個世紀，可又短暫得僅只那麼一瞬。樂曲終止，燈光復明，江濤趕緊鬆開臂膀；而林圓圓站在原地，仍置身於恍惚迷離之境，一時間難以回到現實。

有了這麼一個回合，她與江濤的關係就起了實質性的變化。舞會的第二天，江濤便不失時機地向她提出了一同到外地出差的請求。

二

直到林圓圓出差走後，歐陽明才明顯地感到他的生活環節出現了某種缺失。他是那種感覺敏銳而又顯得大咧咧的男人，敏銳對己，大意對人。他是家裡的獨子，父親又是政府重要部門的高級官員，從小到大，都生活在一道光環的籠罩之下。參加工作時，有好幾個令人「饞涎欲滴」的工作崗位任他挑選，可他卻選擇了教師這一行，讓人覺得不可思議。而他則有自己的觀點和認識，他說，我不能靠父親吃飯，父親也不可能當一輩子政府官員，我選擇的是一門不會失業的行當。嘴上是這麼個說法，而實際上，他之所以選擇教師是因為可以保持過去的優勢，在學生的尊敬與恭維中一如既往地籠罩在昔日的光環之下。他深知人類的弱點，習慣是無法改變的。沒想到這幾年教師突然走紅，地位得到了大大地提高。於是，不少下崗在家的同學、朋友都說他「老奸巨滑」，眼光遠大。他聽了，也不好解釋什麼，只是不置可否地笑笑，趕緊轉移話題。

他對林圓圓也算得上是一見鍾情，別人曾為他介紹過不少朋友，他也拖拍了兩個，但總是進入不了角色，處於若即若離的狀態。一次，父親從鄉下出差回來，就說下面縣裡的一個名叫林圓圓的女招待員不錯，他十分看重，說得嘖嘖有聲。說一遍兩遍時，歐陽明倒沒什麼，說的次數一多，不禁起了一種好奇之心，就想是個什麼樣了不得的姑娘讓父親讚歎不已我一定得見識見識。於是，沒讓任何人知道，就獨自一人冒冒失失地去了那個縣招待所。當他輾轉打聽終於將名字與形象對上號時，儘管有著一定的思想準備，還是被那位姑娘的純樸自然、美麗大方驚呆了。姑娘問他你找我有什麼事嗎？歐陽明一時間竟有點不知所措了。好一會兒，他才鎮靜下來，說出自己早就編好的一套謊言，他首先自報家門，說是某某局長的兒子，因公到這裡出差，父親託他來看她，並帶來了兩盒她喜歡的點心。圓圓一聽，臉色當即緋紅，就說，歐陽局長怎麼這客氣呢，難得他還記得我這個不起眼的小姑娘，我真不知該怎樣謝他才好，於是就現出了一副感動陶醉得無以復加的樣子。瞧著她那紅撲撲的臉蛋與含羞帶露的嬌態，江濤於一瞬間就愛上了她，一顆浮蕩的心就像找到了土壤的種子，很快就扎下根來。當晚，他就住在了縣招待所，此後的發展似乎完全循著他的設想與安排一帆風順地前進著。當他將圓圓作為已經敲定的女朋友帶回家時，輪到吃驚的可是他父親了：「啊?!你……你這個小子……哦，是圓圓，好，好，好！」他一連三個好字，影響所及，母親也對未來的兒媳婦讚不絕口。事後，當歐陽明將他們的相識經過如實告訴林圓圓時，她幾乎笑岔了氣，心底也就更加地愛他了。

然後是結婚，調動，生小孩，過日子……昔日的浪漫情調被日復一日單調循環的生活消蝕得一乾二淨。

歐陽明過慣了安逸寧靜的日子，也沒有什麼遠大的理想，更不想折騰自己。父親早已退休在家，因為從來就沒想到要依靠父親過日子，所以對他的影響不大。目下，他對自己的生活十分滿意。林圓圓是那種人見人愛的女人，至今仍不失美麗的風采，能夠擁有她，更復何求？教師地位日漸提高，工作也越來越順，他一直擔任著重點畢業班的班主任，在校裡說句話也是算得了數的角色，學生、家長的尊敬與恭維自不必說，就是過去一些很少來往的社會關係為了下一代也低聲下氣跑來求他辦事，他感到了少有的滿足。而女兒穎穎，已上小學六年級，馬上就要升初中了，她的成績不僅全班第一，就在學校年級組，也是數一數二的。房子住的是三室兩廳，佈置得相當闊氣，立體空調、大螢幕彩電、多媒體電腦……其他的小東小西就更不必說了，可謂應有盡有……是的，物質的、精神的都有了，也就是大家經常掛在口頭的「兩手抓，兩手都要硬」，他是真正地實現了。

於是，他的自我感覺也就顯得相當地好，就像一個品茶高手，啜一口清茶，滋滋有聲，然後打量著周圍的世界，慢慢回味著彌漫口腔的醇香……

然而，圓圓出差走了，此前，她還從來沒有出過遠門，十多年來，一直盡忠盡職地恪守著一個良家婦女的職責與義務。買菜、做飯、洗衣、拖地、帶小孩……這些瑣碎的家庭事務，他從來就不管，連過問一下也似乎不曾有過。而圓圓一走，這些事務全都落在了他的頭上。他明顯地不適應，感到了從未有過的「生命之重」。他費心盡力地做著過去圓圓十幾年來日復一日做著的事務，做著做著，心裡突然格登響了一下，一個本不應該忽略的問題這才突然冒了出來，懸在他的嗓子眼上：她出差辦什麼事去了？要去哪些地方？得多少天？除了江濤外，是否還有他人同行？

這些問題一旦鑽出，就頑固地盤踞在他的心頭，怎麼也揮散不去。如果林圓圓只跟江濤兩人一同出差，那麼，他們倆會做出一些什麼事情來呢？無法想像，也不敢想像！

難道說，圓圓跟江濤早就有了實質性的來往，只不過瞞著他一人而已？他看過一篇頗有影響的愛情小說，記得裡面的主人公曾經說過一句話，妻子紅杏出牆，最後一個知道的人只會是她的老公。按說圓圓與江濤分別屬於兩種不同類型的男女，他們實在難以湊合在一塊啊。可是，世上越是不可能的事情，也就越有可能發生，正所謂大千世界，無奇不有也。

這樣一想，歐陽明怎麼也坐不住了，他急躁得不行，恨不得即刻摸清他們兩人的行蹤與實質性的關係。第一次出差，一走就是好幾天，連問候的電話都不打一個回來，林圓圓你真他媽的不是東西！一急一躁，歐陽明不禁罵了起來，這輩子他很少罵過人，也似乎從來沒有像這樣急過。他上不好課，吃不好飯，睡不好覺……他媽的，他又憤憤然罵了一句，就想如果不把事情弄個水落石出，自己恐怕是沒有半點心緒做任何事情了。怎樣才能摸清他們的真實動向呢？哦，有了，打個電話到開發公司一問不就出來了嗎？於是，他憋了嗓子，裝成一個客戶，說要找江經理。接電話的是一個男人，他說江經理出差去了；歐陽明便說那就找林圓圓，對方說也出差去了；歐陽明再問，他們是兩人一起走的嗎？去了哪裡？得什麼時候回來？我有一筆交易得急著找他們才行。對方聽說是很急的生意，當然不敢怠慢，就說他們是兩人一同去的，至於去了哪裡，什麼時候回來，他也不知曉。然後就報出一串阿拉伯數字，說如果事情緊急的話，可打他的手機，直接與他聯繫好啦。歐陽明說了聲謝謝，就將電話掛了，可一塊心病卻越弄越大，怎麼也掛不住。

看來他們兩人還真有那麼一手呢！前前後後一想，一些事情似乎也就昭然若揭了：青山湖公園那麼多的女人，江濤為什麼單單挑了林圓圓呢？自從換了單位，林圓圓就開始注重打扮了，幾乎每天都要換一套新衣，還一天到晚將自己的眉毛嘴唇畫得像個貓子。圓圓過去可從來沒有這麼風騷過，士為知己者死，女為悅己者容，原來這一切都是為江濤準備的呢。再想想她的行蹤，有好幾次晚上都去談什麼工作、生意、業務，回來後興奮得青春勃勃，原來她是跟江濤在一起鬼混啊！唉，怪只怪自己瞎了一隻眼，太過於信任她了，否則，也不會上演一出實質上與私奔沒有多大區別的鬧劇了！

一切似乎都已明朗，可是，除了靜靜地等待，等待他們「出差」歸來，然後施以嚴厲審訊與「綜合治理」外，歐陽明一時也想不出什麼更好的對策與辦法。

三

林圓圓的早年生活一直充滿著動盪不安，家裡動用了一切可以利用的關係，好不容易才被招聘到縣招待所當了一名服務員。但那是臨時的，隨時都有解聘的危險。後來遇到了歐陽局長和他的兒子歐陽明，這才找到了一份依託，進入了一個安全的港灣。因此，她十分珍惜他們的婚姻生活，十多年來，她無暇旁騖，為了小家庭的利益，幾乎耗盡了自己的心血與精力。然而，猶如錢幣的正反兩面，時間一長，她就不安份了，不滿足了，就渴望著一個新奇的世界，早年動盪日子在她身上打下的烙印漸漸復顯，一顆潛隱在內心深處的種子發芽了，很快就衝出重重包圍與封鎖破土而出……

十天後，林圓圓與江濤出差歸來，又回到了共同熟悉的城市與各自熟悉的家中。當然，在這短暫而又漫長的十天日子裡，他們將一切要做的事情都做了，大膽表白，狂熱做愛，淋漓酣暢地揮灑著人生的浪漫與激情，享受著難得的樂趣與新鮮。

回來了，終於回來了，一腳踏入家門，林圓圓彷彿從雲端跌落在地。雲彩固然五光十色，美奐美侖，畢竟過於虛幻縹緲，而只有大地，才是實在的，才是真正的棲身與生存所在。

將包裹行李往客廳裡一放，她疲累地靠在沙發上，感到了一陣虛脫。唉，這些日子，她與江濤幾乎白天黑夜都在房間度過，就連吃飯也懶得下樓，都由服務小姐端送。他們脫得赤身裸體地躺在一起，除了做愛，還是做愛，江濤不知哪來這多的野性，她也不知哪來這多的精力，他們什麼也不想，一任激情勃發，彷彿變成了兩具沒有思想只知做愛的肉體。他們從床上滾到床下，又滾到牆角，發出一串串無法抑制、尋死覓活有如動物般的快活叫聲。實在沒勁了就睡覺，精力一恢復又開始重複上演類似的動作。與歐陽明結婚十多年來，他們從來就沒有過這樣一次，她做夢也想像不出男女情事可以做得如此花樣百出心旌搖盪靈魂出竅。就覺得過去十多年的婚姻生活算是白過了，真沒想到做個女人原來可以活得這麼有滋有味呀，還想回家後是不是也得教教歐陽明學上幾手「高招」？

可是，當她一旦面對家中的一切時，與江濤在一起的所有想法不覺煙消雲散。家庭的環境與氛圍向她無聲地訴說著表明著一切，只有眼前的生活才是真實的，可以觸摸可以把握的。她與江濤之間發生的一切，不過是一滴露珠而已，太陽一出來，就會消失得無影無蹤。

於是，她就感到深深的內疚，覺得自己以出差的名義，與江濤「私奔」外出十多天揮霍享受，而將家裡的一攤子事務扔給歐陽明，實在是對不起他。身子骨儘管累得快散架，她還是支撐著從沙發上站了起來，彌補自己這些日子離家後所留下的缺憾，像過去那樣盡心盡責地做好家務。

正做著，歐陽明就下班回家了。

為了贖罪與補償，林圓圓親熱地叫了一聲明明，撲過去就要吻他。沒想到歐陽明使勁地將她一推，恨恨地罵道：「不要臉的婊子！」

林圓圓一個趔趄，右腿絆在拖把上，不由自主地倒在地上。歐陽明不僅沒有扶持，反而趕將過去，伸出右手，啪地一聲抽在她的臉上。歐陽明的手掌儘管顯得文弱而白嫩，但在憤怒之中卻抽打得有勁帶力，圓圓哎喲一聲慘叫，臉上頓時現出五個紅紅的指印。

林圓圓掙扎著坐了起來，手指顫抖著指向歐陽明，聲音顫抖著大聲質問：「你……你憑什麼要打……打我？」

「打還是輕的，老子……老子恨不得殺了你！」歐陽明盯著淚眼漣漣的林圓圓，不僅沒有同情憐惘，反而更加兇狠地大聲嚷道，「你給老子老實交代，這次跟江濤一同去出差，都幹了些什麼？你們勾搭在一起有多長時間了？要不坦白交代，」說到這裡，他忽然冷冷地一笑，「我可是不計後果什麼事情都做得出來的！」

圓圓見狀，不禁毛骨悚然，結婚十多年來，她從沒見到優雅自如的歐陽明發過大火。常言道，不叫的狗最咬人，也許，歐陽明就屬於這種類型，一旦激怒，他可真的什麼事情包括殺人放火都做得出來呢。想到這裡，林圓圓全身起了一陣哆嗦，不由自主地打了一個寒噤。

「你當我蒙在鼓裡什麼都不知道麼？你們打著出差的幌子，幹著私奔的勾當！」歐陽明又逼近了一步，「你想把我當一個苕來愚弄是不是？告訴你吧，我心明眼亮得很，什麼都知道了，你要是說了，我倒能原諒你，要是繼續欺騙我，今天非殺了你不可！」

歐陽明雖沒抓住圓圓什麼把柄，但他想一男一女兩個大活人外出十多天，就是沒有感情過去什麼都沒有也會製造一些故事來的。儘管他的表現有點虛張聲勢的意味，但心裡多少還是有一點底兒，一嚇二詐三咋唬，也許真能從她嘴裡套出什麼來的。他見圓圓哆嗦猶豫，就想他們之間必定有戲，口吻也就越來越嚴厲，動作的幅度越來越大越來越嚇人。

圓圓還真給嚇住了，既然做了，她也不想隱瞞，也就竹筒倒豆子將她與江濤間所發生的一切一五一十地說了。

圓圓說得很流暢，就像當代人復述往昔的阿拉伯故事一般。如果不是林圓圓親口說出，歐陽明還真不敢相信她與江濤發生的一切。聽著聽著，他只覺得天旋地轉，身子一歪，木樁般地就勢往沙發上一倒，然後大口大口地直喘粗氣。

圓圓的敘述中斷了，與敘說同時出現在她腦海裡的一幕幕場景隨之消失不見，眼裡只剩了歐陽明。不管怎麼說，他們之間有過深厚的感情，有著美好的回憶，直到如今，歐陽明仍是她明正言順的丈夫，她還是他的妻子，就該做好一個妻子應盡的職責。這樣一想，林圓圓趕緊站起身撲過去，將右手放在他的額角，焦急而關切地問道：「明明，你怎麼啦？到底哪兒不舒服？要不要送你上醫院？」

歐陽明望了望她，眼裡射出一股凜冽的寒光，林圓圓又是一陣哆嗦。緩過一口氣，歐陽明就變得十分平靜了，他說：「圓圓，你想做什麼，就做你的去吧。現在我只想單獨一人待一會兒，把一些事情好好地理一理、想一想。」說著，從上衣口袋裡摸出一支精品白沙香煙，探身拿過茶几上的火機，嚓地一聲點燃，大口大口地吸了起來。

林圓圓啜泣著走進廚房，其實，她倒希望歐陽明繼續發火，那樣的話，可以證明他還愛著她，至少說明他還在乎她。她真希望他對她做出些什麼，罵她、打她，甚至殺……什麼？刀殺？是的，她並不害怕他動手殺掉自己，她是一個蕩婦，背棄了一個良家婦女的道德，是該打殺呢！可是，她受不了他的冷漠與淡然。沉寂了十多年，她太需要激情了，哪怕讓激情將自己融化、在激情中粉身碎骨，她也心甘情願。回想剛才歐陽明的發怒與訓斥，儘管當時她心裡害怕得發抖，但是，她見到了一個威風凜凜的真正男人，她真希望歐陽明就這樣堅挺著永遠「男人」下去。可是，不過一瞬，他又變得「陽萎」起來，身上的男人味於一瞬間消失得無影無蹤。

不一會，女兒穎穎放學回來，他們倆不想讓她知道什麼，在她幼小的心靈留下創痕與傷疤，就都裝出一副笑臉，彷彿什麼事情也沒發生過的。穎穎一眼見到媽媽，大聲叫著撲進她的懷中；又見給她帶回不少好吃的東西和一大堆玩具，更是高興得沒法。他們都討好似的搶著與穎穎說話，兩人之間並不交流。晚上躺在床上，也是一個朝東一個朝西。躺了一會，歐陽明似乎嗅到了江濤留在林圓圓身上刺鼻的體味，他感到噁心極了，心裡一陣翻湧，忍不住乾嘔了幾聲，就跑出臥室，躺在客廳的沙發上……

一連幾天，歐陽明都不理睬林圓圓，吃飯睡覺、進進出出，就好像沒有她這個人存在似的。

林圓圓實在忍受不住了，就向江濤吐苦水，說他們倆在外面出差的實質性內容全讓歐陽明給知道了，兩人現在鬧翻了整天整夜話都不說一句了，日子過得怪怪地沒有意思。而江濤的妻子李怡紅卻真正給瞞在了鼓中，自從當了經理後，他經常出差在外，李怡紅不可能跟蹤，管不了那麼多，當然也就不知道自己的男人在外面到底做了些什麼。常言道，小別如新婚，他們倆這幾日正陶醉在恩恩愛愛的纏綿之中呢。因此，江濤對林圓圓的傾訴就有點不以為然，說：「鬧就鬧嘛，夫妻間吵吵嘴，打打鬧鬧不是家常便飯麼？」圓圓說，我想吵，也想鬧，真想痛痛快快地幹上一場，可孤掌難鳴，一個人怎能鬧得起來？「那你想要我怎麼辦呢？」江濤問。林圓圓說，一個真正的男人，就應該敢做敢當！江濤聞言，不禁激動萬分，像頭獅子般在辦公室內走來走去。他作夢都想得到林圓圓，卻沒生過與他結為夫妻的「野心」。他對自己的外在形象與內在個性都感到十分自卑，他覺得自己配不上圓圓。他那極富經營才能的頭腦告訴他，找情人與娶妻子是兩個不同的概念，有時甚至是毫不相干的兩碼事。終於征服了圓圓，他大有一種如願以償自得與快慰。夠了，這就夠了，他已經感到相當地滿足了。沒想到林圓圓向他既含蓄又明確地伸出了婚姻的「橄欖枝」，他不想失去美妙動人的林圓圓，而能夠長期擁有她更是一件天大的賞心樂事。可是，他感到無法面對自己的結髮夫妻李怡紅，她剛滿四十，就被一刀切的政策弄得下崗在家，人老珠黃得不可言說。可她愛他，他就是她的全部，愛得死去活來。如果沒有他，也許她的整個世界就會崩坍。他不想傷害她拋棄她，而天平的一頭是林圓圓，一頭是李怡紅，不用衡量比較，砝碼自然一頭倒，無可置疑地全部傾向了林圓圓這邊。

見他悶著半天不作聲，林圓圓就說：「既然不願意，也不勉強你，可我卻是真心愛你的。」江濤聞言，大步走到門邊，關上，轉身湊到她的身邊，深情地吻了吻她的額角道：「圓圓，我知道你對我是一片真心，有你這樣可意的女人做老婆，我江濤這輩子真是洪福齊天呢。」又說：「這事不能急，還得慢慢來，咱們最好是想個兩全之策。」

林圓圓完完全全地被江濤感動征服了，一心全部繫在了他的身上，對歐陽明的冷漠也就視而不見、見而不煩了。熬一熬，就出了頭，到那時，一切都好了，生活就會永遠充滿了激情、浪漫與詩意，而只有那樣的生活，才是高質量的生活，才算得上真正的生活。如果僅僅圖個物欲與安逸，那與行屍走肉還有什麼兩樣？人生在世還有什麼意思？

日子過得很慢，像一條拉著破車的老牛蹣跚向前；等過完後回頭一望，又覺過得真快。自從那次兩人第一次涉及婚姻的談話後，一晃悠，又是半月時間過去了，江濤卻沒有拿出半點滿意的兩全之策，而度日如年的林圓圓恨不得馬上就跟他搬在一起過日子。

江濤說，我已經婉婉轉轉地跟我那婆娘說了，可她怎麼也不答應，她說她嫁雞跟雞飛，嫁狗跟狗行，死活都是我的人。

林圓圓撇撇嘴，不屑地說：「現在都什麼年代了，還這麼封建啊！」正因為封建沒文化沒本事長得又像一個醜八怪半點情趣都沒有，我才愛上了你下決心跟你在一起過一輩子呀！江濤懇切地對她說，如果協議離婚不成，要想通過法院的話，不僅會鬧得沸沸揚揚人所皆知，還會是一場咱們忍受不了的馬拉松長跑，將把我們的激情與精力消耗一空的。林圓圓深以為然：「是啊，我也不想跟歐陽明上什麼法院。」江濤說，你跟他談過離婚的事沒有？「沒有，我跟他到現在連一句話都沒有說呢。」林圓圓道，「要在過去，我會難過得活不下去的，可現在，心裡有了你，他的態度也就無所謂了。」也許，你跟他談協議離婚他會一口答應的，江濤說。圓圓道：「也許吧，可是，光我離，你又擺不脫，煮成了一鍋夾生飯，那不更糟糕嗎？」江濤就說，你說的也是，可我怎麼也想不出好一點的法子來呀！說過就顯出一副愁眉苦臉的樣子。這時，林圓圓只覺得腦海裡電光一閃，一個想法猛地一下就竄了出來，她高興大聲叫道：「有了，有了，歐陽明不是說咱們打著出差的幌子，幹著私奔的勾當麼？這回呀，咱們乾脆就來他個名符其實的私奔怎麼樣？」你真的想私奔？江濤反問這麼一句，就低著個頭不作聲了。一想到私奔的浪漫與製造出的驚人效果，圓圓就興奮激動得不行，於是就一個勁地慫恿道：「江濤，咱們私奔吧，不必協議、不必上法院、不必面對一攤子無法面對的傷心瑣事，是的，對，私奔，再沒有比這更好的法子了。為了愛情，我是什麼都不顧，一切全都豁出去了！」江濤望著圓圓孩子般喜悅動人的粉紅臉龐，怎麼也無法拒絕她的這一請求。為了他，林圓圓寧可拋棄榮譽，拋棄安逸的生活，拋棄幸福美滿的家庭，能夠擁有這樣癡心愛他的漂亮女人，他還有什麼捨不得的呢？於是，也就不再猶豫，點頭說道，好吧，咱們就私奔吧！

四

林圓圓與江濤的行動進行得十分隱秘，直到兩人各自從家庭消失了好長一段時間，雙方的家屬找到單位，單位這才知道出了事。趕緊審查環保開發公司的一應賬目，還好，除了劃走應得的款項外，他們並未染指其餘公款。當然，這也是他們十分明智的舉措，如果攜帶公款潛逃，就可報案通緝，將很有可能被公安機關逮捕歸案；即使無法抓獲，過一種長期逃竄躲避的非人生活，那又有什麼意思呢？理清賬目，乾乾淨淨地私奔，並未觸犯法律，僅屬道德層面的問題。而他們已遠走他鄉，進入一個陌生的環境，大家並不知曉他們過去的背景與來歷，也就躲避了道德的譴責與拷問。

由家庭而單位，林圓圓與江濤的桃色新聞如擴展著的波浪，越傳越開，越傳越神奇，一時間，整個城市似乎都在議論著這起少有的私奔趣聞。

歐陽明也成了一個惹人注目的新聞人物，大家都知道那位私奔女子過去的男人是市某重點中學的畢業班把關教師，手指免不了在他背後戳戳點點。林圓圓與江濤的偷情，已給他心靈造成了無法彌補的傷害，而她不計一切後果的突然私奔更是使他在社會上抬不起頭來。人們在指責林圓圓的同時，有的同情他是一個可憐的受害者，有的說這不能全怪那個女人，因為她的那位教師丈夫早就喪失了一個普通男人所具有的性功能，陽萎得連屙尿也無法挺舉，常在小便時將自己的褲子弄得濕答答的，想想看，嫁個這樣的男人不是守活寡麼？也就難怪那位女人偷情私奔了……各種各樣的議論或明或暗、或隱或顯、或斷或續地傳入歐陽明耳中，他陷入了此生從未有過的尷尬與困境之中。他沒想到林圓圓如此絕情，竟猛然一把將他推入一個無底深淵，使他懸在黑暗的虛空之中飄飄蕩蕩難以自處。圓圓呀圓圓，你就是要跟江濤在一起過難道我歐陽明還會死皮賴臉地纏著不肯離婚嗎？不，我會爽快地成全你們的，強扭的瓜不甜，都成這樣子了，我是絕對不會強求所謂形式上的婚姻的。可是，你卻不聲不響地使出這麼一招「殺手鐧」，真正來了一出私奔的鬧劇，搞得沸沸揚揚，也太絕情絕義了。

歐陽明日子不好過，父母也不好過。人家都說那私奔的就是歐陽局長的兒媳婦呀，父親雖然早就退下來了，可他還是死要命子活要皮。老倆口喘吁吁地跑來找他，先是把林圓圓這個不知廉恥的東西大罵一通，他罵她是一條藏著尾巴的狼，過去為了進城，為了撈得一個好的工作，就裝成了一個老實規矩的賢妻良母。可一旦她的翅膀硬了，等他從局長的寶座上退下來無可利用了，就露出了狐狸那狡猾的尾巴。罵了林圓圓又罵兒子歐陽明，說他半點本事都沒得，連自己的老婆都管不住，真是白活了幾十年，還是老師呢，就像你這副樣子怎麼管得住學生？罵了兒子又告誡孫女歐陽穎穎說，穎穎你記住，你媽不是一個好人，她連自己的親生女兒都拋下不管，她不配做母親，她是一個大大的壞人，你一定要記住這一點，不管什麼時候，不管在什麼情況下，你都不要理你的那個壞媽媽。直到穎穎含淚點頭答應不理媽媽，記住她是天底下最壞的壞人，歐陽老局長這才慢慢住口。

歐陽明裡外不是人，誰都可以議論他同情他指責他，好像林圓圓私奔的所有過錯都是他造成的，是他一人的緣故。作為受害者，他本來就苦惱得不堪言說，又增了這層因素，更是鬱悶得不想活了。於是，就一支接一支地抽煙，大口大口地喝酒，以此來麻木自己，暫時忘卻人生的苦痛。當然，他不可能尋死覓活，他畢竟是一個大男人，上有父母，下有女兒，他無法割捨。他不僅要自己頑強地活著，還得支撐鼓勵扶持家人好好地活下去。那麼，他能做些什麼呢？報復林圓圓？怎麼個報復法？不，他不想報復，回想與她十多年的婚姻，日子過得看似平淡，其實內裡卻流動著一種深刻與深情。反思自己，對她關注得似乎少了點，特別是知曉她與江濤那層實質性的關係後，他只是跟她堵氣不講話，從沒想到要挽回什麼或妥善處理，只是一味地冷淡不理，結果將她更加推向了江濤的懷抱，導致了一出醜聞的爆發。可是，他總得做點什麼才是！幹什麼呢？想來想去，現在唯一可做可行的，就是與她離婚，這樣多少可以為自己挽回一點面子。

正好一位名叫任宏的同學任著市中級法院的副院長，他去找任院長。任院長一見他，就深表同情地說：「你的事我都知道了，不用多說什麼了，你以原告的身份寫一份離婚訴訟狀，再複印三份，交我就行了，法院來一次缺席審判，你們就算離婚了。」

畢竟是老同學，感情就是不一般，能夠從他的角度思考問題並給予實質性的幫助。歐陽明謝過任院長，趕緊按他說的去做。回家伏在案頭，以悲憤的心情一揮而就地草擬了一份上訴狀，經過一番修改，工工整整地謄正，然後又複印了三份。

拿著準備好的離婚材料，歐陽明總覺得還有一樁事情沒做似的。到底是什麼事情呢？哦，在這場私奔醜聞中，受害者除了他，還有江濤的夫人李怡紅呢。他與李怡紅也見過一面，但不知道她家住哪兒。就輾轉著尋問，終於摸到了她家門前。按過門鈴，防盜鐵門吱呀一聲就開了。「喂，你找誰呀？」李怡紅已認不得歐陽明，不禁防範地問道，而右手則緊抓門沿，一副隨時準備碰上大門、拒人於千里之外的姿式。歐陽明不說找誰，而是自報家門，說他就是林圓圓的丈夫。「林圓圓？」李怡紅似乎不知道誰是林圓圓，一副思索、回憶的樣子。歐陽明乾脆直截了當地說道，就是跟你丈夫江濤一起私奔的那個女人，你怎麼連她都不知道呀？李怡紅邊將歐陽明迎進室內邊說道：「我只曉得他跟他們單位的一個女人跑了，誰曉得那個臭婆娘叫什麼名字呀！」歐陽明說，現在你該弄清了吧？弄不弄清關係不大，只要我的男人回心轉意快點回來跟我過日子就成了。歐陽明又說：「江濤對你這樣絕情絕義，你現在還戀著他呀？都這個樣子了，還想他回來跟你過日子呀？你是不是太有點迷糊不清了？」李怡紅說：「你不要挑撥我跟他的關係，我愛他，他也愛我，真的，我曉得他這人是被那個女妖精迷住了一時糊塗，過一段日子他就清醒了就會回來的。」歐陽明不想跟她繼續囉嗦，就把自己準備上交訴狀法院可以審判他們缺度離婚的情況說了，然後就問：「你想不想要我跟你幫忙？這事由我來幫你辦，會簡截迅速得多。」李怡紅聽後想了想，就說：「我一個下崗工人，要是跟他離了，半點指望都沒有了，誰來養我呢？他們兩人跑到外邊一起過好日子，我看咱們倆也可以學他們的樣，搬到一起過呢。如果這樣，我有了一個依靠，才會跟他離婚。」說到這裡，馬上搖搖頭道，「讓你笑話我了，你就是離了再結婚，肯定要找一個年輕漂亮的，怎會瞧得起我這個臉皮打皺的老女人呢？」談話至此，歐陽明就想狗日的江濤，虧你狠得下心呢，硬是把一個好端端的女人弄得神經兮兮了呢。他也不好對李怡紅再多說什麼，就站起身來告辭而出。

下了樓梯，走出樓道，歐陽明止住腳步，回頭望了望剛才進去的那個房間的幾扇窗子，不禁在心裡說道，要是李怡紅還顯得年輕一點秀氣一點文雅一點，他就真的跟她兩人搬到一起過，也好報復報復，發洩心中無從發洩的仇恨與怒火！

當然，衝動與想法是一回事，而計畫與行動又是另外一碼事。眼下的當務之急，是將離婚訴訟狀盡快地交到任院長手中，等待法院公正而嚴厲的判決。

五

私奔之初，林圓圓與江濤的日子過得十分愜意。

先是上海、蘇州、杭州瀟瀟灑灑地玩了一通，「上有天堂，下有蘇杭」，此言真不虛也。他們在酣暢的愛河中陶醉，過的是一擲千金住標準房間、吃山珍海味、遊蘇杭美景的日子，也就真的以為進入了人間天堂。

江濤說，圓圓，咱們這是在搞旅遊結婚呢。林圓圓一聽，不禁有點惆悵，就說，咱們畢竟沒拿結婚證，名不正，言不順的，只能算作愛情旅遊。江濤說，不，我不這麼看，你所說的明正言順的結婚，不就是雙方扯張結婚證麼？結婚證算個什麼？一個塑膠皮子裡頭夾一張破紙，然後裝模作樣地把兩人的照片放在一起，那算個什麼？狗屁都不值！咱們過去不都有結婚證嗎？可起半點作用沒有？咱們不照樣走到一起來了嗎？我想男女雙方，只要愛情就夠了。就拿我來說吧，我跟我那婆娘待在一起就煩，可她是我的結髮夫妻，我們之間有一張發黃的結婚證給繫著，我不得不對她負著一定的責任與義務，對她不時地表示一下安慰與同情。也就是說，我的那張結婚證所起的作用就是教我敷衍與虛偽。圓圓，這就是它的功用，你說咱們要那破玩意兒幹嘛？

林圓圓說，沒想到你一個粗人還想得蠻多，還有這麼一套理論呀！可是，我卻很看重結婚證，哪怕就是那麼一張紙也罷，它就像一道神秘的符咒，可起好多好多作用。我常聽得人說，愛情愛情，是當不得飯吃的。

江濤當即接過話頭道，愛情是當不得飯吃，可沒有愛情的飯卻吃得半點滋味都沒有，我的感受實在是太深太深了。像我們，有愛情，又有飯吃，幾舒服喲！

林圓圓不置可否，一副心事重重的樣子。她過去，也是有過愛情，也有過飯吃的，可後來……後來不知怎麼就跟江濤綁在一起了。現在，她似乎又回到了十多年前戀愛結婚初期的美好日子，有愛情有飯吃，可是，日子一長，又將如何發展呢？結局又會怎樣呢？這麼一想，心裡不禁格登一聲響，就湧出了一股不祥的預感。

江濤繼續說道，圓圓，不管怎麼說，我很看重我們的私奔，我把它當成了我這輩子一次真正而幸福的婚姻，我們現在就是在度蜜月。這一個月裡，咱們就是要遊山玩水，無憂無慮痛痛快快瀟瀟灑灑，除了愛情，什麼也不做什麼也不想，充分地享受人生。

江濤說得也對，要是一想啊，留在家庭、單位及今後面臨著的煩心的事情實在是太多了，好好地享受，這就夠了。林圓圓就真的什麼問題都不想了，她隨同江濤，從這個景點逛到那個景點，吃了這種風味又換新的口味，然後是瘋狂地做愛，兩人絞在一起在快感的峰巔暢遊，發出尋死覓活的大呼小叫。他們吃喝玩樂，大有一種醉生夢死的味道。

所謂的「蜜月」一度完，他們就不得不面對現實了。

江濤經營環保開發公司，的確賺了幾個錢，但不少是三角債，回收的利潤每季度都要上交一部分給掛靠的公園。也就是說，真正屬於他自己的所得並不多。私奔前，他將單位的賬目一平，從銀行取了五萬多人民幣。這就是他開辦公司後自己應得的紅利。過去公司資金周轉困難，他就一直放在公司的賬上沒有取出。現在到了關鍵時刻，他不得不用了。五萬多元，說多也多，說少也少，就看你辦些什麼事怎樣去花了。

他揣著五萬多人民幣，想到自己這一回出差可就不是十天半月了，又想到了作為一個丈夫與父親的職責，就回到家裡，掏出一萬交給李怡紅說，這是我賺的一萬塊錢，全都交給你了，你可不能亂花，得給兒子存著，還過兩年，他就要考大學了，讀大學沒得錢是不行的！李怡紅一見這多的錢，又見老公把它全部交給自己保管，當即激動得不行，一個勁地點頭，還堅決表態說兒子的錢她肯定一分都不會亂花。江濤見狀，心中多少有點不忍，衝動著還想丟下個一兩萬在家才好，可又想到與圓圓私奔後未卜的前程，就想等以後賺了錢，再寄一些回來吧。

而林圓圓卻沒有動用家裡的一分存款，也就是說，他們兩人總共帶了四萬多元人民幣出門私奔。一個多月的揮霍，很快就所剩無幾了。江濤想到自己說過有愛情也有飯吃的話，心中免不了有點焦急。想向圓圓說說什麼，又恐怕她產生別的想法，只好與各地的一些關係戶及朋友們暗中加緊聯繫。

倒是林圓圓主動開口道，江濤，你說的蜜月已經過完了，好不容易賺來的幾個錢哪裡經得起這樣亂花，咱們老這樣遊蕩也不行，總得找個落腳之地，正兒八經地過日子才是啊！

江濤回道，可不是嘛，我正想跟你開口說呢，溫州的那個客商周老闆你還記不記得？圓圓說記得，印象再深不過了。就是那晚他們兩人的關係發生了實質性的變化，林圓圓當然刻骨銘心一輩子也不會忘記。

江濤就說我已經跟周老闆聯繫好了，他非常歡迎我們到他那兒去。又說，周老闆跟我關係鐵得很，過去咱們在一起做生意，他得了我不少好處。圓圓，你看咱們這就到溫州去過日子好不好？

林圓圓說，我隨你，我也不知道要去哪兒，你籌畫安排好了我跟著就是了。眼前的一切對她而言，除了緊跟江濤外，已別無他策，更不存在著什麼好不好的問題。不論好歹，他們兩人的命運都綁在一起了。

於是就乘車趕往溫州，周老闆相當地熱情，給他們擺宴接風，又掏錢安排在當地最豪華的酒店住下。

玩了兩天，江濤這才道出實話，說是來投奔他的。

周老闆當即一愣，你們不是一同來出差的？

江濤說，單位的工作已經辭了，想到過去咱們的交情，想也沒想就趕到溫州來了，要靠你周老闆發點小財呢。

周老闆望望他們倆，曖昧地一笑說，我明白了，什麼都明白了，工作誠可貴，愛情價更高，哈哈哈……

林圓圓被他的一陣大笑笑得雙臉通紅，江濤也有點不好意思。

不管怎麼說，周老闆畢竟沒有拒絕，他們又沒有什麼技術與特長，只好安排在下面一家工廠做些打雜的活路，還給弄了一間狹小的平房作宿舍，讓他們構築一個愛的窩巢。

於這樣簡陋的條件，林圓圓心裡當然十分不滿，可嘴上也不好說什麼。工廠的工作，雖是打雜，但都是些體力活路，這對一直蓄著養著的她來說還真有點吃不消。原來在公園上班，除開節假日，平時只需點個卯就行了，而在這裡，卻是實打實的幹活。且工作時間也格外的長，這是周老闆的私人工廠，根本就沒有嚴格遵守國家規定的八小時工作制，一般都要幹上十來個小時。一天到晚，林圓圓累得腰酸背痛，一躺在床上就呼呼入睡。有時實在累不過了，就想我這是何苦呢？幹的是牛馬重活，吃的是食堂大鍋飯半點油水都沒有，睡的是硬板床骨頭都硌疼，拿的是低廉的工資想買一套像樣的衣服也不夠……唉——我為何要這樣自討苦吃自作自受呢？在家裡，我什麼都有，並不是過不下去呀，我為何要這樣自己作賤自己呢？……想著想著，心裡就得不到平衡。可是，既然選擇了私奔，那就只有一條道兒走到底了，沒有什麼值得後悔的，也不要想七想八的了，就連只曉得賺錢的周老闆都說工作誠可貴，愛情價更高呢。為了愛情，苦點累點犧牲一些東西不僅是必要的，也是在所難免的。只要林圓圓的腦子裡在轉動，想著的全是有關的這些問題。

一切都沒有想像的那麼美好，林圓圓彷彿從天堂猛可地跌進了地獄，什麼詩意呀、浪漫呀、希望呀全都是一些幻想，就像一個個飛升著的肥皂泡，風兒一吹，就一個接一個無聲地爆炸了，於一瞬間消失得無影無蹤，連一絲碎片都無法找到。

單調、瑣碎、平淡的生活似乎又回到了她的身邊，駐在了她的心頭。過去，儘管單調貧乏，畢竟還有安逸；而現在，除了瑣碎平淡，有的只是沉重，這沉重就像一群寄生江堤的白蟻，它們瘋狂地咬齧著、啃吃著、肆虐著，既緩慢又快速地掏蛀著結實的大堤。林圓圓現在唯一可以依靠和安慰的，就是江濤，與江濤之間尋死覓活的愛情！

可江濤似乎也在變化。過去，兩人相親相愛，只見到了他的好處，也可以說是江濤壓抑掩飾了身上的缺陷而只向她刻意地展示了美好的一面。愛情的狂熱一過，林圓圓就能比較客觀地面對一個真實的江濤了，他似乎又回過了過去圓圓所認為的那種「毛坯」狀態。江濤說話粗魯，總是帶「渣子」，他媽的、個婊子養的、狗日的、牛雞巴之類的詞語嘴一張，不知怎麼就冒出來了。剛開始，林圓圓聽著很新鮮，覺得還蠻有那麼一股味道的，可時間一長，她就忍受不了，就對江濤說，怎麼在你眼裡世上全是這麼一些骯髒的東西呀！江濤一愣，笑了笑，說，說慣了，嘴巴一張，就溜出來了。圓圓抗議道，我不喜歡老聽這些狗日的牛雞巴之類的東西。江濤又是一愣，說，養成的習慣，都快一輩子，估計難得改。圓圓又說，我要你改。江濤還是一愣，就說，我盡量改吧，改不了你得包涵擔待點才是。這次對話後江濤還真的好了兩天，文文雅雅的，可也僅只兩天，他就憋不住了，又回覆了原來的老樣子。都是自討的，林圓圓只好隱忍。除了髒話，江濤人也髒，不喜歡洗澡換衣剪指甲，過去當經理跑業務還好，現在一幹重活流汗不止，身上就散發出一股怪味。林圓圓再三督促，他才不情願地沖一個澡，換下一堆髒衣。江濤還喜歡打嗝、打鼾、摳鼻屎、放屁，特別是放屁，不僅臭不可聞，還故意弄出脆脆的響聲，林圓圓深受其害，就說，你哪來這多的屁呀？江濤說，我從小到大，一直喜歡放屁，難道你過去就沒發現？林圓圓說，過去你還講點文明，憋著忍著盡量不弄出響聲，可你現在的音響加臭氣，太讓人噁心了。江濤說，你總不能讓我屁也不放啊？你就不能不弄出響聲嗎？林圓圓生氣了，不禁大聲嚷道。江濤見狀，也想發作，但咽了一口唾沫，只是嘟囔了一句，你真是管得太寬了，連屁也不讓人家放！

於是，林圓圓就開始拿江濤與歐陽明比較。歐陽明說話文雅、溫柔動聽，只在發現她跟江濤的外遇後才恨恨地罵過她一句；歐陽明講衛生，總是將自己收拾得乾乾淨淨、清清爽爽，也沒有放屁、打嗝、打鼾之類的生理惡習；歐陽明全身光滑圓溜，不像江濤的皮膚總是起一些榆木似的疙瘩；歐陽明有文化，頗有涵養，江濤基本上就是一個大老粗，心裡存不下什麼，真是有話就說有屁就放……唉，不怕不識貨，就怕貨比貨。兩相一比，差距與懸殊就出來了。

於是，林圓圓就開始懷念起過去的家來了。對歐陽明倒還無所謂，主要是想女兒歐陽穎穎，也不知她出走後，這段日子的生活與學習怎樣。自己走前雖也盡了一些母愛，可隨後突如其來的打擊肯定給她幼小的心靈造成了大大的傷害。也不知她怎樣看待她這個母親，還會不會認她這個母親。日有所思，夜有所夢，剛開始被工作累得腦袋一挨枕頭就呼嚕大睡，連夢也沒有；日子一長，慢慢地就適應了，夢也多了起來，可這些夢全是有關穎穎的。她跟穎穎在一起吃飯、睡覺，送她上學校，跟她買衣服，帶她逛公園……從懷上她、生下她一直到撫養她長大的一些情景竟在夢中重演，一幕幕，並且晃動得生動真實，活靈活現，真是讓她覺得有點不可思議。於是就想穎穎肯定也在日夜想念她，母女互念，才會千里迢迢夢中感應呢。想得心肝肚疼無法化解之時，就想給穎穎打個電話回去。她跑到街頭電話亭，可是，一想到接電話的可能是歐陽明，那伸向話筒的右手不覺定格停在空中。她猶豫著，慢慢地退縮了，可冥冥之中又分明在期待著什麼。不久，林圓圓與江濤之間猝然爆發的一場矛盾衝突終於促使她毅然決然地抓起了話筒……

她與江濤的磨擦早就有了，不同習慣、性格差異、年齡懸殊、工作壓力等幾乎滲透在他們共同生活中的方方面面，而反映出的問題卻是那麼細緻瑣碎，簡直上不得檯面，反感、生氣也就在所難免，但都算不得什麼原則性的事情，加之兩人想著為了愛情走到一起真的不容易，就都忍著、忍著，盡量地忍在心中，不輕易流露發洩。然而，忍耐總有一個限度，長期的隱忍一味將就對方，就是一種異化與扭曲，本來麼，他們私奔就是為了過一種本真的自由的生活，這不是與出走的初衷背道而馳麼？這天晚上加班回來，兩人不知為一點什麼小事，又有了磨擦。一個不滿，另一個嘴硬，言語間便有了衝撞。兩人就都生了氣。一生氣血就往上湧，血往上一湧口角免不了升級，一升級就開始吵了起來。於是，兩人間的第一次衝突就這樣不知不覺而又自自然然地爆發了。俗話說，吵架無好嘴，打架無好手。一旦進入「戰鬥」狀態，雙方頗有一股「奮不顧身」的味道，也就顧不得那麼多了。

江濤，我真是忍夠了，林圓圓大聲嚷道，你的這些壞習慣、壞脾性就真的不能改改麼？

江濤將手中的一個茶杯往桌上使勁一墩，砰地一聲嚇了圓圓一跳，茶水流溢出來流過桌面滴滴嗒嗒直往地下流。墩過茶杯，江濤手指圓圓，氣呼呼地說，要說忍，是我忍夠了。咱們出來這些日子，都是你在教訓我，一副居高臨下的樣子，老子這也不行，那也不行，一時要我這樣，兩時要我那樣，圓圓，我忍了，一直忍著，你一說，我就像個小學生、像個乖乖兒一樣地不作聲，盡量地去做，盡量地去改，我他媽的真比一個小媳婦都不如！可一些習慣是打娘肚子裡就帶出來的，老子就是想改也改不了啊！可你他媽的像個牛雞巴一天到晚恨不得將一張×嘴壓在我的身上，我他媽的好歹還是一個男人啊，男人從來都是壓在女人上面的不是？老子在家裡那婆娘從來都是聽我的，我說一她不敢二，她要是敢強老子一聲吼她就不作聲了，要是我看著不順眼呀，就說你的皮癢了啊老子給你治治，順手抬腳就是兩下子，打了她還不敢哼嘰嘰……姓林的，老子何曾受過今天這樣的罪？為了你，老子吃苦受罪，扭曲自己，一直忍到現在，你個臭婊子養的，老子今天實在是忍不下去了！……

沒想到江濤連嚷帶罵訴苦似的扯出一大串，林圓圓不認識似地望著他，是啊，他一直忍到今天，這就是他的本來面目，要不是忍著，他早就像對待他那位給拋棄在家裡的婆娘一樣連打帶踢了。可兩人長期生活在一起，免不了有磨擦，要磕磕碰碰的，說不定什麼時候忍不住了他就要拳腳相加大打出手呢，這日子過得也太沒有安全感了，圓圓想想都覺害怕。她望著江濤，呆呆地望著，氣得淚水在眼眶裡直打轉，你……你……你怎麼是這個樣子？我只說了兩句，商商量量的，和和氣氣的，你就……就發脾氣摔東西，罵我是……那些我說都說不出口的髒東西！姓江的，我今天才算真的認識了你！

江濤罵了一陣，心裡似乎好受了一些，他蹺著個二郎胯子道，我就是這麼個樣子，江山易改，本性難移，我不想掩飾自己了，老子這些日子簡直過的都不是人的生活，太痛苦了，我就是這個樣子，希望你再不要激怒我了，老子忍不住了說不定真的會跟你動手的……

林圓圓說，你敢，你跟我動手，我就跟你拚命！

江濤說，你拚不過我的！你不信？我只要一下就可以把你打得趴在地下要了你的小命！

林圓圓聞言，不覺徹底地絕望了，哇地一聲嚎啕大哭起來。江濤也不過來勸，卻沒事似的做他自己的事去了。女人嘛，都是這樣，過一會就好了的，這是他的一貫想法。圓圓哭過一陣，感到了一陣從未有過的孤獨與淒涼，兩手抹抹淚，身一轉，就跑出了周老闆恩賜般給他們安排的平房小屋。

她一氣跑到就近的一個公用電話亭，沒有半點猶豫地抓過話筒，想也沒想就迅速地按下了一串她熟悉得不能再熟悉的電話號碼。

「喂，你找誰呀？」話筒裡傳來的正是她日思夜想的女兒歐陽穎穎的聲音，她激動得大聲叫道：「穎穎，是我，我是媽媽……穎穎，你怎麼不說話呀穎穎……你怎麼不回答我呀穎穎，你說話呀穎穎，你怎麼啦穎穎……」不論林圓圓怎樣焦急地叫喊，穎穎就是不回應，但她也沒放下電話，說明她正傾聽著。又是一串急促的叫喊過後，歐陽穎穎才帶著哭腔說道：「媽媽，爺爺奶奶說你是一個壞女人，爸爸也恨你，他們說你不配做我的媽媽，要我忘掉你，他們要我記住你是天底下最壞最壞的女人……」林圓圓聞言，忍不住熱淚長流，大聲哭了起來：「不，穎穎，媽媽不是壞女人，不是，真的不是，媽媽永遠是你的媽媽，你在世上就只有我一個媽媽，我是你真正的唯一的媽媽！」「那你為什麼要拋棄我，說都不說一聲就跟人……私奔了？」「不，穎穎，我不會拋棄你，我永遠不會拋棄你，媽在世上就只你這麼一個乖女兒，我想你，天天都在想你，我想得好苦啊穎穎……」穎穎說：「媽媽，其實我也想你，也想得好苦啊，可是我不能說，我得裝出一點都不想你還恨你的樣子，如果我不這樣，爺爺奶奶爸爸就會說我不懂事，說我沒有良心……」圓圓問：「你爸爸不在家？」「他給學生上晚自習去了，媽，你既然想我，那你怎麼不回家來呢？回來吧媽媽……」「我……」「你不回來，就是在說假話，說明你一點都不想我，你不是教我說話做事要誠實的嗎？你怎麼能說假話呢？」「好穎穎，我聽你的，媽媽回來……回來……」「哎呀不好，爸爸回家了，媽媽你也快點回來吧！」穎穎說完，啪地一聲就將電話壓了。

六

幾乎在拿到離婚證書的同時，歐陽明收到了一封溫州來信。信封沒有落款，上面只有內詳二字，他是從郵戳上得知來信寄自溫州的。信是林圓圓寫的，一口氣寫了五頁，用的是藍黑墨水，每頁字跡都有所模糊漫漶。看過信的內容，歐陽明才知是林圓圓邊寫邊哭那一串串的淚水造成的。

我的親親丈夫明明，圓圓以這樣的稱呼開始寫道。歐陽明見了這一稱呼，心裡當即不禁冷冷地一笑，都這麼個樣子了，還是什麼親親呀，丈夫呀，真是好笑得很。不過這是他們談戀愛那陣子兩地頻頻傳書時的慣用稱呼，也就在心裡默認了。

往下的內容，歐陽明沒想到她寫的全是自己的懺悔與思念之情。她先是回憶他們甜蜜的初戀，回憶他們相處的美好時光，一些片斷及細節，歐陽明差不多都忘了，經她這麼一提，也就鮮明地晃動在眼前。然後，她說她一時鬼迷心竅，做出了萬惡不赦的醜事，上對不起歐陽明的父母，下對不起自己的女兒穎穎，更對不起他，她表示深深的、深深的懺悔。最後，她希望歐陽明念在過去的感情與夫妻情份上，無論如何原諒她，她保證今後要好好地過日子，還說有了這次的教訓，再也不會想什麼歪心事了。她現在只想家想女兒想回來，只要歐陽明原諒她讓她回來，她要贖罪，下半輩子做牛做馬地贖罪。

讀著讀著，歐陽明就感動了，不禁一聲長歎道，既然如此，何必當初呢？同時想像著她與江濤的不合，生活的艱難，對家庭的思念等等，不覺同情極了。然後又歎了一口氣說，上帝有時都會犯錯誤呢，何況人呢？迷途知返，浪子回頭，還被人們傳為美談呢。更主要的，他是痛惜女兒穎穎。自從圓圓私奔後，她就一夜間突然長了好幾歲，似乎什麼都懂了，特別是有關男女方面的一些事情。同時，她也變了，變得孤僻，少言寡語了，常常獨自一人發呆，流淚。當然，她也跟著大人們說恨她媽媽之類的話，但在內心深處，他知道她是念著她想著她的，畢竟，穎穎是她一手一腳、一天一天帶大的，母女兩人的感情深著呢。那天穎穎接她媽媽打來的長途電話，歐陽明正好下班回家走到大門口，聽見電話鈴響，他馬上旋開防盜門鎖正準備趕過去接，沒想到穎穎接著就不作聲就與對方說了起來。這還是林圓圓私奔後第一次打電話回家，他不想中斷他們母女之間的對話，更想聽聽她們之間的談話內容。於是，就站在大門邊偷聽，聽著聽著，一切都明白了。想著女兒的生活與性格被扭曲，作為一個教育工作者來說，他感到了一陣痛苦的揪心，一時間只覺得頭昏眼花，四肢發軟，就咚地一聲朝旁邊的沙發躺去。發出的響聲讓穎穎有所覺察，母女倆的電話也就這樣中斷了。即使僅僅為了女兒穎穎，也應該讓她回來才是。當然，回來是一回事，今後兩人的關係又是另外一碼事。

你想回來就回來吧。歐陽明在一張白紙上寫下這麼一句，就寄往了林圓圓在信函末尾留下的一個通訊位址。那是她到溫州後新認識的一個姐妹，十分可靠。

然後是等待。可是，自從那封信發出一個月後，林圓圓都沒有回來。歐陽明不免焦急了，難道說又有了什麼變故不成？他倒沒什麼，關鍵的是他曾親口對女兒穎穎說過，你媽就要回來了這樣的話。如果她又變卦，他該怎樣向女兒交待？唉，這個冤大頭，真是煩心得很！

正煩著呢，門鈴就響了。開門一看，見外面站著的正是拎著大包小裹的圓圓。兩人都一愣，林圓圓頭一低，淚水就湧了上來：「明明，我真對不起你。」於是，歐陽明的心就一軟，做了一個請進的手勢說：「回來了就好，穎穎想你呢。」

林圓圓剛進屋，歐陽明就要給她去倒茶。圓圓馬上說：「別別別，還是我自己來吧，你這樣待我，我心裡更難過了。明明，你要是罵我、打我，我的心裡還好受一些呢。」

歐陽明進到裡屋拿出一個綠色本本說：「都辦下來了，每人一個，公平得很，也算是對往昔生活的一種紀念吧。」

林圓圓接過，忍不住就要哭。

歐陽明說：「綠色是和平的象徵，因此，我再也不會像上次那樣罵你打你了。現在，咱們都是自由的，要是我再有什麼出格的舉動，你就可以到派出所報案，到法院去起訴了。」

吧嗒，一粒眼淚終於衝破眼瞼破眶而出，滴在了離婚證書上。

歐陽明又說：「你就先住下吧，不管怎麼說，家中的一切都有著你的一份功勞，這就是你的家。」林圓圓哭道：「明明，難道我們之間的一切，都無可挽回了嗎？」「你想做些什麼呢？」歐陽明問。「只要……只要你原諒我，我什麼都願做！」歐陽明想了想，就說：「都過去了，我倒無所謂，關鍵是我的父母，你對他們的傷害實在是太大了，如果你願意的話，晚上到他們那邊去認個錯，可能對老人也是一種難得的安慰。」「去，我一定去！我要老老實實地認罪！」

正說著，穎穎就放學回來了。一見圓圓，她連聲大叫媽媽媽媽，一頭撲進她的懷裡。林圓圓叫著我的親親乖乖，張開臂膀迎了上去，母女倆緊緊地擁抱在一起。歐陽明見狀，不覺鼻子發酸，眼淚差點都要流出來了，就起身到廚房拿了個毛巾去洗冷水臉。

晚上，林圓圓獨自一人去了歐陽老局長家，歐陽局長開門一見是圓圓，開口就罵她是一個不要臉的東西。林圓圓一個勁地道歉、認罪，一副淚眼汪汪可憐兮兮的樣子，歐陽明母親不覺心有所動，可老頭子怒氣未消，怎麼也不肯繼續承認這個媳婦，還將她拎去孝敬的東西也給扔出了屋外。圓圓剛走，又將她站過的地方（根本就沒招呼她坐）用拖把蘸水擦了又擦，說是不能讓她這個臭婊子把一個乾淨的居所玷污了。然後又打電話給歐陽明，說他不像個男人，這樣不要臉的跟著別人跑了的女人你還要啊！歐陽明就辯解說我又不跟她重婚，不管怎麼說，她還是穎穎的媽媽呀，我是從下一代的角度考慮才讓她回來了的。老頭子根本不聽解釋，只是在電話裡瞎罵，歐陽明又不好壓下電話，只有洗耳恭聽的份兒。

林圓圓這一跑，不僅把身家榮譽弄丟了，也把一份清閒的工作跑丟了。她沒有地方去上班，就在家裡一心一意地做家務。林圓圓出走後這幾個月，歐陽明一心掛兩頭，既要搞教學，又要顧家庭，結果兩頭都沒顧上，班上的教學質量有所降低，家裡也是一蹋糊塗。林圓圓回來了，歐陽明感到這個家又像一個家了，林圓圓贖罪似的做著，將飯端在他們父女手中，一副恨不得餵給他們吃才好的巴結樣子。歐陽明想著這些日子吃的苦頭受的罪過，也就心安理得地享受著。

坐吃山空，時間一長，林圓圓就想老待在家裡肯定是不行的，總得找點事做才行。將自己的想法跟歐陽明說了，歐陽明道：「你說的也有道理讓我來想想，再找幾個熟人朋友合計合計，看到底做點什麼事兒才好。」

一周後，歐陽明就說你也不要想著什麼上班不上班的事了，乾脆做點小生意吧。正好我班上一個學生家長在市工商局當局長，他一開口，就跟咱們優惠弄了一個小亭子，對外明碼標價是三萬五，給咱們只要一萬五，一口氣就便宜了兩萬，還說今後在管理、稅收等方面都給咱們相應地來點優惠呢，要不是我對那個學生盡心盡意地管教，天下哪有這等好事？那個亭子在步行街，整個一長條貨亭都是做的服裝生意。正好你對化妝服飾之類的東西感興趣，我想你去盤肯定會盤得很好的。

歐陽明一說，很對林圓圓的口味，她忙不迭地說，好，真是太好了。她真的不願意一天到晚待坐著上班輕閒無聊，她喜歡的就是這樣帶點刺激味兒的工作與職業。

於是就買下亭子專做女式服裝生意。她對街上的流行款式及社會的時髦憑著一個聰明漂亮女性的直覺把握得相當準確，該進怎樣的貨，不該進怎樣的貨；什麼樣的服裝好銷，什麼樣的款式不受歡迎，她似乎比一個時裝大師還內行。那一長溜做服裝生意的亭子，就她的生意做得最紅火。別人都把她當作樣板，她進什麼貨，人家也就跟著進些什麼貨；他們主動與她套近乎，巴結她，為的是想從她口中瞭解一些服裝方面的新的資訊。林圓圓好像換了一個人似的，做得有勁帶力，因為進貨賣得好，她幾乎每個星期都要到外地去打一趟貨。她上武漢，下廣州，赴溫州，挑貨選貨，能幹得簡直讓人不敢想像這就是過去那個一天到晚坐在公園視窗賣票的林圓圓。她一方面要做好生意，一方面又要顧好家庭，盡一個賢妻良母的職責。她很忙，但過得很充實，亭子裡是一個大千世界，很適合那顆不甚安分的心靈；而有著女兒穎穎的舒適之家，就是她溫柔的港灣，實實在在的依靠，與她跟江濤在溫州的那間虛幻的愛巢有著天壤之別。生意一好，實在忙不過來，就開出高薪請了一個臨時工專門照看亭子的生意。

而歐陽明還是一心撲在教學上，亭子的生意，他幾乎就沒有管過，可圓圓卻將賺來的錢全部交他手上讓他存在銀行。家裡的事務也是圓圓在承包，只是外出打貨的時候，他才幹幹，好在林圓圓出走後的幾個月裡他已做得比較熟稔，頗有點「重操舊業」的味道。

這日，亭子的臨時工有事請假，林圓圓只好親自上陣。剛送走兩位顧客，又見得進了一男一女。林圓圓熱情地招呼著，突然就待在了原地。這兩位新進的顧客不是別人，而是江濤跟他的婆娘李怡紅！

自從溫州分手，林圓圓還是第一次見到江濤。

「老闆，生意好啊。」江濤彷彿不認識似的說道。林圓圓也就順水推舟地說：「想買點什麼好看的衣服？不是我誇口，整個步行街，就我這個亭子的服裝生意做得最好，真正地價廉物美呢。」李怡紅說：「是的，老闆你沒吹牛呢，我也聽人說過你的『藍鳥』亭服裝最俏皮，今天就專門拉上了老公照顧你的生意來了。」江濤就說：「我這個婆娘呀，還真有點老來俏呢，真是人老心不老，想跟那些漂亮小妞一比高低呢。老闆呀，你就把店裡最好最合身的推薦給她。只要衣服好，我是不會在乎幾個破錢的。怡紅啊，你說是不是呀？」李怡紅就裝出一副陶醉的樣子說：「找了你這樣的老公，那還有什麼話說呢？」

林圓圓見了，心裡怪怪地不是滋味。不是羡慕與留戀，而是想到了江濤與他生活在一起所表現的另外一面。人啊人，有時真會偽裝，一時無法分清呢。

在溫州，自從第一次大吵大鬧後，猶如一個無法修補的破碗，他們間的裂痕就越來越大了。關鍵是林圓圓在與女兒穎穎通了電話後，就下了回家的決心。於是，兩人的矛盾更是一發而不可收。直到圓圓說出分手的話時，江濤才有所醒悟，常言道，跑了的都是大魚，只有失去的東西才是最美好的，他這才感到了一股從未有過的感傷與珍惜。於是就懇切切地勸圓圓留下來，他一定要下決心痛改前非、重新做人。可圓圓去意已定，江濤知道無法挽留，冷靜地一想，也覺得兩人實在不怎麼匹配，而他家裡還有寶貝兒子，有一個可以任他打來任他罵的婆娘，也就默默地認可了。臨行前夜，江濤表現出了前所未有的溫柔，他伏在她雪白細膩的肌膚上，不禁像個小孩般嚶嚶哭了起來，弄得圓圓的淚水也像汩汩泉水湧個不停。圓圓說，難道愛情跟婚姻真的是水火不相容的嗎？江濤就說，肯定是的。那麼，要婚姻，就沒有愛情，要愛情，就沒有婚姻是不是？圓圓又問。江濤不作聲。圓圓再問他，如果要你在愛情和婚姻之間選擇的話，你要什麼？江濤說，當然是都想要，可這是很不現實的。圓圓說，我講的只是選擇一種。江濤就說，不好說，真的不好說呢，有時只想要愛情，有時又只想要婚姻，人啦，就是這麼一個怪種，沒有什麼想什麼，有了什麼又想另外的，可世界上又沒有兩全之策。圓圓說，江濤，我想我們的緣份也就到此為止了，這是我們最後的一夜風流，不管我今後怎樣，我都希望你不要去找我了好不好？如果你聽我的，我的心中畢竟還保留著一種美好的回憶；如果你不聽我的，我就會跟你撕破臉皮的。江濤說，我雖然是個大老粗，用你的話說就是一塊毛坯，可我不是那種死皮賴臉的小人。

江濤還真的說到做到了，他帶老婆來亭子挑選衣服也裝出從來不認識的樣子，繼續將李怡紅蒙在了鼓裡，粗人也有細心的一面啊。

選好衣服，江濤對李怡紅說：「你先走一步吧，到隔壁亭子再去看看，如果有好的乾脆多買幾件回去，咱們專門出來一趟也不容易呢。」李怡紅聽了，彷彿得了聖旨，高高興興地拎著選好的衣服就出了「藍鳥」亭進到旁邊的「紅葉」亭去了。

「你也回來了？」李怡紅剛一出門，林圓圓就問。「你走了，我還留得住嗎？」「那也是，」圓圓道，「回來找到了工作嗎？」「暫時幫我一個同學做，他待我還不錯，每月可以拿個一千多塊的工資。」江濤回道，又問，「你跟歐陽明的關係現在怎樣了？」「什麼怎樣？」「我的意思是說你們複婚了嗎？」林圓圓頓時一副冷若冰霜的樣子：「你問這幹嘛？那是我跟他倆的事，與你無關。」江濤被她這麼一嗆，就說：「我是不該問你的……」說著就掏錢付款。林圓圓說：「算了，不要付了，真的，我過去花了你那麼多，就算是一點補償吧。江濤，你別拉來扯去的，讓人看見了不好，我的性格你又不是不曉得，我說不要就堅決不會要！」

江濤聽她這麼一說，也就不再堅持。一時間無話可說，兩人都很尷尬，默默地對望一眼，江濤就說圓圓我走了。圓圓就說我不送了咱們再見吧。

江濤走了，來去如風，就像他的性子一樣，風風火火的，走得乾乾淨淨。過去的一切於他來說，似乎半點影響都沒有。而對林圓圓來說就不是這樣了，表面看來，她又回到了原來的起點，就像平靜的水面投進一粒石子，蕩起了一層波浪，慢慢地就消失了。可那粒石子，卻留在了水底的河床上，怎麼也不會消失了。她的出走，給一些當事人的心靈所留下的創傷還遠遠沒有恢復；歐陽明接納了她，她又回到了過去的家中，可他並未把她當成真正的主人，一紙離婚證，就像一條寬大的鴻溝，有形無形地橫亙在他們中間。

當天晚上，林圓圓將自己泡在浴池裡，差不多泡了兩三個小時，這在她的洗澡史上也可以稱得上之最了。她要洗去在歐陽明眼裡看來的所有骯髒與不潔，還她一個沒有污點的正經女人身。回來差不多半年了，她跟歐陽明連一次房事都不曾有過。她向她表示女性的溫柔與友好，總是被他拒之於千里之外。自她回來後，他就在一間小房裡架了一張單人床，從不與圓圓沾邊。圓圓說，明明你還在生我的氣討厭我啊。歐陽明就說咱們已經離婚了再做這樣的事可就有點名不正言不順了，又說你的身上有一股過去所沒有的怪味。林圓圓聽了忍不住偷偷一人伏床痛哭了一場，過後還得裝笑臉，像什麼事也沒發生過的。痛哭一場後也就不再想跟歐陽明親熱的事了，就這樣過吧，只要他能容納我，就蠻不錯了。有時候，林圓圓又顯得是一個很能知足的女人。

可是，江濤的突然出現使她感到了從未有過的失落與惆悵，自從出了那事，他回來後跟李怡紅似乎沒有過半點不愉快，為什麼女人能接受男人的偷情，男人就半點也不能接受女人的不貞呢？她感到這世界太不公平了，決定無論如何也要跟歐陽明好好談一談，即使低三下四也顧不得了，反正是自己的男人，身上的所有一切都讓他沒有半點遮掩地見過摸過，還有什麼值得害羞怕醜的呢？

歐陽明在小房的床上剛一躺下，林圓圓就不失時機地從臥室跑了過來，不容分說地一頭鑽進他的被子。歐陽明感到了一股不可抗拒的馨香與成熟女人的體味，都快一年了沒跟女人做那樣的事了，歐陽明身一翻，就壓在了林圓圓身上。他猴急猴急地剝去她的內衣，猶如一頭下山的猛虎，頗有一股子排山倒海般的力量與氣勢。林圓圓沒想到歐陽明也會這麼一手，這種力量顯然不同於江濤的粗獷狂烈，江濤身上除了剛與硬，就是硬與剛；而今晚的歐陽明，表現出的卻是剛中有柔，柔中有剛，剛柔兼濟，頗有張力，檔次自然也就不一樣。過去那麼軟綿陰柔機械的他怎麼突然間就變得如此「武功了得」呢？是因為長期壓抑憋悶的緣故，還是別的女人開啟了他？

一想到在她出走後的日子裡歐陽明的生活中可能出現過別的女人並繼續保持著來往，林圓圓心裡就怪怪地不是滋味了。想著想著，不禁忽有所悟，哦，難怪歐陽明要嫉恨她不理睬她不肯原諒她的，將心比心，人都是這樣啊！愛是容不得第三者的，原來他在心中不僅在乎她還真正地愛著她呢，只不過潛隱心底相當深沉罷了。

這樣一想，歐陽明在她眼裡就完全變了，變成了一個真正的男人。這是有別於江濤模式的男人，也不是過去的那個歐陽明，而是一個新型的文武兼濟陰陽結合的完美型男人。是的，他有文化，有修養，有事業，有道德……儘管自己做出了私奔的醜事，他還能重新容納，這在別的男人能做得到嗎？可歐陽明就做到了，這說明他心胸寬廣博大。對，只有歐陽明才是一個真正的男人呢，如今這社會，像他這樣的好男人到哪兒去找呀？他要是再婚，肯定會有不少如花似玉的未婚少女追求獻身的。不，我不能失去他，過去我太不會珍惜了，我一定要打動他的心，重新喚起他對我的愛心。林圓圓躺在歐陽明的身下在兩人肉體的契合中暗暗地想著這一切，不僅找回了過去初戀的感覺，還覺得更加愛他了，並堅決地認為如果真的失去了他，那麼自己這輩子就完了就活不下去了……

也不知過了多長時間，歐陽明才結束了暴風驟雨般的搏擊，喘息著與她並排躺在一起。林圓圓愛憐地撫摸著、親吻著他的全身，終於下了決心說道：「明明，咱們重婚吧！」

歐陽明沒有作聲，林圓圓靜靜而緊張地等待著。

過了好一會，歐陽明才說：「圓圓，自從你跟江濤的事情被我知道後，關於愛情與婚姻的事兒，我一個人想了很多很多。愛情跟婚姻，表面看來是一個統一的有機體，其實它們是兩碼事。」

「你也這樣認為？」圓圓說。

「是的，你跟江濤肯定也談論過這方面的話題是不是？愛情是熱烈的、浪漫的、感性的，而婚姻卻是冷靜的、瑣碎的、理智的，兩人在一起生活，天天拿來那麼多的卿卿我我？平凡的生活會把所有激情消磨得一乾二淨。當然，沒有愛情的基礎，婚姻也就無從談起。由此看來，它們又是和諧統一的。既矛盾又統一，那麼它的最佳表現方式是怎樣的呢？我以為生活是表面的，兩人盡著義務與職責，打發著平淡的日子，可在內裡，卻湧動著一條愛的激流，它是肉眼無法透視的，潛在的，只能感知的，不能用語言表達的……」

林圓圓道：「照你這麼說來，我們以前的生活就是這種愛情與婚姻最完美的結合了？」

「也可以這麼說吧，所以我以前很滿足。可你卻不安分，一心想著尋求刺激，結果怎麼樣？還不是又回到了原來的狀態？」

難道真的是這樣嗎？林圓圓的腦袋裡有著一團棼絲，怎麼也理不清。

「其實，婚姻只不過是一種形式，」歐陽明又開始說道，「兩人在一起生活，要那一張破紙幹什麼？真的要分手走路，輕輕一撕就破了。圓圓，我的意思你懂了嗎？我知道你現在對我是一片真心，有了一次教訓與坎坷，你變得更成熟了，也深沉了些。我想愛情並不在於形式，兩人有了真正的感情，能在一起過，就好好地過；而感情又是一種很神秘的東西，也許說消失就消失了，沒有了愛情，不能過了，大家道聲拜拜，友好地分手，各奔東西，也就沒有必要去非得把那張紙撕開一道無法彌補的裂痕了。」

林圓圓邊聽邊想，歐陽明對婚姻的這番議論與看法江濤也曾有過，只不過沒有他的深刻而已，看來每個愛情與婚姻之人，不論男女，不論職業，不論文化層次高低，都在進行著某些既相同又互異的探討。

而歐陽明還在繼續著他的高論：「我想婚姻也得推向市場才是，不能像過去那樣吃大鍋飯了，以為拿了一張結婚證就進了婚姻的保險箱，夫妻就沒有了尊重與珍惜，以為只要有結婚證在，兩人的關係就變不了，一切就都變得無所謂了。如果婚姻一旦走向市場，有競爭，有風險，有隨時告吹的可能，兩人也就很能理解對方看重對方珍惜對方了。當然，我說的這些在有些人眼裡也許全是天方夜譚，可它們卻是我在這場婚姻變故中的認真思考。圓圓，我想我們現在這種同居方式是最好不過的了，我不想複婚，真的，我現在一想到結婚證書就頭疼，它於感情、於現在的我們來說半點作用都不起。當然，新婚夫婦還是要的，沒有它，單位就不分給你房子，生下的小孩就不能上戶口、進學校，大家就會議論你不道德不合法……可我們，就真的犯不著再去拿什麼重婚證了圓圓你說對是不是？」

林圓圓一時覺得歐陽明說得很有道理，一時又覺得他的話簡直就是一派胡言，既不好贊同也不好反對，只是緊緊地摟著他的軀體，生怕歐陽明會飛走似的。她摟得越來越緊了，還不住地在心底喃喃自語道，我只要與你融化在一起，你就是飛到天上我也不怕了。

沉重的瀟灑

一

「吃飯了，吃飯了！」施莉莉叫了兩聲，方以智似乎沒有聽見。直到施莉莉徑直走進臥室，像堵牆似的站在他面前，厲聲嚷道：「叫你吃飯呢還裝聾賣啞呀！」方以智這才慌亂地站起身，連連回道：「吃飯吃飯，我肚子早就餓了。」「早就餓了怎麼還獨自一人待在臥室裡頭想七想八？」施莉莉犀利的目光直逼過來，方以智想說這幾天單位又在搞改革，要精簡裁員，弄得他有點心神不定，但一瞧施莉莉那副蠻不講理的樣子，自知解釋無用，也就悶著什麼也不說，彷彿做了錯事的小學生，頭一低，側身走出，趕緊坐在桌前，端了飯碗，扒個不停。

施莉莉跟著走出，氣呼呼地一屁股坐在對面，不依不饒地數落道：「我買菜洗衣做飯，一天到晚忙得像個陀螺一樣轉個不停，就跟不花錢雇來的保姆差不多。你倒好，回來衣不洗一件，地不拖一次，鍋鏟把沒摸過一回，飯做熟了，端到桌上，叫你來吃，還一副愛理不理、愛吃不吃的臭樣子。看把你慣的，恨不得餵你吃才舒服呢！」

施莉莉原是華興鋼廠子弟小學的一名語文教師，一年前，鋼廠效益不好，幹部減員，工人下崗，波及子弟小學，剛滿五十歲的她不得不內退在家。按說還有五年時間才輪得到她的頭上，作為一名普通女教師而言，五年時間，自然幹不了什麼轟轟烈烈的大事，但至少可以調整一下心態，從容地過渡到另一種生活方式之中。她心裡一直想著的，也是幹到五十五歲，然後功德圓滿地回家抱孫子。沒想到說退就退下來了，一刀切，不退也得退，容不得半點價錢可講。可有不少跟她年齡差不多的同學、同事，卻還待在市裡其他學校的講臺上，加工資拿獎金接受學生家長的請客送禮，幹得有滋有味。他們憑什麼？只不過進了一所好一點的學校而已，這令施莉莉心中怎麼也得不到平衡。內退在家，不是幹家務，就是看電視，或者獨自一人百無聊耐地坐著發呆。她感到了一股深深的失落、孤獨、憂愁與苦悶。於是，就將心中的不滿冰雹般地傾瀉在方以智頭上，將他視為一個小學生，時不時地教育訓斥一番。只有這時，她才覺得自己正容光煥發地站在高高的講臺上，成為學生眼中一尊畏懼而崇敬的偶像。時間一長，板著臉孔、喋喋不休地訓斥方以智便成了施莉莉日常生活中的一門「功課」，她也就在這吸食鴉片般的麻醉中獲得一種難得的快感。

方以智悶頭聽她訓了好一會，就道：「你空著肚子顛來倒去地說了老半天，也該吃點飯才是。」施莉莉橫了他一眼，說：「我吃不吃飯與你有什麼關係？」「吃飽了喝足了訓起人來才更加有勁帶力呀！」方以智一邊回道，一邊站起身，端著空碗就要到廚房去盛飯。

施莉莉趕緊站起身來攔住他道：「姓方的，你還想管教我不成?!反了，真是反了！你在單位是個沒用的窩囊廢，回到家裡像個公子哥，我說你兩句，就成了皇帝老爺，這還了得呀！」施莉莉一邊跳腳，一邊順勢奪過方以智手中的飯碗。

方以智瞧著她一副兇神惡煞的樣子，不禁長長地歎了一口氣。他與施莉莉是經人介紹認識而走到一起來的，雖然沒有刻骨銘心的愛情，但也並非那種封建式的父母包辦，兩人的婚姻至少有一個接觸瞭解的過程與接受認可的心理。因此，婚後的日子，雖然也有過不少磨擦，但總的來說，過得還算平淡而平和。可自從施莉莉內退後，她就完全變了一副嘴臉。方以智以為女人上了年紀，到了更年轉折期，加之內退的苦悶，發發牢騷自是不可避免，也就原諒了她，一直讓著她，只要施莉莉一開口，他就低頭保持沉默。方以智想，只要讓過一陣子，等她度過這段「危險期」，一切就都會好起來的，畢竟，兩人一輩子過得都不甚如意，何必再來製造一些人為的緊張、麻煩與「戰爭」呢？有時實在忍不住了要發作，就望她一眼，心裡罵一句「母老虎」；如果她還不止息，就又望她一眼，再罵一句「絲瓜婆」；心裡一罵，兩相抵銷，也就扯平了風息浪止。可是，沒想到時間一長，施莉莉不僅不收斂，反而得寸進尺，把他的沉默視為怯懦與害怕，看作一種理屈詞窮的認罪與悔過，完全把他當成了一碗下飯的「菜」，但他仍盡量地克制著、忍受著。令方以智怎麼也沒有想到的是，施莉莉竟然搶奪起他的飯碗來了。奪飯碗，這是他心中最為忌諱的事情。這幾天機關搞整頓弄得人心惶惶，他生怕有個什麼閃失「靠邊站」，沒想到自己的老婆，竟然奪他的飯碗不讓他吃飯！是可忍，孰不可忍?!

「你又是不是我的領導，怎能奪我的飯碗呢？」方以智心中有氣，說話的口氣有點衝，「請把飯碗給我吧！」「就憑你這副樣子，只有去喝西北風，根本不配吃飯！」施莉莉將空碗攥得緊緊的，生怕被他搶去似的。方以智說：「施老師，你把我當作小學生，一堂課一上就是一年多，也該下課休息了吧？」施莉莉大聲嚷嚷道：「就憑你這副德行，做我的小學生都不夠格呢。」方以智逼近一步：「嚷什麼嚷，快把飯碗還給我！」「不給，就是不給！」施莉莉一邊嚷叫一邊跺腳，「看你能把我怎麼樣！」方以智雖沒大聲嚷嚷，口氣卻顯得非常嚴厲：「你比一隻吃人的母老虎還兇惡，我又能把你怎麼樣？我只希望你不要奪我的飯碗！就是天大的事，也得把飯吃完再說，雷公也不打吃飯人呢！」「你說我是母老虎？你……你……」施莉莉氣得渾身直顫抖，「你不跟我賠理道歉，我就跟你沒完！」「不是母老虎，就是絲瓜婆！」方以智終於說出心中不知念叨過多少次壓抑著的話語，不覺舒暢極了。

而施莉莉卻氣得簡直要發瘋了，她拿著個飯碗，一邊在桌面上敲打一邊大叫：「好，姓方的，好，我是絲瓜婆，你嫌我老了，不中用了，肯定在外面找了年輕的相好，我明天就跟你去離婚！既是母老虎，又是絲瓜婆，那你還回這個屋子幹什麼？你滾，快點給我滾！」

方以智望望施莉莉，知道她的怒氣一時半刻肯定消停不了，而這頓飯是無論如何也吃不下去了，就說：「施老師，我滾了你沒有教訓對象怎麼辦？沒有聽眾，獨角戲唱起來恐怕更是半點味道都沒有了！」說著，快步走到門邊，旋開門鎖，走了出去。又回身將大門使勁一帶，只聽得「哐啷」一聲響，就將施莉莉連珠炮般的嚷叫關在了屋內。

二

方以智走出樓梯口，抬頭望望暮色四合的天空，一股惘然頓時湧上心胸，他不知自己該上哪兒，去幹點什麼才好。軍人出身的方以智，一不抽煙，二不喝酒，三不打牌，沒有半點不良嗜好，嚴格保持著一個軍人應有的樸素認真與一絲不苟。幾十年來，他生活在一條一以貫之的軌道上循環往復地滑行著，上班、下班、回家、睡覺，基本沒有什麼大的變化。只有同鄉或戰友聚會，他的生活軌跡才稍稍有所更改。

方以智漫無目的地走上大街，在柔和的桔黃色路燈與閃爍的霓虹燈下顯得格外孤獨。垂頭喪氣地走了一陣，想著絲瓜婆的盛氣凌人，覺得自己這輩子活得真窩囊。五十多歲的人了，還被她像個小學生似的訓來訓去，而自己只有忍氣吞聲活受罪的份兒。在單位，也是鬱鬱不得志，當時轉業分配到這座不大不小的重工業城市時，著實讓他高興了一陣子。可後來的情形就不那麼盡如人意了，單位換了好幾個，一直都是個跟前跑後的辦事員。好不容易混了個副科長，可那是個無關緊要的科室，寇里總共只有兩個人，除了科長，就是他這個副科長，辦事員還是他，只不過說起來好聽一點罷了。他在這個副科長位置上一直幹到今天，沒有半點升遷。而現在，他根本就不去奢想什麼升遷不升遷的問題了，不求有功，但求無過，只要能保住副科長的職務幹到退休，就是老天保佑上上大吉了。日子過得緊張沉重、單調瑣碎、貧乏無味，想想真正半點意思都沒有。所幸一對兒女還算爭氣，大女兒考上了武漢的一所重點大學，馬上就要畢業了；小兒子正在讀高三，也是今年畢業，估計考大學不成什麼問題。也只有想到兒女們，他的心裡才生出一片亮色與希望。

腳步漫無目的地走著，腦海漫無邊際地想著，不知不覺就來到了美食一條街。兩邊全是小吃攤點，或燒烤，或油炸，或小炒，油煙與異香陣陣飄拂，既顯得烏煙瘴氣，又撩得人食慾大發。街道本來就窄，兩邊擺了攤子，人來車往的川流不息，顯得更為擁擠了。方以智艱難地挪動著腳步，除了菜香的誘惑，小姐們那難以拒絕的拉客笑臉，不由得勾起了剛才絲瓜婆奪他飯碗的一幕，於是就想，不管上哪，也不管去幹什麼，總得先把肚子填飽了再說。

方以智選就近的攤點坐了，一位長相秀氣的小姐跟著湊到他面前說：「老闆想吃點什麼？」方以智原只想吃五元一碗的素炒米粉算了，可人家一聲老闆一叫，他就不好意思點什麼素炒粉了，只得咬咬牙，點了豆瓣鯽魚、回鍋牛肉、豬肝湯。點完後又問：「我就一個人，三個菜該夠了吧？」小姐說：「夠了夠了。」又問：「老闆想喝什麼酒？」「就啤酒吧。」方以智說。

一個人低頭專心致志地喝著悶酒，心緒非但沒有好轉，反而更加煩躁了。方以智喝完後做出一副瀟灑的派頭，招招手，有模有樣地說道：「小姐，買單。」小姐趕緊過來說：「共是五十一元，一元的零頭就抹了，老闆只付個整數算啦。」方以智一聽，不禁下意識地叫道：「怎麼這麼貴？」小姐說：「這還貴呀？咱們是大排檔，收得最便宜了，若是正兒八經的餐館，豆瓣鯽魚三十五元，回鍋牛肉三十元，豬肝湯十五元，啤酒八元，得收你八十八元才是。」方以智最聽不得嘮叨，二話不說，趕緊掏出票子付了。小姐笑眯眯地說：「老闆慢走，歡迎下次光臨。」方以智每月工資一千來元，正為多花五十元冤枉錢而心痛不已，對小姐的殷勤送客，只當沒有聽見，掉頭就走。

方以智喝的雖是啤酒，但他平時滴酒不沾，加之心情不好，不免有點雲山霧沼、暈頭脹腦的味道，腳步也就顯出了幾分踉蹌。肚子是弄飽了，可他暫時還不能回家，一想到絲瓜婆那指手畫腳、飛揚跋扈的樣子，就頭疼心悸。那麼，上哪兒去好呢？他可真有點茫然了。腦裡走馬燈似的將所有同鄉、朋友、戰友轉了一遍，這才發現自己平日過於封閉，與他們的聯繫少之又少，竟沒有一個很好的去處。

不一會，美食一條街就走到了盡頭。他站在十字路口，腦子突然一亮，就出現了一個亮光閃閃的形象：兩根黝黑閃亮的辮子，一張甜美可愛的笑臉，一條窈窕多姿的身段，它們是那麼和諧統一地搭配在一個名叫羅薇的女人身上。如果說方以智這輩子有過什麼不軌與邪念的話，那就是曾在心中把羅薇當成了他完美無缺的理想情人。

羅薇是下面班組的一名普通工人，她父親要退休了，根據有關政策，就把她從湘西老家招來頂班。方以智認識羅薇的時候已經是一個有孩子的父親了，但第一眼見到她時，心中就起了一陣莫名其妙的衝動與激情，這難道就是人們所說的一見鍾情？方以智只要見到羅薇，就勾起了對故鄉山村的美好回憶，就喚起了他一直潛藏著的激情與浪漫。後來，方以智只要聽到羅薇的聲音，或在腦海裡想起她，也會心跳不已，感到一股難以言喻的充實與甜蜜。他想自己是真正地愛上羅薇了，一個已婚男人對一個純情少女的真誠愛慕，並且是典型的一廂情願的單相思。他想自己才貌平平，不可能俘獲姑娘的一顆芳心，就是互相愛戀，也屬大逆不道，唯一能做的，就是尋找機會與她說說話兒聊聊天，把這種既畸型又純潔的愛情嚴嚴實實地埋在心中，不讓它有半點萌芽或外露。他不管對方知道不知道，也不管對方愛不愛他，以為只要自己心中有過愛情這種美好的感覺，曾經擁有過一個做夢的對象，這就夠了。他這輩子似乎從來就沒有什麼不切實際的奢侈慾望，最懂得知足常樂了。

近二十年光陰一晃而過，方以智對羅薇的傾慕卻並未隨著歲月的流逝而改變。這些年，羅薇過得並不怎麼如意，丈夫一直病病歪歪，兩年前病逝，留給她一屁股債務；前不久，廠子效益不佳，她們一批四十歲左右的女工又全部下崗在家，每月只拿三百多元的生活費。好幾回，他下班時都在路上遇見了買菜的羅薇，但他仍不想讓她知道這些年來的真情實感。碰見了，也只是打打招呼，客客氣氣地寒暄幾句，大不了並排走一程，就分了手。

可今天，方以智怎麼也忍受不住了。忍了將近二十年，壓抑得實在是太久了，他需要傾吐與訴說，需要溫暖與溫柔，需要撫慰與愛情……一句話，他需要女人，一個真正的女人！於是，站在十字路口的他不再猶豫，邁步向羅薇家的方向走去。

走了一會，就感到渾身躁熱，啤酒的威力正在體內發生作用，頭沉沉地壓在肩上，而腳步卻輕飄飄的彷彿騰雲駕霧。想到還有四五華里的路程好走，方以智就在心裡說，哪裡不花上十塊錢，幹嘛要節約呢？咱今天就豁出去了，一定好好地瀟灑一番。於是，手一揚，攔了一輛計程車，徑向羅薇家馳去。

方以智叫聲停，鋼廠宿舍區也就到了。這裡全是一片舊式的三層筒子樓，外表沒有任何裝飾，保持著紅磚的本色，遠遠望去，整個居民區全是一片純色的「紅樓」。裡面的住家，每戶一個大統間，一間小廚房，幾家共用一個廁所。方以智雖然從未去過羅薇家，但他一直留心地關注著，自然知道她家的詳細地址——四十三棟二樓。

他覺得第一次空手去她家，怪怪地不好意思，就踅到旁邊的一個水果攤上買了一袋香蕉、蘋果之類的水果拎在手中。上樓前，站在一條弄道的口子裡吹了一會兒涼風，以消消酒氣。他雖然不喝酒，但酒量多少還有點，況且喝的又是啤酒，時間一長，涼風一吹，很快就清醒如初了。

樓道一片漆黑，方以智好不容易摸索著上到二樓，又不知道羅薇住在哪一家，想敲門問問，想到寡婦門前是非多的「國情」，只好憑著感覺往前走。二樓住了大約五六戶人家，他走了兩個來回，也沒感覺到羅薇到底住在哪一間。隱約聽得東頭一家傳來麻將洗牌的嘩啦嘩啦聲響，方以智做賊似的躡足走了過去，站在門口聽了一陣，發現大門裂著一條縫隙，就側著身子，乜斜著眼往裡望。一望就望在了一個全神貫注打牌的女人身上，這個女人不是別人，正是羅薇！原來羅薇還會打麻將，他可真沒想到。如今打麻將多少都要帶點「彩」，羅薇獨自一人撫養著一個兒子，每月又只有那麼一點可憐的生活費，她哪來的錢打麻將？這時，屋內洗牌的嘩嘩聲又響了，還伴著幾個女人有滋有味的說說笑笑。他想像著今晚與羅薇的見面，會是一番怎樣的情景，自然有多種可能，可就是沒有想到她家裡正開著一桌麻將。這麼多人待在她家，他還進去湊什麼熱鬧呢？反正誰也不知道他來過，就想靜悄悄地走開算了。轉而又想，也許他這一走啊，一輩子都不會再來了，要知道他今晚的行動，可是鼓足了大半輩子的力量與勇氣啊！這積蓄的力量與勇氣一旦流失，就像一盆潑出去的水，恐怕再也收不回來了。況且，他手頭拎著的一大袋水果一時也無法處理啊！

不能退縮！既然來了，就不要想七想八的打什麼退堂鼓了。暗中一鼓勁，右手猛然拉開隔擋的紗門，發出一陣吱吱吱的怪響。此時，方以智就是想退縮，也沒有退路可走了。

「誰呀？」屋裡有人問道，而打牌仍在繼續。方以智沒有回應，只是推開大門，將自己置身在熾亮的電燈光照之下。羅薇抬頭一望，不覺大驚，正準備出牌的手頓時停在空中：「方科長，是你？」

「怎麼，我就不能來嗎？不歡迎我是不是？」「哪裡哪裡，沒想到科長大駕光臨呢。快請進，坐，坐。」羅薇放下手中麻將，搬椅子泡熱茶，熱情地招待著。「對不起，我家沒有備煙，只有淡茶一杯。」方以智說：「你又不是不曉得，我從來就不抽煙。」

這時，冷落在一旁的三個女人有點不耐煩了，其中一個故意問道：「該哪個出牌呀？」「該我呢。」羅薇回著，抱歉地對方以智道，「我們幾個姐妹好不容易湊到一起玩玩，只好怠慢你了。」方以智說：「你們盡興玩吧，我今晚到這邊辦點事，正好路過，見你家有燈光，就過來看看。」「難得領導對我們下崗工人關心，」羅薇一邊打牌一邊跟他聊天，「更難得的是方科長還曉得一個普通女工的住址，真讓人感動呢。」方以智聽她這麼一說，就有了一種坐立不安的感覺，馬上解釋道：「我哪裡算得上領導，頂多是個辦事員，跟當官的跑腿呢。」說到這裡，就想來一點幽默，「就跟解放前的狗腿子差不多。」

「狗腿子？哈哈哈，狗腿子！」大家一聽，全都哄地一聲笑了，屋內的氣氛頓時有了幾分活躍。坐在羅薇下手的一個胖女人說：「薇薇，人家科長是代表私人來看你的，這份情誼就更難得囉。」其他兩個女人趕緊附和：「可不是嘛，薇薇，你可要格外珍惜喲。」

羅薇真誠地說：「方科長，這幾年，我過的是什麼日子呀！謝謝你還記得我，我真的好感動好感動。」胖女人又說：「人家還買了這麼多的水果呢。」方以智說：「少得很，一點小意思，小意思麼。」胖女人神秘地一笑：「我說薇薇呀，你也要好好記住人家方科長的情誼，現在都什麼年代了，當開放時還得開放一點才是呀！」說完後大家又都怪怪地笑，弄得方以智很不好意思。羅薇看出了他的尷尬，就說：「方科長別介意，咱們姐妹幾個在一起開玩笑開慣了，葷的素的全都來，你左耳朵進，右耳朵出就是了。」

又坐了一會，喝了兩口熱茶，方以智就站起身來準備告辭。

羅薇說：「這怎行？你第一次來我家，就這樣走了，我過意不去呢。來來來，你來跟我『挑土』怎麼樣？」方以智說他不會打麻將，幾個女人就說現在哪裡還有不會打麻將的男人呀。方以智說我真的不會打，連麻將摸都沒摸過。胖女人說：「那就學唄。」羅薇道：「方科長，既來之，則安之，今晚你就別急著走，跟咱們幾個女人痛痛快快地玩一回吧。」一邊說，一邊站起身將座位讓給他，「來，來，今天非把你拉下水不可！」

方以智還真想在羅薇家多待會兒，可他確實不會打麻將，半點也不會。羅薇瞧著方以智一副十分為難的樣子，就說：「一個大男人，不會打麻將像什麼話，我來教你打，你只算跟我『挑土』，輸贏都是我的。」

聽了這話，想到絲瓜婆這輩子對他近乎虐待的「嚴格管理」，方以智不禁深情地望了羅薇一眼，就覺得她外表雖然變了，長辮子成了一頭短髮，窈窕的身材粗似水桶，細嫩的皮膚已然打皺，但自有一種成熟女人的獨特風采，魅力半點不減當年。方以智心頭一熱一顫的，當即故作瀟灑地大聲說道：「羅薇，要打就得動真格的，這樣吧，輸了我出，贏了算你的！」

其他三個女人一齊嚷：「這樣的好事打著燈籠也難找，來來來，上我這兒來，我教你打，輸了算你的，贏了算我的。」

羅薇也說這不公平，後來兩人達成一項協定，輸了還是方以智掏腰包，但贏了呢？那就兩人平分。大家都說還是羅薇沾了光，大大地佔了便宜。

麻將的打法其實也簡單，只要把對子、圓句這樣的基本概念掌握，把一些人為的規則弄清楚也就行了。兩圈下來，方以智就曉得這打麻將到底是怎麼一回事了。俗話說，打牌無生手。剛開始，方以智的手氣格外地好，在羅薇的「英明」指導下，大和小和像下雨，和牌的事似乎讓他一個人給承包了。桌面前十元、五元、兩元、一元的票子，也就越堆越高。

方以智說：「贏了這多，桌上都放不下了，羅薇，你就先把你的一半拿去吧。」羅薇說不慌不慌，等打完了再結賬。方以智道：「放不下了，你先拿著不成麼？」羅薇就將十元的票子拿了放在一旁的茶几上。

又打了一會，方以智的「火」還是出奇地好，其他三個女人就有意見了，說他們兩人是聯合起來打「橋牌」，還說方以智本是麻將高手卻故意欺騙她們連麻將摸都沒有摸過。方以智便大叫冤枉，要將位子讓給羅薇。胖女人說：「贏了牌就想走，你還像不像個男人？」方以智聞言，屁股都不敢挪一下了。胖女人又說：「你要想洗清自己，辦法也不是沒有。」「什麼法子？」方以智趕緊問道。「不要薇薇指點，就你一個人打到底。」方以智歎一口氣，只好硬氣地說道：「一個人打就一個人打。」又轉身對羅薇道：「你就不指點了，看我怎麼對付她們。」羅薇說：「他真的不會打，我只在關鍵時候點撥一下怎麼樣？」「人家方科長都同意，你怎麼還要橫扯筋？薇薇，你也太不夠姐們義氣了！」她們異口同聲地嚷，真有點三個女人一臺戲的味道。

羅薇聞言，自然不好多說什麼了，只是將椅子又往方以智身邊挪了挪。有一股淡淡的膚香在湧動，方以智不禁吸了吸鼻子，感到一股從未有過的陶醉。

麻將繼續著一圈圈地打下去，方以智雖然還能照樣摸一手好牌，可他實在是太不會打了，有時明明要和牌了，也不知道怎麼和。羅薇在一旁急得不行，她一開口，三個女人就齊聲抗議。實在沒法，關鍵時刻她就只好在桌子底下碰方以智的大腿。而這根本無濟於事，很快地，方以智桌前的零票就一掃而光了。羅薇拿過先前放在茶几上的十元票子，方以智怎麼也不肯要，說是贏了的錢已經分給你了再要回來那不是比打他兩耳光還厲害麼？於是就瀟灑地掏自己的腰包。今天正好發了工資，還沒有上交絲瓜婆，一掏就有十來張百元大鈔。幾個女人又都叫，原來遇到了一個大老闆呀，今晚咱們得把刀子磨快一點，好好地宰一宰，放乾他的血。

打到十點半，羅薇讀初三「加班加點」上晚自習的兒子回家了。她家就只那麼一統間房子，如果再打下去，自然就要影響兒子的休息與學習了。於是，大家知趣地將麻將一推，結清賬目，就散場了。

所幸幾個女人玩得不大，他才不至於輸得一塌糊塗。方以智清了清錢款，結果還是輸了一百八十多元，只有這時，他才感到了一陣心疼。

出門時，三個女人都嘻嘻哈哈地打趣方以智，說沒想到他還真的不會打麻將，差不多是一個麻將處男，是一碗難得的下飯「菜」。

方以智一聽，頓時感到了一股深深的悲哀，怎麼我總是人家的一碗「菜」呢？在單位是領導的「菜」，在家裡是絲瓜婆的「菜」，在大排檔是老闆的「菜」，而想瀟灑地玩一玩，又成了幾個女人的「菜」……這麼一想，只覺得雙腿灌了鉛似的沉重，恨不得靠在牆頭大哭一場才痛快。這時，羅薇已將他送到了樓下，他連痛哭一場的機會都沒有。在羅薇面前，除了展示一個男人的大氣與瀟灑外，不能有半點弱者的表露。

這時，一輛空著的計程車緩緩駛了過來。方以智挺直腰板，手一揚，計程車嗤地一聲平平穩穩地停靠在他的身旁。

羅薇說：「方科長，歡迎常來家裡玩。」

方以智瀟灑地一揮手道：「我還會來的。」

三

司機一邊轉動方向盤一邊問：「先生上哪？」方以智看了看手錶，十一點不到，絲瓜婆肯定還沒睡，回去免不了又要聽她枯燥地「上課」。如果不想繼續做一個「合格」的小學生的話，兩人必有一場暴風驟雨般的大鬧。方以智既不想「聽課」，也不想大鬧，只要一想到絲瓜婆，心中就起一種反感。要是有可能，他真的不想與她打任何交道，有時就想從家裡搬出去隨便找個地方獨自一人過，可想歸想，終是下不了決心搬出。而今日忍無可忍第一次從家裡出走，好不容易戰勝了自己這麼一次，差不多白白地花去了一個月四分之一的工資，半點收穫都沒有就回家，也太有點化不來了。

古人云，人生難得幾回醉。那麼今人呢？照此推理，就是人生難得幾回瀟灑了。前些年，社會上到處都在傳唱一首名叫〈瀟灑走一回〉的流行歌曲，方以智的心也曾受到感染，還能情不自禁地合著節拍哼哼唱唱，他印象最深的就是最後兩句：「歲月不知人間多少的憂傷，何不瀟灑走一回！」是啊，人生的憂傷痛苦實在是太多了，為何總要約束壓抑自己，跟自己過不去呢？咱今天就豁出去了，放開手腳、瀟瀟灑灑、痛痛快快地玩一把吧！

這樣一想，方以智就對計程車司機道：「去鐘樓。」

鐘樓後面有一條鬱香巷，巷子兩邊的門面全都帶點色情氛圍，什麼卡拉ＯＫ廳、美容院、洗腳城等，不一而足。這兒是市裡有名的敏感地帶——「紅燈區」，為的是營造開放的環境，吸引外商投資，搞活本地經濟。於是，大家都將鬱香巷喚作脂粉巷，或稱「小香港」，也有人撕去那塊溫情脈脈的遮羞布，乾脆叫它妓院街。

一次戰友聚會，做東的張水明是本市一家頗有名氣的美嘉服飾有限公司的總經理，他財大氣粗得很，酒宴完後，又請大家唱了一個晚上的卡拉ＯＫ。方以智至今仍清楚地記得，他們去的就是鬱香巷，進的是一個名叫「綠島夢」的卡拉ＯＫ廳。當時，張水明給每個戰友派了一個靚麗的小姐，方以智也不例外，「分配」到一個小巧玲瓏的姑娘。方經智問她貴姓，她對他嫣然一笑，就說免貴姓姜。於是，方以智就喚她姜小姐。姜小姐一進卡拉ＯＫ廳就往他身上靠，還拉著他的左手，將白蔥一般的嫩指插在他的幾個指頭縫間，纏纏繞繞的，彷彿有著無盡的綿綿情誼，弄得方以智耳熱心跳，趕緊移動屁股挪開，與她保持幾分距離。等他定定神，再看昔日那些戰友，就見他們一個個都像見過大場面似的，很是放得開，有的將胳膊搭在小姐肩上，有的把小姐摟在懷裡，還有的乾脆就讓小姐坐在自己身上。他們旁若無人地做著這一切，叫勁比賽似的，彷彿誰與小姐最親密，動作最出格，誰就是冠軍。只有方以智一人像根木樁似的戳在那裡，目不斜視，腰板挺得筆直，仍然一副標準的軍人樣。放眼望去，不正常的反倒是方以智了，有好幾人指著他嘻嘻哈哈地說笑著什麼，顯然是在嘲笑他的迂腐與古板。方以智一時顯得很尷尬，坐也不是，站也不是，走也不是，模仿他們也不是，真個無所適從不知所措。這時，張水明就走過來遞上一支香煙，方以智擺擺手說你又不是不曉得，我從不抽煙。張水明說，你戒煙，難道還戒女色不成？方以智就不作聲。張水明再說：「咱們過去的軍營生活實在是太單調了，那時禁錮得厲害，現在還不補償補償，這輩子也太有點化不來了。老方啊，今晚你就放開一點，盡興地玩，大家彼此彼此，安全與費用全都包在我身上。」張水明把話說到這種程度，方以智自然不好拒絕，就點了點頭。張水明臨走開時又說道：「老方啊，三十不浪四十浪，五十正在浪尖上，六十後浪推前浪，七十還在浪打浪，你就好好地浪它一回吧！」

可那回的方以智卻怎麼也沒能「浪」起來。張水明一走，他與姜小姐又恢復了先前的姿式，終歸沒有像其他戰友那樣繼續「深入」。

他不是不想跟姜小姐親熱，只是人多眼雜怎麼也進入不了角色。其實呀，他的心始終都在誘惑的波浪裡掙扎浮沉。此後，他經常放電影般地回想當時的情景，想得如癡如醉時，恍恍惚惚就會出現與姜小姐兩相愛撫的幻境。

這樣的幻境出現的頻率一多，方以智心裡就有了一股潛在的衝動，總想著什麼時候到鬱香巷的綠島夢卡拉ＯＫ廳再走上那麼一遭。只是這樣的念頭剛一冒出，就被他及時地掐滅，給扼殺在「搖籃」之中了。

而今天，這一念頭又不失時機地冒了出來。一冒出來他就不再壓制，而是任它瘋長不止，一瞬間就長成了一棵遮天蔽日的大樹——他要舊夢重溫，真正地放開自己，去衝一回「浪」，好好瀟灑瀟灑。

走進鬱香巷，方以智就直奔目標，去尋那個綠島夢卡拉ＯＫ廳。這地方雖只來過一次，但張水明請客的事彷彿就在昨天，此後又在想像與睡夢中來往過無數個回合，頗有點熟悉得不能再熟悉的味道。走著走著，望著街道兩邊鮮活明麗的景致，他弄不清自己到底置身現實還是夢景，就那麼聽憑感覺踢踢踏踏地往前走。不一會，方以智便準確無誤地找到了綠島夢卡拉ＯＫ廳。領班殷勤地將他迎了進去，身子還沒站穩就問他一共幾人，在大廳唱還是要包廂。方以智說就他一個人，弄個小包間就行了。領班又問他點哪位小姐，他說你們這裡是不是有一位姓姜的姑娘？領班說有，她現在正空著沒有陪客，方以智說那就是她了。領班又問先生想玩幾個點？方以智看看手錶說：「現在十一點都過了，莫非你們通宵不關門？」領班說：「只要先生想玩，我們可以通宵營業的。」方以智說就玩兩個點算了。兩個點一過，他回家時已深夜一點多，絲瓜婆想必早就酣然入睡了。方以智又問價錢怎樣算，領班說包廂費每個點五十元共一百元，小姐的陪唱費也是一百元，你跟小姐之間發生了什麼，小費另外算，那是你們兩人之間的事，也就是說，老闆只管收你二百元。方以智聞言大驚，就說怎麼這貴呀，能不能優惠一點？領班說這就是最優惠的了。哎呀呀，照這個價格算下來，那天晚上張水明該是多大的開銷啊！可今晚沒有人請他的客，只好自己掏腰包了。兩個點共計兩百元，可是一筆不小的數字呢！怎麼辦？既來之，則安之，反正豁出去，什麼都不想了！方以智稍一猶豫，就決定今晚無論如何也要痛痛快快地瀟灑走一回。這時，領班又往他身邊湊了湊，神秘地說，至於小姐的小費怎麼給，那就看她為你付出了多少，付出的多，你就多給；付出的少，你就少給，你們兩人商量著辦，我們就不管也管不了啦。方以智聽後問，你說得含含糊糊的，小費標準到底麼個樣？應該給多少，你得給我說清楚點，好讓我心裡有點譜啊！領班說，到時小姐自然會跟你談的。唉，不管在哪兒，也不管幹什麼，這費那費的怎麼這麼多？還真有點弄不清湯呢，看來各行各業現在都免不了「苛捐雜稅」的折磨啊！

很快地，領班就叫來了姜小姐。方以智望過去，眼睛不覺一亮，不錯，正是上次那位陪他的姑娘。心中頓時生出幾分親切，他熱情地上前打招呼道：「姜小姐，還記得我嗎？」姜小姐一愣，有點茫然的樣子，她接待的客人實在是太多了，哪能一一記住？但職業的性質與敏感使她很快就點了點頭，說記得記得當然記得啦。哦，原來人世間還有這麼一位漂亮可人的小姐一直惦記著他呢，方以智當即感動得不行，兩人一進包廂，他就一把摟過姜小姐，直往她臉上湊。姜小姐順勢勾住他的脖子任他在臉頰上親了幾口，一副陶醉得尋死覓活的樣子。方以智深入著要吻她的嘴唇，卻被姜小姐堅決拒絕了。方以智大惑不解，姜小姐就指指嘴唇，說上面有口紅，沾在臉上要是被人看見那不成了不打自招的罪證麼？方以智心裡又是一顫，就想難得姜小姐這麼細心地替他著想，真可以做他的紅顏知己了。

方以智抱著姜小姐上上下下地摸了幾個來回，全身像患瘧疾似的抖個不停。姜小姐就那麼小鳥依人地微閉雙眼躺在她懷裡任憑他動作，方以智極想與她做成那件事情，終是不敢亮出底牌。

這時，姜小姐突然在他懷裡扯了一個呵欠，方以智的情緒頓時沒了，就問：「你瞌睡來了吧？」姜小姐說：「都半夜了，好累人。」「那咱們就只玩一個點怎麼樣？」姜小姐聽方以智這麼一說，馬上站起身道：「說好了兩個點，這怎麼行？這樣吧，只要咱們一唱歌，我就沒得瞌睡了。」「好吧，那就唱歌吧。」本來麼，這裡就是卡拉ＯＫ廳，專門唱歌的，可來的人卻是醉翁之意不在酒，不在歌，而在乎脂粉流溢的小姐哉，都有點本末倒置了。

姜小姐問：「你想唱什麼歌？」方以智想都沒想就說道：「〈瀟灑走一回〉。」姜小姐取下牆上的話筒通知吧檯，不一會，熟悉的音樂就響了起來。方以智接過姜小姐遞來的麥克風，清了清嗓子，隨著電視畫面與音樂的節奏唱了起來。一曲唱完，姜小姐就使勁地為他鼓掌。方以智知道自己嗓子不行，有點鴨公的味道，好些地方也唱走了調，但還是為姜小姐的叫好而感動。

一曲唱罷，方以智全身躁熱得不行，就將麥克風遞給姜小姐說：「現在歸你了。」姜小姐也不推讓，問他想聽什麼歌。方以智說除了我剛才唱的這首〈瀟灑走一回〉，我也沒有其他格外喜歡的歌了。「那我就再跟你唱一遍怎麼樣？」方以智連連說好。

姜小姐走到包廂中央，甩了甩披肩長髮，開始有板有眼地唱了起來。沒想到她唱得出奇地好——嗓子好，咬音準，節奏把握得當，模仿葉倩文的姿態簡直到了家。剛一唱完，方以智就將她緊緊地抱在懷裡，恨不得將她融化在自己體內。

接著又是方以智唱，他說他不會唱新歌，只會些過去的革命老歌。姜小姐說革命老歌就革命老歌吧，我就喜歡聽革命歌曲，比現在的流行歌曲有味多了。方以智受到鼓舞，就接連唱了〈大海航行靠舵手〉、〈打靶歌〉、〈三大紀律八項注意〉等。

然後，姜小姐提議道：「咱們兩人來個對唱吧。」方以智自然是答應不迭，可他一首對唱歌曲都不會。姜小姐說，不會的地方你跟著我唱就是了。方以智說你想點一首什麼對唱歌呢？姜小姐想想道：「咱們倆最適合唱〈我聽過你的歌〉。」

於是，就唱〈我聽過你的歌〉。

麥克風握在手中，方以智卻半點也不會唱，男聲女聲都由姜小姐一人包，他就那麼呆呆地站在姜小姐身旁，嘴唇一翕一合地跟著嚅動不已。

女：我聽過你的歌我的大哥哥，我明白你的心你的喜怒哀樂。
男：我是否可以問問你的姓名，因為你是我的知音我又多一個朋友。
女：我並不在乎你記住我的姓名，我只想聽到你的新歌你的聲音。
男：我衷心謝謝你的厚愛你的真情，我會把這一個瞬間用音樂來送給你。
女：願你的聲音永遠伴我的左右。
男：我一定盡力用最美好的旋律伴你左右。
女：我聽過你的歌我的大哥哥，我祝你萬事如意天天快樂……

唱著唱著，方以智將麥克風往地下一丟，猛然忘情地抱住姜小姐，將她扔在沙發上壓在身底下。「姜小姐你真是善解人意你真的知道我的喜怒哀樂嗎？你叫什麼名字快點告訴我吧！我要你的真情要你做我的紅顏知己做我的知音要你永遠永遠伴我的左右……」方以智動情地說著，淚光都在眼眶裡閃爍不已了。

「久經沙場」的姜小姐還從未見過這麼多情而深情的男人，當下心裡也有幾分感動，就伸出纖纖細指溫柔地撫摸他的臉龐說：「我叫姜芸芸。」「那我就叫你芸芸好了。」「我這是第一次把我的真實姓名告訴我的客人。」方以智聞言，也就將自己的姓名和工作單位如實相告。姜芸芸盯著他的眼睛問：「你以後真的會經常來找我嗎？」「我要經常來，我喜歡你。」「你喜歡我什麼？」「我喜歡你的聲音，喜歡你的模樣，喜歡你的一切，我想要你的身體要你的靈魂要你的一切！」姜芸芸不語。方以智說：「我有錢，我不會讓你吃虧的。」說著，就掏出所出鈔票，留下兩張一百作為點錢以交給領班，其餘的全都塞進了姜芸芸隨身帶著的一個黑色小包裡。直到這時，姜芸芸才開口說道：「我不在乎你有錢沒錢，但我能感覺到你的真情。也就是說，你把我當成了一個真正的女人，不像其他客人那樣拿我們這裡的姐妹當作發洩慾望的動物。」說著，就順從地躺在沙發上，並默契地配合著方以智的急不可待。

方以智已記不得多長時間沒與施莉莉「親熱」了，長期的壓抑弄得他幾乎喪失了男人的本能有點不陰不陽了。他剝筍般地解開姜芸芸的衣服，那一點點露出的白色而細嫩的皮膚很快就將他推上了快感的高潮與峰巔……

四

方以智走出綠島夢卡拉ＯＫ廳時，只覺得自己全給掏空了。

口袋裡一個月的工資及上月的積餘給花得一分不剩，胸腔裡憋著的狂暴噴發得一點不剩，而身子也被掏得一乾二淨了。掏空了的方以智覺得自己變成了一張白紙，無聲而輕悠地飄在大街上，一陣風都可以將他吹上天空。然而，他又感到了一股從未有過的實在。這輩子，除與施莉莉而外，他還從沒與第二個女人有過肌膚之親，而今晚於一瞬間就完成了這一轉折性的突破。說做就做了，再也不會想七想八了，再也不會猶猶豫豫了，想做一件事卻一直未做地掛念心中折磨著不如乾脆將它做成了事，哪怕這是一件後果不堪設想的事情也罷。這證明他方以智還是一個正常的男人，還是一個敢說敢做的男人，一句話，還是一個有點男人味的男人。同時，他還覺得自己長長地出盡了胸中的悶氣——他終於報復了絲瓜婆，他將一個年輕漂亮的女人壓在身下發洩，也讓她做了一回自己的下飯「菜」。他壓著姜芸芸的時候，感到自己壓著的就是所有曾經將他當作下飯「菜」的傢伙們，他將他們死死地壓在身下，狠狠地整了一番，涮了一回，而他就在這種壓迫、整治、涮弄的過程中獲得了一種無可言說的快感與享受。

方以智就這樣美滋滋地想著，不知不覺間走進了宿舍樓道，站在了自家門前。直到他下意識去掏鑰匙的時候，才從自我陶醉與滿足中回到現實。

他今晚的確幹了一樁有生以來最大的大事，好好地浪了一番，瀟灑了一回。然而，他又實實在在地覺得自己什麼也沒有得到什麼都沒有抓住。他將要面對的，與今晚的瀟灑似乎沒有半點關聯，而是活生生的絲瓜婆，一對可愛的兒女，單位裡即將進行的精簡與組合。就在掏出鑰匙的一瞬間，他覺得自己正在無邊的虛空飄浮，飄向一個無底的深淵，又感到心底壓了一座沉沉的大山，重得他喘不過氣來。虛空與沉重，這對立的兩極，怎就同時湧現在一個人心中？他無法理喻，就那麼機械地將鑰匙伸進鎖孔。

鑰匙旋動著輕輕地往裡一推，大門無聲無息地開了。客廳一片漆黑沒有半點動靜，整個屋子都是黑的。方以智正在暗自慶幸絲瓜婆終於入睡了，就聽得客廳裡有什麼響動。開燈一看，只見施莉莉正蜷曲著身子躺在沙發上翻身。方以智心頭格登一聲響，身子一陣緊縮，不由自主地往後退了一步，正準備對付絲瓜婆的無賴與撒潑，沒想到她抬起頭來望他一眼，扯了一個呵欠，平平靜靜地說道：「我還以為你不回來了呢，還以為你想不開跳長江了呢，還擔心我今晚就要變成一個寡婦了呢……好，好，好，回來了就好……我也睏了，睡吧，睡吧，睡吧，都去睡吧，你明天還要上班呢……」

又是一個沒有想到！

方以智呆呆站了片刻，順手將客廳的燈關上，就無聲無息地溜進了臥室。

五

一夜瀟灑風流，就像投入水中的一粒石子，發出一聲咕咚的脆響，水面蕩起一圈圈波紋，擴散著湧向遠方。不一會，波紋就變得魚鱗般細碎起來。慢慢地，水面又恢復了先前的平靜，彷彿什麼都沒發生過似的。然而，那粒石子並未消失，它沉入水底，頑強而固執地躺在河床上，對河流與水面構成一種不容忽略的潛在作用。

是的，方以智那晚的瀟灑風流彷彿一片雲煙，經風一吹，竟消失得一乾二淨，對他的生活並未發生半點改變，但那粒「石子」卻實實在在地沉隱胸中，不時硌著他的心口。

第二天早晨，他起床後照常去上班，單位裡繼續進行著改革，大腦的弓弦繃得緊緊地不敢有半點鬆懈。絲瓜婆照樣嘮叨，一如既往地把他視為小學生給他「上課」，根本就不管「學生」的態度與狀況如何，這恐怕是所有中小學教師長期以來形成的通病，不能怪絲瓜婆一人「獨斷專用」。方以智當忍則忍，實在忍不住了，就回想那晚的瀟灑「阿Q」一番，在心裡說你壓我，老子就狠命地將那個美芸芸壓在胯下，把她當作一碗下飯的「菜」來報復你。這樣一想，也就兩相扯平了。然而，畢竟做賊心虛，總覺得人們看他的眼光有些異樣，就忐忑不安地想，難道人家曉得我方以智幹了那種見不得人的事嗎？我一個正直的革命軍人，一個黨的好幹部，一個循規蹈矩的公民，難道真的幹過那樣的事情嗎？想著想著，自己都覺得有點迷惑了，就想那晚的風流很有可能是在夢中發生的。人一上了年紀，就喜歡回憶，還喜歡東想西想七想八想的，弄不清夢幻與現實，也是常有的事。此後，綠島夢卡拉OK廳自然是一次也沒去了，不是不想去，而是不敢去，也沒有錢去，那月的工資到了上交絲瓜婆的期限，只好找人東湊西借才不至於露餡。有時苦悶憂鬱得沒有辦法，心血來潮之際，就想還去好好地瀟灑那麼一兩回，狠狠地刺激一下自己——那明滅可現朦朦朧朧的七彩燈光，那沁人心脾勾人魂魄的動人歌曲，那小鳥依人般溫柔體貼的小姐姜芸芸以及她那白嫩細膩凝脂般的性感皮膚……呀呀呀，只要一回想，就讓人垂涎欲滴心蕩神馳魂不守舍。有一次，實在憋不住了，就又晃悠悠地去了。他鼓足勇氣，也可以說是硬著頭皮走進了鬱香巷，可還沒走到「綠島夢」就覺得雙腿發軟一陣「陽萎」走不下去了，只好循著原路晃悠悠地打道回府。

這日，方以智在下班路上遇到了羅薇，她拎著兩個裝得鼓鼓囊囊的塑膠袋子，對著方以智大聲地「喂」了一下，顯得非常隨便而自然。方以智正踏著自行車盯著前面的車流人流，聽得有人衝他一聲喂，回頭一看，見是羅薇，不知怎麼回事，本能地竟想躲開。可是，既然遇上了，躲自然是躲不掉的，就將車停在馬路邊與她拉話。

「怎麼，買菜了？又是兩大袋呀！」方以智道。羅薇說：「今天約了一桌打麻將的姐妹，總得弄幾個菜才像話。」「你的日子過得蠻瀟灑呢！」方以智一天到晚腦海裡都想著「瀟灑」這個詞，口一開自然而然就用上了。羅薇說：「哪裡瀟灑得起來呀，窮作樂呢。」又說：「像你這當科長的人才真正叫瀟灑。」方以智想說我這人想瀟灑也瀟灑不起來呢，轉念覺得不能跟羅薇說出這樣的真心話，就道：「你看我這樣子算得上瀟灑嗎？」羅薇肯定地點了點頭，又說：「你說好了的，怎麼一直不上我家去玩了？」「單位搞改革，一直沒空閒。」「你是瞧不起咱們下崗工人呢！」「不是，真的不是，實在沒時間。」「今晚有沒有時間？」方以智沉吟道：「你家裡那麼多人，我去了總覺得不怎麼自在似的。」「還不是原先那幾個姐妹，你又不是不認識，他們都說你算得上一個人物，想跟你交往交往在一起多玩幾回呢。」這時，方以智就盯著她的眼睛，意味深長地說道：「我想最好是你家哪天沒人去最好。」羅薇一聽，不禁噗哧一聲笑：「屋裡沒人，那你不吃閉門羹啊！」方以智也笑：「我是說就你一人在家最好。」「那我就等著你了。」方以智說：「你家又沒電話，也不知到底哪天有人無人。」羅薇撇撇嘴說：「還裝電話呢，能活個人就不錯了。你只要有了空閒就去吧，到底有沒有人，就看你的運氣了。」說著，也還他一個意味深長的微笑。方以智見了，趕緊道：「我去，我一定抽時間去。」

話雖這麼說，可方以智仍是神思恍惚下不了決心。而單位的機構改革正在緊鑼密鼓地進行，他不得不集中精力對付這關係一輩子「生死存亡」的大事，幾乎啟動了全身所有神經細胞，「燒香拜佛」，上下打點，想盡一切辦法，以保住手中的「飯碗」。

他這人雖無突出才能與貢獻，也無重大失誤與缺陷，幾十年來算得上兢兢業業勤勤懇懇，上上下下的人緣也還不錯，況且他已年滿五十二，工廠效益不好，五十五歲一刀切，主管領導就在談話時跟他透了點口風，準備讓他再幹三年自然退休，也算是對老同志的一點安慰。於是，方以智的眼前多多少少就現出了一抹豔麗的曙光，回家便跟施莉莉套近乎，將她的「馬屁」拍得山響。可絲瓜婆毫不領情，仍是沒有一絲笑容地板著臉孔對他隨意支配、大呼小叫。方以智的情緒陡然間就冷落了，覺得自己拍馬屁拍錯了地方，拍在了馬腿上，而你永遠也別指望能夠拍對她的馬屁，於是，又在心裡恨恨地罵了一句絲瓜婆，不得好死的臭婆娘，也就對她不抱半點希望與幻想了。

吃過晚飯，方以智坐在客廳看電視。看完新聞聯播，全是清一色的廣告。他拿著搖控器搜索了幾個來回，沒有一個頻道對他的口味。調著調著，就見得一群公安人員衝進了一個燈光昏暗的場所，攝影機鏡頭搖晃著，現出躺在沙發上扭動著的兩具赤裸身子；然後是一男一女的特寫鏡頭，不過這對男女的眼睛都貼了一條黑色的膠布，但熟悉他們的人仍然可以分辨認識得一清二楚；然後又是一群衣冠不整的男人，一大溜濃妝豔抹的女人……畫外音斷斷續續地在方以智耳邊迴響不已，大意是說於昨天晚上，本市公安人員對公共娛樂場所採取突擊檢查行動，當場抓獲了一批賣淫嫖娼的不法分子。播音員還說，市委市政府要將這場嚴打整治活動持續深入下去，徹底整頓、清理不法娛樂場所，對有關當事人和賣淫嫖娼者堅決予以嚴厲打擊。與此同時，一個接一個的畫面不斷閃現，鬱香巷晃動著出現了，那個名叫綠島夢的卡拉ＯＫ廳似乎也成了公安部門的嚴打、清理與整治對象……

方以智看著看著，突然感到一陣難抑的頭暈目眩。一個巨大的聲音在他胸腔轟鳴不已：完了，完了，完了！一聲聲，彷彿空谷傳音，活生生地撕扯著他的五臟六腑。是的，這回恐怕真的要栽了，沒想到上那地方瀟灑了一回，就趕上了「嚴打」。他對「嚴打」的力度與堅決是有過親身體會的，那就是從嚴從快從速處理。記得一九八三年全國第一次「嚴打」時，本市一個小青年第一次攔路搶截，僅搶得人民幣八角七分，結果判處死刑。那麼，此次的「嚴打」又將如何呢？肯定會一查到底，從重從速。既然是徹底清理整治，只要動真格的，綠島夢卡拉ＯＫ廳的那個小姐姜芸芸肯定跑不了。一旦抓住姜芸芸，稍一審訊，她肯定會供出方以智。這麼一想，他簡直有點魂飛魄散了，於是就後悔當初不該把自己的真實姓名和單位位址告訴她，更後悔不應該跑到那個地方去瀟灑，結果留下了難以根除的隱患。唉！當時打完麻將從羅薇家出來，要是直接打的回家該多好啊！哪怕就是與羅薇發生了什麼，即使被發現被抓現行，也算不得什麼，大不了屬道德層面的問題。一次，他聽一位自學大學法律課程的年輕同事開玩笑，說現在這社會呀，只要你有本事，不管搞多少個情人，國家都不會出面管你干涉你，而掏錢嫖妓，哪怕只一次也不行，一旦抓住，就會受到法律制裁。方以智越想越害怕，公安部門採取的行動是在昨天晚上，那麼，要不了多久，姜芸芸就會供出他方以智這個道貌岸然的偽君子。消息一旦傳出，畫皮一旦戳破，可以想見的是，在同事朋友熟人之間，將引起多大的震動啊！大家開始肯定不相信，接著會大罵他虛偽，然後是與他決裂……不不不，他方以智還等不及聽到他們的大罵，看不到他們的決裂，就會給關進號子，輕者罰款拘留，而趕上「嚴打」這樣的風頭，稍重一點，說不定還要判刑。唉，不管何種情形，他方以智算是完了——工作完了，家庭完了，人生完了，一輩子的清白與口碑完了……一句話，什麼都完了！真要到了那時，可怎麼活下去啊？

方以智越想越害怕，焦躁不安地在屋內來回走個不停。

施莉莉見狀訓斥道：「走來走去的煩不煩啊你，莫非魂丟了不成？」

方以智聞言，突然一聲怒吼，一拳砸在桌子上：「狗日的絲瓜婆，真是欺人太甚！你是不活得有點不耐煩了？你再嚷，老子就……就一刀殺了你！」

施莉莉從未見方以智發過這麼大的火，就想他肯定在外面遇到了什麼麻煩，還是知趣點暫不理睬為好，免得他真的做出什麼喪失理智的事情來，等過一段時間，再來慢慢收拾他不遲。這麼一想，又虛張聲勢地嚷了幾聲，就出門去找過去的同事絮絮叨叨聊天去了。

方以智不顧一切地吼過一陣，這個「殺」字就定格在他心頭久久不肯散去。什麼，殺？是的，殺！我要殺！我要殺什麼？難道真的殺人不成？不錯，是殺人，但不是殺別人，而是殺自己。要是在「綠島夢」跟姜芸芸的事情一旦敗露，他還有什麼臉面活在世上？那就只有一條道路可以選擇——自殺！

這樣一想，方以智的神情反而鎮靜下來。不怕一萬，就怕萬一，他得開始著手有關自殺的準備工作了。懷揣一把鋒利的刀子，一有情況，就毫不留情地對自己下手。此生此世，還有什麼遺憾需要彌補的嗎？想來想去，牽掛著的除了一對兒女，再就是羅微了。只要施莉莉還活著，兒女就不用他操心，絲瓜婆別的不敢恭維，看護兒女還是貼心貼意能讓他放心的。那麼，剩下的就是羅薇了。說什麼也得履行諾言，到羅薇家去一趟，暗戀了一輩子，不管結果怎樣，也該表明一下自己的心跡才是。若不抓緊時間，日後恐怕就沒有機會了。他想馬上出門趕過去，但想到這是自己第一次向她表白心跡，也可能是最後的一次見面，免不了有幾分傷感，總得給她留點什麼值得安慰值得紀念的東西才是。送點什麼好呢？手頭空空如也，實在想不出自己這輩子還有過什麼值錢的東西。於是，就在家裡翻箱倒櫃地搜尋。翻來翻去的，不知怎麼就翻出了一迭存款單。施莉莉也算得上一個節儉能幹會過日子的女人，為了子女，他們倆省吃儉用，好鋼使在刀刃上，一分一分地積攢著，沒想到還存了這麼厚厚的一迭存款。女兒大學快畢業了，不用為她擔憂什麼了。兒子考大學，正趕上招生改革，得自費讀書。如果考試發揮不好分數不夠的話，就屬擴招範疇，還得交上一大筆所謂的贊助費才行。方以智將一迭存款加在一起粗略地算了算，有十五六萬多元之多。這個絲瓜婆，勤儉持家可真是一個能手呢！這樣一想，就在心底原諒了對自己的「管教」與虐待。十五六萬元，兒子讀書是綽綽有餘了，那麼，我得從自己這些年的血汗錢中抽回一部分幹點兒非幹不可的事情才行。方以智咬咬牙，看看四周，從中飛快地抽出一張五千元的存款單揣進胸前的貼身口袋……

六

第二天晚上，方以智來到羅薇樓下，朝上望望，但見那個熟悉的窗口透出一片明亮的白熾燈光，心裡也就踏實了不少。不管怎樣，哪怕開著一桌麻將也罷，只要她在家就好。

他閃身走進樓道，上到二樓，大踏步徑直走到羅薇家門外，拉開紗門，舉起右手咚咚地將房門敲得脆響，頗有一股「奮不顧身」的味道。

「誰呀？」羅微的聲音從關嚴的屋門內傳了出來。方以智並不回答，只是將門敲個不停。「到底是誰，怎麼不作聲呀？」聲音隨著拖鞋的踢遝作響往外移動。直到羅薇拉開房門露出半個臉蛋，方以智才衝她一笑道：「沒想到是我吧！」羅薇驚喜地叫道：「嘿，還真沒想到是你呢。怎麼，今晚有空啦？」「沒有空哪能來得了？」方以智一邊回答一邊側身進屋。羅薇順手關了門，指指沙發：「請坐。」然後又去泡茶。「今天家裡沒開麻將？」「哪能天天玩麻將呀，實在悶不過了，大家才以牌會友呢。」「看來我今天的運氣不錯呀！」方以智接過茶，深情地望了她一眼。

這一望，竟弄得羅薇現出幾分慌亂，呆呆地站著一副不知所措的樣子。方以智反客為主道：「你也坐吧。」羅薇就在他旁邊的沙發上坐了，但與他保持一段距離。

方以智望望她的側面，突然感到口乾舌燥，心兒怦怦地跳個不停，馬上低頭喝茶。綠茶很燙，他吹了吹熱氣，一口一口地啜飲著，發出很響的聲音。

羅薇似乎很尷尬，兩人單獨待著，反而失卻了過去的自然與自在。

還是方以智打破沉默說：「你一人待在家裡幹些什麼呀？」「剛吃晚飯，頭有點暈，感到很疲累，正躺在床上休息呢。」「那我打擾你的睡眠了。」「哪裡呀，我又沒睡著，腦裡亂七八糟地想著，煩得很呢。」「我來你這兒，是不是更煩了？」羅薇回頭望他一眼，嫵媚地一笑道：「你說呢？」方以智又問：「你跟我說句老實話，你剛才躺在床上想我了沒有？」羅薇又一笑：「想自然是想了，只是沒想到你這時候會來。」「你以為我會什麼時候來呢？」「我又不是你肚子裡的蛔蟲，怎麼知道你什麼時候來呢？」「那你就做一回我肚子裡的蛔蟲嘛。」「你……你不要不老實喲！」

方以智受到鼓勵，心頭一熱，不覺勇氣倍增，移動屁股挨近羅薇，猛地抓住她的左手道：「薇薇，我……好想跟你兩人單獨在一起，真的……」

羅薇不作聲，也沒將左手抽回，目光茫然地望著前面牆上，一副正襟危坐的樣子。

方以智見狀，也不好貿然表達什麼，就那麼輕輕地撫摩著她的左手。摩著摩著，胳膊一下就觸著自己胸前鼓鼓囊囊的口袋，馬上掏出從銀行取出的五千元存款道：「薇薇，我知道你一人帶兒子過，日子非常艱難，這是我的一點心意。」

羅薇見是一遝厚厚的百元鈔票，心頭頓時一驚，又望瞭望方以智激動而真誠的面孔，就說：「方科長……」方以智馬上制止道：「請別叫我什麼方科長。」「那我叫你什麼好呢？」「就叫我老方，方以智，以智，什麼都行，就是不要叫方科長，你一叫方科長，就顯得咱們生分了。」羅薇說：「好吧，我就不叫你方科長，你對我這麼好，那……我就直呼你的大名了。」「這樣最好。」羅薇說：「方……你看，我一開口，差點又說成方科長了。方以智，難得你對我這麼好，你的心意我領了，可你的錢我一分也不能收。」「這……這怎麼行？這是我送你買手機的，有了手機，辦事方便多了，就是打麻將約人，也不用跑路，幾個電話一打，大家就聚攏來了。」方以智說著，將一紮票子一個勁地往她懷裡塞。

羅薇說怎麼也不收，兩人推來搡去的，方以智的胳膊肘不知怎麼就碰著了羅薇左邊那只豐滿的乳房，頓時激動得全身發顫。他將票子隨手一扔，鐵鉗般的雙手猛然一把箍住羅薇的腰身。羅薇那長期壓抑饑渴的本能慾望被激發，自然恨不得立時與方以智融化在一起，可她的理智還在反抗，雙手輕輕地向外推拒著他。

面對羅薇的拒絕，哪怕是那麼微弱，方以智也相當敏感，不好意思去強迫她。但克制了近二十年的感情風暴在他心裡席捲狂掃，怎麼也保持不了過去的矜持與正經，他忍受不住了，胸腔有一股岩漿在奔突衝撞，在咬齧撕扯著他的身心。無法忍受，而又不能對心愛的羅薇採取粗暴行動，就將狂暴的情感與奔突的岩漿變成灼熱滾燙的語言，在羅薇耳邊輕輕地傾訴：「薇薇，我愛你……真的，請你不要嘲笑我，我說的是真心話……我愛你都快二十年了，但我一直壓抑著，不想讓你知道。可現在，我遇到了……」他當然不能讓羅薇知道自己的心事，就掩飾著往下說道，「可現在，我再也忍受不住了，再也不想折磨自己了……我要親口告訴你，全部告訴你，自打第一眼見到你……我就在心底愛上了你，也就是人們所說的那種一見鍾情，說得直白難聽一點，就是單相思……」方以智斷斷續續地敘說著，將這些年來對羅薇刻骨銘心的感情與無法割捨的思念毫無保留地傾瀉而出，感到了一股從未有過的輕鬆、愜意與充實。

羅薇怎麼也沒有想到還有這麼一個男人一直暗中愛戀著自己，他說的一些細微末節，只要稍稍回想，便能鮮活地浮現在她的眼前。是的，他敘述得是那麼熾熱動人，一些細節是那麼真實生動，你怎麼也無法懷疑他的真摯與誠懇。而平時她對方以智的為人也頗有幾分知曉，知道他正直而實在，不會編出這麼一套謊言來騙她，更何況沒有這種必要呢。於是，羅薇感動了，從內心深處真正地感動了。「方科長，噢不，方以智，老方，以智，我的以智……」她喃喃叫著，主動將一張富有性感的厚唇貼了過去……

男女之間的情事就這樣順理成章、自然而然地在方以智與羅薇之間發生了。

羅薇敞開懷抱，以自己豐富而成熟的身與心主動而徹底地接納了方以智。而方以智在向羅薇深入的一剎那，只覺得自己的整個靈魂都在顫慄，世上萬物彷彿隨著他身體的起伏與靈魂的震顫同頻共振。這是他一生中唯一的一次靈與肉的兩相契合，他感到了一股從未有過的透入骨髓的快感，於是就想，哪怕即刻死去，我也心滿意足了。突然又想到即將面臨的現實，就情不自禁地說道：「薇薇，今後不管我出了什麼事，我都是愛著你的，這輩子，也就只愛過你一人，請你一定要相信我說的話。薇薇，你聽見了嗎？你記住了嗎？你怎麼不說話呀薇薇？」

這時的羅薇，正在方以智的激發下回到了已然逝去的流光溢彩的青春歲月，她陶醉著無法自持地發出一陣熱病般的呻吟，根本就不知道方以智向她說了些什麼……

七

該做的事情似乎都做了，可預想中的變故並沒有發生。

方以智惶惶不可終日地想，總歸會發生些什麼的，絕對不會平靜如水、依然如故、一仍其舊。

時間拖得越長，他就越加感到不安，想什麼都煩，看什麼都不舒服，做什麼都心不在焉。常常一夜睡到大天亮的他，開始做惡夢，開始輾轉反側，開始品嚐失眠的滋味。夜晚沒睡好，眼圈黑黑的，頭腦昏昏的，工作丟三拉四，甚至出現差錯，這可是他這輩子從未有過的現象，已被主管領導不點名地批評過兩次了。這在改革漸近尾聲，結果眼看就要分曉的當口，顯然不是一種好的兆頭。其實，所謂的改革，並非著眼於提高生產力與生產效率，在很大程度上而言，就是一種利益的再分配，官位的調整，崗位的變換，工資的浮動等。這就等於是一個蛋糕，蛋糕的大小、味道沒變，但在分配上卻有多種選擇，參與分配的人數或多或少，切成的塊面或大或小，都會影響到每一個人的切身利益。因此，改革的每一參與者、涉及者，都會使出渾身解數，使自己的利益最大化，最不濟也得守住現成的盤子。方以智有過一番上上下下的活動打點，主管領導也跟他透過口風，可以再幹三年自然退休，但方案與結果一天不公佈，他心裡就一天不踏實。越緊尾聲，風聲越緊，想打探點什麼消息，難之又難。越是這種情形，他就越想知道點什麼。問跟他同一級別或級別低一些的同事，大家雙手一攤都說不知道，碗還蓋著呢，誰也不知裡面到底有些什麼名堂；問比他大的官員，科長說你的問題……然後就沉吟不語，轉移話題左顧而言他；問主管領導，他說你的問題可複雜呢，說了這一句就不肯往下說了；問更大的領導，人家根本就不理你……大家彷彿統一了口徑似的守口如瓶讓他很沮喪，上級領導的態度更是不大不小的打擊，特別是科長與主管領導，都提及他的問題。問題？他有什麼問題？他一輩子不求有功，但求無過，工作方面幾乎沒有過什麼大的問題！要說有問題，只是近來跟髮廊女姜芸芸有過一手，還跟廠裡的下崗女工羅薇有過一腿。莫非，這一手一腿都被領導知道了不成？果真如此，事情可就慘了！

自從那晚與羅薇的關係發生實質性轉變之後，一些東西便缺少了神秘與神聖，結果變得寡淡無味起來。羅薇真的用他送她的錢買了一部女式手機，既小巧又漂亮，不過呢，只花了不到兩千元，其他的，她說要補償近些年的「虧空」，就買了不少的衣服手飾化妝品。她在那些牌友之間，並不隱諱他們之間的關係，彷彿還帶有一種炫耀的味道。那些姐妹們就以為他真的找了一位領導，傍了一個大款，有了新的歸宿與港灣。羅薇從此不再稱他方科長，就大大咧咧地直呼老方，還不斷打電話隨意支配他使喚他。比如煤氣沒有了，就叫老方幫我去灌一桶吧；與幾個姐妹正打著麻將呢，又一個電話打來讓他幫著去買菜，買菜後還支使他做這做那直到把一頓飯做熟做好為止；打牌一輪錢呢，便撒嬌發嗲，弄得方以智只好主動為她買單將「窟窿」給填上……於是，他深深地感到了羅薇的俗不可耐與糾纏不休，而又不得不隱忍著鞍前馬後地服侍不已，生怕什麼地方怠慢了，用他自己的心裡話，就是小心翼翼得像個乖乖兒，這尊昔日的女神可得罪不起呀！

而他最擔心的，莫過於姜芸芸了。也不知是怎麼回事，公安部門、派出所至今並未找上門來。也許，那個姜芸芸根本就沒有記住他的姓名、單位、位址、電話之類的東西，或是記住了為保護他並沒有向員警透露。同時他也瞭解到，公安人員打擊賣淫嫖娼，因涉及面過寬，一般只抓現行，既往不咎。另外呢，也有一個半年的期限，超過半年的，可免予處罰。也許，他的一夜風流與瀟灑，換來的只是一場虛驚吧？但願如此！

這天晚上，他不知怎麼又轉到鬱香巷去了，發現那兒的美容院、髮廊、洗腳城之類的，一家家還是大門緊閉。就以往的掃黃打非而言，都是雷聲大雨點小，走走過場而已，不過三五天，風聲一過，就又熱火朝天了。可這次卻不一樣，都半月有餘了，還是清查後的老樣子，市政府也不擔心影響外來投資了，看來公安部門的確加大了打擊力度，要一查到底，徹底整治了。

想到「一查到底」這個詞，方以智心裡就緊張得不行。只要姜芸芸這邊出事牽扯到他，那就不是下不下崗的問題了，而是被開除，遭拘留，鐵飯碗將難以保住，下半輩子的生計也會沒有著落。

也許，那個姜芸芸還在回憶，在苦思冥想著與他有過交往的風流嫖客，然後一一交代，以爭取政府的寬大處理。那麼岌岌可危的他，離深淵也就真的只有一步之遙了。

也許，她交代了，公安人員既往不咎，但是呢，卻將這一情況反映到了工廠領導那兒……

想到這裡，方以智腦裡的電線突然被接通，心胸頓時豁然——領導對他的態度，他的所謂問題，恐怕都源於此。果真如此，那麼他方以智，也算完了！

完了！完了！完了……一時間，他心頭想著的，嘴裡念叨的，就這兩個字。

他感到自己的腦袋要爆炸了，神經要分裂了，靈魂要出竅了……

也不知是怎麼回到家中的，一腳踏進門，他就覺出了屋內氣氛的異樣，施莉莉正虎視眈眈地嚴陣以待——她坐在客廳的沙發上，沙發前的茶几上散亂地放著一迭存款單，兩眼射出的凶光像兩把閃著寒光的鋒利尖刀。最近，施莉莉不像過去那樣絮絮叨叨地煩他了，而是換了另一種方式，就那麼冷冷地目不轉睛地盯著他看，看得他心裡直發毛。

「姓方的，」施莉莉指著茶几上的存款單道，「你給我老實交代，動用家裡的存款單沒有？」

來了，真的來了！果不其然，說來就來了！該來的，總歸會來，所謂是福不用躲，是禍躲不脫，應該就是這回事了！「沒有，我要存款單幹嘛？我哪兒用得上這些錢呀！」方以智一口否定。不能承認，打死都不能承認，一旦承認，若追問錢款的去向，那麼一切的一切，全都露餡了！「還沒有？你騙我！」施莉莉從沙發上一躍而起，三兩下蹦到他面前，雙手叉腰道，「我的東西，全都做了記號的，只要有人動過，我都知道得一清二楚。這迭存款單，明明有人動過，家裡既沒外人，又沒來小偷，除了你，還會有誰?!老實坦白交代吧，拿了多少，幹什麼去了？」

方以智沉默不語。

心頭的積鬱憋了這麼多天，施莉莉終於找到了一個突破口，她要發洩，要一瀉千里發洩，不禁咋咋唬唬地大聲吼道：「姓方的，你知道嗎？這可是血汗錢啦，是我從牙縫裡一厘一毫、一分一毛積攢起來的，還要辦大事的呀！要買新房，要養老，要讓兒子上大學，要給一對兒女娶親完配用的呀！你倒好，不僅不顧家，還偷了拿到外面去揮霍！快點告訴我，到底拿了多少，幹什麼去了，馬上給我歸位，不然的話，老娘今晚跟你沒完！」「你到底想怎樣？」瞧著絲瓜婆一副兇神惡煞的樣子，方以智心虛地問。「想怎樣？老娘要跟你拚命！」說著衝進廚房，拿出一把菜刀，在方以智面前威風凜凜地指手劃腳。

方以智見她動了真格的，害怕極了，他一邊招架一邊後退道：「別，別，別這樣，你別拿著刀子嚇人呀……」「坦白從寬，抗拒從嚴，那你就老老實實地交代吧。」方以智退一步，她就進一步。「我沒有什麼可交代的……」「你嘴硬，還跟老娘嘴硬呀！」施莉莉咬牙切齒地說著，照著方以智就是一刀。

他本能地伸手一擋，菜刀與手掌碰了個正著，一股鮮血頓時噴湧而出。

施莉莉原只想嚇唬嚇唬他，沒想到一下就砍中手掌，當即嚇得愣在原地不知所措。

「臭婆娘，你還真的要殺我呀！不活了，老子早就不想活了，活夠了，活得太沒意思了！」鮮血啟動了方以智長期壓抑的男人本性與軍人本色，他顧不得疼痛，上前一把搶過菜刀，「狗日的絲瓜婆，你的心也夠毒夠狠的啦，你還真敢殺我呀，咱們看到底誰殺誰，到底是你殺我，還是我殺了你！」

方以智不顧一切地叫著嚷著，對準施莉莉，不管三七二十一地揮刀亂砍。在接二連三、手舞足蹈的砍殺中，他感到了從未有過的發洩與快感，只覺得周身熱血奔湧，既湧向被砍的手掌，又湧向大腦。

在一陣無拘無束、無休無止、愜意歡暢的砍殺中，方以智腦子越來越模糊，最後變成了一片空白……

幾天後，當地晚報被本市文人稱為「包打聽」的欄目，登出一則幾百字的八卦消息，大意是，某工廠一名五十多歲的中層管理人員、轉業退伍軍人，領導、同事、鄰居眼中的好幹部、好丈夫、好父親，卻因家庭瑣事於×月×日晚喪失理智，揮刀怒殺其妻，然後自殺身亡。

無言的結局

他們相識的經過很偶然，也很簡單。

舞曲響起，一對又一對的男女舞伴相擁著進了舞池。這已經是第四支舞曲了，江小川仍然孤獨一人地坐在條凳上。他既沒帶舞伴，也不想邀人共舞。應該說，在龍山公園這樣的舞廳裡，坐在條凳上的江小川還是頗有幾分魅力的。公園舞廳是一個露天場子，容納量大，設施簡陋，連一支湊合的樂隊都沒有，樂曲是答錄機裡播放出來的。票價也便宜，兩元一張。因此，進來娛樂的大都是江城的「無產階級」，有近郊農民、打工仔、待業青年，居多的還是附近幾個生產不怎麼景氣的工廠工人。一般來說，他們的文化層次都比較低，儘管也有不少男女打扮洋氣，但是，舉手投足間，就會暴露出與其裝扮極不相稱的實際身份。而江小川在這些三教九流者中，就顯得十分出眾了。他穿著隨意，目光憂慮，還有幾分深沉的味道；昏暗的燈光勾勒出他棱角突出的面孔輪廓，相貌英俊；一支香煙夾在手中，不時吸上兩口，頗有派頭地彈彈煙灰……他的孤獨、憂慮、深沉，自自然然地透出一股高貴典雅的味道，引起了舞場不少人的注目，巴蘭蘭就是其中一位。

輪到下一支舞曲開始時，江小川就明顯地感到了一道向他直射過來的灼灼目光。他沒有理會，仍舊那麼坐著，望著人影雜亂晃動的舞池。目光漸漸逼近，一股濃郁的香氣襲來，江小川不禁下意識地吸溜了兩下鼻子。這時，就有一個女人站在了他的面前。

「先生，你不想請我跳一曲嗎？」女人的聲音清麗而溫婉。

江小川一愣，趕緊收回目光盯在女人臉上。「你……你……」他根本就沒有想到會有女性主動邀他跳舞，並且還是一位算得上風姿綽約的女人，一時間，他不禁有點手足無措了，「我……當然……不……按理說該我請你才是……」

「都一樣。」說著，兩人相擁旋進了舞池。

「你的舞跳得很不錯嘛，幹嘛一個人幹坐在那兒動也不動？」女人問。

「我不想跳。」江小川答。

「你這人真怪，不想跳，幹嘛要進舞廳？」

「進來坐坐、看看，感受一下這裡的氛圍。」

「哪裡不可以坐坐看看，幹嘛非上舞廳不可呢？」

「沒有什麼原因，心裡想來，就來了。」江小川不經意地答道。

「有什麼不愉快的事情？」

「沒有，什麼也沒有。」江小川幅度很大地搖著腦袋，這在一定程度上影響了他的舞姿，突然又被旁邊的男女撞了身子，右手往回一縮，不知怎麼就觸到了她那挺拔的乳房。雖然只有那麼一瞬，但江小川的全身頓時湧過一股麻酥酥的快感，腦袋一陣暈眩，似在騰雲駕霧。他歇力控制自己，但仍忍不住將身子往前貼了貼，與她擁得緊緊的。

女人沒有反抗，微閉著的眼中透出一股癡迷與陶醉。

兩人都不再說話，只用身體的接觸部位默默地感受著對方。

江小川跳得氣喘吁吁的，額上冒出細密的汗珠。一曲終了，他竟不想鬆開女人的柔手與腰肢。

「謝謝，謝謝。」他一迭連聲地說道，舞伴們一個個笑談著走向周圍的條凳，舞池裡立時顯得有點空蕩起來，他們才相互鬆開了往一旁走去，「還不知道小姐貴姓呢。」

女人嫣然一笑，道：「免貴姓巴，名蘭蘭。」

江小川喃喃自語：「巴蘭蘭……巴蘭蘭……」

「先生呢？」

江小川望他一眼，一字一頓地說出了自己的名字。

就在這時，傳來「蘭蘭」、「蘭蘭」的呼叫聲。

「同伴在叫我，」巴蘭蘭說著，回應一聲「來了」，又對江小川道：「我到那邊去了。」

「非去不可嗎？」江小川捨不得她就此離去。

「幾個同事約了一起來玩，我跟他們打聲招呼再來。」

江小川殷切地說：「我等著你呢。」

巴蘭蘭點點頭，就向一旁折去。江小川的目光黏在她的後背，直至融入一堆人群為止。

舞曲又起，江小川怎麼也坐不住了，朝巴蘭蘭消失的方向望了又望，卻不見她的到來，心裡懸懸的，就瞪大了眼在舞池晃動的人影中搜尋。不一會，他就見到了與一個大塊頭男人擁在一起的巴蘭蘭。頓時，江小川的心中竟湧出了一股難以抑制的醋意。

我這是怎麼啦？對一個主動過來與自己只跳過一次舞的女人怎會有這麼一種酸酸的情感呢？他不惑不解，但又無法排遣，一雙眼睛隨著他們的跳動在舞池裡轉來轉去。他見巴蘭蘭與那個大塊頭男人談得十分火熱，臉上的笑意在燈光中閃閃爍爍，燦爛而迷人。江小川的心裡躁得不行，他怎麼也坐不下去了，一股發洩的慾望促使他跑到舞池，獨自一人狂亂地跳動起來。跳著跳著，他與巴蘭蘭、大塊頭相對而遇，巴蘭蘭主動地跟他點了點頭，江小川越跳越有勁，也回應著點了點頭。他們擦肩而過。一陣狂舞過後，江小川跳得大汗淋漓，那躁動的心情才有所平靜。他感到好多了，又回到原來坐過的地方，掏出一支煙點燃。

正吸著，巴蘭蘭就來到了他的身邊。又是一股濃郁的香氣撲來，薰得他心蕩神搖。他將大半截香煙扔在地下，做了一個手勢，道：「請坐。」又說：「我還以為你不會來了呢。」

「我說了要來的，怎會不守信用呢？」巴蘭蘭說著，就在他的右邊坐了，兩人挨得很近，「他硬要我陪著跳一曲，都是約了一同來的，我也不好推辭的。」

「他是你什麼人？」

巴蘭蘭望了他一眼道：「我的一個同事。」

「你在哪兒上班？」

「就這旁邊的麻紡廠。」

「不是說麻紡廠的效益不好，快破產了麼。」

「是不怎麼好，都說要破產了，但畢竟還沒破，就這麼要死不活地過吧。」

聽她這麼一說，江小川又感到了一陣心酸。是啊，她要不是在這麼一個破廠裡幹活，怎會跑到這樣低檔次的舞廳來呢？

這時，舞曲又起，是一首「快三」。巴蘭蘭望了他一眼，其中的意思自然十分明顯。江小川道：「我不想跳了，咱們就這樣坐坐、聊聊好不好？」不等巴蘭蘭回答，他又解釋道：「我剛才跳累了，真的。」

巴蘭蘭表示同意：「我也不想跳了，其實，跳舞並沒有什麼意思。」

「既然沒有意思，你怎麼來了？」

「活得怪憋悶的，大家約在一塊，出來散散心嘛。」說到這裡，巴蘭蘭問，「先生在哪兒賺錢發財呀？」

江小川聞言，不覺「噗哧」一聲笑了。

「你笑什麼？」

「我笑我不僅自己賺不到錢，反而還要消耗別人的錢財。」

「在家待業？」

江小川搖搖頭：「學生，我現在還是一個學生，要靠別人養活。」

「照這麼說來，你就是江城大學的高材生了？」

「好歹算是一個大學生吧。」

「怪不得你一眼看上去就跟這裡面的人不一樣的。」

「有什麼不一樣？」

「一個有知識有文化的人，跟這些工人、農民、打工佬就是不一樣。」巴蘭蘭一邊說，一邊指了指舞廳，「不一樣就是不一樣。」

「過獎了，我覺得，來這裡跳舞的都是一些受苦受難的窮人呢。」

兩人就這樣有一句沒一句地談著，不知不覺地，舞會就要終場了。江小川站起身，巴蘭蘭也站起了身，握手攬腰，兩人配合默契地跳起了最後一首曲子。他們的身子一經接觸，嘴裡就沒了言語。兩雙眼睛相互對望著，包容了千言萬語。他們只希望這支舞曲是一條拉扯不盡的橡皮筋。橡皮筋可以拉長，但也有一個極限。只要達到了這一極限，若是再拉，橡皮筋將會「嘣」地一聲斷裂。這時，江小川就聽見了類似的斷裂，他的心裡也隨著「格登」了一聲。

舞會終場，他們不得不分手了。

「再見。」巴蘭蘭說著，就去追趕同伴。

江小川緊緊地握了握她的柔手，道：「再見？咱們什麼時候再見？」

「下週六，只要沒有什麼意外，我想我還會來這裡跳舞的。到時，咱們就能再見了。」巴蘭蘭揮了揮手，留給他一個燦爛的笑容。

江小川將她的話記在了心坎上，那燦爛的笑容也定格在他的腦海之中。

江城大學是本市的一所最高學府，位於龍山腳下，與龍山公園毗鄰。龍山不高，無甚險峻奇偉之貌，因其蜿蜒曲折，綿綿長長，形似一條臥伏的長龍，故而得名。山北為公園，山南是大學。龍山為公園與大學所共有，「龍背」山脊則是一條沒有明確標記的自然分界線。長期以來，兩家單位相處融洽，互不設防，大學師生可越過山脊進入公園遊覽而無須購票；公園職工也可跨過「龍背」在學院的領地開展一些文藝、體育、教育等方面的活動。

江城大學的師生們遊覽公園一般都在白天，像江小川這樣的越過龍山脊背去參加公園舞會的，可說是絕無僅有。每到週末，學院不僅有舞會，還有電影、錄相、講座、展覽等豐富多采的活動，根本沒有必要折騰自己踏著小徑越過龍山去參加一場三教九流雲集的低俗舞會。

可是，江小川去了，並且還感到了一種意想不到的新奇與收穫。

回到學院，已快十一點半了。學生宿舍管理很嚴，一般是十一點鐘熄燈，十一點半關門。每逢節假日，就順延推遲半個小時。江小川剛剛跨進宿舍大門，燈就熄了。頓時，整個大樓一片黑暗。他摸著爬到四樓寢室，室友們都已躺在床上日白聊天侃大山，吹得雲山霧沼的。缺什麼就想什麼，想什麼就談什麼，因此，他們談得最多的便是女人和金錢。江小川從不參與這類空談，只當一名忠實的聽眾。大家都有一種自我表現的慾望，每當這一慾望滿足之後，江小川就成了大家調侃的對象。對此，他不爭不嚷也不吵，仍是一名忠實的聽眾。

一回寢室，大家很快就將話題轉到了江小川身上。

「小川，這麼晚才回，肯定是被女人迷住了吧？」

「江小川，『野雞』味道怎麼樣呀？」

「有難同當，有福同享，江某人，明日也帶咱們去泡泡妞兒好不好？」

……

大家七嘴八舌，全是這麼一類的葷話。江小川也不吭聲，他端了臉盆，拿了毛巾，就到旁邊的洗臉間去了。

待他再回寢室時，室友們早已沒有談他了，而是商量著怎麼做點生意好賺幾個錢痛痛快快地瀟灑一番。

江小川不聲不響地上了床。但是，他怎麼也睡不著。同室們的談笑吵鬧已離他十分遙遠，而巴蘭蘭卻披著一股瀑布般的長髮飄然而至，頓時，她那嫣然的燦爛笑容就填滿了他的整個腦袋，

他知道自己今晚又得失眠了。最近幾年，失眠已成他的「常客」，常常不期而至。過去是莫名其妙地失眠，而今天，卻有了一個對象，他是為巴蘭蘭而失眠。他知道一時半刻睡不了，也不強迫自己入眠，而是捂著被子，亮了電筒，躬起身子寫日記。

「每到週末，我的心裡就有一股莫名其妙的厭倦與煩躁，」他寫道，「我也不想這樣，但總是無法排遣。同學們都說我孤獨憂鬱不合群，可是，不在同一條道上的人怎能合在一起來呢？他們大多來

自城鎮，還有不少就是本市人，全班就只我跟王然的家是在農村。因此，我只與王然兩人還有共同語言，要說的話，我也只有他這麼一個唯一的朋友。即使這個唯一的朋友，也會不時在我面前露出一種優越的情感，因為他的家境要比我好得多。當然，我知道他也不是故意傷害我，而是一種情感的自然流露，可是，我的心裡卻怎麼也忍受不了……」

江小川讀初二時母親就因病去世。在為母親治病期間，家裡拉了一屁股的債務。他的父親再也無法撫養三個孩子上學讀書，不得不考慮讓他們退學。妹妹正讀小學六年級，父親說，江小英長大後反正是別家的人，讀那麼多書幹嘛呀。妹妹哭著哀求道：「爸，我還有一學期就小學畢業了，你就讓我再讀一個學期吧！」父親鐵著臉說：「畢業怎麼樣，不畢業又怎麼樣？還不一樣摸泥巴坨子種田。」他不同意，妹妹的淚只有往心裡流。哥哥江小平正讀初三，他主動地跟父親說：「爸，我不讀了，我天份差，再讀也沒多大出息，我這就回家跟你一起種田。但是，咱家再窮，也不能讓弟弟小川退學。他成績好，在班上一直是第一，只要努力，今後考大學是沒有什麼問題的。到時，也是咱家的光榮啊！」父親想了半天，才說道：「好吧，就讓他讀吧。」又嚴厲地對江小川說：「小川，只要今後你考得上大學，老子就是拆屋賣，就是去討米要飯，也要把你供到底！」江小川聽著，當即就跪在了父親面前：「爸，我一定要發憤！」

他果真很發憤，從初中到高中，在班上的成績一直排列第一，高考又以優異的成績順利考上了現在就讀的這所重點大學。

讀高中時，同學們大多來自農村，沒有什麼明顯的等級差別；加之江小川的成績優異，一直受到老師的寵愛，他聽到的是讚揚之聲，看到的是尊重與羨慕的眼神。因此，他不僅沒有感受到家境貧困的屈辱，反而覺得自己要比別人優越。考上大學後，父親覺得這幾年的心血沒有白費，不禁揚眉吐氣，熱之鬧之地為他在家裡請了幾桌客；村裡的鄉親也都伸出拇指誇獎，說他是全村人的驕傲。

可是，來江大後，一切情況都似乎翻了一個個兒。強手雲集，他的成績再也不是班上第一，不管怎麼努力，能夠保持在前十名之內，就算很不錯的了；家裡每月只能供給他二百元的生活費，而其他同學，雖談不上一擲千金，可一個個都比他有錢多了，他們上館子、打遊戲機、唱卡拉ＯＫ、進高檔舞廳、炫耀似的買這又買那……還時不時地在寢室裡賭上幾盤，而每次的賭資，都要相當於他一個月的生活費了。對待學習，也不是江小川這樣地勤勤懇懇兢兢業業，他們似乎都很聰明很有靈氣，平時並不刻苦，只在考試時抱抱佛腳，就能考出個好成績來。由此，江小川的內心極不平衡，他感到了一股深深的自卑，覺得上帝對他實在是太不公平了。不是他不願合群，而是難以合群呀！經濟是決定一切的基礎，只要這一現實沒有改變，他就無法與他們構成平等關係。而合群的根本精神，就是一場相互之間的平等對話。

於是，江小川變了，變得鬱鬱寡歡，孤獨寂寞起來。只有封閉自己，才能得到心理上的平衡，才能堅持著將日子一天天地打發過去。也就是這時，他學著開始抽煙。手頭拮据，只能買幾毛錢一包的劣質香煙。其他同學也抽煙，但他們抽的都比較高檔。他害怕抽幾毛錢一包的煙遭到同學們的取笑，就躲了獨自一人偷偷地抽。就這幾毛錢一包的香煙，他也不敢多抽，實在煩悶得難以忍受時，才從藏得嚴嚴的口袋裡摸出一支叼在嘴上。一包煙，他差不多要抽上個十天半月。一切的一切，只有等待畢業這一天了。他在一點一點地積聚著力量，他發誓畢業後一定要在社會上成就一番事業，讓現在的同學刮目相看。

江小川輕輕地歎了一口氣，又繼續往下寫：「今天是週末，我不知該怎樣打發才是。想躺在寢室裡獨自一人看書，可瞟了幾行，怎麼也看不下去。於是，我就走出宿舍大樓，漫無目的地走上了校園的林蔭大道。我不知道自己要走向哪裡，便信馬由韁地聽憑感覺的支配。『跟著感覺走，緊抓住夢的手，腳步越來越輕越來越溫柔……』不知不覺的，我來到了龍山腳下，沒有半點猶豫，就踏上了山上的小徑。走上山脊，傳來了一陣美妙的音樂聲，我朝下一望，只見龍山公園燈火輝煌、人影幢幢，那裡正在舉辦一場露天音樂舞會呢。我在大街上見到過公園到處張貼的舞會海報，可從來沒有去過，今天何不去那兒坐坐，感受一下裡面的氛圍，排解一下心中的憂鬱煩惱呢？……」

寫著寫著，江小川的眼裡就又浮出了巴蘭蘭的形象。

「她是一個成熟的女人，很豐滿，也很有性感。我不知道她的背景，也不知道她的過去，但是，這些都不怎麼重要。重要的是我在她眼裡的地位。看得出來，她很尊重我，並不因為我是一個窮大學生而有所鄙薄。在她的身上，我又感到了一股自尊與自信。我從來沒有狂熱地舞蹈過，可是今晚我跳了，跳得精力充沛，信心十足。我不得有承認，她是一個很有魅力的女人，我覺得我都對她有點兒著迷了……是的，我不想否認這一點，這種慾望與情愫，我壓抑著，一直壓抑著。它們不時地出來擾亂我的情緒與心境，可一直沒有這樣的機會，半點也沒有。這些年來，我期盼著，等待著，好像從天上掉下來似的，巴蘭蘭突然地就出現在了我的眼前。原來我去公園舞廳就是為了等她，這彷彿是上天有意安排似的……最令我感到興奮的是碰到了她的乳房，我並沒有想到要去碰她的乳房，當時我的確半點這方面的邪念也沒有。可是，碰了第一次，就想碰第二次、第三次了……我從來沒有產生過這麼舒服愉快的感覺……彷彿在騰雲駕霧，真有一種飄飄欲仙的感覺，哦，擁有一個女人，該是一件多麼幸福的事情啊，我以前怎麼就從來沒有想到這一點呢……」

寫著寫著，江小川就覺得全身躁熱難耐，怎麼也寫不下去了。於是，就將鋼筆和本子推向一邊，仰面躺著，右手不由自主地摸向下身，從短褲裡掏出了一根硬梆梆的東西撫弄起來，直到一股黏稠的液體射出為止。

一連幾天，江小川心神不寧，整日整日地想著巴蘭蘭。一天晚上，他獨自一人漫步，轉到一處所在，猛然抬頭，就見到了一座高大的廠門，門楣上書「江城市苧麻紡織廠」八個大字，十分醒目。彷彿鬼使神差似的，竟不知不覺地轉到了麻紡廠外。他想進去尋找巴蘭蘭，轉而一想，又覺不妥，稍一猶豫，就折頭無精打采地慢慢踅了回來。

好不容易熬到週末，江小川吃過晚飯，就早早地趕到了龍山公園。獨自一人在公園內遊逛了一個多小時，舞廳這才開門營業。

巴蘭蘭如期而至。正值初夏時分，天氣開始慢慢轉熱，巴蘭蘭提前穿了一件套裙，顯得別致而出眾。舞會還未開始，他們兩人就挨挨擦擦地坐在了條凳上，兩雙渴盼的眼睛相互望著。

「這幾天，過得還好嗎？」江小川問，一開口就感到詞不達意，但已無法收回。

「還好，」巴蘭蘭答，又問江小川，「你呢？」

「也好。」他還想說一切都好，只是心裡想你，想得十分地難受。當然，他不可能心裡想什麼就說出什麼。人之所以為人，在於他是一種文明的動物，無時無刻都受著一些規範與條件的約束。

「今晚就你一人來了？那些同事們呢？」他問。

「大家各忙各的，難得聚會一次呢。」巴蘭蘭說著，反問道，「怎麼，你嫌我一人少了？」

「不，不，一個人正好，正好呢，免得別人打攪。」這時，江小川朝四周望瞭望，「你稍等等。」他說著，也不待巴蘭蘭回答，就匆匆忙忙地來到售票處的小賣部買了兩罐「健力寶」飲料。此前，不管多渴，他寧可去喝自來水，或是咬緊牙關忍著，也從未自己掏錢買過這種高級飲料。可是，今晚不同，在一個女人面前，即使手頭再緊，也要裝出一副男子漢的派頭才是。

他拿著飲料回到原處，遞一罐給了巴蘭蘭。

「謝謝。」巴蘭蘭接過，「啪」地一聲拉開蓋口，將吸管放了進去，慢慢地啜飲起來。

江小川也去拉蓋口，他聽到的是「屁」的一聲響，心裡怪怪地不是滋味，就想這幾天的伙食又得打點折扣才是了。

舞曲響起，他們迫不及待地擁在一起，江小川的心裡又漫過一股舒適愉悅的奇妙。巴蘭蘭身子前傾，一副小鳥依人的模樣。他們越擁越緊，江小川幾乎是將巴蘭蘭攬在了懷中。他的胸脯感到了她乳房的磨擦與擠壓，身子下面的那個東西不由自主地堅挺起來。

又是氣喘吁吁與大汗淋漓。

幾曲下來，江小川只覺得越跳越難受。他感到再也不能跳下去了，再跳可就有點控制不住了，到時，難保自己不會做出什麼出格的事情來。就朝巴蘭蘭望去，只見她臉色潮紅，眼裡放出一種奇異的光彩。他覺得她今晚實在是太漂亮了。

「我不想跳了。」他說。

「我也是。」巴蘭蘭說。

「咱們到外面去走走怎麼樣？」江小川提議。

「好的。」巴蘭蘭表示贊同。

於是，他們就走出了舞廳。舞廳外面是公園的一應設施。公園很清靜，一個人影都沒有，與舞廳的鬧熱形成了鮮明的對比。他們慢慢往前走，卻是一句言語也沒有，彷彿害怕打破周圍的寂靜似的。

走了一程，舞廳漸離漸遠，巴蘭蘭率先開口說道：「咱們要轉到哪裡去啊？」

江小川想了想，說：「到龍山上面去走走，怎麼樣？」又問：「你爬過龍山沒有？」

「那就上龍山吧。」巴蘭蘭呼吸急促地回答著。

江小川往旁邊一折，就走上了一條小徑。巴蘭蘭跟在他後面，兩人一前一後地朝前走。

四周很靜很靜，一切市聲與喧囂彷彿遠在天邊似的，只有幾隻蟋蟀和一些不知名的小蟲在輕輕地哼著溫柔浪漫的小夜曲。

樹叢越來越深，小徑兩邊長著茂盛的野草。

他們倆一邊漫步，一邊心不在焉地東一句西一句地亂扯。上坡的路越來越陡，巴蘭蘭說：「拉拉我。」就伸出了右手。江小川用勁拉了她一把，巴蘭蘭乘勢往前一衝，兩人的身子就貼在了一起。一觸到她的身子，他就感到了乳房的磨擦與柔軟。這時，他再也控制不住自己，感情像開了閘門的洪水奔瀉而下，不顧一切地將巴蘭蘭抱在懷裡。兩張嘴唇像兩塊膠布般黏在一起，兩條舌頭在一片狹小的空間相互糾纏著，江小川只覺得越纏越有勁，而巴蘭蘭則越來越柔越來越軟了。不一會，她就全身癱軟，將一堆沉沉的的肉體壓了過來。江小川猝不及防，腳步一個踉蹌，就向一旁的草叢歪去。

他們兩人倒在地上，滾在了一起。於是，男女間的媾合之事就這樣不可避免地發生了……

待慾火燃燒殆盡，兩人整好衣衫，就勢坐在了身下的那塊草地上。

「小川，你還是個童男？」巴蘭蘭驚奇地問。

「是的，」江小川點了點頭，「我跟你是第一次接吻，也是第一次做這種事情。」剛才，一旦接觸到內容的實質，江小川就顯得茫然無措了，他在巴蘭蘭的引導下才順利地完成了對她的深入。而她那愉快的呻吟更是喚醒了他一直沉睡著的男性本能。他們各自在對方的身上得到了一種不可言說的愉悅與滿足。

「我根本沒有想到咱們的關係會發展得這麼迅速，」江小川繼續說道，「一個星期前，我還不認識你；一個星期來，我每時每刻都在想你；一個星期後，你就成了我的女人……這些年，我似乎一直就在等待著你的出現……」

巴蘭蘭喃喃說道：「我也是，真的，小川，那天晚上，我一眼見到你，就覺得愛上了你，就覺得一定要跟你發生點什麼似的，我就不由自主地走了過來……你有文化，有氣質，有風度，有派頭……一句話，你跟我以前圈子裡的那些人半點都不同，這些年來，我做夢都在想著像你這樣的男人，這幾天，我也一直在想你，想得心肝肚疼……唉，這輩子，能有這樣的奇遇，能夠躺在你的懷裡，我感到很幸福，很滿足很滿足了……」

說著說著，兩人又動情地吻了起來。

吻著吻著，雙方都來了情緒，下身又絞合在了一起。

這回完事後，他們沒有翻身坐起，而是緊緊地擁了躺在草叢中相互傾吐。

巴蘭蘭沒有半點隱瞞地向江小川告訴了她的有關情況。

於是，江小川才知道躺在自己懷裡的巴蘭蘭已是一個有了孩子的母親，並且她的孩子已經在讀小學二年級了。

「真沒想到，真看不出來，」江小川說，「我只感覺到了你的成熟，但沒想到你早已結婚，小孩都上學讀書了。」

「怎麼，你心裡後悔了嗎？」

「沒有，沒有，真的，一點也沒有，我幹嘛要後悔呢？我也感到很滿足。」他的初戀與第一次破身竟發生在一個有夫之婦、有子之母之間，這在以前的他，實在是一件不可想像的荒唐之事。可是現在，他卻在一個勁地表白，並且是真誠的，沒有摻雜任何強迫與虛偽的成分。人的變化，實在是不可思議。

「小川，請你相信我，我不是那種風騷的女人，真的，只是我的婚姻很不幸，我半點也沒有得到滿足。我是一個中專生，可我老公卻連小學都沒有畢業，兩人半點共同語言都沒有。但是，他在電廠上班，單位佔得好，福利待遇高，一個月下來，工資獎金雜七雜八的加在一起，可以拿一兩千塊。有了錢，更是不把我當回事，好像是他養活了我似的……」

巴蘭蘭絮絮叨叨地向她訴說著這些年來心中的苦衷。

江小川一邊聽，一邊輕輕地撫摸著她的身子……

有過第一次，下面的第二次、第三次就是順理成章的事情了。

自從有了巴蘭蘭，江小川覺得日子充實多了，再也沒有過去的那些憂鬱煩惱與躁動不安。巴蘭蘭不僅是他的戀人，他的大姐，甚至，還在她身上感到了一種久違的母愛。

可是，他們的一切來往只能是偷偷摸摸地進行。江小川不想讓老師同學們知道，就對唯一的朋友王然，也是守口如瓶。江小川不說，大家自然什麼也不知曉，他孤身一人慣了，大家已經習以為常，對他的獨來獨往誰也不會去探究查詢。江小川無人可說，就悶在心裡獨自一人回味、咀嚼、享受，並把自己的一切行動記在了日記本上。

巴蘭蘭自從有了江小川，也覺得生活又充滿了新的生機。她說她過去的日子不是陰天，就是颳風下雨、電閃雷鳴，而現在，卻是有了明媚的陽光與洋洋的暖意。在她眼裡，江小川是她理想的情人，是她的小弟，更是她的希望。有了他，就連丈夫李斌的苛刻，她也覺得能夠忍受下去了。

日子一天天地過去，他們並沒有因為時間的流逝而有所疏遠，相反地，感情是日漸濃厚了。每次分手，兩人都依依不捨，恨不得每時每刻待在一起永不分離。

「怎麼辦？我們應該怎麼辦啊？」巴蘭蘭不僅常常在心底發問，也當了江小川的面追問不已。

江小川聞言，總是一臉的惘然。「我也不知道應該怎麼辦才是。」他說。與巴蘭蘭不同的是，他很少想到今後，更沒有想到他們之間的結局。他覺得眼前這種情況就很不錯的，他感到滿足，並不想有所改變。

可巴蘭蘭覺得，兩人老這樣偷偷摸摸地總不是個事，為了使他們的來往變得合乎情理，也為了有更多的時間待在一起，便在丈夫李斌面前提出了聘請家庭教師的事情。

李斌說：「你多花點心思在咱貝貝身上不就得啦，請什麼家庭教師喲！」

巴蘭蘭說：「我又沒有當過老師，半點教學經驗也沒有。只有請一個有學問的人正兒八經地教，咱貝貝才有出息呢。一個家庭教師的工資每月也不過七八十元，你少抽兩包香煙不就得啦。」

李斌想了想，就說：「好吧，就跟他請吧。老子沒讀到什麼書，可不能讓兒子荒廢了。」

這天晚上，他們兩人又約在了一起。

巴蘭蘭說：「小川，咱跟老公商量好了，想請一個家庭教師，看來只有你去最為合適。」

「這……這……我怕……」江小川猶豫不決地說。

「你怕什麼？」

「怕人家知道咱倆的關係，更怕你家那位老公……」

「咱們這樣偷偷摸摸地，更容易讓人知道呢。你當了貝貝的家庭教師，我們的來往也就變得正大光明了。我老公有什麼怕的呢？他是一個大老粗，一個蠢貨，什麼也不懂的。再說，你是一個男子漢，敢做就敢當，什麼也不要怕。你若害怕，當初怎要跟我滾在一起呢？」

面對巴蘭蘭的質問，江小川啞口無言。

這時，巴蘭蘭摸了摸他的臉頰，溫柔地說道：「小川，你若真的害怕，我也不攔你，更不想耽誤你的前程，咱們分手好了。」

「不，不，我不想跟你分手，我愛你，真的，我從來沒有愛過別的女人，我只愛你。」想到與巴蘭蘭分手後所要面對的日子，將會更加憂鬱煩躁、痛苦不堪，他就感到害怕極了。

當然，巴蘭蘭也不會就此跟他分手，只想試探一下他的感情，促使他拿定主意去做家教。他們各自需要對方，都捨不得離開對方。

於是，江小川只得答應她的要求。

「你放心，我不會讓你白教的，我會付你一定的報酬的。」

「看你都說到哪裡去了，咱們兩人，還談什麼報酬啊。」

「這錢還是要給的，反正歸我老公出，不要白不要。」

「你放心，我會盡力幫你把貝貝教好的。」

於是，江小川便以家庭教師的身份，開始堂而皇之地與學生家長巴蘭蘭接觸來往了。

隨著交往的頻繁，江小川與巴蘭蘭的顧忌越來越少，膽子也越來越大。

一個週末晚上，他們約了到市工人電影院去看一部被新聞媒介炒得沸沸揚揚的美國進口巨片。看完電影，仍捨不得分手，兩人就來到了電影院旁邊的工人文化宮。他們找一處隱密的角落坐了，就迫不及待地親吻撫摸起來。相互撩逗得難忍難熬，看看周圍無人，就躺著「真槍實彈」地幹了一番。

儘管有點匆忙和慌亂，卻有一種別致的韻味與享受。對此，江小川在當晚的日記裡作了較為詳盡的敘述。日記，已成了他最為親密的夥伴，成了他無話不談的知音，他將他的所作所為，包括一切心理活動，全都記在了日記本上。

不久，巴蘭蘭要過生日。江小川想，無論如何，得送她一件生日禮物，給她一個驚喜才是。可是，他手頭沒錢。巴蘭蘭履行諾言，每月都付了江小川的家教工資，但是，他又把它花在他們的約會上了。每次買票買飲料買食品什麼的，都是江小川搶著付賬。儘管錢不多，但對江小川來說，也算是一筆巨大的開支了。要買生日禮物，上哪兒去弄錢呢？他不能偷不能搶，半點生財門路都沒有。想來想去，唯有伸手找家裡要了。這幾年，他的學費、生活費全是家裡開支，他不想再給父親、哥哥添麻煩了，可是，不找他們又上哪兒去弄一筆錢呢？

於是，他給家裡拍了一封電報，電報上只有一個字：「錢。」

不多日，他收到了二百元匯款，同時還收到了一封信。信是妹妹江小英寫的，以前的信，都是父親或哥哥寫來，妹妹寫信還是第一次。她說，家裡這段時間經濟實在是太緊張了，怎麼也擠不出錢來，這二百元，是她這幾年一分一角攢下的私房錢。為了支持哥哥，她毫不猶豫地掏了出來。最後，她遙祝哥哥刻苦學習，取得優異的成績。江小川看著看著，眼淚不由自主地就流了下來，既感動，又慚愧。他在心底暗暗發誓道：「小英妹，這筆錢，做哥的今後一定還你，要成十上百倍地還給你！」

這件事，他也詳詳細細地寫在了日記裡。

李斌不過是電廠一名極為普通的工人。電廠效益好，工資高，但管理也嚴，丁是丁，卯是卯，每天「三班倒」，八小時的工作時間，一分鐘也不能拉掉。而巴蘭蘭的麻紡廠，效益差，管理混亂，上班要求也不是那麼嚴格，遲到早退根本算不了什麼。這就為她與江小川的幽會提供了有利的條件，特別是輪到李斌上夜班的日子，江小川輔導完貝貝，巴蘭蘭將他哄到一個單間睡下，為防萬一，又將貝貝的房門關得嚴嚴的。然後，兩人就開始顛鸞倒鳳地尋歡作樂，直至精疲力竭方肯甘休。得到滿足後，江小川便以家庭教師的身份大搖大擺地走下樓去……

日子過得很快，一晃二悠，已是炎炎夏天。

每週二、四晚上和星期天上午是雙方約定的家教時間。這是一個星期天，江小川輔導完畢，巴蘭蘭就將他留在家裡吃午飯。這是她第一次留他吃飯，一來做了幾個好菜，更主要的，是正好輪到李斌上長白班，要到下午四點多鐘才回家。於是，他們倆就可以單獨相處，讓江小川享受享受一下家庭的溫馨與情趣。當然，他們中間，還有一個「第三者」貝貝，但是孩子小，什麼也不懂，礙不了事。

巴蘭蘭買了兩瓶啤酒。江小川感到很開心，就要她也陪著喝幾杯。巴蘭蘭沒有推辭，兩人含情脈脈地舉杯暢飲。不一會，就把兩瓶啤酒喝了個底朝天。以前，江小川很少喝酒，巴蘭蘭則喝得更少。兩瓶酒下肚，兩人喝得暈暈乎乎的，情緒也就慢慢地湧了上來。望著臉色紅潤而嬌豔的巴蘭蘭，江小川恨不得立馬將她摟在懷裡雲雨一番；巴蘭蘭也有同樣的感覺。但是，貝貝隔在了他們中間，只得煎熬般地忍著。

於是，江小川就在腦海裡回味他們的往昔望梅止渴，很快就想到了第一次在龍山草叢裡的生動情景。想著想著，心裡就湧出了一個念頭。

「咱們上龍山去逛逛，怎麼樣？」他提議。

「這時候就去？」她問。

江小川說：「這時候最清靜了，山上肯定一個人都沒有。」這無疑是一種暗示。

巴蘭蘭心領神會：「好的。」

於是，安頓好貝貝，兩人走出樓房。

不一會，他們就到了龍山公園，又沿著那天晚上的小徑一步一步地往上爬。

夏日中午的太陽很辣，懸在當空如一個扣在頭頂的火盆。蒼翠的松柏如一把把巨大的綠傘，遮著驕陽的暴熱。陽光透過枝葉的縫隙射進樹林，在草叢藤蔓間跳躍閃爍，斑斑駁駁。滿眼是躍動的碎金與盎然的綠色，他們的心裡盛滿熾情與慾望，像兩葉鼓鼓的風帆，相互攜著攀向龍山深處。他們什麼話也沒說，只有粗重的喘息在靜謐的林間哧哧地遊走；慾火驅散了綠樹籠罩的陰涼，汗水趕集般湧了出來。

「就隨便找一處地方吧……」巴蘭蘭突然開口說道。

「不，還堅持一會兒吧。」江小川不同意。

「我實在走不動了……小川，我都等不及了……」

「蘭蘭，我也是……可是，我想到我們第一次的那個地方去……」

「唔，小川，真有你的，」巴蘭蘭聞聽此言十分高興，「到底是大學生，感覺就是不一樣，能在那兒真是太美妙了！我怎就沒想到這點呢？」

江小川朝上指了指：「喏，前面就是了。」

野草比那天晚上茂盛多了，蓬蓬勃勃地幾乎遮沒了山路，江小川有時不得不停下來彎腰將它們拂開才能繼續前進。

到了！

不錯，這裡就是他們第一次之所在，依稀還可見得到當初留下的痕跡。

他們站著，相互深情地望了一眼，饑不可耐地撲向對方，兩張嘴唇像兩塊正負極磁鐵，緊緊地吸在了一起。

吸著吸著，巴蘭蘭的身子就癱軟在江小川懷裡。江小川將她放上草地，再也不是那晚的匆忙促迫，而像一個久經沙場的戰士，一把掀開她下身的裙子，慢慢地脫著一條三角短褲。他一邊剝著一邊親吻，還沒有進入實質性的階段，就已弄得巴蘭蘭難忍難熬，發出了一聲聲撩撥人心的呻吟。當一片耀眼的白色完全裸露、顯現在江小川面前時，他才曲了身，在自己的褲襠裡面掏著，準確而迅速地壓了上去。「噢——」頓時，他的胸腔發出了一聲沉緩而愜意的呼叫。他慢慢地加大著力度，在一陣陣快意的抽動中陶醉得無以復加。而身子底下的巴蘭蘭，則像蛇一般地扭動著與他密切配合，不可抑制地發出了長短不一的「啊」、「啊」叫聲。他們就這樣相互推動著向快感的峰巔一點一點地邁進。

赤裸的肉慾風暴裹挾著他們飄飄欲仙，周遭的世界已變得十分遙遠，愜意的哼叫自他們胸腔無所顧忌地噴薄而出，如波浪般一圈一圈地擴展著，整個山嶺似也發出了微微的顫慄……

一陣噴射過後，江小川彷彿從雲端降落在地，他緊緊地箍著巴蘭蘭的腰身，伏在她那豐腴的雙乳間。他們都沒了動彈，閉了雙眼相互迭壓著直喘粗氣。

突然，身邊的草叢中發出了一陣響聲。響聲將他們拉回現實。他們都聽到了這「沙沙沙」的響聲，但是，風暴過後的慵懶與疲憊攫住了他們的身心，他們沒有多想，連眼睛都沒有睜開，仍然趴伏了隱在深草之中。

響聲越來越近。

江小川慢慢地扭動身子，做出抬頭的努力。

就在這時，一塊石頭猛然飛了過來，準確地砸在江小川向上移動的後腦勺上。

「啊——」江小川突然發出一聲慘叫，他趕緊捂住傷口，扭頭向後望去。他看清了那個男人，將他永遠地印進了腦海。他掙扎著站起身，想起身追趕。但是，他感到了一陣無法控制的巨痛與暈眩，不由自主地往旁邊栽去。鮮血從他的後腦汩汩流出，不一會就染紅了身下的綠草。

聽得江小川的慘叫，巴蘭蘭一個激凌，她趕緊翻身坐起，三扒兩爪地穿好三角短褲，就見一個男人的身影晃動著跑向樹林深處。

「抓歹徒——抓歹徒啊——」她想也沒想，就開始大聲地呼叫起來。

巴蘭蘭一邊叫著，一邊去看躺在草叢中的江小川。鮮血仍在他後腦湧流不已，她嚇得不知所措，竭盡全力鎮靜自己，雙手顫抖著拉開隨身攜帶的坤包，掏出一個手帕，揉成一團捂在他的傷口上。又見他下身那個東西軟耷耷地暴露在外，趕緊塞了進去，慢慢地拉上拉鏈。「抓歹徒——抓歹徒啊——」她仍在不住地叫喚，清脆的聲音打破了四周的寂靜，傳出很遠很遠。

江小川閉著雙眼，有氣無力地在呻吟。「你該不要緊吧小川？」江小川沒有回答。「小川，小川，你都成了這個樣子，我該怎麼辦啦？」江小川無法回答。她想將他抱了送往醫院，就蹲在地下，雙手伸進他的腰間。可是，使出吃奶的力氣，半點也不能移動他的身子。

她害怕了，就又站起身來，一邊在林間茫然地奔跑，一邊扯了嗓子大聲呼救。只要能挽救小川的性命，她是什麼也顧不得了。

不一會，就從山下跑上來兩個手持著長棒的男人，他們是中午在公園值班的職工；緊接著，又從林子深處跑出三五個江城大學的學子，他們正在山間漫步笑談，享受著自然的山野之趣，聽到一陣緊似一陣的淒慘呼救，有的握石塊，有的拿樹枝，趕緊跑來救援。

見到傷勢嚴重的江小川，他們圍著商量了一陣，急忙輪流著將他背下山去，背往公園旁有名的江城市第三人民醫院……

隨著聲聲呼救的傳向遠方，巴蘭蘭的頭腦變得越來越冷靜了。她根本沒有想到會在林中遇到歹徒的襲擊，事情既然已經發生，那麼，他與江小川的隱私將無可避免地暴露於眾。這是她怎麼也不能面對的殘酷現實。怎麼辦？到底應該怎麼辦啊？腦子走馬燈似的轉動著，一個謊言在她心中慢慢地成型了。此後，她會在人們的需要中多次訴說這一謊言；謊言在她的敘說中慢慢成熟似乎天衣無縫，比曾經發生過的事實還要真實；同時，謊言又將在她的訴說中破綻百出，直到它成為一個真正的謊言為止。

在送往醫院的途中，巴蘭蘭就開始向人們訴說起這個謊言來了。她說她獨自一人在林中散步，突然就遇到了一個居心不良的歹徒，他想強姦她，威逼著要她自己一點一點地脫光衣服。她不願就範，開始呼救反抗。歹徒撲了過來，捂住了她的嘴唇，將她壓在地上。她仍然拚了全身力氣掙扎著，嘴裡發出一陣「嗚嗚嗚」的叫聲。歹徒掀開了她的裙子，就要去扯內褲，她已經感到絕望了，就在這緊急關頭，這個不知名的年輕小夥子出現了，他赤手空拳，與歹徒展開了一場生死搏鬥。後來，歹徒逐漸佔了上風，將他摔倒在地，又拾起旁邊的一塊石頭，砸在他的後腦勺，然後就逃之夭夭了……

敘說完畢，巴蘭蘭一把眼淚一把鼻涕地說道：「要不是這位無名英雄，那我……我……我可真是無臉見人，無法活下去了啊！」

這時，走在一旁的一個大學生說：「這人很面熟，我好像在哪兒見過……哦，想起來了，我在學校飯堂見過，沒錯，就是飯堂，我敢肯定，他就是我們江大的學生。」

另一個也在一旁附和道：「噢，你看我這記性，經你這一說，我還真的想起來了，他不僅是我們江大的，並且跟我還是同一個系呢！沒錯，絕對錯不了，他低我一個年級，就在我們旁邊的教室上課，我看他經常獨自一人進進出出的……」

「對了，據我分析，他今天中午肯定又是獨自一人來逛山，正好遇上歹徒施暴，就渾身是膽，挺身而出了。」

……

江小川被送進醫院急救室後，公園的兩個職工很快就向派出所報了案，江大的幾個學生也及時向校領導反映了江大學生見義勇為的情況。

江小川的身份很快就得到了證實。

學校領導被他不顧生命危險、見義勇為的行動深深地感動了，他們集體來到醫院看望他。

江小川的同班同學聽說後，也都懷著一股敬佩的心情來到了第三醫院。他們議論紛紛地說：「過去咱們小瞧他了，沒想到他還有這麼一股子勇氣。」「其實，他的內心比咱們都要豐富。」「孤獨也是一種風格，我們太不理解他了。」「要我說呀，一個孤獨的人最有可能幹出一番偉大的事業。」「就是呢，東山之鳥，不鳴則已，一鳴驚人。」……

對大家的看望與議論，江小川卻是不知不曉，自他栽倒在地的那一刻起，就一直處於昏迷狀態。

醫生在進行著緊張的搶救。

「血，血……」他們說。

已經輸了不少血液，但江小川流血過多，還需大量輸血，而醫院血庫有限。同學們聽說後，個個毫不猶豫地捲起了袖子，他們被江小川的事蹟感動了，彷彿只有為他做出點什麼，才能彌補過去對他的輕視，心理才能得到平衡似的。

殷紅的血液從同學們的血管流出，又流進了江小川的血管。他的臉上漸漸有了血色，緊閉的眼簾終於稍稍睜開，望了他們一眼。雖然只有那麼一眼，那麼短短的一瞬，但是，同學們都感到了一種滿足和欣慰。他們相信，江小川一定會好的，往後去，他們一定要善待他，與他融洽相處。

很快地，江小川不顧自己、挺身而出、勇鬥歹徒、搶救女工的事蹟驚動了市委市政府，有關領導親自到醫院看望江小川同學，並向相關部門作出三點指示：一、將江小川搬到高幹病房，抽調市裡最好的醫生組成治療小組，不惜一切代價，全力搶救；二、盡快破案，抓住兇手，嚴加懲治；三、新聞部門做好宣傳報導工作，歌頌江小川同學見義勇為的大無畏精神。

當晚，市電視臺、市廣播電臺迅速報導了江小川的光榮事蹟。第二天，《江城日報》、《江城晚報》又以大量篇幅從不同角度對他進行了較為詳盡的宣傳介紹。一時間，江小川的事蹟在大街小巷傳誦開來，他成了人們心中的英雄。

江城大學領導班子也為學院有史以來出了一個見義勇為的英雄感到驕傲和自豪，他們決心配合當前形勢，以江小川同學的光榮事蹟為典範，開展一場關於「人生、道德與理想」的政治學習與討論。為配合這一活動，他們向江小川的家屬拍去一份加急電報，盼其迅速趕到江大。

事情就這樣不可逆轉地發生了，並以其不可阻擋之勢浩浩蕩蕩地向前發展。巴蘭蘭憂心如焚，她不知道這一切的一切，應該怎樣才能收場。一連幾天，江小川處於不吃不喝的昏迷狀態，半點知覺也沒有。她希望他快點醒轉，擺脫生命危險；同時，她又擔心他們之間沒有統一口徑，醒來後將一切真相暴露在光天華日之下。她盡可能地接近他，但匆匆見上一面，醫生就將她迅速揮開。況且，她也不知小川什麼時候能夠醒轉，醒轉後醫生在場，什麼話也無法開口。

巴蘭蘭瘦了一大截，眼圈黑黑的，一天到晚魂不守舍，一時間彷彿蒼老了二十歲，成了一個老態龍鍾的婆子。

江小川父親江水舟接到學校加急電報後，與大兒子江大川立即動身，於第三天晚上九點多鐘趕到了江城大學。

學院有關人員向他們敘述了江小川見義勇為的光榮事蹟，王校長親自接見他們，緊緊地握著他父親的雙手，激動地說道：「江水舟同志，感謝你培養了這麼一個好孩子，這是我們學校的光榮與自豪，我們要以江小川同學的先進事蹟為典型，開展一系列學習討論的活動，希望您能為廣大師生現身說法，講講江小川的過去，談談他的培養教育……」

「這……這……」江水舟似乎感到很為難，「要說有什麼成績的話，也是大學老師對他的栽培，俺一個大老粗，有什麼好談的呢？」

「不，您要談的，一定要談。先準備一下，我可以找幾個人來跟您一起好好聊聊，先由他們起草一個講話報告，您只要熟悉一下，就會談得蠻好的。」

江水舟還想推辭，站在一旁的江大川開口了：「爸，這有什麼不好講的，就講弟弟小時候怎樣幫別人做好事，講他怎樣差點退學，講您對他的教育，講我對他的鼓勵，講他怎樣發憤讀書考大學……」

「不錯，對，不錯，」王校長情不自禁地贊許道，「就講這些，蠻好的，蠻好的，最好是講一些生動的事例，這樣才能感染人，鼓舞人，才最具說服力。」

「爸，」江大川又說，「您要是怕講不好，我今晚就跟您寫一個草稿。」

「這樣更好，這樣更好。」王校長說。

江水舟對做報告的事情似乎半點興趣也沒有，他說：「俺想去醫院看看兒子。」

「江小川已經脫離了生命危險，」王校長說，「上級領導對他的治療非常重視，我們派有專人對他進行護理，一切情況都很好，你們旅途辛苦了，先休息休息，明天再去看他不遲的。」

「不，俺想先去看他一眼。」江水舟堅持道。

「也行。」王校長說著，就安排了一輛小車將他們送往醫院。

案件的偵破工作由市公安局刑偵一科科長陳志明負責。

陳科長是一個經驗非常豐富的老公安，剛一接手案子，就趕往出事地點，獲取了大量一手材料。第二步，就是對巴蘭蘭的訊問。他希望能從她口中得到有關罪犯的更為詳盡的資料。巴蘭蘭倒也能夠積極配合，她說只希望公安機關盡快破獲此案，伸張正義。在談及罪犯時，她卻語焉不詳。這並非巴蘭蘭不願敘說，而是她當時躺在地上微閉雙眼，根本就沒有看清。但那罪犯的形象卻印在了江小川的腦海裡，可他躺在病床不能言語。並且，巴蘭蘭根本不敢向公安部門提供這一資訊，她害怕小川到時張嘴亂說，將她的一切努力化為泡影。她當時所見，不過一個男人倉惶逃跑的背影，她只能根據這一背影說出罪犯的部分身體特徵——胖瘦適中，身高一點七五米左右。那麼，他的長相如何呢？請你盡量詳細描述一番。面對陳科長的訊問，巴蘭蘭卻是無可奉告。她說：「我當時非常害怕，根本不敢朝他望一眼。」又說：「我頭都嚇暈了，什麼也弄不清楚。」「可你卻在呼救。」「我只是憑著一股本能瞎嚷瞎叫。」「就你所見，大致說一說吧。」於是，巴蘭蘭只得胡謅一氣，說罪犯長得咋樣咋樣……

根據巴蘭蘭提供的證據，陳科長趕緊派人與附近幾家單位保衛科取得聯繫，查找嫌犯。

兩天後，精明的陳科長不禁發現此案許多疑點，一個巨大的問號在他心中升起。他想向有關領導述說自己的疑惑，但是，宣傳工具已經啟動，江小川的英雄事蹟已成定論，即使挽回，也來不及了。並且，要是自己判斷失誤呢？想到這裡，陳科長的心頭不禁一陣緊縮。看來，只有盡快破案，事實才能說明一切。

事不宜遲，他親自帶領辦案人員前往江城大學、市麻紡廠調查瞭解江小川和巴蘭蘭的有關情況。很快的，他心中的一些疑問就得到了證實。

第三天晚上，根據掌握的大量事實，陳科長當機立斷：突擊審訊巴蘭蘭！

巴蘭蘭以為還是一般的瞭解情況，又將她編造的謊言重新述說了一遍。

突然，陳志明一拍桌子，大聲喝道：「巴蘭蘭，你的表演早該結束了！」

望著一張張嚴肅冷漠的面孔，一陣驚懼掠過她的全身。

「我問你，中午你一個人怎就跑到了龍山公園去散步？」

「那幾天我跟丈夫李斌鬧矛盾，心情不好，就想到外面轉轉，散散心，解解悶，一轉就轉到了公園裡頭……」

「哼，倒也能自圓其說，咱們不要兜圈子了！我只問你一個問題，你到底認不認識江小川？」

「不認識。」巴蘭蘭一口否定。

「真的不認識，還是假裝不認識？」

「真的不認識。」她竭力鎮靜自己慌亂的情緒。

「江小川是你的家庭教師，豈有不認識之理？」

「這……這……」巴蘭蘭張口結舌，不知所措。

「他當你孩子貝貝的家庭教師都快兩個月了，你卻扯起彌天大謊，說什麼根本不認識江小川這個人。巴蘭蘭，你以為你的表演十分高明，把咱們都蒙在了鼓中是不是？告訴你吧，你的一切情況早在我們的掌握之中。坦白從寬，抗拒從嚴，只有老老實實地把問題交代清楚，才是你唯一的出路！」

作為一個女人，並且是一個比較軟弱的女人，巴蘭蘭心力交猝，早就支撐不住了。她根本就沒有想到事情會弄得這麼大，幾乎在全市造成了轟動。只是憑著一股慣性，她還在獨自一人做著最後的支撐與堅守。面對審訊員的嚴厲審問，她心中的防線在一瞬間就徹底崩潰了。

不一會，她就開始斷斷續續、原原本本地敘說起來……

審訊完畢，陳科長立即趕往第三醫院。

醫生告訴他，經過幾天的精心治療，江小川已經脫離了生命危險。醫生看了看手錶，又說：「現在是十點半，就在半小時之前，治療小組經過認真會診，宣佈了這一診斷結果。」

為了不驚動醫院，陳科長只是點點頭，什麼也沒說。

在醫生的陪同下，他來到了江小川的單間病房。雖已宣佈脫離危險，但江小川仍微閉雙眼躺在床上，處於昏迷狀態。

坐在一旁照看他的是好友王然。

陳科長心情複雜地跟王然握了握手，道：「辛苦了，希望你好好照顧江小川同學。」

王然笑了笑說：「請領導放心，我是他最要好的朋友，我一定會照看好他的。」

陳科長點了點頭，退出病房，匆匆離去。

然而，就在此案發生後的第四天凌晨，從醫院傳出一個令人震驚的消息——江小川猝然死亡！剛於前一天晚上十點宣佈脫離危險，現在卻突然暴亡，使得並不複雜的案情變得撲朔迷離起來。

守候在一旁的王然哭著告訴大家，半夜間，江小川突然迷迷糊糊地叫著「尿……尿……」當時坐在一旁看書的王然聽見叫聲，馬上找來一個盆子，放在他的身子底下，幫助他完成了排泄。尿完後，江小川復歸平靜，又安安穩穩地睡了過去。這時，王然情不自禁地扯了一個呵欠。這幾天，他實在是太辛苦了，白天要複習功課迎接期末考試，晚上要到醫院看護江小川。他實在是支撐不住了，就又伸開雙臂打了一個長長的呵欠，屁股坐在椅子上，身子伏在床沿上，不知不覺地睡了過去……他一覺醒來，看看手錶，已是凌晨六點多鐘。又看看江小川，卻見他躺在床上緊閉雙眼，一動也不動，叫他沒有半點反應。王然急了，將右手食指往他的鼻下一伸，卻是半點氣息也沒有。他急了，趕緊叫來醫生。可是晚了，江小川早就停止了呼吸……

法醫對他的屍體進行了一番認真的解剖檢查，卻沒有發現任何異常。

不管怎樣，有一點是十分肯定的——江小川絕非正常死亡。

那麼，他到底是怎樣死亡的呢？

要是將他的鼻子悶住，或是在他輸入的藥液中放上哪怕百分之一克的氰化氰，就可將他置於死地而不會留下任何痕跡。

可是，兇手又是誰呢？

是醫院的醫生、護士，是守護在一旁的同學王然，還是偷闖病房的其他兇手？

每種可能性都有。

他們為什麼要幹掉江小川呢？

醫生、護士致江小川於死地的可能性有三：一、偶然的醫療事故；二、此人就是龍山公園作案的兇手；三、受龍山公園作案兇手的指使與收買。

至於王然，也許出於一種難以抑制的嫉妒，或是與江小川過去有過不可排解的怨仇，他們表面是朋友，可內心則時刻準備報復。

而偷偷闖入者，一定是龍山公園的兇手或被他收買、指使之人，王然的沉睡為其作案提供了可乘之機。

當然，也不排除江小川自殺的可能。他的頭腦一旦清醒，想到自己荒唐的所作所為，覺得無顏面對家人、老師、同學與朋友，便以自殺的方式悄然離開了人世……

若再往前推進一步，龍山公園的兇手又是何許人也？

一、被巴蘭蘭丈夫收買的兇手。俗話說，世上沒有不透風的牆，時間一長，他們的姦情不可能不被李斌覺察，而他又是一個頗富心計之人，彷彿被蒙在了鼓中，但一直都在尋找鐵的證據，尋求打擊懲罰的機會；

二、在龍山消暑的閒人。本來懷有一種悠靜的心情，根本沒有想到去作案，可江小川與巴蘭蘭尋歡作樂的淫蕩之聲吸引了他，誘惑了他，點燃並燒旺了他心中的慾望之火，一時間無法自持，不禁舉起了行兇的石頭……

當然，還有其他多種推測與可能。對此，公安部門將全力偵破，查出真正的兇手，給出一個令人滿意的答案與說法。至於兇手是誰，對我們來說並不重要，重要的是江小川已經死去，帶著無法透露的隱密與滿腔的遺憾，無聲無息地離開了我們這個豐富而生動的世界。

當天下午兩點鐘，江大學校領導來到江水舟父子下榻的江大招待所。

一見到他們，江大川就激動萬分地掏出幾張揉得皺皺巴巴的稿紙遞給王校長，高興地說道：「王校長，我熬了一個通宵，又花了一個上午，終於寫出了一個初稿。請您看看到底怎樣，要是不行，我再修改。無論如何，得把俺弟弟的事蹟寫得生動感人才是，要讓江大的學生受到一場深刻的思想教育……」

江大川只顧高興一個勁地說著，半點也沒注意到學校領導的面部表情。

王校長接過稿紙，看也沒看，將它揉成一團，隨手一扔，紙團就滾到了牆角。

「您……您……」江大川萬分著急，又不知所措。

王校長說：「現在一切都用不著了，我只想告訴你們兩點：一、江小川是我們學校的敗類，他嚴重違反了學校紀律，影響了江大的良好聲譽；二、他已於今天凌晨突然死亡……」

「什麼，你說什麼？！」江水舟不敢相信自己的耳朵。

一旁的隨從人員又將王校長的話語複述了一遍。

頓時，江水舟父子雷擊般地楞在屋子中央。

江大川急了，上前一把揪住王校長衣領口，大聲嚷道：「你騙人，你是天底下最大的騙子！你昨天還說我弟弟是英雄，今天卻說他是敗類！我不管，我什麼也不管，我只向你要人，我們全家什麼都不要了，只要我弟弟是個大活人……」

一旁的人們拉扯著，好不容易才將他勸解開來。

王校長整了整衣領，悻悻然地望了江大川一眼，又向手下人交代了兩句什麼，身一轉，就走了出去。

「我不相信，我什麼也不相信，你們陷害我弟弟，我弟弟是窮人家的好孩子……他沒有罪，沒有罪啊……」江大川痛哭流涕，一個勁地大喊大叫，在房間裡蹦來跳去。

大家一邊勸他冷靜，一邊就把江小川與巴蘭蘭相識通姦、家教遇害的事情一五一十地述說了一番。唯恐不信，又掏出江小川的日記本，那上面真實地記述了曾經發生過的一切。

江水舟沒看，看日記的是江大川，他草草地翻動紙頁，當他看到弟弟拍電報找家裡要錢的敘述時，才相信了日記的真實性。

好半天，江水舟才開口說道：「人死不能復生，事情都已經這樣了，俺也沒有別的要求，只想把他的屍體運回，埋在俺家祖墳旁。」

校務人員解釋道：「您的這一要求並不過分，我們也想滿足，只是上面有規定，屍體不能運出城外，必須在市內火化才行。」

江水舟聞言，不覺仰天長歎：「命，這是命，俺小川的命苦啊！」

兩天後，江家父子帶著一個骨灰盒，帶著學校出於人道精神補償的兩千元安葬費，默默垂淚，哀慟無比地乘上了一趟開往家鄉的列車……

江小川就這樣走了——永遠地離開了江大，離開了江城市，離開了人世間。

當一場騙局被戳穿與還原之後，無論是社會，還是學校，都需要江小川做出這樣的選擇。至於是他本人的意願，還是別人的強加，都已無關緊要。重要的是這無言的離去，才是他留給世界的一個最好交待，也是他短暫人生劃上的一個還能勉強說得過去的句號。

青霧繚繞的歲月

一

在我的腦海裡，父親早已是個只有出氣沒有進氣的穿了洞的破氣球了，所以當我一眼瞧見他坐在門彎裡曬著暖烘烘的太陽，有滋有味地吧著一截紙煙，全身嫋繞在一派朦朧的青霧中時，我驚訝得大叫一聲：「爸，你沒有事呀！」我的話剛出口，就被一陣悶啞的滾雷給劈了回來：「狗日的，你望老子死呀！」一陣綿綿的咳嗽將父親的話鋸成幾截，更顯得短矬有力。「老子死了你心裡就舒服了，啊？！」他氣得全身在太陽底下篩糠不止，紙煙掉落將地上一片枯黃的秋葉咬了一個小洞。我趕緊畢恭畢敬地站在他面前，一邊伸手掏提包裡的瓶瓶罐罐，一邊將笑容塗抹在臉上：「電報上不是拍的病危麼！」「病危也不會一直危下去呀總得有個好轉的時日嘛，」父親的聲音變得柔和慈祥而低沉了，但我知道有一股強勁的風正在他的胸膛內咆哮不止，啃齧著他的五臟六腑。

望著父親溝壑縱橫蔫瘦乾巴的臉膛，我的心臟陣陣緊縮，使我塗抹在臉上的笑容變成了奇異古怪的散亂斑點。我知道父親的生命已不可挽回地走到了盡頭，橡皮筋能夠拉長但也有拉得不能再拉驟然綳斷之時，拳頭的縮回是為了打將出去能更加有力地衝越臨界。掏到最後我摸出一條健牌香煙。「外國進口煙爸你嚐嚐看味道麼樣。」我說著拆了條打開一包抽出一支純白的長度過濾嘴香煙遞給父親。

「外國的？」父親的精神頓時為之一振，癟癟的氣球突地一下鼓脹起來撐放在靠椅裡。純白的紙煙映出千萬個白熾而熱烈的顆粒狀太陽刺疼了父親的雙眼，他眯縫著眼擠出兩滴濁淚掛在眼角凝成了兩顆琥珀。他伸開手掌接了，手指彎曲得咯嘣咯嘣響成了一個拳頭狀，將紙煙輕輕地揉搓了一陣，又用拇指與食指捏到鼻子底下好一陣嗅聞，猛可地一個噴嚏打得他後腦勺在椅背上磕碰了兩下。噴嚏打完後他說：「狗日的勁還蠻大呢，老子抽不來帶過濾嘴的。」說著他將白嘴嘴揪了扔在腳下，然後將露出二縷金黃煙絲的香煙塞進癟癟的黑洞之中。

「嗯嗯是蠻不錯，味道正勁兒足，蠻煞癮。」父親浸在自己噴吐而出的團團煙霧中，聲音變得朦朧而遙遠，像是空谷中被山風撕扯飄蕩的絲絲縷縷雲霧。雲霧與煙霧攪拌著透出一片耀眼的殷紅血光，我的心「格登」一聲掛在嗓子門口，就想，這恐怕是父親返照的回光了。當回光消逝之時，父親就將永遠地離開我到另一個天地去追尋母親及先祖們的足跡去了。「我心裡明白，」父親的聲音越來越遙遠而朦朧了，「我活不長了。」彷彿威嚴的上帝冷冷地宣判著他的子民，父親蒼老乾澀的聲音透出淒涼的強大電流將我擊成了一根毫無知覺的木樁硬硬地戳在明豔的陽光底下。「今生今世，我就只一個願望了，」一點點血色跳動著變成了團團火球上下翻滾又慢慢變成一條火舌噴向我的胸口，「抽了一輩子的煙，能到捲煙廠去看一看，摸一摸，也就心滿意足了……」「辦得到的爸，咱們明天一早就到鎮上去搭車，我帶你去看長壽捲煙廠。」我的上下嘴唇皮磨擦著，空氣裡就有了一串串聲音如晶瑩飽滿的葡萄懸掛在父親青筋突暴的藤蔓上。父親這輩子吞掉的紙煙，十分之八九是長壽捲煙廠生產的。長壽捲煙廠生產的香煙價廉質好，有一種「荷花」牌的在全國名煙評比中還獲過一等獎。捲煙廠有我一位身居要職名叫甘流的朋友，父親的願望是不難辦到的。

這時，我突然驚奇地發現，父親正籠罩在一派熊熊燃燒的紅光之中，顯得莊嚴而肅穆。

二

穿透朦朧的煙霧，我的目光蜿蜒著伸向那遙遠而朦朧的歷史，朦朧的原野上有一片朦朧的紅光閃耀著推到我的面前。隨著一聲艱難長啼的驟然迸射，花瓣紛然披落父親誕生在一朵盛開的血色蓮花之中。這聲長啼穿透了近七十年時光在我身邊迴盪，裹挾著我的身心在我綿綿的家族史中巡行遊弋……

婆婆蹲伏在赫黃的田壟上，瞪圓大眼在油汪汪翠綠綠的寬大煙葉上搜尋啃齧不止的青蟲。青蟲蠕動著懶洋洋地做著綠色的美夢。婆婆就將它們軟乎的身子捏在手心並從中擠出那綠色的美夢，夢的汁液流溢著染綠了婆婆的手掌。婆婆瞧瞧綠汪汪的雙手，站起身望望四周一片綠汪汪茂盛的煙葉地，空氣中充溢著一股怪好聞的略帶辛辣味兒的芬芳。綠色的笑意漸漸浮上婆婆的嘴角，她不知不覺地做起青蟲還沒做完的美夢來，她的腦海變成了一片透亮的綠色海洋。於是，她十分愜意地盤腿坐在一塊坌上，脊背靠在一根粗壯的煙稈上，從腰間鼓鼓囊囊的包袱中掏出煙袋。煙嘴與煙鍋是銅製的閃著黃色的光澤。中間的煙竿是竹製的也是光滑油亮的，閃著一股誘人的青褐色光芒。她將煙袋放在鞋幫上敲了敲，掏出一張粗糙黃紙放在伸開的左手心，又從包袱中摸出切碎的煙絲攤在黃紙上。然後，雙手輕輕合在一起，麻利地搓了兩下，就出現了一垠棍狀的葉子煙捲。她將這煙捲拿到嘴邊，伸出舌頭將黃紙舔了舔，再一按一按地黏上，又將煙捲的一端捏細些，慢慢按進煙鍋中。她將煙袋含在嘴裡，又開始在胸前的包袱裡掏，就拿出了火鐮和火紙，幾點火星的弧線劃過，火紙一閃一閃地冒出了煙霧。婆婆將冒著煙霧的火紙按在煙捲上，使勁地吧幾口，就有一股濃濃的煙霧從她的嘴裡噴出，漸漸地彌漫成蘑菇狀的雲團臥在綠油油的煙葉之上。

一袋煙還沒抽完，婆婆就感到鼓突的肚裡有一種異樣的蠕動，緊接著是一陣難以忍受的絞痛。她的雙手趕緊捂著肚子拚命揉搓藉以減輕痛楚。誰知這絞痛越來越厲害彷彿要抽乾她的生命之髓。感受絞疼的同時，她也感到了一種強烈的下墜。她明白了。怎麼這早？還差個把月呢！她的意識中冒出了這樣的氣泡兒，閃了兩閃就爆裂了。煙袋已從她嘴裡掉落在兩塊黃土坯的間隙中卡著，有嗆人的冷煙縷縷湧流。來不及回屋了，儘管那偏斜的茅草棚子不過一裡之遙。這是第八次了。以往七次分娩的痛苦並沒有使婆婆成為一個真正的母親。那些孩子們探出腦袋瞧了瞧包圍著他們的茅草棚子及棚子外的幾塊鉛灰色天空，就又像烏龜般將腦袋縮進了堅實的硬殼銷聲匿跡了。這使婆婆產生了即使在睡夢中也驅散不了的巨大痛苦陰雲，這陰雲綿綿長長地鋪蓋著她所走過的和即將要走的道路。然而，七次鮮血的湧流七次劇烈的痛苦使她產生了一連串下意識的熟稔動作。一陣緊似一陣的絞痛抻展著在她的腦海裡變成了一張厚厚的白紙。但是，她的手依然機械地動作著。她拉開了褲腰帶的活扣，將褲子一點一點地往下褪，褪……她又開了豐腴雪白的大腿，痛苦的呻吟在一瞬間被耀眼的雪白所包裹，似波濤顫抖著漫向遠方。突然，一道慘亮的血光衝破了黑暗的柵欄，衝開了耀眼的雪白，殺開了濃厚綠色的包裹，直沖天空。

這道慘亮的血光一出現，就刺疼了爺爺的目光。他趕忙停下手中活計，熄了含在嘴裡的煙鍋。他踮起腳焦灼不安地搜尋著血光之源。又是一聲稚拙的哭叫似利錐穿透了爺爺的耳膜，刺穿耳膜的疼痛通過神經迅疾傳至心靈，爺爺什麼都明白了，他伸開粗壯的雙臂，嘴裡發出「噢噢」的大聲呼喚，瘋也似的向煙地奔去。

三

然而，爺爺呱呱墜地的一幕實在是太遙遠了，一片模糊的黯淡使我懷疑自己是否已成一個地道的色盲。但有一點是確鑿無疑的，爺爺的出生沒有父親的輝煌與莊重。爺爺的父母對他的出生既無歡笑也無悲傷，只不過在一長溜孩子的後面又添加了一條尾巴而已。母雞順當地溜下一個雞蛋後便「咯嗒咯嗒」地叫著走開了，三躍兩跳地飛上草堆，抓刨著尋找充腹的食粒，不過一刻，就將產下的雞蛋置諸腦後。爺爺之於雞蛋，爺爺的父母之於母雞，皆有著驚人的相似之處。這一類比雖然不恭，但實在是形象貼切極了。

那是南方，一塊極其遙遠的陌生土地。一群衣衫襤褸的孩子頂著毒辣的日頭，在兩旁野花盛開的小徑上奔跑嬉鬧，有一股薄薄的煙塵在他們赤腳的踢踏中輕颺。他們從那條極細極細的地平線跑來，一個個黑點移動著越來越大越來越濃，慢慢地，就跑入了我的視野。我目不轉眼地審視著，就發現了爺爺，他在這群孩子中顯得最小最瘦最黑最髒。他跑在隊伍的後邊，就要掉隊了，伸開瘦小的灰手在空中無目的地抓撓著，發出一陣怪異的叫喊聲。這聲音傳入我的耳內嗡嗡嗚響，聽不懂他到底喊了些什麼，我想那大意不外乎懇求跑在前面的哥哥們停住腳步等他一程，但是，他的叫喊卻招來了那些大哥小哥們的嘲笑。他們回頭將他奚落一番，並說他是一個討厭的累贅，然後又扭回頭向前奔跑。他們快活地嬉鬧著，慢慢跑出了我的視野，只留下爺爺獨自一人癱坐在小路上。他望著那漸來漸遠的塵霧，不禁傷心地哭了起來。哭了一陣，就用小手揩抹淚水，竟將沙粒灰塵揉進眼中。兩顆眼珠彷彿被粗糙的砂紙在打磨。爺爺疼痛無比，於是揉搓得更厲害了，一陣陣咯嘰咯嘰的磣人聲似尖刀挑掛著爺爺血淋淋的心瓣。爺爺的眼前，有一滴黑色的墨汁浸漫開來，染上了一塊灰濛濛的紗布，繼續皴暈著浸向那透亮的白色布幔。淚水在灰塵厚實的臉上沖出兩道溝渠，淚水流經溝渠繼續下落將包裹他全身的灰塵融入破爛的衣衫之中。疼痛撕扯著他的肉體、筋絡與骨骼，他感到身體快要爆炸了，炸成七零八落的碎片。突然，他產生了逃跑的念頭，跑出這意欲置他於死地的黑色泥沼。道路已從眼前消失，四周一片昏暗，兩旁盛開的野花變成了黑暗中的點點火花閃爍搖曳不止。他在這野花的點點火星中發現了生的希望，他要抓住一塊厚實的木板，這木板就是野花變幻的火星。點點火花誘惑著勾引著他從地上爬了起來，拚盡羸弱身軀裡的所有力量。他嗷嗷地哭叫著，向著遍地蹦跳閃耀的火星奔跑起來。火星變成了燭光。跑過燭光，還是點點燭光。他不能停止奔跑，他要抓住並擁有這所有的燭光。地裡栽種著燭光，天空懸掛著燭光。一瞬間，燭光越來越多。他的小腳被石塊、瓷片劃拉著露出點綴著紅斑的白慘慘嫩肉，殷紅的血跡融入泥土凝成圓圓的硬點。力與生命正隨著汗水、淚水與血水一道向外湧流。他實在跑不動了，但仍有一種慣性的力量推著他向前不止。他堅信，抓住前方那最後一點燭光就會獲得神奇的力量與新的生命，那點燭光將點燃他全身，點燃身後已然熄滅了的蠟燭……這時，他聞到了一股奇異的芬芳，這芬芳醉得他透不過氣來，體驗到了一種前所未有的享受。突然，他的眼前出現了一條燭光之河。燭光已沒有了這點與那點之分，它們融為一體，連成一氣，變成一條富有生命的流動之河。他來到河邊，毫不猶豫地一頭扎入其中……

我尋出一副眼鏡架在鼻樑。於是，我看清了，爺爺一頭跑進了一塊一眼望不到邊的罌粟地。濃烈的怪香刺激著他給他疲軟的身軀注入了新的活力，他又變得亢奮起來。我真不明白，這孱弱的身軀何以貯藏了那麼強大的力量，莫非有一種天啟將我家族史上已然消失了的先祖們的力量凝聚著輸入了爺爺的體腔？是啊，如果沒有爺爺的拚命奔跑，沒有跌入那燭光之河——罌粟之地，那麼，我們這一家族早就絕跡匿世，也就不會有我今天費心盡力地塗抹這篇小說了。我想這一切並非偶然。

亢奮的爺爺在罌粟地裡漫無目的地跑了一陣就突然被什麼東西絆倒在地。一旦倒地，他的全身就癱了變成了沒有脊骨的軟體動物，成為一堆沒有意識的、本來意義的肉體。罌粟的枝條拂去了他身上的灰塵，也在臉上及其他裸露地方劃出了一道道血痕。罌粟之花沾滿了他的全身，呈出古怪的斑爛色彩。他是在一陣嫋嫋的天國之音中驟然撲倒在地的。在天國光芒的輝耀中，他的痛苦被碾成齏粉吹散一空。爺爺躺著，髒汙的臉上露出燦爛而幸福的透明微笑。確切地說，爺爺現在已經進入了假死狀態。有一根細微的絲線拴於他的心尖，悠悠顫動著。罌粟之花誘人的芳菲將這根絲線由爺爺的鼻孔牽出他的體外，漂浮於薰暖的香氣之上。

爺爺就這樣不死不活不吃不喝地在罌粟地裡躺了五天五夜。第六天，血紅的晨曦撐開了爺爺緊閉的雙眼。罌粟之花維繫著那根透明的生命絲線，罌粟之花喚醒了爺爺的生命意識，罌粟之花養育了爺爺新的力量。總之，罌粟之花萌生了爺爺新的生命，他終於醒過來了。醒來後的他首先感到的是枯澀。水分已在淚水、汗水與血水的湧流中消失殆盡，濃烈的薰風又將他體內的殘剩吹走吸收。他的身體變成了一根枯柴。緊接著他又有了饑餓的感覺，腸胃在腹腔內縮成了僵死的一團。他頭暈目眩，搖晃著身軀一步一步地挪出罌粟地，憑著直感與靈氣，一步一步地向村子捱去。他實在支撐不下去了，便蹲在田頭路邊，將一兜兜馬齒莧、黃花菜揪了胡亂地塞進嘴裡。體內又有了水分，腸胃又開始蠕動。圓圓的肚子如小山包似的隆了起來。他蹲坐著，目光茫然。慢慢地，眼前的一切又變得真實起來，他感覺到了一種全新的生命。這生命剛一萌芽，即刻騰竄，茂盛極了。他真正地復活了。他站起身來，望著村子邁開腳丫。瘦小的身影映在藍藍的天幕，顯得格外孤獨而淒涼。

這時，他還不知道，全村已被悲慘的死寂嚴嚴覆蓋。當然，他更不知道，就在他昏沉在罌粟地的五天時間裡，全村爆發了一場罕見的可怕瘟疫。在瘟疫魔掌的浩劫下，全村人中，唯有爺爺一人倖免於難。當然，他應該知道的馬上就會明白，不應該知道的將成為永遠的謎團，亂絲般地留在他的腦中。爺爺將這謎團的亂絲遺傳下來，對此我也無能為力，難以將它理得清清楚楚明明白白。我想這將成為我家族史上最富魅力的永恆之謎。

四

爺爺開始了他漫長的流浪生涯。

村子死寂恐怖的景象如一塊燒紅的鐵塊烙在爺爺的心尖，一股焦臭的青煙從他口中噴射而出，變成一聲聲淒慘的尖叫。這尖叫撞上墳墓與死屍反彈回來，變成了一股無形的強力推動著爺爺沒命地倉皇逃竄。他逃出了村子，他不敢回頭，沒命地漫無目的地奔逃著。他害怕懸掛在南方天空中毒辣的太陽，害怕那在太陽燒烤下膨脹腐爛奇臭無比的死屍，更害怕那吞噬著他瘦小身體如烏雲般的黑色蒼蠅。他奔逃著，躲過了烏雲般蒼蠅的襲擊，怎麼也躲不過火盆般炙烤的太陽。他的皮膚被烤得黑糊糊焦枯枯的，太陽放射著千萬根銀針刺入他的胸膛放走了他的鮮血他的水分他的骨髓。但是，他要躲開它！他將脊背遞給了施虐的太陽，毅然踏上通往北方的小徑，越走越遠，越走越遠。

日子一長，他就感到太陽柔和多了。他欣喜若狂，又加快了速度。他要拋卻那悲慘的童年，抹去心中那可怖的記憶，斬斷昔日那赤日的毒辣。

十五歲以前，爺爺是一個瘦小伶仃的乞丐——名符其實的小叫花子。

十五歲以後，一夜之間，他陡然感到自己的胸脯寬闊了，肩膀厚實了，身材高大了，肌健強硬了。有一股莫名的躁動撞擊胸膛，周身的血液上下左右循環往復奔湧不止。於是，他感到過去的自我業已死滅，一個全新的他脫穎而出，一如蟬之蛻殼，蛇之脫皮。有一種不可抑制的力從他身體的每一個毛細血孔往外流淌。於是，他搖身一變，成了一名短工。他打一陣短工，掙幾個銅板，又開始北上。等到囊中告罄之時，他又進入某一村子拚死拚活地幹上一陣子，掙幾個銅板，然後繼續北上……

爺爺不知何處才是盡頭，不知哪裡才是他的歸宿，也不知自己到底走了多遠正置身何處。他只是憑著一種慣性，一股宗教般的狂熱莫名其妙地向北走著。

爺爺孤苦無依漂泊流浪的身影與廣袤無際的赭黃土地融為一體。這黃色充斥了整個天地充塞了我的整個視野。我淹沒在一片濃稠的黃色汁液中浸泡著。漸漸地，我感到黃色滲透了我的全身，變成了一顆透明的黃色琥珀。我驚奇地發現，我正孤苦無依地站在赭黃的大地上，陣陣黃色之風穿腸而過。我突然發現，我就是爺爺，爺爺就是我。我眺望遠處的樹枝，赭黃變成了鵝黃，鵝黃爆出了嫩綠，這嫩綠又孵出了一個蔥蘢青翠的世界。

直到十八歲那年的一天，爺爺神奇般地遇上了婆婆，這才結束了他那漫長的流浪生涯。然後，就有了父親，有了我，有了我的兒子，以後還得有一長串的男女們如連綿的青山起伏不斷。可是，如果爺爺沒有遇上婆婆，而是天涯海角地浪跡一生呢？每每想到這點，我的腿就軟了，就變成了婆婆手中能夠紡出紗線來的兩根棉條。

五

爺爺與婆婆各有兩根煙袋。一根長的，一根短的。結構造型質地相同，只是體積大小有別。長煙袋可以兼作拐杖，一般用於走親串友閒暇安逸之時。短煙袋便於攜帶，即使勞作也可使用。常用的是長煙袋。婆婆說，長煙袋吸出的煙像牛肉乾，味兒濃厚醇正，很煞癮。我想這恐怕是經了長長煙竿加工過濾的緣故，就跟製作豆腐一回事，一經過濾，就能濾走豆渣，留下的全是乳白色的豆漿。

當百鳥的啁啾、金色的黎明、哞哞的牛叫將爺爺與婆婆從迷幻的睡夢中拉回清醒的人間時，他們互相踢蹬著算是打過招呼，一翻身就坐了起來。坐起來後的第一件事便是從床頭摸出長長的煙袋。捲煙，裝煙，點煙，抽煙。煙霧的飄逸使得一支煙捲變為灰燼之後，他們在床幫上磕磕煙鍋，抹抹嘴唇，這才穿衣起床走向撲面而來的新的一天之中。

一天的日子是漫長的，沉重的勞作使得爺爺與婆婆變成了兩棵被鋸的樹木，尖利的鋸齒啃齧著慢慢向樹身的內裡推進，樹木的身心交瘁與痛苦不堪變成了一聲聲有節奏的「嗤嗤」呻吟，精血化為白色的鋸末紛然飄落。然而，一天的日子又是那麼短暫，不過幾縷煙霧如細絲般飄向空中，就抽乾了白天的精髓，夜幕便黑沉沉地壓了過來。上床前的最後一件事，他們仍是抽煙，抽完一袋煙後鑽進被窩。唯有青青的煙霧才能合攏他們的眼皮，招來美妙的夢境。

寫到這兒，我周圍的一切頓然消隱，一道幽幽的青光自天外射入刺得我無法睜開眼簾。青光漫遊著我的眼前出現了一幅古色古香的圖畫。爺爺與婆婆遠遠地坐著，他們互相看了一眼，會意地笑了笑，便拿起長煙袋，捲煙裝煙點煙抽煙，動作熟稔得令人眼花繚亂，準確一致得宛如一個人在動作。等到兩根煙袋同時被托抬起時，它們就碰在一起，連成一根更長的煙袋同時銜在爺爺與婆婆的嘴中。兩根煙袋相碰之處不時冒出幾縷細細的冷煙。而他們的嘴裡，則吞吐出一團團青色的濃霧。我聽到吧吧的猛烈吸煙聲，聽到了他們被嗆得透不過氣來的吭吭咳嗽，還聽到了他們樂不可支的笑談；我見到了他們臉膛上天使般光輝燦爛的笑容，看見了幸福的波浪顫抖著流出他們的體外，隨同青色的煙霧嫋嫋上升，彌漫開來融為一朵白雲罩在他們頭頂，罩住了他們朝夕相處的所有時光；我還看見了他們最初那奇蹟般的相遇與結合……

六

疲憊與憔悴的陰影黯淡了爺爺閃爍著青春波光的眼珠，他拖著困乏的身子抬頭望一眼湛藍藍的浩渺蒼穹，又繼續將踉蹌的步履伸向北方。翻過一座長滿金色茅草的山嶺，他望見了一個綠樹籠罩的村莊，村莊四周的田野被一片盎然的綠色所覆蓋。又該歇息停留一陣子了，爺爺想，賣一段日子的苦力，掙上幾個銅板，添置點衣物，然後再趕路。想到這裡，爺爺疲軟的身子頓時充足了氣體，他幾乎是蹦跳著跑下了山崗。

爺爺厚實的腳板踏響在窄窄的田埂上，不時有蹲伏在田埂邊的青蛙撲嗵撲嗵躍入水田之中。田埂兩邊，盛開著各色豔麗的叫不上名兒的小花，一如鑲嵌在深藍夜空中的星星閃爍著點點光澤。走完田埂，眼前鋪展著一塊望不到邊際的煙葉地，空中彌漫著辛辣與甘醇味兒。突然，爺爺的心「格登」一跳了一下，猶如一塊巨石扔進堰塘打破了塘水的寧靜，他的內心深處攪起了一股漩渦。他回頭望望，故鄉已被拋在了遙遠的南方，包括那顆毒辣的太陽。童年的一切，已是一場噩夢一顆難以追憶回味的苦澀青果。然而，他確乎對周圍的一切有一種似曾相識之感。他挪動著腳步，周圍的一切變得越來越真實越來越熟識。他恍恍惚惚地走著，走入這人世間奇妙無比的風景之中。猛可地，一道閃亮的白光輝耀著他的胸膛，心中湧起一股預感，他感到歸宿之地近在咫尺。當他意識到這一點之後，不禁失卻了這些年一直伴隨著的堅毅與果決，變得畏畏縮縮了。他害怕再往前邁進一步，就會踩破打碎一地斑斕的美景。

這時，婆婆正蹲伏在煙葉地裡打煙葉。他掰掉一根碩大肥厚綠中帶黃的煙葉，就發出「哢」一地一聲響。「哢哢」的脆響連綿不斷，煙葉變成了一堆堆綠黃色的小山包兒。陽光暖暖地照著，紅紅的光亮跳躍不已，刺得她眼睛酸酸的癢癢的，傳染開來，婆婆感到身子也變成了酸酸的癢癢的。她慢悠悠地站起身來，突然就愣住了：暖暖的陽光下，站著一個身體健壯相貌英俊的小夥子！幻覺，肯定是幻覺，婆婆想，這都是日日夜夜時時刻刻構想情人所導致的幻覺。她使勁地揉了揉眼睛，浸滿綠汁的手將辛辣揉進眼眶，眼淚不由自主地流了下來。她趕忙掀開衣服的襯裡擦拭。於是，她終於看清了，不遠處確鑿無疑地站立著一個輪廓分明、全身散發著一股強烈青春氣息的陌生小夥。頓時，婆婆的目光迷亂了，魂魄驟然躍出體腹試著向那太陽般燦爛的小夥子接近，靠攏。爺爺也愣住了，他萬萬沒有想到，眼前這片煙葉地中會突然躍出一個紮著長辮的天仙般美麗的姑娘。望著胸脯飽滿眉清目秀的婆婆，他像一根木樁般呆愣在原地，進入了一個奇妙的神話之境。這時，他的眼前又出現了一星星搖曳閃爍的燭光。遍地都是燦爛的燭光。他的眼前出現了一條光亮的河流，一股巨大磁鐵般強烈的引力拉拽著他身不由己地一步一步地來到光河之岸。他捲起了褲腿，猶豫不決地試探著……

婆婆的身子受著體外靈魂的牽引也在身不由己地向前移動。她的全身變成了一個光源體。她激動得不能自持，全身顫抖不已，明亮的光波一圈圈地蕩漾開來。

當第一圈光波閃亮於爺爺眼中之時，他便癡迷地、果敢地跳入光河之中。爺爺猛虎下山般躍入煙地，不顧一切地撲向婆婆。婆婆伸開了雙臂，以光河之水的柔情、深透和寬廣淹沒了爺爺。她全身軟綿綿地倒在了一攤鋪開的煙葉之上，爺爺伏在了婆婆身上。煙地的綠黃淹沒了他們的身軀，太陽的光斑跳躍著編織一個美好的故事，一支交響曲在煙地裡彈奏開來：爺爺發出「吭哧吭哧」順暢痛快的喘息的主旋律，婆婆伴之以陣陣似抽泣般幸福呻吟的副部，還有一片明亮的雜響在飛舞……

爺爺重溫了那個改變他一生命運的童年之夢，一個真實得至今仍能令我可以捉摸的真實得不能再真實了的真實之夢：燭光般的野花，燦爛的光河，一如罌粟花般芬芳怡人的煙葉之辛辣和甘醇，極度的亢奮，幸福的陶醉，一顆暖暖的溫柔多情的豔豔的北方太陽……正是這個真實之夢，再次改變了爺爺的命運。

七

婆婆在煙地裡生下父親後，就突然之間老了，老得如一條老絲瓜掛在藤蔓上在秋風中擺來擺去。從此以後，她再沒有懷過孕。於是，父親成了爺爺和婆婆的掌上明珠，成了我家族承上啟下的唯一橋樑。父親莊嚴誕生之時那殷紅的血色之光照亮了滋潤著我家族未來漫漫無涯的歷史。

令人驚異的是，在煙地誕生在煙霧中泡大的父親，對煙卻有著一股本能的反感。這使得爺爺和婆婆百思不得其解。「狗日的，這就怪了，沒有煙，哪來你這小雜種？」爺爺將父親抱在懷裡研究著他的眉眼，呵呵笑著罵不絕口。婆婆則有意識地培養父親對煙的興趣。她呼出一口濃烈辛辣的煙霧噴在父親臉上，父親便產生了暈頭轉腦騰雲駕霧的感覺。婆婆又將煙嘴用手一抹，伸進父親的小嘴，要他使勁地吧吸。父親吸了一口，就猛然起了一陣劇烈的咳嗽。他感到心在收縮，喉嚨被刀刺了一下，全身一陣抖顫，淚水止不住嘩啦嘩啦往下流。他的身上，全然沒了爺爺和婆婆那種對煙的宗教般的癡迷、狂熱與陶醉！

「他只怕不是咱的兒子吧？」有一天爺爺冷不丁地冒出這麼一句。「什麼？你發了昏啵？」婆婆將眼睛瞪得快要跳出眼眶了，「不咱的兒子還是誰的，難道樹丫裡鑽出來的不成？」爺爺坐在凳子上，將長煙袋吧得山響，嘟嚨著說：「不抽煙也好，省了一樁事，少了好多好多的麻煩呢，」這樣說著時，眼前的煙霧中浮現出一個個自己往昔的生動鏡頭，似真似夢似有似無似虛似實一掠而過。爺爺呆愣愣地瞧著，禁不住黯然神傷。婆婆說：「還沒到時候呢。要抽煙從小就得來，這才是正常的。半路裡學抽煙，比餓癆鬼還凶呢，你等著瞧吧！」

果不其然！十歲的父親一天晚上做了一個夢，夢見一條碩長的泛著幽冷光澤的青蛇。他嚇了一跳，定睛看時，青蛇消失了，眼前躍出一位鶴髮童顏的老叟，老叟嘴裡銜一根銀光閃閃的白色煙捲。老叟一口一口地吸著，嘴裡發出抑揚頓挫極富韻味的樂音。煙頭的紅光一跳一跳如閃爍的星辰，一縷縷白色的煙霧升騰著發出一股奇異的芬芳。父親貪婪地嗅聞著，這芳香通過鼻道進入口腔，變成一股清涼的甘甜。頓時，父親興奮得蹦跳叫喊不已，老叟笑咪咪地遞過煙捲，遞到父親的右手邊。他接過吸了一口，芳香與甘甜頓時沁人心脾，一種從未有過的快感麻酥酥地傳遍全身。吸完這口煙後父親就莫名其妙地醒了，醒後的他仍感夢裡的一切是那樣的真實而毋庸置疑。於是，他開始搜尋白色煙捲，找了半天不見蹤影。於是，他胡亂地將爺爺與婆婆切碎的煙絲捲成筒點火抽了起來。一如夢中所感，昔日的辛辣嗆人變成了溫馨甘醇。吸著吸著，父親不禁笑了，一笑便抑制不住就笑出了聲笑得喘不過氣來。怪異的笑聲使得爺爺婆婆驚駭不已，他們還以為是獨種寶的兒子發了瘋癲呢。等到明白是怎麼一回事後他們也笑了，這是心底湧出的一股深沉的笑之山泉，開心舒暢而滿足。

八

於是，父親變成了一個名符其實的煙鬼。他的嘴唇是一個添加柴草的灶門，胸膛是鼓風機與篩檢程式，鼻孔是兩道粗粗的煙囪。煙霧烤黃了他的牙齒，薰乾了他的身體，他變成了一具能夠行走的木乃伊。瞧著父親抽煙的貪婪樣子，那勁頭恨不得不用紅火燃點，而是直接將煙葉丟進嘴裡肆意咀嚼，一如牛們啃吃鮮嫩茂盛的青草。

後來，煙地沒了。煙地被收歸公有種了棉花。父親沒了煙葉，變得人不像人，鬼不像鬼，整日整夜似幽靈般無聲無息地飄忽無蹤蕩來蕩去。不過幾天，他不知打哪弄來了兩條紙煙，就又活得有滋有味韻味十足了。紙煙抽完，便將樹葉曬枯碾碎，用紙捲了接著抽。後來，又將荷葉曬乾切碎，將稻草曬乾切碎，將野草曬乾切碎，用這些碎末當煙抽。他的口腔，名符其實地成了一座燃燒柴草的灶膛。遍地皆煙，他可以完全不必為煙葉的匱乏而喪魂落魄了，真是天無絕人之路。

我時常抱怨父親的嗜煙如命，他總是哈哈大笑，張開嘴將一股刺鼻的濃烈臭味毫不留情地噴向我的臉膛：「沒有煙就沒有你爺爺也沒了我哪來你們這些小雜種？抽煙可以長壽你信不信？你不要跟我講大道理什麼尼古丁焦油之類的鬼名堂，咱不扯遠的，就說你媽吧，她一輩子不抽煙到底怎麼樣？還不是腿一蹬眼一閉入了土走在了我的前頭。要不這煙保著，我早就趕你媽的腳到閻王爺那裡報到去了呢。」

九

是的，母親的確從不吸煙。我敢說，她一生恐怕一支煙也沒抽過。她一聞到煙味心中就翻騰不安冒出一股酸水。但是，病魔巨爪的陰影籠罩了她短暫的一生，並殘酷暴虐地將她的血肉之軀碾成了齏粉。可憐的母親過早地撇開了我們。在一片燦爛金色的輝耀中她慢悠悠安寧而詳和地閉上了雙眼，就像睡著了一樣，臉上透出的仁厚與靜謐抹去了痛苦的沉重陰影與印痕。也許，母親是為了遠離父親遠離煙霧彌漫的人世，這便早早地抵達彼岸去尋一塊與煙絲絕緣的淨土？也許，母親的死於她而言，是一種真正的解脫是一種幸福生活的開始？只有這樣想著，我悲苦的心境才能得到些許寬慰。

十

我的眼前總是晃動著爺爺慘死的鏡頭。鏡頭晃動著圖像斑駁而模糊。我瞪視雙眼，於這沉重的斑駁模糊中極力捕捉真實的故事和細微的枝葉……

爺爺揮舞著鐮刀砍伐煙梗。這是一個收穫的喜悅在莊稼人眼中灼灼閃跳的深秋季節。天空被一雙無形的大手推離著越來越遠，紅日高懸在湛藍的帷幕下寬厚而仁慈地俯視大地，以溫暖的光輝沐浴著撫慰著芸芸眾生。上等煙葉已經曬乾烤製貯藏起來，煙地在多次的採收中變得稀疏而頹唐，升起了根根伶仃搖曳的煙稈，稈端仍伸展著幾莖遲發的嫩綠葉片，一顆顆深褐色的圓圓煙果懸掛著如一個個小巧玲瓏的鈴鐺。爺爺砍伐著，煙梗成排成排地倒在他的腳下。他不停歇地砍伐著，在一聲聲粗重的喘息中將空中彌漫的辛辣煙味貪婪地呼進胸腔。他在這「吭哧吭哧」的呼吸中獲得了一種無尚的愉悅與快感，他也因此而變得更加亢奮了。他將鐮刀掄得呼呼生風，越掄越高，一道道鐵色與白色交融的弧線在太陽底下如一道道怪異的閃電掠過。在一種極度的亢奮中，他越掄越快越來越昂揚。他忘卻了時間忘記了周圍的一切甚至迷失了自我。他的靈魂凝於一點附著在砍伐這一過程本身而走火入魔。慢慢地，爺爺變成了一具砍伐的機器。他全身麻木地砍伐著，手臂機械地揮動，雙腿直直地挪捱，煙梗也一如機械般楞楞地倒下發出一片雜亂的響聲。

突然，爺爺凝於一點的視野中冒出了一條頎長碩大粗壯的青蛇。青蛇從尚未倒伏的煙稈中鑽了出來。先是一陣腥味的風挾帶著沙沙的磨擦聲飄了過來，緊接著煙稈的縫隙間伸出一個三角形的腦袋，青幽的光刺得爺爺眼睛發澀發酸令人起雞皮疙瘩，一條紅豔的信子在張開的嘴中靈巧地飄轉不已。頓時，爺爺揮舞的鐮刀停在半空凝成定格，突如其來的驚懼扭歪了他的面孔。他不知所措地呆愣著，彷彿變成了一具遠古化石。青蛇快速地滑行著，很快溜出煙稈叢中，將牠斑駁的泛著青光的身子一下子全部展露在爺爺面前……

這時，爺爺回到了已然流逝的童年，回到了南方那個遙遠的鄉村。那是一個晴暖的日子，屋角滑出一條蚯蚓般青色的小蛇。爺爺欣喜極了，趕快跑過去將牠抓在手中玩弄起來。在感到一股黏黏的滑膩時，他的手臂起了一陣鑽心的疼痛。他驚叫一聲，就哭了起來，手一鬆小蛇掉落在地。他看看手臂，起了一個紅腫的小疙瘩。他哭得更厲害了，心中升起了一股報復的慾望。他拾起一塊土疙瘩，使勁砸向蠕動的小青蛇。他砸在了青蛇的半腰間，青蛇停止爬行，一陣掙扎抽搐後就不動了。他嗅嗅嗅地哭著拎著軟綿綿的蚯蚓般的小青蛇，將牠扔到屋外的糞坑裡。臂上的疙瘩越來越紅越來越大如升起了一個桃花般的墳包。爺爺害怕了，哭喊著跳躍著跑向田頭地邊去尋找他的父親。他的父親聽見了兒子淒慘的哭叫撥開罌粟的濃蔭鑽了出來。爺爺的父親聽完他的哭訴，看著那燦若桃花的「小墳包」，鐵青著臉眼裡射出一股怪異的磷火般的光芒。他伸開手掌叉開五指「啪」地一聲抽打在爺爺骯髒的小臉上。爺爺的哭叫突然一下哽在喉嚨咕咕咕地掙扎不已。然後，爺爺的父親從田頭尋來一把綠綠的野草放在嘴裡咀嚼，再將嚼爛的綠糊吐了出來，堆在爺爺紅腫的「墳包」上。爺爺的雙手浸在了濃稠的綠汁中，他那一聲似要爆炸的哭叫終於沒能掙扎出來，硬是給他父親那叉開五指的狠命一抽給抽到九霄雲外……

爺爺停止了砍伐，熱汗趕集般湊熱鬧似的湧了出來。他的目光迷糊了，神思恍惚了。於朦朧中他看見了糞坑中那條蚯蚓般的小青蛇在夜晚露水的浸潤中復活了，牠掙扎著一寸一寸地蠕動著爬向遠方慢慢地消失在廣袤的原野。青蛇養好了傷口。青蛇長大了，美麗的花紋與斑斕的光澤包裹著牠修長的身子。猛可地，爺爺似乎明白了，村裡遭到的毀滅性瘟疫，他的遠走異鄉流浪輾轉，似乎都與青蛇密切相關。他似乎一直在作著逃避牠的努力，但這努力是那麼的荒唐徒然，幾十年的日子抽走了細密頭髮中的黑汁，頭髮透明了身子枯癟了皮膚皺巴了連牙齒也變成了一顆顆不發芽的種子播在了黃土之中，可還是沒有躲開青蛇可怕的纏繞與復仇。一瞬間，爺爺似乎什麼都明白了，又似乎什麼都沒明白。他的眼前升起了濃厚的霧簾，一股潮潤迎面湧來。突然，濃霧飄散了當空仍懸一輪豔豔紅日。青蛇噴吐著火紅的信子呼嘯著撲了過來。爺爺知道再也躲不過了。總有這麼一天這麼一個時刻的，他想。磣人的幽冷青光刺激復活了他的亢奮，炭火般的太陽扣在頭頂沸騰了他的熱血，定格凝固的鐮刀驟然注入了強勁的活力。鐮刀的弧線劃過亮起一道怪異的閃電，這閃電與青光碰撞著火星四濺。頓時，一股紅色的火苗沖決青蛇堅硬的皮殼騰竄而出，如機槍般掃射著爺爺高大的身軀。一股濃烈嗆人的腥血如暴風雨般抽打，爺爺愜意地吮吸著，莫明其妙地打了一個響嗝。響嗝過後，他的喉嚨裡發出了「噢噢噢」的驚喜呼叫，全身的神經扯動著扯出了一串尖厲而可怕的大笑。他的身子在大笑的潮水中一升一跌聳動不已。在快速的聳動中他一如砍伐煙梗般又掄起了鐮刀。他要砍伐青蛇這根爬行的煙稈，將牠變成整塊煙地上一根獨特的煙稈直戳天空，讓這根獨特的煙稈在秋風中蕭瑟在隆冬中風化。爺爺的鐮刀剛剛升起如一面旗幟還沒來得及揮下，只見青蛇在倒伏的煙桿上打了一個滾，猛然騰空一躍，長尾呼哨著甩了過來如鋼鞭重重地擊打在爺爺的胸膛。頓時，慘豔豔的殷紅變成了一團厚實的漆黑，爺爺「撲嗵」一下栽倒在地。鐮刀死死地握在爺爺手中隨著他身子的傾斜向下劃去。一聲「嗤啦」聲令人毛骨悚然地響起，鐮刀的刀尖刺穿了青蛇的下齶。青蛇的腦袋被鐮刀刺拉在爺爺手中，牠疼痛難耐，掙扎著發怒了，拚出全身力量扭動粗壯的身軀甩動長長的尾巴。青蛇扭動著身子箍纏過來，一圈又一圈圍住爺爺的腰身。爺爺感到了一種前所未有的壓迫和窒息，他的身子開始抽搐，緊縮。青蛇在使勁，慢慢地增加著箍纏於爺爺腰身的圈數。爺爺也在使勁，他將鐮刀拚命地往自己懷裡拉劃。鐮刀將青蛇下齶割得「咯咯」直響。雙方都在使出渾身解數。突然，「嚓」地一聲響，青蛇下齶被鐮刀割開，翻成了叉開的白慘慘而又紅鮮鮮的可怕的兩塊。鐮刀收持不住，向爺爺懷裡劃拉。腥血彷彿啟動了鐮刀促使著它推動著它繼續體驗腥血的快感。鐮刀前進著一下子就刺入爺爺肚皮。他悲痛欲絕地慘叫了一聲。慘叫聲勾起了喚醒了爺爺所有的回憶所有的力量以及家族中一代又一代遺傳凝聚在他身上的所有的一切的一切。他預感到，他的生命之魄將飄飄悠悠地蕩出軀殼然後變成一星磷火照耀著他去尋找追趕先祖先宗們遠行的足跡。這時，他的心中升起了一股強烈的渴求。他積攢著殘剩的力量，將它們凝聚在一起。他開始摸索起來，一下子就摸到了黏膩光滑的青蛇，摸過青蛇的身子便摸到了自己身上。他感到了青蛇和自己已被濃稠的汁液所包裹。他繼續不停地摸索著，就摸到了別在腰間的短煙袋。他將它慢慢地慢慢地抽了出來。煙鍋還有半截沒有抽完的煙捲。他抖顫著將煙袋湊向嘴邊。湊。繼續湊。冰冷的嘴唇與冰冷的銅製煙嘴終於吻在一起。他微張著嘴，將煙袋一點一點地往裡插，煙袋竟穩穩地銜在了爺爺口中。他又抖顫著手去腰間摸火柴，手還沒有觸到腰間，爺爺的上半截身子突然一歪，軟成一根棉條癱在青蛇滑膩的身上。這時，他眼裡出現了一幅美麗的勝境：他點著了火。正當他將煙袋銜在嘴裡尋找摸索火柴時，他的周身便騰起了熊熊烈火。烈火飄忽著直往煙鍋竄，他吧吧兩下就點燃了那半截煙捲。他拚命地吸著，鼻裡口裡耳裡包括每個毛細管道都冒出一股股的青煙。青煙愜意而快活地鑽出他的體外，他的周身瀰漫著一層青色的氤氳。這氤氳凝聚著慢慢變成一朵絨毯般的白雲，爺爺踏了上去。望望烈火熊熊的煙地，他的臉上浮出一抹笑意，在陣陣仙樂聲中搖搖晃晃悠哉遊哉快快活活地飄走了，飄向那更為遙遠而陌生的彼岸……

我相信爺爺是在一派幸福的氤氳中離開人世的，相信他臨終前一定點燃了那鍋煙。他與青蛇浸在紅紅豔豔濃濃稠稠的血泊之中，青蛇嘴裡吞吐的紅舌在飄舞，他的周身噴射騰竄著紅色的火焰，即使爺爺沒有力量掏劃火柴，煙捲也會被這周身包裹著的血火所燃點。我想，爺爺肯定吸完了煙鍋裡的煙捲，吸得絲毫不剩，並悠然自得地將吸完後的煙鍋朝鞋幫上磕了磕。爺爺於抽煙很是講究，吸完了總是要將煙鍋裡的煙灰磕盡。我想，他慢悠悠地神色泰然地磕盡了煙鍋中的殘灰，這才收了最後一口氣，閉了那枯葉般的眼簾。

十一

鮮血慢慢地凝固了。

陣陣清涼的晚風吹拂著青蛇慢慢蘇醒過來，而爺爺的身子卻在晚風中變得越來越僵硬了。青蛇甦醒後就將長長的身子一圈一圈地從爺爺的身上脫落下來。然後，牠開始慢慢滑行。爺爺的身子在青蛇的滑行中滾落在砍倒的煙稈上，後來又滾落在硬硬的黃黃的煙地上。青蛇滑行著，慢慢地就滑入了未經砍伐的煙梗叢中。

青蛇走了。爺爺死了。爺爺的嘴裡銜一根短煙袋，臉上掛一抹凝固的微笑，他身邊躺著一把血跡斑斑的鐮刀，鐮刀的刀尖戳進了泥土表層。青蛇走了，帶走了有關牠的一切的一切。爺爺死了，留下了一副浸在血河中的僵硬軀殼，軀殼中盛滿了永恆之謎，一如蜘蛛肚裡裝滿了絲網。

冰冷的屍體凝固的紅河浸血的鐮刀銜著的煙袋所有這一切，透給生者的無疑是一種極大的誤解：爺爺借用鐮刀以自己的雙手結束了自己的生命，他在極度的殘忍自虐中得到了愜意的解脫。對此，父母深信不疑，即使婆婆也處於疑惑不解之中。

爺爺死了，孤獨的木樁般的屍體放入了漆黑的棺材，埋在了茅草山上。爺爺死了，太陽仍然升起又落下，日子仍如綿綿不絕的山泉滴答流淌。只有婆婆變了，她的靈魂在鐵釘封閉爺爺棺材的咚咚悶響中隨著鼻息飄出了軀殼。於是，婆婆空空瘦瘦的軀殼日夜不停地尋找著自己的魂魄，同時也在尋找著爺爺的幽靈。她站在那片闊大的煙地上發呆，站在茅草山上那密密蓬蓬颯颯作響的金黃茅草中搜尋，站在爺爺最後翻越的那個山埡口眺望遙遠的南方。她無休無止地往爺爺留下的那只煙鍋裡塞煙捲。抽完又捲，捲了又塞，塞了就抽，她的身子在抽捲塞抽這循環往復的機械動作中亢奮不止。不論走到那兒，她總是籠罩在一片濃濃的青色霧氣中。

這是一個圓月朗照的清明之夜，婆婆於睡夢中聽見了爺爺時斷時續隱隱約約的呼喚，她看見了爺爺籠罩在一片絢麗的紅光中站在一朵白雲上向她深情地招手。於是，婆婆一骨碌下了床。她忘了穿衣披裳，但沒有忘記爺爺留下的那根煙袋。她將它揣在懷裡，抓了兩把煙絲裝進口袋，胡亂地捲上一支抽，一吧一吧一吞一吐，紅光一閃一跳明滅可見。她摸索著躲避著屋中的桌椅櫃凳等障礙物拔開門閂，吱呀一聲響，門就撕開了一道縫。婆婆於這門縫中鑽入皎皎的月華之中。她抬起頭來，眼前是黑黝黝如鬼魅般的山嶺，她怎麼也尋找不見爺爺捕捉不到那聲聲呼喚了。於是，她失望地癱坐在門口的青石板上。一股冰涼透過單褲浸入心口，她感到說不出來的滋潤與快意，犀利的目光穿透了朦朧的月光。突然，她的目光與遠處一道青色的光芒碰撞在一起，撞得咯咯直響。她的目光被那幽冷青光的勁厲迫壓著縮了回來，心中一陣痙攣。痙攣很快就過去了，婆婆挺直身子如一尊堅硬的雕塑。一瞬間，她什麼都明白了。遠處的場地上堆碼著爺爺砍伐的已然乾枯的煙稈，高高的煙桿垛上盤臥著一條碩大的青蛇。婆婆一眼就看清了青蛇腹部的傷痕，看清了牠向前伸展叉成兩片的下齶。於是，悲壯的一幕在婆婆眼前復活，她看見了沖天的血光流溢的紅河，看見了青蛇的進攻與爺爺的砍殺，聽見了爺爺驚喜的呼叫與怪異的大笑，看見了青蛇的暴怒施虐與爺爺的殊死搏鬥……婆婆心中的疑惑與怯懦被爺爺慘死的悲壯所吞噬。她什麼都明白了，她明白了已逝的一切，也明白了眼前所面臨所要行動的一切。

婆婆的目光變得冰冷起來。冰冷的目光殺退了青光的進擊如一把刀子割在青蛇的肌膚上。她邁動腳步堅毅不屈地向青蛇走了過去。她站在煙梗垛前，青蛇高高地盤踞在煙稈垛上陶醉在昔日的勝利中毫無知覺。她找來一堆草腰子圍在煙稈垛四周，然後掏出了火柴。火光一閃，乾枯的煙稈被點燃。煙霧升騰火光閃耀靜謐的夜空中爆響了越來越脆的劈哩啪啦聲，不一會整個煙稈垛陷於一片火海之中。大火呼哨著從垛底熊熊騰竄。婆婆站在一旁又捲了一支煙塞在煙鍋裡抽了起來，吞吐的煙霧與閃爍的煙頭紅光全然湮沒在眼前的濃煙與火海之中。火光映紅了她毫無表情的面孔，濃煙薰烤著她那仍舊冰冷的目光，只是越來越犀利了。她看見了垛頂的青蛇醒了過來打著呵欠伸懶腰，牠的懶腰只伸了一半就受到了濃煙與大火的襲擊。牠忍著疼痛在圓圓的煙梗垛頂遊弋著尋找求生之路，牠很快就發現了自已被翻滾的火海所包圍，眨巴著迷惑的蛇眼弄不明白眼前所發生的一切。牠像熱鍋上的螞蟻游來遊去，口吐紅舌如觸角四周探尋，總是被騰竄的火苗燒得縮了回來。大火越來越旺，包圍圈越縮越小，沒有燃燒可供牠棲息的地盤正一點點地被大火吞噬，牠正置身於茫茫火海中一個小小的孤島上。牠知道，再待下去只有死路一條。牠也明白，向下俯衝奪路而逃無疑也是死路一條，無情的烈焰在一瞬間就會將牠燒成一堆黑糊糊的焦炭。這時，求生的本能啟動著牠體內所有的力量，牠要用這力量騰空跳躍以衝出火海的圍剿。牠收縮著，凝聚著，牠要用自己力量的核能作出最後的一搏，是死是活全在這騰空一躍了。婆婆冰冷而犀利的目光一眼就看透了靜臥火海孤島上的青蛇正凝聚著力量，她捕捉到了牠的企圖。於是，婆婆毫不猶豫地撲進了火海，掙扎著爬動著撲向青蛇，她要狠命地壓住牠纏住牠扼住牠最後的一搏……大火突然暗了下來，不過一瞬，就燃燒得更為熾烈奔放了。大火發怒了瘋狂地吞噬了婆婆吞噬了孤島以及孤島上的青蛇。大火暴跳著將煙梗將青蛇將婆婆轉化成巨大的熱能噴射成血亮血亮的紅光，紅光直沖天空黯淡了湛藍夜空中的皎皎明月照亮了整個村莊以及遠處綿綿起伏黑黝黝的山巒還照亮了大半個天空。

十二

我在煙草的氛圍中一點點地成長壯大。

青煙的濃霧籠罩著我家族生生不息的歷史。母親將我放在這歷史長河的波浪中浸泡著。母親來自本能的對煙草的反感和厭惡在我家族中極為獨特，這種獨特不過一瞬罷了，如蒼海之一粟。母親因自己對煙葉的無能而羞愧不已，於是從小刻意培養我對煙地對煙葉濃厚的情誼。

我長大了，為求發展為了更好地綿延種族我一如已然作古的爺爺開始漫長的人生流浪。我從呱呱墜地的偏遠故土流浪到小鎮漂泊到縣城流落在長江中游的一座城市。我將我的種子，更為確切地說是將我家族的種子種在了這座城市一位如花似玉的姑娘身上，就結出了一顆美麗的果子。慢慢地，我對那片遙遠的煙地以及煙地上生產的煙葉，情感日漸淡漠。願在天之靈的母親原諒兒子的不孝，願我家族史上一長溜排列著的列祖列宗們寬宥我的罪過。於這不孝與罪過，我實在是無可奈何！

十三

長壽捲煙廠位於南方某省城中心。

令我萬分驚異的是，屈身於長途汽車中顛簸了一整天的父親竟沒有絲毫旅途的勞頓，反而顯得精神煥發，臉上隱隱透出勃發生命活力的些許紅暈。他一個勁地在我身邊嘰哩咕嚕絮聒著，我卻不勝疲憊扯著長長的呵欠昏昏欲睡。

長壽捲煙廠是一個有著五千多名職工的現代化大型捲煙廠，不少設備是從國外引進的佔居世界第一流的產品。在朋友甘流的幫助下，我帶著父親順利地參觀了煙廠的各個生產車間，從烘烤到切絲到捲煙到包裝等成龍配套的現代化生產程式將父親弄得眼花繚亂目瞪口呆神魂顛倒。那根根粗暴的青筋扯動著枯皺的老皮父親激動得全身顫抖不已，空空的胸腔中發出沉沉的悶悶的「哦哦」驚喜叫喚。這聲聲叫喚與機器的轟鳴攪拌融彙在一起狠命地擠壓著我已然生繭的耳膜。父親渾濁的目光頓時變得清澄而明亮。他伸手去掏煙。一整條健牌香煙已在父親「煙灶」的狼吞虎嚥中只剩下最後一支了。他將這最後一支香煙捏在手中眯縫著眼玩賞不已，湊近鼻孔貪婪地嗅聞了一會，突然就劃亮火柴將它點燃。「不准吸煙不准吸煙！」甘流趕忙衝我父親一個勁地擺手。我慌了，一下竄過去將父親嘴裡的香煙抓在手中，將它弄熄後又是好一陣揉搓。「生產車間不准抽煙。」甘流解釋道。父親露出滿臉驚駭與疑雲，以他一輩子的慣常思維，怎麼也不明白生產香煙的地方不許抽煙，就如不許在廚房裡吃飯不准在河邊洗手不許在廁所裡拉屎一樣荒唐。這種荒唐驅走了父親心中的驚喜陶醉與平衡寧靜，他的目光垂了下來又恢復了原樣變得渾濁而衰老了。

走出龐大的包裝車間，甘流弄來一條在全國名煙評比中曾獲過一等獎的「荷花」牌香煙塞進我懷裡。在生產車間那令人窒息令人狂躁充滿了鐵腥味汗臭味以及嗆人的浮塵中待久了，我極想抽一支香煙以鬆弛緊繃的神經以撫慰心靈的疲乏。我撕開包裝精美的硬紙殼掏出一包拆了，抽出兩支來，遞一支給父親，另一支放在自己嘴裡銜著。頓時，父親呆滯的眼神轉動著，僵硬的身軀復活了，他將我遞他的香煙夾在耳間，然後敏捷地往我身前一竄，還沒弄明白是怎麼一回事，我嘴裡的香煙已經銜在了父親口中。他閃電般的動作令我嘖嘖稱奇暗暗叫絕。他眼裡閃射著綠色的火花點燃香煙貪婪地吸了一口，突然爽朗地笑了起來。這時，我只覺得時光在飛速逆流．父親已經退回童年變成了一個天真活潑的男孩。「哈哈哈，還搶老子嘴裡的煙呢，你當老子是那麼好欺負的麼，」父親說，「這就叫報應！」這時，我似乎也回到了天真爛漫無憂無慮的童年，心情愉悅舒暢極了，應和著父親的笑聲我也哈哈大笑。「給，甘流送給你一個人抽的。」我將已然拆封的那條「荷花」牌香煙拋給父親。他雙手接了緊緊地抱在懷中，生怕別人從他手中搶走似的。「值了，值了！」父親的喉節上下滾動著眼角懸兩顆豆大的淚珠搖搖欲墜，一股青煙從他嘴裡鼻間冒出嫋繞於他的周身擠入他粗短稀疏的花白頭髮之中。

十四

父親說死就死了。

他的死本在我意料之中，只是沒有想到那麼突然。在回程顛顛簸簸的汽車中父親湊在我耳邊神秘地告訴我，他在長壽捲煙廠的捲煙車間見著了爺爺。他透過朦朧的歲月見到了爺爺誕生的那個遙遠的南方鄉村以及穿著開襠褲瘦骨伶仃的爺爺，還見著了爺爺神話般存活下來的生動一幕。就那麼一瞬間，他一切都看清了看夠了。「我相信你說的，爸。」我的確相信這一點，就把我的心思對父親說了。「值了，老子值了心滿意足了，」父親一個勁地嘮叨著，「『荷花』煙一抽完，老子就要無牽無掛地上路了。」

父親的話果然應驗，當最後一支「荷花」牌香煙在他的吞吐中變為煙霧被無色透明的空氣撕扯成虛無時，便於極度的痛苦掙扎與痙攣抽搐中踏上了通往彼岸的荊棘之路。他又見著了那個老叟，老叟仍如五十多年前那樣鶴髮童顏沒有半點改變。老叟野蠻地拔走了父親含在口中的「荷花」牌過濾嘴香煙，他追趕著老叟求告著討回那支香煙。忽然，一股青煙騰空飄逸老叟消失得無影無蹤。這時，於青煙中鑽出了一條茁壯的泛著幽冷光澤的青蛇，青蛇迎面撲來甩動滑膩頎長的身子如一根粗粗的麻繩死死地箍纏捆綁住父親的血肉之軀……

十五

父親的橋樑已經坍塌。我的橋樑日漸衰頹。兒子的橋樑已呈出雛形。我家族的香火、生命、基因在漫漫的歲月中穿過黑暗的隧道通過一座又一座橋樑引渡著延續著蜿蜒著伸向那朦朧而遙遠的東方地平線。列祖先宗們變成了一座座橋樑在我眼前轟然倒塌不已。我知道，下一座便輪到我了。是的，就是我了。我別無選擇。

葬了父親，我該上路了。

站在昔日的煙地上，對著這塊養育過我也埋葬了我家族中一段歷史的土地作著深情的告別。我將目光投向頭頂浩渺的蒼穹，穿透了那層湛藍藍的帷幕，於是，我家族自從盤古開天闢地以來的歷史之河滾滾而下注入我腦海如浮雕般突顯。我點燃一支香煙，陷入了深深的沉思。浮雕為煙霧所籠罩我陷於一片浩浩茫茫無邊無際的朦朧煙霧之中。煙霧在加濃變色越來越凝重沉滯，我周圍佈滿了青色的雲層。雲層浮動著跳躍著我看清了那是無數條泛著幽冷光芒的青蛇在舞蹈。這時，我見到了一部完整的青蛇家族史，這使我眼界大開。我看得最為認真最為清楚的是那條與我爺爺結下了不解之緣的青蛇，牠與悲壯的婆婆高擎著紅紅的火焰共同點燃了大半個天空。牠也是一座橋樑，牠的身後留下了一串透明的卵形種子迤邐著與黃色的土地深吻不休。

香煙燃成灰燼，青色的雲層頓然消失。但是，我清楚地感到一條青蛇繞著我的周身遊動不已，牠的身子與大地與雜草與空氣磨擦著發出嚓嚓嚓的音響彌漫於我的胸腔。我想起了爺爺以及追尋他的那條悲壯的青蛇。莫非，這條青蛇與我也有什麼不解之緣？莫非，牠要跟隨我飄向北方飄到那遙遠的城市？那裡，遍地是鋼鐵是水泥是灰色是人流是車輛是摩登是效率是機械……總之是於牠陌生得不能再陌生了的城市，可沒有牠半點插足立身之地啊！

我該上路了，城裡有我的妻我的兒，他們正望眼欲穿地盼著我的歸去。

一根無形而牢實的透明絲線正以巨大的力量牽扯著我的身心。我頓頓腳，感到青蛇已離我遠去。我轉過身，又感到青蛇仍隱約遊弋於我的身邊。

我回過頭來再一次面對昔日的煙地，感到我永遠地留下了一段歲月。我又轉過身去，感到確乎帶走了一段永恆的歲月。我向前邁了一步，感到自己正釀製著一段新的歲月。

是的，上帝將歲月出租給了我們，至於如何使用，就不管不問了。當然，按時收取租金，上帝是斷然不會忘卻的。

醸文學　PG0702

人鼠之戰

——曾紀鑫中篇小說選

作　　者	曾紀鑫
主　　編	蔡登山
責任編輯	林泰宏
圖文排版	譚嘉璽、鄭佳雯
封面設計	王嵩賀

出版策劃	醸出版
製作發行	秀威資訊科技股份有限公司 114 台北市內湖區瑞光路76巷65號1樓 電話：+886-2-2796-3638　傳真：+886-2-2796-1377 服務信箱：service@showwe.com.tw http://www.showwe.com.tw
郵政劃撥	19563868　戶名：秀威資訊科技股份有限公司
展售門市	國家書店【松江門市】 104 台北市中山區松江路209號1樓 電話：+886-2-2518-0207　傳真：+886-2-2518-0778
網路訂購	秀威網路書店：http://www.bodbooks.com.tw 國家網路書店：http://www.govbooks.com.tw
法律顧問	毛國樑　律師
總 經 銷	聯合發行股份有限公司 231新北市新店區寶橋路235巷6弄6號4F 電話：+886-2-2917-8022　傳真：+886-2-2915-6275

出版日期	2012年3月　BOD一版
定　　價	450元

版權所有・翻印必究（本書如有缺頁、破損或裝訂錯誤，請寄回更換）

Copyright © 2012 by Showwe Information Co., Ltd.

All Rights Reserved

Printed in Taiwan

國家圖書館出版品預行編目

人鼠之戰：曾紀鑫中篇小說選 / 曾紀鑫著.
-- 一版. -- 臺北市：釀出版, 2012.03
面； 公分. --（釀文學 ; PG0702）
BOD版
ISBN 978-986-6095-94-8（平裝）

857.63 101001026

讀者回函卡

感謝您購買本書，為提升服務品質，請填妥以下資料，將讀者回函卡直接寄回或傳真本公司，收到您的寶貴意見後，我們會收藏記錄及檢討，謝謝！

如您需要了解本公司最新出版書目、購書優惠或企劃活動，歡迎您上網查詢或下載相關資料：http:// www.showwe.com.tw

您購買的書名：＿＿＿＿＿＿＿＿＿＿＿＿＿＿＿＿

出生日期：＿＿＿＿年＿＿＿＿月＿＿＿＿日

學歷：□高中（含）以下　□大專　□研究所（含）以上

職業：□製造業　□金融業　□資訊業　□軍警　□傳播業　□自由業

□服務業　□公務員　□教職　□學生　□家管　□其它＿＿＿

購書地點：□網路書店　□實體書店　□書展　□郵購　□贈閱　□其他

您從何得知本書的消息？

□網路書店　□實體書店　□網路搜尋　□電子報　□書訊　□雜誌

□傳播媒體　□親友推薦　□網站推薦　□部落格　□其他＿＿＿＿＿

您對本書的評價：（請填代號　1.非常滿意　2.滿意　3.尚可　4.再改進）

封面設計＿＿　版面編排＿＿　內容＿＿　文／譯筆＿＿　價格＿＿

讀完書後您覺得：

□很有收穫　□有收穫　□收穫不多　□沒收穫

對我們的建議：＿＿＿＿＿＿＿＿＿＿＿＿＿＿＿＿

請貼
郵票

11466
台北市内湖區瑞光路 76 巷 65 號 1 樓
秀威資訊科技股份有限公司 收
BOD 數位出版事業部

（請沿線對折寄回，謝謝！）

姓　名：＿＿＿＿＿＿＿＿＿＿ 年齡：＿＿＿＿ 性別：□女 □男

郵遞區號：□□□□□

地　址：＿＿＿＿＿＿＿＿＿＿＿＿＿＿＿＿＿＿＿＿

聯絡電話：（日）＿＿＿＿＿＿＿＿（夜）＿＿＿＿＿＿＿＿

E-mail：＿＿＿＿＿＿＿＿＿＿＿＿＿＿＿＿＿＿＿＿